Fragen an die deutsche Geschichte

Ideen, Kräfte, Entscheidungen
von 1800 bis zur Gegenwart

Historische Ausstellung im
Reichstagsgebäude in Berlin
Katalog 18. Auflage

Die Ausstellung wird vom Deutschen Bundestag
veranstaltet und steht unter der Schirmherrschaft
der Präsidentin des Deutschen Bundestages.

© Herausgeber:
Deutscher Bundestag
Referat Öffentlichkeitsarbeit
Bonn 1994

Deutsche Ausgabe

Die Deutsche Bibliothek – CIP-Einheitsaufnahme
Fragen an die deutsche Geschichte: Ideen, Kräfte, Entscheidungen
von 1800 bis zur Gegenwart; historische Ausstellung im Reichstagsgebäude in Berlin; Katalog / [die Ausstellung wird vom Deutschen
Bundestag veranst. Hrsg. Deutscher Bundestag, Referat Öffentlichkeitsarbeit, Bonn]. – 18. Aufl. – Bonn: Dt. Bundestag, Referat Öffentlichkeitsarbeit, 1994
Engl. Ausg. u. d. T.: Questions on German history. – Franz. Ausg.
u. d. T.: Interrogeons l'histoire de l'Allemagne

ISBN 3-924521-73-5
NE: Deutschland / Bundestag

Bezugsquellen für Katalog und Tonband-Kassette in Deutsch,
Englisch und Französisch: Historische Ausstellung im Reichstagsgebäude und Herausgeber
Die Ausstellung ist geöffnet dienstags bis sonntags von 10.00
bis 17.00 Uhr sowie an Feiertagen.
Wissenschaftliche Führungen durch die Ausstellung sollten
unter der Tel.-Nr. (0 30) 39 77-21 41 frühzeitig angemeldet werden. Besucher können ein Tonbandführungs-System in deutscher, englischer und französischer Sprache für DM 2,– aus-
leihen.

Inhaltsverzeichnis

Beilagen   **Die Verfassung des Deutschen Reiches
vom 11. August 1919
Die Verfassung der Bundesrepublik Deutschland –
Grundgesetz vom 23. Mai 1949
Die Parteienentwicklung von 1871–1990
Preußische Hegemonie und Verfassungswandel
im Deutschen Reich nach 1871
Das Nationalsozialistische Herrschaftssystem
Organisation des Parlaments
Das gewählte Parlament, Zentrum der Demokratie**

Vorwort zur 18. Auflage des Ausstellungskatalogs »Fragen an die deutsche Geschichte«

Die 1971 eröffnete und 1974 erweiterte historische Ausstellung im Reichstagsgebäude in Berlin spiegelt den Abschnitt deutscher Geschichte wider, in dem wesentliche Grundlagen für die heutige, staatliche, gesellschaftliche und wirtschaftliche Ordnung unseres Landes geschaffen wurden. Die Kräfte, Ideen und Entscheidungen, aus denen sich diese Ordnung herausgebildet hat, werden veranschaulicht. Die tiefgreifenden Veränderungen der gesamten damaligen Lebenswelt sind aufgezeigt, die entscheidenden politischen Situationen in der historischen Entwicklung Deutschlands während des 19. und 20. Jahrhunderts eingehender Analyse unterworfen. Entsprechend ihrer grundlegenden Bedeutung für die Gegenwart bildet die Entwicklungsgeschichte der parlamentarischen Demokratie mit ihren Höhen und Tiefen den besonderen Schwerpunkt der Ausstellung.

Der seit beinahe zwei Jahrzehnten anhaltende Besucherstrom und die rege Nachfrage nach dem Katalog dieser Ausstellung zeugen von einem breiten und lebhaften Interesse, über jene Epoche deutscher Geschichte mehr zu wissen und sie besser zu verstehen, nicht zuletzt, um sich damit auseinandersetzen zu können. Mit dem Fortschreiten staatlicher Gegenwart und geschichtlicher Forschung ist die Ausstellung stetig ausgebaut und weitergestaltet worden, besonders im Abschnitt über die Bundesrepublik Deutschland, das parlamentarische Berlin sowie über die Weimarer Republik.

Das Buch zur Ausstellung will auch mit der vorliegenden achtzehnten Auflage in schon bewährter Weise seiner Aufgabe dienen: in die Ausstellung einzuführen und dem Leser in der Nachbereitung eines Ausstellungsbesuches oder auch als davon unabhängige Lektüre ein zusammenhängendes, anschauliches und facettenreiches Bild der deutschen Geschichte von 1800 bis in die Gegenwart zu vermitteln.

Prof. Dr. Rita Süssmuth
Präsidentin des Deutschen Bundestages

Zum Katalog

Dieser Katalog beschreitet insofern einen neuen Weg, als darauf verzichtet wurde, die einzelnen Exponate, nach Nummern geordnet, aufzuführen und zu beschreiben. Ein solches Unternehmen hätte bei der Vielzahl der verschiedenartigsten Exponate nicht nur jeden Rahmen gesprengt – es wäre auch vom Charakter der Ausstellung her gesehen wenig sinnvoll gewesen. Denn diese Ausstellung zielt nicht bloß darauf, eine Epoche in Selbstzeugnissen und Bildern anschaulich zu machen, sondern Akzente zu setzen, bestimmte Linien zu ziehen, Zusammenhänge aufzuzeigen, geleitet von einer Reihe von Fragen, die sich auf die politischen und sozialen Grundentscheidungen in der deutschen Geschichte der letzten 190 Jahre und die hinter ihnen stehenden Ideen und Kräfte beziehen. Das einzelne Exponat – Bild, Dokument, Karikatur, Gegenstand – hat daher jeweils nur eine dienende Funktion. Sein Eigenwert tritt – von einigen Schlüsseldokumenten abgesehen – zurück hinter seinem Illustrationswert für bestimmte Vorgänge und historische Prozesse, die auf diese Weise verdeutlicht werden sollten. Aus diesem Grunde schien es wichtiger, im Katalog noch einmal die großen Komplexe und die einzelnen Zusammenhänge unter summarischem Verweis auf die einzelnen Bildtafeln und unter Hervorhebung besonders wichtiger, charakteristischer oder anschaulicher Bild- und Schriftdokumente (eine Auswahl von ihnen ist dem Katalog beigegeben) beschreibend nachzuzeichnen, als in üblicher Form den Einzelnachweis zu geben. Auf diese Weise sollte zugleich ein allgemeinverständlicher Überblick über die mit dem Thema zusammenhängenden Fragenkomplexe gegeben werden, der ebenso der Vorwegorientierung vor dem Besuch der Ausstellung insgesamt bzw. vor der Besichtigung einzelner Teile dienen soll wie der nachträglichen Vertiefung.

Zur Einführung

von Lothar Gall

Wer es unternimmt, rund 200 Jahre deutscher Geschichte im Medium einer Ausstellung zu befragen, wird sich zunächst selber einer ganzen Reihe von Fragen stellen müssen. Sie reichen von dem vieldiskutierten allgemeinen Problem, welchen Stellenwert geschichtliche Einsichten und Erkenntnisse überhaupt noch für Gegenwartsverständnis und Zukunftsorientierung besitzen, über die eng damit zusammenhängende Frage, welche praktischen Ziele eine solche Ausstellung verfolgt, bis hin zu der skeptischen Überlegung, ob der gewählte thematische Rahmen, die deutsche Geschichte, nicht von vornherein eine problematische Verengung bedeutet, da sie eine Kontinuität nationalgeschichtlicher Entwicklung im positiven oder im negativen Sinne suggeriere, die es in dieser Form, zumindest seit der Zäsur von 1945, gar nicht mehr gebe. Anders ausgedrückt: Ob hier nicht versucht werde, der Bundesrepublik, deren 25jähriges Bestehen den äußeren Anlaß für die Ausstellung lieferte, eine künstliche Tradition zu schaffen bzw. sie im nachhinein in bestimmten Traditionen zu verankern.

Das sind ohne Zweifel legitime Fragen. Sie richten sich im Kern auf das, was mit einer solchen Ausstellung erreicht werden soll, und damit zugleich auf die ihr zugrunde liegende Vorstellung von dem, was eine moderne Geschichtswissenschaft, auch und gerade in der praktischen Vermittlung ihrer Ergebnisse im Rahmen einer Ausstellung, leisten soll und muß.

Jeder Versuch einer Antwort hierauf wird zunächst einmal von der ganz unbestreitbaren Tatsache ausgehen müssen, daß die Auffassung vom »Nutzen und Nachteil der Historie«, die Einschätzung ihrer Funktion für den heutigen Menschen und die heutige Gesellschaft in den letzten Jahrzehnten eine tiefgreifende Veränderung erfahren hat. Sie geht so weit, daß gelegentlich die These aufgestellt werden konnte, die Kenntnis historischer Prozesse und die Einsicht in ihre bestimmenden Faktoren hätten objektiv und subjektiv für Gegenwartsverständnis und Zukunftsorientierung nur noch eine untergeordnete Bedeutung, und es bedürfe demgemäß auf diesem Gebiet keiner besonderen Anstrengung des Staates und seiner Bildungsinstitutionen mehr. Was sich darin spiegelt, ist fraglos sehr ernst zu nehmen

und nicht mit unverbindlichen Phrasen über den Bildungswert
der Geschichte abzutun. Es ist die Vorstellung, daß der rapide
Wandel der Umwelt, aller Lebens- und Arbeitsbedingungen und
die ihnen entsprechenden grundlegenden Veränderungen der
politischen, der wirtschaftlichen und der gesellschaftlichen Da-
seinsformen in nicht nur nationalen, sondern kontinentalen
Maßstäben den einzelnen wie die Gesellschaft und ihre vielfältigen Institutionen gleichsam abgekoppelt hätten von ihren jeweils spezifischen Vergangenheiten. Sie seien damit Entwick-
lungstendenzen und Kräften unterworfen, die sich in erster Linie
durch zweckrationale Analyse bestehender hochkomplexer Sy-
steme mit soziologischen, ökonomischen und positivistisch-po-
litologischen Kategorien erfassen ließen und nur gelegentlich
und aushilfsweise mit historischen.
Eine solche sehr kritische Einschätzung der Rolle und Funktion
geschichtlicher Einsichten und Erkenntnisse für eine hand-
lungsorientierende Erfassung der Gegenwart ist allerdings ihrerseits nicht frei von Wunschdenken, von der Tendenz, dem Druck
der Vergangenheit und dem, was sich in der Realität staatlicher
und gesellschaftlicher Institutionen und Verhaltensweisen, wirtschaftlicher Ordnungen und nationaler, regionaler und kulturel-
ler Eigenarten unübersehbar nur historisch fassen und interpretieren, nur aus bestimmten Traditionen erklären läßt, gleichsam
durch Negierung auszuweichen. Sie geht zudem in wesentlichen Punkten von einem sehr traditionellen, von der modernen
Geschichtswissenschaft bereits weitgehend überwundenen
Verständnis dessen aus, was die Geschichte als wissenschaftliche Disziplin zu leisten imstande ist und gemeinhin leistet. In
erster Linie hat man dabei die angeblich auch heute noch
vorherrschende Neigung zur Rückbindung, ja Fesselung der
Gegenwart an die Vergangenheit vor Augen, und zwar, wie
meist stillschweigend vorausgesetzt wird, an eine »ausgewähl-
te« Vergangenheit, an ganz bestimmte Traditionen, die zumal in
der deutschen Geschichtswissenschaft seit Generationen einseitig betont worden seien. Davon kann jedoch kaum noch die
Rede sein. Eines ihrer wesentlichen Ziele sieht die moderne
Geschichtswissenschaft, die sich sehr bewußt als eine zugleich
dem historischen Selbstverständnis und der historischen
Selbstvergewisserung der Gegenwart dienende, als eine hand-
lungsorientierende und nicht bloß rückwärtsgewandt-kontem-
plative Disziplin versteht, vielmehr gerade darin, den einzelnen
und die Öffentlichkeit als Ganze durch Bewußtmachung aufzu-

klären über die nicht fortzuleugnenden historischen Bedingthei-
ten von Sozialverhalten und politischen Grundentscheidungen,
von Ideologien und konkreten wirtschaftlichen und politischen
Ordnungen, von bestimmten Denkmustern und Entscheidungs-
kriterien. Einer von einem solchen fraglos hohen Anspruch
geleiteten Geschichtswissenschaft geht es also bei der kritischen Erforschung und Darstellung der Vergangenheit vor allem auch darum, eine bestimmte, auf die Gegenwart und Zukunft hin ausgerichtete geistige Grundhaltung zu wecken und zu
fördern, die die inneren und äußeren Bedingungen des eigenen
Planens und Handelns nicht einfach mit einer gewissen Naivität
als naturgegeben hinnimmt und vordergründig rationalisiert,
sondern sie ihrerseits zu hinterfragen sucht, um so, unter bewußter Anerkennung der in diesen Bedingungen immer zugleich
auch liegenden Grenzen, wirklich frei zu werden zu selbstver-
antwortlichen Entscheidungen. Daß eine solche Grundhaltung
ohne Frage einem allzu unbekümmerten Fortschrittsglauben
eher im Wege steht, da sie kein bequemes Ausweichen vor der
Konfrontation zwischen dem rational Wünschbaren und dem
real Möglichen erlaubt, mag manchem ein Ärgernis sein. Es
jedoch der Geschichtswissenschaft als solcher und ihrem vorgeblich konservativen Geist anzulasten, heißt Ursache und Wirkung zu vertauschen.
Ein Ärgernis mag eine so verstandene Gesichtswissenschaft
auf der anderen Seite aber auch für jene sein, die meinen, ihr
einmal mehr die Aufgabe stellen zu sollen, vor allem zu zeigen,
wie positiv sich die Gegenwart von der Vergangenheit abhebt
und was inzwischen alles erreicht wurde. Gewiß, der Historiker
soll, ja, darf kein Lobredner der Vergangenheit sein; insofern
werden die positiven Veränderungen in den sozialen Beziehungen, den wirtschaftlichen Verhältnissen, der politischen Ordnung stets seine besondere Aufmerksamkeit finden. Aber er
kann von seinem Selbstverständnis her kritisch nicht bloß in der
Vergangenheit verharren, darf also auch nicht zu einem bloßen
Lobredner der Gegenwart werden. Vielmehr ist jene geistige
Grundhaltung, die er mit seiner Arbeit zu vermitteln sucht, un-
vermeidlicherweise ihrem Wesen nach zugleich gegenwartskri-
tisch. Denn Aufklärung der geschichtlichen Bedingungen ge-
genwärtiger Ordnungen und gegenwärtigen Handelns heißt
stets auch, diese von jenen her zu relativieren und damit gleichsam auf die Zukunft hin, für Veränderungen und neue Grundentscheidungen aufzubrechen, ohne daß sich daraus freilich –

diese falsche Erwartung kann keine ernsthafte Wissenschaft einlösen – bereits ein konkretes Programm ergäbe.

In dem bisher Gesagten ist in abstrakter Form bereits das Wesentliche von dem enthalten, was dieser Ausstellung über die vergangenen 170 Jahre deutscher Geschichte, seit dem tiefen Epocheneinschnitt der Französischen Revolution und ihrer Auswirkungen, als Konzeption zugrunde liegt. Ihre »Fragen an die deutsche Geschichte« richten sich einmal auf die Hauptbedingungen, auf die wesentlichen Voraussetzungen für die Entstehung unserer heutigen staatlichen, gesellschaftlichen und wirtschaftlichen Ordnung und auf die wichtigsten Kräfte, Ideen und Grundentscheidungen, die sie heraufgeführt haben, wobei die immer wieder unterbrochene und von vielfältigen Rückschlägen begleitete Bewegung in Richtung auf einen parlamentarisch-demokratischen Staat liberaler Prägung einen zentralen Platz einnimmt. Sie richten sich auf der anderen Seite aber auch mit Nachdruck auf den jeweiligen Entscheidungsprozeß als solchen, und zwar mit der erklärten Absicht, jenseits der Einmaligkeit des jeweiligen Vorgangs den Bedingungen nachzuspüren, die politisches Handeln ermöglichen und ihm zugleich Grenzen setzen.

Dabei konnte es freilich nicht darum gehen, vordergründige Fragezeichen zu setzen oder bewußt unbestimmte Antworten zu formulieren. Auch die neuerdings offenkundig sehr beliebt werdende andere Möglichkeit schied aus, in bewußt provokativer Absicht einseitig zugespitzte Deutungen zu formulieren, da hier zumeist ein viel zu hohes Maß an Vorinformiertheit vorausgesetzt und das, was als intellektuelle Provokation gedacht war, zur bloßen Indoktrination wird. Im Vordergrund steht vielmehr hier wie generell in der Ausstellung die dem Kenntnisstand der Mehrheit der Besucher möglichst adäquate Information und daran anknüpfend der Versuch eines offen, d. h. aus dem Bewußtsein möglicher Vorläufigkeit und Diskussionsbedürftigkeit argumentierenden Urteils.

In diesem Rahmen war allerdings zusätzlich eine ganze Reihe von Vorentscheidungen zu treffen, die das Gesicht der Ausstellung entscheidend bestimmt haben. Sie betrafen vor allem die inhaltliche Schwerpunktbildung und dabei insbesondere die anteilmäßige Gewichtung der einzelnen Faktoren auch in darstellerischer Hinsicht. Einer dieser Schwerpunkte, nämlich die Entwicklungsgeschichte des parlamentarisch-demokratischen Systems in Deutschland, wurde bereits erwähnt. Ein weiterer be-

sonderer Akzent war daneben auf die tiefgreifende Veränderung der gesamten Lebenswelt im Zuge des Entstehens der modernen Industriegesellschaft zu legen. Dabei ging es nicht allein darum, den Vorgang als solchen möglichst anschaulich zu illustrieren und in seinen Antriebskräften zu verdeutlichen. Es mußte gleichzeitig auch versucht werden, die jeweiligen politischen und sozialen Konsequenzen dieses Prozesses aufzuzeigen und damit, auch optisch, einen genaueren Eindruck zu vermitteln von der zeithistorischen Situation, ihren besonderen Problemen und unmittelbar anstehenden Aufgaben, ihren Widersprüchen und politischen Herausforderungen. Von dieser Basis aus waren schließlich als drittes die zentralen politischen Entscheidungssituationen in der historischen Entwicklung Deutschlands des 19. und 20. Jahrhunderts in ihren Ursachen, bestimmenden Faktoren und kurz- und langfristigen Ergebnissen zu analysieren: der Umbruch der Jahre 1806–1815, die Revolution von 1848, der große Verfassungskonflikt in Preußen und die Gründung des Deutschen Reiches von 1871, die Revolution von 1918 und die Schaffung der Weimarer Republik, ihr Verfall und die Machtergreifung der Nationalsozialisten, der Todfeinde des liberalen parlamentarisch-demokratischen Systems und aller seiner staatlichen, gesellschaftlichen und wirtschaftlichen Voraussetzungen, und endlich der erfolgreiche Versuch zur Wiederherstellung und zeitgemäßen Fortbildung dieses Systems nach 1945. Mit dieser Konzentration auf die großen Wendepunkte des historischen Prozesses ergab sich zugleich eine inhaltliche Gliederung in in sich in gewisser Weise abgeschlossene – und demgemäß auch jeweils für sich betrachtbare – Blöcke, in die dann auch manches integriert werden konnte, was auf dem Gebiet der Kunst, der Literatur, der Wissenschaft, kurz, des kulturellen Lebens im weitesten Sinne das Gesicht und das geistige Klima einer Epoche prägt, aber im Rückblick oft gar nicht mehr in unmittelbare Beziehung dazu gesetzt wird.
Eine derartige Akzentuierung und Gliederung enthält selbstverständlich eine ganze Reihe von Problemen. Manches, was dem einzelnen Betrachter besonders wichtig scheinen mag, tritt dabei zurück, manches, was nur schwer ins Bild umzusetzen war, konnte nur im Text eingebracht werden. Manche wichtige Zusammenhänge konnten eben nur angedeutet werden, und manches bleibt sicher ganz unverbunden. Auch die Epochenaufteilung, wenngleich inhaltlich neu überdacht und nicht nur an

äußerlichen Einschnitten, sondern an unbestrittenen entscheidenden Umbruchsituationen orientiert, läßt sich sicher von verschiedenen Standpunkten aus kritisieren. Dabei wird man freilich auch bedenken müssen, daß neben den skizzierten grundsätzlichen gleichzeitig eine ganze Reihe von pragmatischen Überlegungen zu berücksichtigen war, vor allem hinsichtlich dessen, was dem nicht besonders vorgebildeten Ausstellungsbesucher an »langem Atem« und nicht zuletzt an zeitlichem Aufwand zuzumuten ist. Hier bedurfte es einer möglichst klaren Durchgliederung und Abgrenzung sowie des ständigen Bemühens, Themenzusammenhänge und zeitlich begrenzte Vorgänge auch jeweils für sich verständlich zu machen, um dem Besucher die selbständige Auswahl nach seinen besonderen Interessen zu ermöglichen. Dem waren, zumal in einer eben nicht vornehmlich ereignis-, sondern problemgeschichtlich orientierten Ausstellung, natürliche Grenzen gesetzt. Sieht man jedoch das Ziel einer solchen Ausstellung vor allem auch darin, den Blick zu schärfen für die Komplexität der bestimmenden Faktoren und Bedingungen politischen Handelns, so mögen solche Grenzen vom einzelnen Besucher geradezu als Herausforderung empfunden werden zum selbständigen Weiterfragen, zum Vergleich, zum Aufspüren von Zusammenhängen. Der Anspruch, der damit an ihn, unbeschadet aller inhaltlichen und gestalterischen Orientierungshilfen, die ihm an die Hand gegeben werden, gestellt wird, ist sicher nicht gering, aber er ist auch nicht höher als der, mit dem er als jetziger oder künftiger Wahlbürger eines nur durch ihn, durch seine Fähigkeit zu politischem Urteil und zu politischer Entscheidung funktionsfähigen demokratischen Gemeinwesens konfrontiert wird. Zwischen beidem besteht ein unauflöslicher Zusammenhang, und Veranstalter und Verantwortliche dieser Ausstellung haben in ihm sehr bewußt eine Art Leitlinie für das gesehen, was an Konzentrations-, an Kritik- und Urteilsfähigkeit vom Besucher legitimerweise zu erwarten sei.

Diese Leitlinie zog zugleich eine scharfe Grenze gegenüber jedem denkbaren Anspruch, die Geschichte in der Art unmittelbar für die Gegenwart einzuspannen, daß sie zu einem zusätzlichen Argument für oder gegen eine bestimmte Politik wird. Das gilt für die gesamte Ausstellung, naturgemäß aber in besonderem Maße für jene Abschnitte, die unmittelbar an die Gegenwart heranführen, also vor allem für den Teil, der der bisherigen Geschichte der Bundesrepublik gewidmet ist. Hier war, nicht

zuletzt auch wegen der durchaus noch fragmentarischen Basis
der Quellen für ein abgewogenes historisches Urteil, äußerste
Zurückhaltung geboten, und die möglichst eingehende Information und Dokumentation mußte hier eindeutig den Vorrang haben gegenüber jedem Versuch einer definitiven Einordnung und
Bewertung. Das mag manchem unbefriedigend erscheinen und
einige Diskussion und Kritik auslösen. Sie ist vom Standpunkt
des einzelnen, zur täglichen politischen Mitentscheidung Aufgerufenen völlig legitim, ja, höchst wünschenswert. Aber es ist
eines, als einzelner gerade auch die jüngste Vergangenheit zur
politischen Urteilsbildung heranzuziehen, dieser damit eine zusätzliche Perspektive und Dimension zu verschaffen – dem will
die Ausstellung ausdrücklich dienen –, ein anderes, von seiten
der Veranstalter hier mit bestimmten historischen Urteilen bestimmte politische Schlußfolgerungen zumindest nahezulegen.
Im übrigen wird man jedoch dort, wo der Stand der historischen
Erkenntnisse und der wissenschaftlichen Diskussion dies erlauben, klare Urteile schwerlich vermissen. Daß diese sich nicht
nach Art naiv-wohlmeinender Bilderbuchdarstellungen darauf
beschränken, den Sieg der angeblich guten Prinzipien und
Kräfte zu feiern, ihre Niederlagen zu betrauern, daß sie vielmehr
den Konflikt der jeweils real vorhandenen verschiedenen Ideen
und Interessen auszuloten, den wirklich gegebenen Entschei-
dungsspielraum auszumessen versuchen und sich nicht nur an
dem jeweils Wünschbaren orientieren, versteht sich dabei nach
der bereits skizzierten Konzeption von selbst. Auch hier wird
sich unausweichlich mancher Widerspruch erheben, und auch
hier ist er prinzipiell ebenso legitim wie erwünscht. Ja, man wird
in ihm geradezu einen Gradmesser dafür sehen können, wie-
weit die Ausstellung in der Lage ist, die historisch-politische
Urteilsbildung zu stimulieren und die Diskussion über Charakter
und Tragweite bestimmter bis heute wirksamer Grundentscheidungen der Vergangenheit neu zu beleben.
Eine Frage, deren Aktualität und spezifische Problematik
schwerlich zu leugnen ist, sollte dabei, wenn es nach dem
Willen der Veranstalter und Verantwortlichen dieser Ausstellung
ginge, besonders im Zentrum stehen: die Frage nach den historischen Bedingungen und damit zugleich auch nach den historischen Vorbelastungen des liberalen parlamentarisch-demokratischen Systems in Deutschland. Welche Hindernisse seiner
Einführung im Wege standen, welche Kräfte es jeweils be-
kämpften oder trugen, auf welchen Voraussetzungen es basiert

und warum diese Voraussetzungen in Deutschland erst relativ spät und lange Zeit nur bruchstückhaft gegeben waren, was es anfällig machte nicht nur für äußere Bedrohungen, sondern auch für einen Prozeß der Selbstzerstörung, für innere Krisen, die es schon während seiner Entstehung immer wieder bedrohten, und welche Momente schließlich seinem Widerpart, dem bevormundenden Obrigkeitsstaat ganz gleich welcher Couleur, eine so fortdauernde und bis in unsere Gegenwart hineinreichende Anziehungskraft verliehen – allen diesen Fragen wird in der Ausstellung mit besonderem Nachdruck nachgegangen. Die Antworten, die darauf jeweils aus dem spezifischen Kontext versucht werden, haben stets auch, wenn man genauer hinsieht und nicht nur auf vordergründige und damit allzuoft irreführende Parallelen aus ist, eine aktuelle Dimension. Das gilt nicht zuletzt auch für einen Aspekt, den zu übersehen sich leicht zu einer lebensbedrohlichen Krise für die gesamte liberale parlamentarisch-demokratische Ordnung ausweiten könnte: die Zeitbedingtheit bestimmter Ausdrucks- und Organisationsformen dieser Ordnung und auch bestimmter ihrer Grundlagen und Funktionsmechanismen, die ihre Substanz weit weniger ausmachen, als man gelegentlich glauben machen will. Auch und gerade hier kann die geschichtliche Analyse dazu beitragen, die Fähigkeit zu schärfen, zwischen äußerer Form und innerer Substanz zu unterscheiden, ja mehr noch, sich darüber klarzuwerden, wo sich Formen und Inhalt unter veränderten Bedingungen zu widersprechen beginnen. Gelingt es der Ausstellung, einen Anstoß in diese Richtung zu geben und das heißt zugleich zu wirklichem geschichtlichen Denken anzuregen, das die Erstarrungen und Verkrustungen historisch gewachsener und weiterer Entwicklungen fähiger Lebensformen von innen her aufzubrechen vermag, so liegt darin für sie wohl eine tiefere Rechtfertigung als in jedem modischen Aufruf zur Demontage von jeweils den anderen unterstellten angeblich falschen Geschichtsbildern.

Die visuelle Konzeption der Ausstellung
»Fragen an die deutsche Geschichte«

von Claus-Peter Groß

Die Visualisierung einer historischen Ausstellung, die einen inhaltlichen Zeitraum von fast 200 Jahren umfaßt, ist eine schwierige und vielseitige Aufgabe.
Da zunächst nur Bildmaterial, Dokumente und Zeittafeln zur Verfügung stehen, müssen zusätzliche Gestaltungsmethoden entwickelt und angewandt werden.
Eigens angefertigte Dokumentarfilme, Dia-Projektionen, realistische Rauminszenierungen und Modelle versuchen, dem Besucher auf seinem fast einen Kilometer langen Rundgang Geschichtsabläufe informativ und leicht verständlich nahezubringen. Die fast 3000 Quadratmeter große Ausstellungsfläche gliedert sich harmonisch in zwei Ebenen in die vorhandenen Räume des Reichstagsgebäudes ein.
Wie bietet sich im einzelnen der Ablauf dieser Ausstellung an? Im Eingangsraum der Ausstellung wird der Weg Deutschlands von der ständischen zur bürgerlichen Welt mittels pultartiger Gestelle gezeigt. Streng geordnet zwingen sie den Besucher, dem geschichtlichen Ablauf zu folgen – lassen aber den Gesamteindruck des Raumes durch ihre niedrige Höhe stets erkennen.
Die Vielfältigkeit der Zeit wird durch farbige, hinterleuchtete Diapositive widergespiegelt.
Dort, wo gegenständliche Ausstellungsobjekte zur Verfügung stehen, sind kleinere Inszenierungen angeordnet, die bestimmte Schwerpunkte der Thematik erkennen lassen.
Dia- und Filmprojektionen erläutern geographische und politische Veränderungen, so daß im Spannungsfeld der Medien diese Ausstellungsabteilung eine gewisse Lebendigkeit erfährt.
Die Revolution von 1848/49 stellt sich im Raum II dar. Der Weg zur Entstehung der Nationalversammlung wird durch zeitgenössische Darstellungen auf Leuchtwänden dokumentiert. Kulissenartige Stichwände geben Straßenkampfszenen wieder und vermitteln die dramatischen Auseinandersetzungen dieser Revolutionsjahre. Es wurde eine Serie des »Neuruppinger Bilderbogens« in Dioramen umgesetzt, dadurch entsteht eine anschauliche und lebendige Bildfolge mit dem Innenraum der

Frankfurter Paulskirche, Tagungsstätte der Nationalversammlung, als zentraler Mittelpunkt.

In den Abteilungen III und IV (»1855–1918«) bilden farbige Metallwände Gruppen – ähnlich den Seiten eines alten Fotoalbums. Aufnahmen aus der Frühgeschichte der Fotografie, diverse Exponate und ein Film dokumentieren Politik, Staat, Wirtschaft und Gesellschaft von Beginn der industriellen Revolution bis zum Ende des Kaiserreichs.

Der Zeitabschnitt 1914–1919 hat wieder ein anderes Erscheinungsbild, erstmals wird die Fotomontage als Stilmittel eingesetzt; als Querschnitt einer ineinandergreifenden Bildfolge der Kriegsjahre.

»Die Revolution 1918/19« läuft als ein Laufband vor dem Besucher ab. Waffen, Gebrauchsgegenstände und Zeitdokumente helfen mit, den Zeitgeist zu veranschaulichen.

Wieder eine andere Erscheinungsform hat der Raum V »Die Weimarer Republik«: Eine hohe Raumteilerwand beinhaltet lebensgroße Figuren in der Kleidung der zwanziger Jahre als Querschnitt der Gesellschaft. Dieser zeigt sich ebenfalls in einem aus Fotos bestehenden über drei Meter hohen Kartenhaus, das die Labilität dieser Zeit anschaulich macht.

Sechs kojenartige Ausstellungsabteilungen behandeln die wirtschaftlichen, politischen und gesellschaftlichen Probleme der Republik. In einem abgedunkelten Raum, der die Nachbildung des alten Plenarsaales des Reichstagsgebäudes zum Mittelpunkt hat, wird mittels einer Tonbildschau die wechselhafte Geschichte des Reichstages vorgeführt.

Einen starken Kontrast hierzu bilden vier sieben Meter hohe Türme, bestückt mit Spruchbändern, Plakaten und überdimensionalen Fotos, sie erinnern an die Monsterpropaganda des Nationalsozialismus. Ein Film »Konsequenzen« gibt eine zusammenfassende Übersicht der verbrecherischen Rassen- und Lebensraumpolitik.

Der letzte Raum ist so gestaltet, daß ein Spannungsfeld zwischen sachlicher Information und realistischen Rauminszenierungen entsteht. Drei Bühnenbilder: Trümmerszene 1945, Wiederaufbau um 1951 und eine Stadtlandschaft der sechziger Jahre vermitteln mit ihren architektonischen und figürlichen Ausstattungen bestimmte Zeitabschnitte. Gestaffelte Ausstellungselemente beinhalten Fotos, Grafiken und die notwendigen Textaussagen.

Ein Versuch, »Geschichte zum Anfassen« vorzustellen.

Mitteleuropa am Ausgang des 18. Jahrhunderts

Holstein

Hzm.
Mecklenburg-
Schwerin

Kgr. Preußen

Kurfsm.
Hannover

Bm.
Münster

Kurfsm.
Brandenburg

Österr.
Niederlande

Kurfsm.
Sachsen

Schlesien

Kgr. Böhmen

Kur-Pfalz

Hzm.
Württem-
berg

Kurfsm.
Bayern

Erzhzm.
Österreich

I Von der ständischen zur bürgerlichen Welt

Um die Wende vom 18. zum 19. Jahrhundert gerät die politische und soziale Ordnung Deutschlands in eine tiefe Krise: Der rasche Zusammenbruch des Reiches unter dem Ansturm der Armeen der Französischen Revolution zeigt, daß es dem alten Heiligen Römischen Reich Deutscher Nation nicht nur an äußerer, sondern vor allem auch an innerer Einheit fehlt. Im siegreichen Frankreich präsentiert sich den Zeitgenossen das Bild einer politisch selbstbewußten Nation, in der durch die Revolution von 1789 alle Standesschranken beseitigt und die rechtliche Gleichheit der Bürger in einer Verfassung verankert sind und in der das Volk unter Führung eines wirtschaftlich erstarkten und aufgeklärten Bürgertums aus eigener Kraft die Bevormundung durch den absolutistischen Fürstenstaat abgeschüttelt hat. Gerade vor diesem Hintergrund erscheinen die politischen wie die sozialen Verhältnisse in Deutschland als hoffnungslos anachronistisch.

Das »Heilige Römische Reich Deutscher Nation«, zersplittert in Hunderte von Territorien, ist nur ein loser Staatenbund, dem jede politische Zentralgewalt fehlt. Deutschland – das sind die Fürsten und ihre absolutistisch regierten Untertanen. Während die alte Reichsidee nur noch in kleineren Territorien und bei einigen Staatsrechtlern lebendig bleibt, wird die politische Situation im Reich weitgehend bestimmt vom Gegensatz der beiden Großmächte Preußen und Österreich.

Im Innern der Staaten hemmen starre Standesschranken zwischen Adel, Bürgern und Bauern die soziale und wirtschaftliche Entwicklung. Ein politisches Nationalbewußtsein fehlt den unmündig gehaltenen Untertanen ebenso wie den dynastische Interessenpolitik treibenden Fürsten. Nur im geistigen Leben bildet sich in der zweiten Hälfte des 18. Jahrhunderts ein Bewußtsein einer die sozialen Grenzen übergreifenden nationalen Zusammengehörigkeit heraus, das Schiller in die Worte faßt: »Deutsches Reich und deutsche Nation sind zweierlei Dinge . . . indem das politische Reich wankt, hat sich das geistige immer fester und vollkommener gebildet.«

Weil ein starkes Bürgertum im wirtschaftlich noch unterentwickelten Deutschland fehlt, bleibt die Französische Revolution trotz erheblicher intellektueller Auswirkungen in Deutschland zunächst fast ohne konkrete politische Folgen. Die Revolutionskriege enthüllen nur die Schwäche der alten politischen und sozialen Ordnung. Unter dem Ansturm der französischen Revolutionsarmeen brechen die absolutistisch regierten Staaten zusammen, die Großmächte Preußen und Österreich werden besiegt, und nach der territorialen Neuordnung Deutschlands durch Napoleon wird das Reich 1806 aufgelöst.

In dieser Stunde der vollständigen Niederlage setzt sich bei einigen wenigen die Erkenntnis durch, daß die Ursache der Katastrophe vor allem in der tiefen Kluft zwischen Staat und Gesellschaft zu suchen sei. Eine auf Freiheit und Gleichheit gegründete bürgerliche Gesellschaft soll zum neuen Fundament des Staates werden und die Befreiung des Vaterlandes ermöglichen. Durch staatliche Reformen will man die politische Emanzipation des Bürgers einleiten und sein Interesse am Staat und an der Nation wecken.

Nach dem Willen der preußischen Reformer sollte am Ende ein »repräsentatives System« eingeführt werden, »welches der Nation eine wirksame Teilnahme an der Gesetzgebung zusichert, um hierdurch den Gemeinsinn und die Liebe zum Vaterland dauerhaft zu begründen«. Die Nichterfüllung dieses Versprechens durch die reaktionäre Politik nach 1815 nahm der preußischen Sozialreform ihren politischen Sinn. Gleichzeitig zeigen sich die sozialen Schattenseiten der Reform: Zahlreiche Bauern und Handwerker werden Opfer der liberalen Wirtschaftsordnung und verarmen. Bildung und Besitz bleiben das Privileg einer schmalen Schicht.

Die Sozialreformen in den napoleonisch beeinflußten Rheinbundstaaten ähneln äußerlich den preußischen Reformen, sind aber auf ein anderes Ziel gerichtet. Es werden ebenfalls die Standesschranken aufgehoben, die Wirtschaft modernisiert und die Gleichheit der Bürger vor dem Gesetz gesichert. Aber es werden zunächst keine politischen Rechte gewährt, die Reformen dienen primär der Errichtung einer zentralisistischen Verwaltung. Da in Preußen das versprochene Repräsentativsystem dann jedoch ausbleibt, ein solches hingegen in den süddeutschen Staaten nach 1815 eingeführt wird, schreitet hier die politische Emanzipation im Vormärz weiter fort als in Preußen. Österreich verharrt noch ganz im absolutistischen System.

Die nationalen Impulse der preußischen Reformer fallen – nicht zuletzt wegen der drückenden französischen Besatzung – auf fruchtbaren Boden. Nach der nationalen Selbstbestätigung durch den Sieg über die napoleonischen Armeen werden jedoch die Hoffnungen der Patrioten enttäuscht. Auf dem Wiener Kongreß bestimmen wiederum allein die Interessen der Fürsten die

Neuordnung Deutschlands. Wie in den meisten Einzelstaaten gibt es auch beim Deutschen Bund keine Vertretung des Volkes. Nicht ein Nationalstaat, sondern ein lockerer Fürstenbund wird in Deutschland geschaffen. Sein Hauptziel wird die Verfolgung aller liberal und national Gesinnten, die es auch nach dem Sieg der Reaktion noch wagen, Verfassungen, Nationalvertretung und Pressefreiheit zu fordern. Außenpolitisch ist der Deutsche Bund mit seinen größten Gliedstaaten in das System der Heiligen Allianz und der Pentarchie eingespannt, das gleichfalls für die Zementierung der überlieferten politischen und sozialen Verhältnisse eintritt. Die Monarchen bleiben die alleinigen Souveräne. Zwar wirtschaftlich erstarkt, steht das Bürgertum im Kampf um politischen Einfluß noch am Anfang.

In den Jahrzehnten zwischen 1815 und 1848, im sogenannten Vormärz – der Zeit, die im weiteren Sinne der Märzrevolution von 1848 vorausgeht –, bilden sich in Opposition gegen das System des Deutschen Bundes zahlreiche Reformbewegungen. Getragen von unterschiedlichen gesellschaftlichen Schichten mit verschiedenen Zielvorstellungen, unterschiedlich auch in ihren politischen Methoden, sind sich alle diese Bewegungen darin einig, daß die wirtschaftliche, soziale und politische Ordnung entscheidend verändert werden müsse: in einem Nationalstaat auf parlamentarischer Grundlage, der die zersplitterten Kräfte sammeln und die unzeitgemäßen politischen Ordnungen beseitigen soll.

Und dies nicht allein in Deutschland. Der Nationalgedanke wirkt zu dieser Zeit in ganz Europa als revolutionäre Kraft. Die Befreiungskämpfe der Griechen, Spanier, Italiener und Polen beflügeln gleichzeitig die deutsche Nationalbewegung. Die französische Julirevolution von 1830 löst in ganz Europa eine Welle von nationalrevolutionären Erhebungen aus. Auch die deutsche Nationalbewegung artikuliert sich jetzt entschiedener als bisher.

Starke Impulse zur nationalen Einigung gehen von der wirtschaftlichen Entwicklung aus. Nach dem Beginn der Industrialisierung in Deutschland leidet die weitere Entfaltung von Handel und Industrie vor allem unter der ökonomischen und politischen Zersplitterung Deutschlands, die sich in einer Fülle von Zollschranken, von uneinheitlichen Münz-, Maß- und Gewichtssystemen zeigt. Nicht nur die deutschen Staaten, sondern auch Provinzen und Städte sind durch Zollschranken voneinander getrennt. Das Bürgertum, das bereits die Freiheitskriege gegen Napoleon getragen und die Idee der nationalen Einigung proklamiert hatte, erhebt jetzt auch aus wirtschaftlichen Über-

legungen die Forderung nach dem politischen Zusammenschluß
der deutschen Staaten.

Ein erster Schritt zur ökonomischen Vereinheitlichung ist die
Aufhebung der Binnenzölle in Preußen 1818. Über den mitteldeutschen Zollverein, über Zollverträge zwischen Preußen und
den mittel- und süddeutschen Staaten kommt 1833 der Deutsche Zollverein zustande, der unter Führung Preußens die meisten deutschen Staaten unter Ausschluß Österreichs zu-
sammenschließt. Parallel dazu schafft der Eisenbahn-, Straßen-
und Kanalbau die Voraussetzungen für ein einheitliches Wirt-
schaftsgebiet. Zwar ist das Ziel des Zollvereins hauptsächlich
die Vergrößerung des Wirtschaftsraumes, doch stehen bei einigen – etwa bei Friedrich List – von Anfang an politische Überlegungen im Vordergrund. Der wirtschaftliche Aufschwung der
im Zollverein zusammengeschlossenen Länder übt eine starke
Anziehungskraft auf andere Staaten aus. Nach dem wirtschaftlichen Zusammenschluß legt eine innere Logik auch den weiteren Schritt einer politischen Einigung nahe.

Seine eigentliche Antriebskraft erhält der Nationalgedanke jedoch zunächst aus der Tradition der Freiheitskriege, die vor
allem unter den Studenten lebendig ist. Die Vorhut der nationalen Bewegung bilden bis 1830 die Burschenschaften, die sich
auf gesamtdeutscher Ebene zusammenschließen. Sie veranstal-
ten mit dem Wartburgfest 1817 die erste öffentliche Kundgebung
für die Einheit Deutschlands. Ihr oppositioneller Charakter
kommt in der Verbrennung von Symbolen und Schriften der
Reaktion zum Ausdruck. Die »Gießener Schwarzen«, der radikale Flügel der Burschenschaften, sehen sogar bereits in der
Republik ihr Ziel, das sie nur auf dem Wege der gewaltsamen
Beseitigung der Fürsten für erreichbar halten.

Dagegen versuchen die Vertreter des politischen Liberalismus,
der wichtigsten Oppositionsbewegung dieser Zeit, auf legalem
Wege ihre Ziele zu erreichen. Dies zunächst in den Einzelstaaten. Ihr allgemeines Ziel ist die Erringung persönlicher und
politischer Freiheit für alle Untertanen, also die Gewährung bürgerlicher Freiheitsrechte wie Meinungs-, Presse- und Versammlungsfreiheit sowie die Mitbestimmung des Bürgers in den politischen Entscheidungsprozessen. Als Verfassungsform schwebt
ihnen die konstitutionelle Monarchie nach englischem und französischem Muster vor. Die in den mittel- und süddeutschen
Staaten nach 1815 erlassenen Verfassungen bilden die Grundlage für die Arbeit der Liberalen. Zwar gelingt es ihnen, in diesen

Staaten einzelne Reformen durchzusetzen. Tiefergreifende Veränderungen scheitern jedoch auch hier am monarchischen Prinzip, dem Souveränitätsanspruch der Einzelstaaten und den ständigen Versuchen der noch halbabsolutistischen Regierungen, Presse und Parlament zum bloßen Werkzeug der Exekutive zu machen.

Die eingeschränkte Freiheit in den deutschen Staaten verstärkt die nationale Zielsetzung des Liberalismus. Immer häufiger kommt es in den Landtagen zu Demonstrationen für die nationale Einigung: Am bekanntesten ist der Welckersche Antrag in der Zweiten Badischen Kammer auf Errichtung eines gesamtdeutschen Parlaments geworden, der in klassischer Form den nationalen Gedanken aus der Forderung nach größerer Freiheit herleitet. Volksversammlungen, Presse und bürgerliche Vereine, in denen die Liberalen aller Schattierungen zusammenwirken, sind das Zentrum der Agitation für den Nationalstaat. Die »Radikalen« gehen in ihren politischen und sozialen Forderungen weiter als die Mehrheit der übrigen Liberalen. Statt bloßer Beteiligung des Bürgers verlangen sie die Selbstregierung des »Volkes«. Und über die freie Entfaltung angeborener und erworbener Kräfte hinaus treten sie nachdrücklich für die Idee der sozialen Gleichheit ein. Für sie heißt das: die Aufhebung aller äußeren Unterschiede, jeder Form der Bevorzugung und Privilegierung und damit die gesellschaftliche und politische Besserstellung der sozial Benachteiligten.

Ganz wesentlich für die Stellung der »Radikalen« ist die mit der Bauernbefreiung und der Industrialisierung eintretende Massenverarmung. Der »Pauperismus« ist das zentrale Problem der gesellschaftlichen Entwicklung des Vormärz. Die »Radikalen« ziehen aus ihm politisch am weitesten reichende Forderungen. »Die unteren Volksklassen müssen zur Menschenwürde erhoben werden: nur als Mittel zu diesem Zweck haben die freien politischen Institutionen einen Sinn« (Johann Jacoby).

Die Hauptrichtung der politischen Opposition, der gemäßigte liberale Flügel und der radikalere demokratische, artikulieren sich beide kurz vor Ausbruch der Revolution von 1848 in verschiedenen Manifesten: dem Heppenheimer und dem Offenburger Programm. Darin werden die Alternativen einer Neuordnung aufgezeigt, über die schließlich in der Revolution entschieden werden sollte.

I/1   Auffahrt der Reichtagsgesandten vor dem Regensburger Rathaus 1729

I/2   Sitzung des Reichstages zu Regensburg 1663

I/3   »Audienz« am Reichskammergericht in Wetzlar um 1735

I. Das Alte Reich

Anders als die stärker zentralisierten Nachbarstaaten ist das »Heilige Römische Reich Deutscher Nation« gegen Ende des 18. Jahrhunderts nur ein loser Zusammenschluß einer Vielzahl von Territorien und Herrschaften ohne eine wirkliche politische Zentralgewalt. Die eigentliche Macht liegt bei den absolutistisch regierten Einzelstaaten mit den beiden europäischen Großmächten Preußen und Österreich an der Spitze.

Zentrale Institution des Reiches und äußerer Ausdruck seiner fortdauernden Einheit ist das Kaisertum. Die Macht des Kaisers beruht jedoch weniger auf seiner Stellung als Reichsoberhaupt, als vielmehr auf seiner Herrschaft in den habsburgischen Erblanden. Das Reich besitzt weder eine zentrale Verwaltung noch ein stehendes Heer. Nur als Rechtsgemeinschaft bietet es noch einen gewissen Schutz gegen fürstliche Willkür. Alle Versuche zur Bildung einer stärkeren Zentralgewalt scheitern am Widerstand der einzelnen Reichsstände. Ihre unterschiedlichen Interessen lähmen auch die Vertretung der Stände, den Reichstag zu Regensburg, mehr und mehr.

Trotz aller Reformansätze der absolutistischen Politik sind die meisten Territorien des Reiches auch wirtschaftlich und sozial rückständiger als die Länder Westeuropas. Die mittelalterliche Wirtschafts- und Gesellschaftsverfassung, die dem Adel die einflußreichsten Positionen sichert, ist noch fast ungebrochen. Starre Standesschranken zwischen Adel, Bürgern und Bauern hemmen die weitere Entwicklung.

Die Verfassung des Alten Reiches

»Das Römische Reich wäre ohnstreitig noch jezo die formidabelste Potenz von ganz Europa, wenn dessen Stände, fürnehmlich aber die mächtigsten, einig wären und mehr auf das gemeine Beste als auf ihr Privat-Interesse sähen«, schreibt 1745 der deutsche Staatsrechtler Johann Jacob Moser. In der Tat sind die Zersplitterung des Reiches in Hunderte von kleinen, fast autonomen Herrschaftsgebieten, das Gegeneinander der Kurfürsten, Fürsten, Reichsritter und Reichsstände und der ständige Streit zwischen katholischen und evangelischen Reichsständen die eigentliche Schwäche des »Heiligen Römischen Reiches Deutscher Nation«. Im Gegensatz zu seinen europäischen Nachbarn ist das Reich nur ein lockerer Bund selbständiger Partikulargewalten. Nach außen treten sie wegen ihrer sich überschneidenden Interessen nur selten geschlossen auf.

Ein Blick auf die Karte Europas am Vorabend der Französischen Revolution zeigt die bunte Vielfalt der Reichsterritorien. Mehr als 1790 selbständige Herrschaftsgebiete machen ein gemeinsames politisches Handeln fast unmöglich. Allein in einem so kleinen Gebiet wie dem schwäbischen Reichskreis drängen sich 92 Herrschaften und Reichsstädte. Den Territorien fehlt darüber hinaus oft die staatliche Geschlossenheit, weil – wie z. B. beim Erzstift Mainz – die einzelnen Besitzungen über das ganze Reich verstreut sind. Ein umfangreiches und einigermaßen geschlossenes Herrschaftsgebiet besitzen allein die Großmächte Österreich und Preußen, deren Territorien sich überdies weit über die Reichsgrenzen hinaus erstrecken.

Seit 1663 bis zum Ende des Reiches 1806 tagt in Regensburg ein »immerwährender Reichstag«. Hier versammeln sich die Gesandten der drei Reichsstände, der Kurfürsten, der Fürsten und der Reichsstädte, um über die Reichsangelegenheiten zu beschließen. Als Kollegium von weisungsgebundenen Gesandten ist der Reichstag nicht mit einem modernen Parlament zu vergleichen. Seine Beratungen erfolgen in strengen Formen getrennt nach Konfessionen und Ständen. Der schleppende Verhandlungsgang und die widerstreitenden Interessen der einzelnen Stände lassen die politische Bedeutung des Reichstages mehr und mehr zurückgehen. Die »lange Bank«, auf der die zur Entscheidung anstehenden Vorgänge für die endlosen Verhandlungen bereitgehalten werden, wird sprichwörtlich.

Die Reichsidee ist vor allem lebendig bei den kleineren Reichsständen, die im Reich einen Schutz gegen die Machtansprüche der größeren Territorien sehen, und bei einigen Staatsrechtlern, die mit seiner Hilfe Reformen durchsetzen wollen. Gerade weil das Reich kaum exekutive Befugnisse vorweisen kann, wirkt es vor allem als Rechtsgemeinschaft zum Schutz seiner Glieder. Diese rechtliche Einheit des Reiches wird durch die beiden obersten Reichsgerichte verkörpert: den Reichshofrat in der Wiener Kaiserresidenz und das Reichskammergericht in Wetzlar. Während das Reichskammergericht, das seit 1689 seinen Sitz in der kleinen Reichsstadt Wetzlar an der Lahn hat, eher als ständische Institution gilt, ist der Reichshofrat die oberste Appellationsinstanz des Kaisers und vertritt in seinen Entscheidungen häufig die kaiserlichen Interessen. Trotz der Schwerfälligkeit des Rechtsverfahrens – besonders in Wetzlar ziehen sich einzelne Prozesse bisweilen über mehr als 100 Jahre hin – bieten die beiden Reichsgerichte einen gewissen juristischen Schutz vor allem gegen die Willkür der Fürsten.

Seit 1512 ist das Reich in zehn Kreise eingeteilt, die zunächst den inneren Frieden wahren sollen, nach und nach aber auch andere, etwa wirtschafts- und verkehrspolitische, Aufgaben übernehmen. Besonders im territorial zersplitterten südwestdeutschen Raum arbeiten die Stände im Rahmen dieser Reichskreise eng zusammen. Ständische Vertretungsorgane bestehen daneben auch in vielen Einzelstaaten. Trotz aller Brüche ist die ständische Tradition eine wichtige Grundlage für den im 19. Jahrhundert entstehenden modernen Parlamentarismus.

Die wirtschaftliche und soziale Ordnung des Alten Reiches

Verglichen mit England und Westeuropa ist Deutschland am Ausgang des 18. Jahrhunderts in seiner wirtschaftlichen und sozialen Entwicklung weit zurück. Die Gesellschaft des Alten Reiches ist immer noch streng nach Ständen gegliedert. Die Ständepyramide symbolisiert die hierarchisch aufgebaute, vorgeblich gottgegebene soziale Ordnung, in der jeder in seinen Stand hineingeboren wird und an seine Position meist lebenslang gebunden ist. Die verschiedenen Stände sind durch Sprache, Kleidung und Verhalten streng voneinander geschieden. Allen Tendenzen zur Auflockerung dieser Ordnung versuchen die landesherrlichen oder städtischen Obrigkeiten durch genaue Vorschriften entgegenzutreten.

Das Alte Reich ist eine agrarisch strukturierte Gesellschaft: Vier Fünftel der Bevölkerung leben auf dem Lande. Die Landwirtschaft ist noch immer der wichtigste Wirtschaftsfaktor. Ihre oft schwankenden Erträge bestimmen unmittelbar die Lebensumstände nahezu aller Bevölkerungsschichten. In West- und Süddeutschland ist der Agrarsektor grundherrschaftlich organisiert: Die Bauern bewirtschaften ihr Land selbständig, sind aber dem Grundherrn gegenüber zu Naturalabgaben (»Zehnten«) und Diensten (»Fronden«) verpflichtet. Vor allem in den ostelbischen Gebieten dominiert dagegen das System der Gutswirtschaft. Adelige Junker bewirtschaften große Ländereien mit Leibeigenen und anderen abhängigen bäuerlichen Arbeitskräften.

In den Städten des Reiches lassen sich zwei gegenläufige Entwicklungen beobachten: Während vor allem die Haupt- und Residenzstädte, z. T. Neugründungen des 18. Jahrhunderts, und einige zentral gelegene Handels- und Gewerbestädte sichtlich prosperieren, zeigt sich bei vielen einstmals führenden Städten eine Stagnation oder gar ein Niedergang. Die städtischen Gewerbe sind in Deutschland auch um 1800 noch ganz überwiegend in Zünften organisiert. Diese beharren auf ihren überkommenen Privilegien, unterbinden offene Konkurrenz und hemmen damit eine freiere Entfaltung des wirtschaftlichen Lebens. Zugleich sichern sie jedoch ihren Zunftgenossen eine ausreichende Nahrungsgrundlage. Die Zünfte vertreten nicht nur die wirtschaftlichen Interessen ihrer Genossen, sondern umfassen den ganzen Lebenskreis des Menschen außerhalb des Hauses und der Kirche.

Neben den zünftigen Handwerken entwickeln sich gegen Ende des 18. Jahrhunderts, oft unter starker landesherrlicher Förderung, neue Gewerbeformen: zum einen Manufakturen als größere vorindustrielle Gewerbebetriebe besonders bei der Fertigung von Luxusgütern, zum anderen das Verlagssystem, bei dem die Produktion auf eine Vielzahl von selbständig Arbeitenden verteilt ist. Der Versuch, die wirtschaftliche Stellung des Zunfthandwerks gegen die zunehmende Konkurrenz von Manufakturen und Verlagsorganisation zu behaupten, führt in vielen Städten gegen Ende des 18. Jahrhunderts zu scharfen sozialen Konflikten. 1794 kommt es z. B. in Augsburg zum offenen Aufstand der Weber, die das Rathaus gewaltsam besetzen.

Der Handel nimmt bereits im Laufe des 18. Jahrhunderts einen allmählichen Aufschwung, obwohl aufgrund der vielfältigen Hemmnisse noch kein grundlegender Strukturwandel zu beobachten ist. Die Entwicklung des Handels wird allerdings durch die territoriale Zersplitterung und ein kompliziertes System verschiedenster Zölle und Abgaben behindert. Fast in jedem einzelnen Territorium gelten eigene Maße, Gewichte und häufig auch unterschiedliche Währungen. Vor allem die Kaufleute, die im Groß- und Fernhandel zu Vermögen kommen, bilden gegen Ende des 18. Jahrhunderts mehr und mehr die städtische Oberschicht. Ihr politischer Einfluß in der Stadt bleibt jedoch häufig durch ein adeliges Patriziat beschränkt.

I/4   Allegorische Darstellung der Ständeordnung aus dem 17. Jahrhundert

I/5   Die Einheit von Burg, Stadt und Dorf als Symbol der feudalen Ordnung des Alten Reiches

I/6   Der Münchener Marienplatz mit dem Alten Rathaus um 1760

I/7   Aufständische Weber vor dem Augsburger Rathaus 1794

I/8   Der Leipziger Marktplatz während der Messe um 1800

Erklärung der Rechte des Menschen und des Bürgers.

Hans Guttenberg von Straßburg, Erfinder der Buchdruckerkunst.

Da die Stellvertreter der französischen Nation, welche die National-Versammlung ausmachen, in Erwägung zogen, daß Unwissenheit, Vergessenheit und Verachtung der Menschenrechte die einzigen Ursachen des allgemeinen Unheils, und des Verderbnisses der Regierungen sind; so beschloßen sie, die natürlichen, unveräußerlichen und heiligen Rechte des Menschen, mittelst einer feyerlichen Erklärung, in deutlichem Licht zu setzen: damit diese Erklärung allen und jeden Gliedern des Staatskörpers immer vor Augen liege, und sie an ihre Rechte und Pflichten unabläßig erinnere; damit man die verschiedenen Handlungen der gesetzgebenden und der ausführenden Macht, mit dem Zweck aller und jeder Staatseinrichtungen stets vergleichen könne, und daher mit destomehr Ehrfurcht für dieselben erfüllet werde; damit künftighin des Reichsbürgers Berufungen auf Rechte in dieser Erklärung so einfache als unumstößliche Gründe finden, und demnach selbst sein Widerstand zu Erhaltung unserer Reichs-Verfassung und zu allgemeiner Wohlfahrt, gedeihen möge.

Zufolge dessen erkennet und erkläret die National-Versammlung, in Gegenwart und unter Obwaltung des Höchsten, folgende Rechte des Menschen und des Bürgers.

I.

Von ihrer Geburt an sind und bleiben die Menschen frey und an Rechten einander gleich. Bürgerliche Unterscheidungen können nur auf gemeinen Nutzen gegründet seyn.

II.

Jede Bildung politischer Gesellschaften hat die Erhaltung der natürlichen und unveräußerlichen Rechte des Menschen zu ihrem Zwecke. Dieser Rechte Gegenstände sind Freyheit, Eigenthum, Sicherheit und Widerstand gegen Unterdrückung.

III.

Die höchste Machthabung jedes Staates gründet sich wesentlich auf die Nation. Weder einzelne Personen, noch Körperschaften, können je irgend eine Macht ausüben, die nicht ausdrücklich aus dieser Quelle fließe.

IV.

Die Freyheit besteht darin, daß jeder alles thun darf, was keinem andern schadet. In Ausübung natürlicher Rechte sind demnach keinem Menschen andere Grenzen gesetzt, als die, welche den Genuß gleicher Rechte anderen Gliedern der Gesellschaft sichern. Das Gesetz allein kann diese Grenzen bestimmen.

V.

Das Gesetz darf Handlungen nur in so fern verbiethen, als sie der Gesellschaft schädlich sind. Was das Gesetz nicht verbiethet, darf niemand hindern; und niemand darf gezwungen werden, zu thun, was das Gesetz nicht befiehlt.

VI.

Das Gesetz ist der Ausdruck des allgemeinen Willens. Zu Bildung desselben haben alle Bürger gleiches Recht, persönlich, oder durch Stellvertreter,Theil zu nehmen. Das Gesetz muß für alle und jede, es seye zum Schutz oder zur Strafe, Ein und dasselbe Gesetz seyn. Vor ihm sind alle Bürger gleich; haben alle zu allen öffentlichen Würden, Stellen und Aemtern, nach Maaßgab ihrer Fähigkeiten, gleiche Ansprüche. Es läßt keinen andern Unterschied zu, als den, welchen Tugenden und Talente machen.

VII.

Kein Mensch darf gerichtlich angeklagt, in Verhaft genommen, oder sonst in persönlicher Freyheit gestöret werden; es seye dann in Fällen, das Gesetz bestimmt, und nach der Form, die es vorschreibt. Alle die, welche willkührliche Befehle bewirken, ausfertigen, ausüben, oder vollstrecken lassen, sind der Strafe unterworfen. Hingegen ist jeder Bürger, der in Kraft des Gesetzes vorgeladen oder gegriffen wird, zu augenblicklichen Gehorsam schuldig. Durch Widerstand wird er straffällig.

VIII.

Das Gesetz soll nur Strafen verordnen, die unumgänglich einleuchtend nothwendig sind. Niemand kann je gestraft werden, nur in Kraft eines verordneten Gesetzes, welches vorher ausgekündet und nachher auf das Verbrechen gesetzmäßig angewendet worden.

IX.

Da kein Mensch eher für schuldig angesehen werden kann, bis er nach dem Gesetze dafür erklärt wird; so folget daraus, daß jeder, den man in Verhaft zu nehmen unumgänglich nöthig findet, gegen alle Strenge, die dazu nicht nöthig ist, durch das Gesetz gänzlich geschützt werden muß.

X.

Wegen Meinungen, selbst in Religionssachen, darf niemand beunruhiget werden, wenn er nur durch derselben Aeußerung öffentliche Ordnung, welche das Gesetz eingeführt hat, nicht störet.

XI.

Die freye Mittheilung der Gedanken und Meinungen ist eines der schätzbarsten Rechte des Menschen. Jeder Bürger darf demnach frey reden, schreiben und drucken lassen, was er will. Nur in den vom Gesetze bestimmten, Fällen hat er den Mißbrauch dieser Freyheit zu verantworten.

XII.

Zur Gewährleistung der Rechte des Menschen und des Bürgers wird öffentliche Gewalt erfordert. Folglich dienet die Einführung dieser Gewalt zu gemeiner Wohlfahrt aller und jeder, und nicht zu besonderm Nutzen derer, denen sie anvertrauet wird.

XIII.

Zu Unterhaltung öffentlicher Gewalt, und zu Bestreitung der Verwaltungskosten, wird allgemeiner Beytrag unumgänglich erfordert. An diesem müssen alle Bürger, nach Maaßgab ihres Vermögens, gleichen Antheil nehmen.

XIV.

Die Bürger haben das Recht, die Nothwendigkeit des öffentlichen Beytrages zu untersuchen, und ihn durch sich selbst, oder durch ihre Stellvertreter, frey zu genehmigen, zu bestätigen, dessen Verwendung zu wissen, und die Summe, die Quellen, woraus sie gegen wird, die Art der Erhebung und die Dauer zu bestimmen.

XV.

Die Gesellschaft hat das Recht, von jedem öffentlichen Geschäftsträger, wegen seiner Verwaltung, Rechenschaft zu fordern.

XVI.

Ein Staat, worin der Rechte Gewährleistung nicht gesichert, worin die Grenzen verschiedener Machthabungen nicht bestimmt sind, hat keine Verfassung.

XVII.

Da das Eigenthum ein unverletzbares und heiliges Recht ist, kann niemand desselben beraubt werden; es seye dann, daß öffentlich und gesetzmäßig bewährte Noth solches augenscheinlich erheische. Aber auch dann darf dieß nur unter Bedingung gerechter und vorläufiger Schadloshaltung geschehen.

In deutscher Sprache herausgegeben von Andreas Meyer, Sohn, französischen Staats-Bürger zu Straßburg; und bey ihm um 12 Sous zu haben, in der Kronenburgerstraße N°.

II. Revolution und Reform

Unter dem Eindruck und der Einwirkung der Französischen Revolution vollziehen sich auch in Deutschland zwischen 1789 und 1815 tiefgreifende Veränderungen in Staat, Wirtschaft und Gesellschaft. Durch den Druck zunächst des revolutionären, dann des napoleonischen Frankreich bricht das Alte Reich binnen weniger Jahre zusammen. Napoleon setzt eine umfassende territoriale Neugliederung des zersplitterten Mitteleuropa durch, aus der vor allem in Süddeutschland leistungsfähige Mittelstaaten hervorgehen.

Die kriegerischen Jahrzehnte um die Wende vom 18. zum 19. Jahrhundert sind zugleich eine Epoche der großen inneren Reformen. Einfluß und Vorbild der napoleonischen Politik, die sich rapide verschärfenden Finanzprobleme sowie die notwendige Integration sehr verschieden strukturierter Gebiete in ein einheitliches Gemeinwesen im Falle der süddeutschen Staaten und die Folgen der militärischen Niederlage im Falle Preußens führen nun auch in Mitteleuropa zu einer umfassenden politischen, militärischen, wirtschaftlichen und gesellschaftlichen Neuordnung. Mit den Reformen wird die überkommene feudal-ständische Ordnung endgültig aufgebrochen und eine freiere Entwicklung von Wirtschaft und Gesellschaft ermöglicht – allerdings ausschließlich auf dem Weg einer »Reform von oben«, mit der Folge eines sich noch weiter verstärkenden staatlichen und bürokratischen Einflusses.

Die Hoffnungen der sich in den Freiheitskriegen gegen Napoleon formierenden nationalen Bewegung auf einen deutschen Nationalstaat werden vom Wiener Kongreß enttäuscht. Der »Deutsche Bund« – ohnehin nur ein lockerer Zusammenschluß weitgehend souveräner Einzelstaaten – entwickelt sich, insbesondere nach der reaktionären Wende des Jahres 1819, unter der Führung Metternichs zu einem reinen Repressionsinstrument. Dagegen werden mit den ersten modernen Verfassungen vor allem in den süddeutschen Ländern neue Rahmenbedingungen und parlamentarische Institutionen geschaffen, die das aufstrebende Bürgertum in seinem liberalen Sinn politisch zu nutzen weiß.

Das neue revolutionäre Frankreich

Am Anfang des Umbruchs in Frankreich steht der revolutionäre Akt der Abgeordneten des Dritten Standes, die sich am 17. Juni 1789 zur Nationalversammlung erklären und drei Tage später gemeinsam schwören, nicht eher auseinanderzugehen, als bis das Land eine gerechte Verfassung erhalten habe. Mit dem gewaltsamen Sturm auf das Symbol des verhaßten Absolutismus, das Staatsgefängnis der Bastille, kommt am 14. Juli 1789 die schwelende Unruhe und Erregung breiter Bevölkerungskreise zum offenen Ausbruch. Der Prozeß der revolutionären Veränderung wird unumkehrbar und breitet sich binnen kurzer Zeit über ganz Frankreich aus. In ihrer »Erklärung der Menschen- und Bürgerrechte« vom 26. August 1789 bekennt sich die französische Nationalversammlung zu den Prinzipien der politischen Freiheit und gesetzlichen Gleichheit als natürlichen, unveräußerlichen Rechten des Individuums. Wie kein anderer Text der Revolution dringt diese Proklamation als Grundgesetz jeder liberalen Ordnung in das allgemeine Bewußtsein.
Die Nachrichten von den revolutionären Ereignissen in Frankreich breiten sich auch in Deutschland rasch aus, doch eine größere politische Resonanz findet erst die zweite Phase der Revolution nach der Ausrufung der Republik im September 1792. Unter dem Einfluß der Französischen Revolution differenziert sich vielerorts in Deutschland die politische Öffentlichkeit: Neben der Aufklärungsbewegung formiert sich eine neue radikalere, den französischen Jakobinern nahestehende Richtung, die sich die republikanischen Forderungen zu eigen macht. Das Zentrum der jakobinischen Aktivitäten liegt allerdings bezeichnenderweise in West- und Süddeutschland, also im französischen Macht- und Einflußbereich. Während der französischen Besetzung der Stadt errichten Mainzer Jakobiner 1792/93 für kurze Zeit die erste Republik auf deutschem Boden. Sie kann sich allerdings nur auf eine Minderheit in der städtischen Bevölkerung stützen und bricht nach dem Abzug der Franzosen zusammen.

Die Revolutionskriege

Schon bald nach dem Ausbruch der Revolution strömt eine erste Welle von politischen Flüchtlingen aus Frankreich in die benachbarten Reichsgebiete. Die zumeist adeligen Emigranten sind wegen ihres oft arroganten Auftretens bei der Bevölkerung we-

I/10   Sitzung des Mainzer Jakobinerclubs im Kurfürstlichen Schloß 1792

I/11   Einzug Napoleons in Berlin 1806

Denkmal

der Übergabe der Reichsstadt Nürnberg

an Sr. Königl. Majestät von Baiern

MAXIMILIAN IOSEPH.

A° 1806. d. 15. Sept. erfolgte die feierliche Übergabe der Stadt Nürnberg u. ihren Gebiete, an das Königreich Baiern, und wurde diese Übergabe d. 21. Sept. durch ein solenes Dank Fest gefeiert.

Dies schenkt der Genius der Zeit,
In Jahrbuch der Denkwürdigkeit

Mit diesem Blat empfiehlt sich zur hohen Protection einer
hochloeblich. Preißwürdigen
INDÜSTERIE GESELLSCHAFT
und weihet es Derselben
in tiefster Ergebenheit

Paul. Carl. Fried. Pengel
Kupferstecher in Nürnberg

nig beliebt. Sie drängen, wenn auch zunächst ohne durchgreifenden Erfolg, die europäischen Monarchien zum militärischen
Vorgehen gegen das revolutionäre Frankreich. Mit dem Ausbruch des ersten Koalitionskrieges im April 1792 beginnt eine
mehr als zwei Jahrzehnte dauernde Kriegsepoche, in der nur
kurze Friedensphasen die militärischen Auseinandersetzungen
unterbrechen. Nach ersten überraschenden Erfolgen der Revo-
lutionsarmee wird der Krieg sogleich auch auf das Reichsgebiet
getragen: Am 30. September 1792 erobern französische Truppen unter General Custine die Stadt Speyer.
Mit Napoleon wandelt sich die Verteidigung der Revolution endgültig in einen Eroberungskrieg im Namen der revolutionären Errungenschaften. Binnen weniger Jahre beherrscht Frankreich
beinahe den ganzen europäischen Kontinent. Die innere und
äußere Ordnung des Ancien Régime ist vollständig zusammen-
gebrochen. Nach den militärischen Erfolgen des Jahres 1805
gegen Österreich und Rußland sowie der Neuordnung Süd-
deutschlands durch Napoleon folgt im Herbst 1806 der Feldzug
gegen Preußen, das in der Doppelschlacht von Jena und Auer-
stedt am 14. Oktober eine vernichtende Niederlage hinnehmen
muß. Der Einzug Napoleons durch das Brandenburger Tor nach
Berlin am 27. Oktober 1806 besiegelt die preußische Niederlage. König Friedrich Wilhelm III. wird am 9. Juli 1807 im Diktat-
frieden von Tilsit zur Abtretung aller Landesteile westlich der
Elbe sowie der eben erst vereinnahmten polnischen Gebiete
und zur Zahlung hoher Kriegsentschädigungen gezwungen.
Auch der als fortschrittlich geltende Staat des preußischen Absolutismus erweist sich gegenüber dem revolutionären Frankreich politisch und militärisch als hoffnungslos unterlegen.

Die Neuordnung durch Napoleon

Die Niederlage des Reiches gegen Napoleon gibt den Anstoß zu
einer grundlegenden Neuordnung aller staatlichen Verhältnisse
in Mitteleuropa. Die größeren und mittleren Reichsfürsten sollen
für ihre Gebietsverluste auf dem an Frankreich abgetretenen linken Rheinufer durch Territorien der Kirche und kleinerer welt-
licher Herrschaften entschädigt werden. Mit dem Reichsdeputationshauptschluß vom 25. Februar 1803 erkennt das Reich die
französisch-russischen Neuordnungspläne an.
Der Reichsdeputationshauptschluß und die territorialen Umwäl-

zungen der Jahre 1805/06 berauben fast alle kleineren Reichsstände ihrer Reichsunmittelbarkeit. Die Landkarte des Reiches
verliert einen guten Teil ihrer Buntscheckigkeit. Bistümer und
Abteien, kleine Fürstentümer und Reichsstädte werden mediati-
siert, d. h. größeren Territorien zugeschlagen. Die Säkularisie-
rung, also die politische Entmachtung der geistlichen Herrscher
und die Enteignung großer Teile kirchlichen Eigentums, bedeutet zugleich einen wichtigen Schritt zur Auflösung der überkommenen feudalen und ständischen Gesellschaft: Der Adel verliert
wichtige Versorgungseinrichtungen, Bauern und Bürger erwer-
ben kirchlichen Grund und Boden, in manches Kloster ziehen
moderne Gewerbebetriebe ein.
Durch die territoriale Neugliederung des Reiches entstehen vor
allem in Süddeutschland mit den Königreichen Bayern und
Württemberg und den Großherzogtümern Baden und Hessen-
Darmstadt leistungsfähige Mittelstaaten. Ihre Herrscher fühlen
sich im Interesse ihrer neu erworbenen Machtstellung Napoleon
und Frankreich auf das engste verbunden. Mit der Unterzeichnung der »Rheinbundakte« durch 16 süd- und südwestdeutsche
Staaten am 12. Juli 1806 in Paris ist auch das Ende des »Heiligen Römischen Reiches Deutscher Nation« gekommen. Am
1. August 1806 vollziehen die Rheinbundmitglieder ihren Austritt
aus dem Reichsverband, fünf Tage später legt Kaiser Franz II.
die Reichskrone nieder und erklärt das Reich für erloschen. Die
Fürsten des Rheinbundes huldigen am 12. Juli 1806 dem französischen Kaiser in Paris. Ihr Bund, ein Offensiv- und Defensiv-
bündnis unter dem Protektorat Napoleons, schafft in Mitteleuropa ein machtpolitisches Gegengewicht gegen Preußen und
Österreich. Alle Projekte, den Rheinbund durch gemeinsame Institutionen zu einem Bundesstaat auszubauen, scheitern jedoch
am Widerstand der größeren Mitgliedsstaaten.
Am 21. November 1806 verkündet Napoleon in Berlin das De-
kret über die Kontinentalsperre: Mit einer völligen Wirtschafts-
blockade soll England auch politisch in die Knie gezwungen werden. Zugleich erwartet Frankreich von einer Umorientierung der
Wirtschaft auf dem europäischen Kontinent verbesserte Export-
chancen und eine Stärkung seiner Position. Die wirtschaftlichen
Auswirkungen der Kontinentalsperre, die Frankreich mit scharfen Kontrollen durchzusetzen versucht, differieren sehr stark:
Während einzelne Gewerbezweige ohne die englische Konkurrenz aufblühen, leiden vor allem die Landwirtschaft und der Handel sehr unter den Restriktionen.

I/13   Huldigung der Rheinbundfürsten an Kaiser Napoleon 1806

I/14   Öffentliche Verbrennung englischer Waren durch französische Truppen in Hamburg 1810

I/15/16 Die »Nassauische Denkschrift« des Freiherrn vom Stein, Juni 1807. Erste Seite in der Handschrift Steins

I/17/18 Wilhelm von Humboldts Antrag auf Errichtung der Universität Berlin, 12. Mai 1809.
Erste Seite in der Handschrift Humboldts

I/19   Militärparade unter den Linden 1837, Gemälde von F. Krüger

Die preußischen und rheinbündischen Reformen

Der Wille zu umfassenden Reformen geht in den neugeschaffenen süddeutschen Staaten besonders auf die Notwendigkeit zurück, Gebiete ganz verschiedener historischer Tradition und Verwaltungsstrukturen zu einem staatlichen Ganzen zu verschmelzen. Nach oft eher zaghaften ersten Schritten setzen sich meist die streng zentralistischen Reformkonzepte nach französischem Vorbild durch.

In Preußen werden die Reformen vor allem durch die schmerzliche Erfahrung der Niederlage gegen Napoleon angestoßen: In seiner »Nassauer Denkschrift« vom Juni 1807 entwickelt der Freiherr vom Stein ein umfassendes Konzept, wie dem preußischen Staat durch eine »Belebung des Gemeingeistes und des Bürgersinns« neue Kräfte zugeführt werden sollen. Schon früh gerät dieses Konzept jedoch in Konflikt mit den Machtansprüchen des preußischen Königs.

An der Spitze der Reformen steht jeweils eine durchgreifende Neuordnung der staatlichen Verwaltungsgliederung und der Finanzverfassung, die den bereits im Absolutismus begonnenen Prozeß der modernen Staatsbildung fortführt und vollendet. Den zweiten Schwerpunkt der Reformen bildet die Freisetzung der Gesellschaft durch ein neues bürgerliches Rechtssystem. Die damit verbundenen Probleme bündeln sich besonders in den Auseinandersetzungen um die Einführung des 1804 in Frankreich geschaffenen Zivilgesetzbuches, des Code Napoléon, in den Rheinbundstaaten.

Vielleicht am deutlichsten wird der Übergang vom Obrigkeitsstaat zum Bürgerstaat in der preußischen Reform der Heeresverfassung. Die Abschaffung des Adelsmonopols auf die Offiziersstellen erschüttert die wichtigste Institution des alten Preußen. Auch die Auswahl der Offiziere soll sich künftig nach den bürgerlichen Bildungs- und Leistungsprinzipien richten. Das zweite Kernstück der Militärreformen in Preußen bildet die Einführung der allgemeinen Wehrpflicht. Der Dienst in der Armee soll nicht mehr als verhaßter Zwang, sondern als patriotische Pflicht des Staatsbürgers empfunden werden, die Armee soll Teil der bürgerlichen Gesellschaft werden.

Zu den wichtigsten gesellschaftlichen Reformen zählen die Bauernbefreiung und die sie begleitenden Maßnahmen: Formen persönlicher Unfreiheit wie die Leibeigenschaft werden aufgehoben, die Dienste und Abgaben der Bauern sollen gegen Geldzahlungen abgelöst werden, Grund und Boden werden frei verkäufliche Wirtschaftsgüter. In engem Zusammenhang mit der Wirtschafts- und Gesellschaftsreform stehen auch die ersten gesetzlichen Schritte zur Emanzipation der Juden. In Preußen erlaubt das Edikt vom 11. März 1812 den Juden den Eintritt in das Gemeindebürgerrecht, die freie Gewerbeausübung und den Grunderwerb, während ihnen der Staatsdienst und das Offizierskorps weiter veschlossen bleiben. Nach Jahrhunderten der bloßen Duldung und z. T. auch der Ghettoisierung öffnet sich den Juden in dieser Zeit des Umbruchs, trotz vieler nach wie vor bestehender rechtlicher und faktischer Beschränkungen, der Weg zur bürgerlichen Gleichberechtigung.

Das Ideal des Freiherrn vom Stein, den preußischen Staat durch eine stärkere Beteiligung seiner Bürger zu stärken, wird am ehesten in der Städteordnung von 1808 verwirklicht. Sie gewährt den Gemeinden weitgehende Selbstverwaltungsrechte und legt die kommunalen Geschicke in die Hände der von den Bürgern selbst gewählten Stadtverordneten. Die Beschränkung des Bürgerrechts auf die selbständigen Kaufleute und Gewerbetreibenden bleibt jedoch erhalten. Die weitergehenden Zielsetzungen, die Stein und Hardenberg mit dem Selbstverwaltungskonzept verbinden, nämlich repräsentative und konstitutionelle Elemente auch auf den höheren staatlichen Ebenen bis hin zu einer preußischen Verfassung, erfüllen sich jedoch nicht.

Preußen hat mit den Gebietsabtretungen des Jahres 1807 auch seine »Hauptuniversität« Halle verloren. Das Konzept für die Gründung einer neuen Universität in Berlin formuliert Wilhelm von Humboldt (1767–1835), der 1809 an die Spitze der preußischen Unterrichtsverwaltung berufen wird, in einem Schreiben an den preußischen König vom 24. Juli 1809. Humboldts Idee der Universität geht von dem Prinzip der Einheit von wissenschaftlicher Forschung und Lehre und von dem Leitbild zweckfreier, nicht unmittelbar auf eine Nutzanwendung gerichteter Wissenschaft aus, deren freie Entwicklung vom Staat getragen und gesichert werden soll. Neben der Reform der Universität steht die Neuordnung des Schulwesens, das nach dem Willen der Reformer in Preußen künftig nur noch aus der Volksschule für die elementare, allgemeine Bildung und dem neuen Typus des humanistischen Gymnasiums für die höhere Bildung bestehen soll.

I   Die Kaiserkrönung Josephs II. im Frankfurter Dom 1764

II   Johann Wolfgang von Goethe, Landschaft mit Freiheitsbaum, 1792

III   Eröffnung der Eisenbahnlinie München–Augsburg am 1. September 1839

IV   Die Harkortsche Fabrik auf Burg Wetter um 1834, Gemälde von Alfred Rethel

I/20   Gottesdienst für die neugewählten Berliner Stadtverordneten in der Nikolaikirche 1808

I/21   Entwurf von Friedrich Weinbrenner für die neue Synagoge in Karlsruhe 1798

Die Freiheitskriege

Philosophen und Dichter – so etwa Ernst Moritz Arndt 1813 in seinem patriotischen Lied »Was ist des Deutschen Vaterland?« – bekennen sich in der Zeit der napoleonischen Herrschaft zu einer »deutschen Nation« und rufen zum Kampf gegen die Fremdherrschaft auf. Die »Befreiung« von Napoleon soll zugleich zu einem allgemeinen Aufbruch in die »Freiheit«, in einen nationalen Verfassungsstaat werden. Nach und nach erwacht der Widerstand gegen die napoleonische Herrschaft in den deutschen Ländern. Immer drückender werden die Lasten der französischen Besatzung, die Aushebung deutscher Truppen und das Elend der fortgesetzten Kriege empfunden. In Preußen wird der eher zögernde König Friedrich Wilhelm III. von der aufflammenden nationalen Begeisterung zum Krieg gegen Napoleon getrieben. Der Widerstand gegen Napoleon kann sich bald auf eine breite Freiwilligenbewegung aus allen Bevölkerungsschichten stützen und organisiert sich in sogenannten Freikorps. Nach der Niederlage Napoleons in Rußland 1812 erringen die verbündeten preußischen, österreichischen und russischen Truppen in der »Völkerschlacht« bei Leipzig am 16.–19. Oktober 1813 den entscheidenden Sieg über den französischen Kaiser. Napoleon muß sich mit seiner Armee nach Frankreich zurückziehen, der Rheinbund löst sich auf.

Der Wiener Kongreß

Nach dem Sieg über Napoleon beraten von September 1814 bis Juni 1815 in Wien die Fürsten und Minister der verbündeten Großmächte Rußland, Großbritannien, Österreich und Preußen mit Vertretern anderer deutscher und europäischer Staaten sowie den Unterhändlern des besiegten Frankreich über die Neuordnung der europäischen Verhältnisse. Das Ergebnis des Wiener Kongresses – niedergelegt in der Schlußakte des Wiener Kongresses vom 9. Juni 1815 – steht einerseits im Zeichen der Restauration: Viele Grenzen und die Gewichtsverhältnisse zwischen den fünf Großmächten werden wiederhergestellt, gewaltsam vertriebene Dynastien wieder in ihre Rechte eingesetzt. Andererseits aber erweist sich eine vollständige Rückkehr zu den absolutistisch geprägten Ordnungen der vorrevolutionären Zeit als unmöglich. In einem großen »Länderschacher« werden auf dem Wiener Kongreß viele der von Napoleon vollzogenen Änderungen in der europäischen Staatenwelt wieder rückgängig gemacht. Lediglich die territoriale Neuordnung Deutschlands bleibt im wesentlichen unangetastet. Die konservativen Ostmächte Rußland, Österreich und Preußen verbünden sich in der »Heiligen Allianz« zur Erneuerung christlicher Grundsätze. In der Praxis läuft diese Zielsetzung auf die Aufrechterhaltung der bestehenden dynastischen Ordnung und die gewaltsame Unterdrückung aller nationalen Befreiungsbestrebungen hinaus.

Der Deutsche Bund

Statt des von der liberalen Bewegung erhofften Nationalstaates wird auf dem Wiener Kongreß für Deutschland nur ein loser Staatenbund geschaffen. Sein Hauptzweck ist es, die Unabhängigkeit seiner Mitglieder zu wahren, das monarchische System zu sichern und die neuen politischen und sozialen Kräfte niederzuhalten. Das höchste Organ dieses Bundes, die Bundesversammlung, später Bundestag genannt, residiert von 1816 bis 1866 im Palais Thurn und Taxis in Frankfurt am Main.
Die Bundesversammlung ist allerdings keine gesamtdeutsche Volksvertretung, sondern ein ständiger Gesandtenkongreß der deutschen Fürsten und Freien Städte unter österreichischem Vorsitz. In der politischen Praxis erweist sich die Bundesorganisation als äußerst schwerfällig. Zu den Leistungen des Bundes zählt vor allem die Wahrung des inneren und äußeren Friedens über einen langen Zeitraum hinweg. Sie wird jedoch nur um den Preis der Unterdrückung aller freiheitlichen Bestrebungen erreicht.
Den »Deutschen Bund« bilden zunächst 37 Staaten und vier Freie Städte. Preußen und Österreich gehören nur mit ihrem ehemaligen Reichsterritorien, nicht aber mit West- und Ostpreußen bzw. den nichtdeutschen Teilen der Habsburgermonarchie dem Bund an. Bundesmitglieder sind indirekt, über ihre deutschen Besitzungen, auch die Könige von Dänemark, von Großbritannien und der Niederlande.

Anfänge des Verfassungsstaates

Das vage Versprechen des Artikels 13 der Bundesakte: »In allen Bundesstaaten wird eine landständische Verfassung stattfin-

I/22   Die Völkerschlacht bei Leipzig vom 16. bis 19. Oktober 1813

I/23   Sitzung der Bevollmächtigten auf dem Wiener Kongreß in der Staatskanzlei

I/24   Porträt des bayerischen Königs Max I. Joseph mit der Verfassungskunde

I/25   Sitzung des Deutschen Bundestages in Frankfurt am Main 1817

I/26   Zug der Studenten auf die Wartburg 1817

I/27   Der Mord an August von Kotzebue am 23. März 1819

I/28   Gefangenentransport zur württembergischen Festung Hohenasperg

den.« wird in den deutschen Einzelstaaten ganz verschieden gehandhabt. Während Preußen und Österreich weiter absolutistisch regiert werden, sehen die süddeutschen Länder in der
Einführung moderner Repräsentativverfassungen eine Chance,
ihre Souveränität gegenüber dem Deutschen Bund zu befesti-
gen. In diesen Verfassungen werden den Bürgern erstmals frei-
heitliche Grundrechte und politische Mitsprachemöglichkeiten
auf dem Wege über parlamentarische Vertretungen gewährt.
Im Zuge der sich verschärfenden Restauration wird der Artikel
13 der Bundesakte mehr und mehr als Verbot moderner Verfassungen ausgelegt. In diesem Sinne bekräftigt die Wiener
Schlußakte vom 15. Mai 1820 das »monarchische Prinzip«.
Demgegenüber versuchen vor allem die süddeutschen Liberalen, die errungenen Rechte demonstrativ zu behaupten.

Das Wartburgfest

Am 18. Oktober 1817 ziehen rund 500 Studenten auf Einladung
der Jenenser Burschenschaft auf die Wartburg. Sie wollen das
300jährige Jubiläum der Reformation und den vierten Jahrestag
der Völkerschlacht bei Leipzig, die religiöse und die politische
Befreiung Deutschlands feiern. Das Fest auf der Wartburg lenkt
die Aufmerksamkeit der politisch interessierten Öffentlichkeit
erstmals auf die neue burschenschaftliche Bewegung, die aus
den Freiheitskriegen gegen Napoleon hervorgegangen ist. Die
Feier steht aber auch am Anfang der Geschichte politischer Demonstrationen in Deutschland.
Die Hälfte der Teilnehmer kommt aus Jena, dem Zentrum der
studentischen Reformbewegung, die übrigen meist von nord-
deutsch-protestantischen Universitäten; doch sind auch einzelne
katholische Studenten beteiligt. Politische Akzente setzt vor allem die Festrede des Jenaer Studenten Riemann, der heftige
Kritik am Deutschen Bund übt.
Besonderes öffentliches Aufsehen erregt das Nachspiel des
Wartburgfestes: Eine kleine Gruppe von Studenten aus dem
Umkreis des »Turnvaters« Friedrich Ludwig Jahn inszeniert eine
Verbrennung »undeutscher« Schriften und absolutistischer Sym-
bole: Neben einem Code Napoléon fliegen u. a. eine »Deutsche
Geschichte« von August von Kotzebue und die »Restauration
der Staatswissenschaften« des hochkonservativen Juristen Karl
Ludwig von Haller, aber auch ein Zopf, eine Ulanenuniform und

ein Korporalstock in das Feuer. Die Auswahl der Gegenstände zeigt die Ambivalenz der studentischen Bewegung, in der sich liberale und im Zeichen eines vergangenheitsorientierten Nationalismus rückschrittliche Elemente mischen.

Das System Metternich

Der Widerstand gegen das restaurative System des Deutschen Bundes formiert sich zuerst an den Universitäten, besonders in studentischen Kreisen. Burschenschaften und Turnvereine organisieren den Kampf für einen deutschen Nationalstaat. Die Ermordung des Schriftstellers und russischen Staatsrats August von Kotzebue durch den Studenten Karl Ludwig Sand am 23. März 1819 in Mannheim – gedacht als ein Fanal gegen die Restauration und für den deutschen Nationalstaat – eröffnet eine Periode verschärfter Reaktion und politischer Verfolgung. Sand wird am 20. Mai 1820 in Mannheim hingerichtet.

Mit den »Karlsbader Beschlüssen« vom 20. September 1819, die bis 1848 in Kraft bleiben, wird ein umfassendes polizeistaatliches Überwachungssystem zur Unterdrückung der liberalen und nationalen Bewegung errichtet. Zur Verfolgung »demagogischer Umtriebe« und »revolutionärer Verbindungen« wird die »Central-Untersuchungs-Commission« mit Sitz in Mainz geschaffen. In einem »Schwarzen Buch« stellt diese berüchtigte Spitzelbehörde eine Liste aller Personen zusammen, die wegen politischer Delikte im Gebiet des Deutschen Bundes belangt worden sind. Für die Zeit bis 1837 umfaßt das Buch Eintragungen über 1867 Personen.

Im Mittelpunkt der Repressionspolitik aber steht die Pressezensur. Alle Druckschriften mit einem Umfang von weniger als 20 Bogen müssen vor ihrer Veröffentlichung die Zensur passieren. Die sich eben erst entfaltende Presse versucht, wenigstens durch das demonstrative Freilassen von »Zensurlücken« gegen diese Eingriffe zu protestieren – eine Praxis, die schließlich auch noch verboten wird. Viele Anhänger und führende Köpfe der liberalen und demokratischen Opposition sehen sich persönlichen Verfolgungen bis hin zu mehrjährigen Gefängnisstrafen ausgesetzt.

III. Gesellschaft im Umbruch

Seit dem ausgehenden 18. Jahrhundert gerät die traditionale, in Stände gegliederte Gesellschaft zunehmend in Bewegung. Staatliche Reformen wie die Bauernbefreiung und die Einführung der Gewerbefreiheit in einigen Gebieten verändern die ihr zugrundeliegende wirtschaftliche Ordnung ebenso wie ein allgemeiner Aufschwung der gewerblichen Produktion und des Handels. Hinzu kommen noch die Anfänge der Industrialisierung, deren Ausmaß allerdings von Region zu Region sehr unterschiedlich ist. Diese Kräfte der Veränderung drängen zugleich auf die Schaffung eines einheitlichen Wirtschaftsraumes in Mitteleuropa, wie er 1834 mit der Gründung des Zollvereins und dann auch verkehrspolitisch im Zeichen von Eisenbahn, Straße und Kanal zu entstehen beginnt.

Dieser tiefgreifende Wandel ist begleitet von schwerwiegenden sozialen Problemen. Landwirtschaft und Handwerk, die traditionell dominierenden Wirtschaftsbereiche, können der sich rasch vermehrenden Bevölkerung kein hinreichendes Auskommen mehr sichern. Auch die neue Industrie ist noch zu wenig entwickelt, ja sie verschärft als zusätzlicher Konkurrenzfaktor in einzelnen Gewerbesektoren sogar noch die Probleme. So ist die erste Hälfte des 19. Jahrhunderts geprägt durch Massenarmut, Hungersnöte, Epidemien aufgrund unzureichender hygienischer Verhältnisse und große Auswanderungswellen.

Zugleich aber beginnt sich vor allem in den Städten eine neue gesellschaftliche Struktur auszuformen. Mehr und mehr regt sich ein selbstbewußtes Bürgertum, das zunächst auf der kommunalen Ebene seine Geschicke selber in die Hand nimmt. Es entsteht das Modell einer sich politisch selbst bestimmenden, auf dem Prinzip der »Assoziation«, des freien Zusammenschlusses in Vereinen, gegründeten und zugleich wirtschaftlich prosperierenden Gesellschaft. Dieses Konzept entfaltet bald eine ungeheure Dynamik, die sich in den Jahren des Vormärz auch politisch in den Einzelstaaten und auf der nationalen Ebene durchzusetzen versucht.

Der wirtschaftliche Wandel

Die wirtschaftlichen Veränderungen, die sich in der ersten Hälfte
des 19. Jahrhunderts vollziehen, hängen auf das engste mit der
Entwicklung vielfältiger neuer Techniken in Produktion und Kom-
munikation zusammen. Gerade der technologische Wandel
nährt den bürgerlichen Fortschrittsoptimismus.
Die Landwirtschaft bildet mit einem Anteil von weit mehr als 50%
der Beschäftigten nach wie vor den wichtigsten Wirtschafts-
zweig. Die Entwicklung auf dem Agrarsektor ist vor allem durch
eine allgemeine Verbesserung der Produktionsmethoden bestimmt, die zunehmend systematisch erforscht werden. Ein dich-
tes Netz landwirtschaftlicher Vereine, die vom Staat nachhaltig
gefördert werden, sorgt für die Verbreitung der neuen Erkenntnisse über Bodenbearbeitung, Fruchtanbau oder auch Tier-
haltung.
Der wirtschaftliche Aufstieg des städtischen Bürgertums beruht
in den ersten Jahrzehnten nach 1800 noch überwiegend auf
dem Aufschwung des Handels; hier werden, neben der Landwirtschaft, die meisten Kapitalien investiert und auch die größten
Gewinne erzielt. Im Handel dominiert nach wie vor der klassi-
sche Typ des Großkaufmanns, der, oft spezialisiert auf bestimmte Produkte, entweder selber direkt oder auf Kommissionsbasis
handelt und meist daneben auch Bank- und Wechselgeschäfte
betreibt. Zur prosperierenden Entwicklung im Handelssektor
trägt nicht zuletzt bei, daß die traditionellen Hemmnisse und Restriktionen Schritt für Schritt abgebaut werden. Eine Vorreiterrolle übernimmt dabei Preußen, das mit seinem Zollgesetz von
1818 einen entschieden freihändlerischen Kurs einschlägt. Unter
preußischer Führung schließen sich 1833 18 Einzelstaaten mit
23 Millionen Einwohnern zum »Deutschen Zollverein« zusammen. Die Anziehungskraft seines einheitlichen Wirtschaftsgebie-
tes ist so groß, daß – mit Ausnahme des schutzzöllnerischen
Österreich – in den folgenden Jahren fast alle übrigen deutschen Länder diesem Schritt folgen. Die wirtschaftliche Einheit,
die der Zollvereinsvertrag mit seinem Inkrafttreten am 1. Januar
1834 für die Mitgliedsstaaten schafft, nimmt in gewisser Weise
die kleindeutsch-preußische Lösung der staatlichen Einheit vorweg, wie sie sich – nach dem Scheitern der Nationalstaatsbil-
dung 1848/49 – mit der Reichsgründung durchsetzt.
Schon in der napoleonischen Zeit beginnt daneben mit dem
Neubau leistungsfähiger Chausseen eine Verbesserung der

I/29   Der Viktualienmarkt in München, Gemälde von Domenico Quaglio, 1824

I/30   Kaufleute im Kontor um 1800

I/31   Bayerische Münze auf den Zollverein von 1833

I/32   Eisenbahn, Straße und Ludwigskanal bei Erlangen 1844

I/33   Maschinensaal einer Baumwollspinnerei um 1830

I/34   Eisengewinnung im Puddelverfahren um 1830

I/35   Die Borsigsche Eisengießerei am Oranienburger Tor 1837

I/36   Borsigs »Maschinenbau-Anstalt« 1847

V   Die schlesischen Weber, Gemälde von Karl Wilhelm Hübner, 1844

VI   Die Klosterstraße mit der Parochialkirche in Berlin, Gemälde von Eduard Gaertner, 1830

VII   Berliner Lesecafé, Gemälde von Gustav Taubert, 1832

VIII   Das Familienkonzert, Gemälde von Sebastian Gutzwiler, 1849

Verkehrsverbindungen. Der Gütertransport auf dem Straßenwege kann wesentlich gesteigert werden, für die Personenbeförderung steht ein immer besser ausgebautes Postkutschennetz zur Verfügung. Weiterreichende Möglichkeiten, vor allem für den Transport von Massengütern, eröffnen sich auf den Wasserwegen: Handelsrestriktionen wie Zölle und Zwangsstapel werden mehr und mehr aufgehoben, Flüsse und Kanäle werden ausgebaut, die Transportleistungen mit dem Beginn der Dampfschifffahrt erheblich ausgeweitet. Den entscheidenen Schritt aber von der alten zur neuen Zeit, von der Muskelkraft zur Maschine, verkörpert im Verkehrssektor die Eisenbahn. Sie verändert stärker als alle anderen technischen Errungenschaften das öffentliche und private Leben. Weit über ihre verkehrspolitische Bedeutung hinaus nimmt die Eisenbahn eine Schlüsselstellung im Prozeß des wirtschaftlichen Wandels ein. Sie eröffnet nicht nur ganz neue Handelswege, mit weitreichenden Folgen für die Produktionsstandorte, sondern kurbelt auch die Eisen- und Stahlproduktion sowie den Maschinenbau entscheidend an und wird damit zum Motor der Industrialisierung.

Die industrielle Warenproduktion beginnt sich nach 1830 auch in Mitteleuropa mehr und mehr durchzusetzen. Während in der ersten Industrialisierungsphase die neuen Produktionsverfahren im wesentlichen auf das Textilgewerbe beschränkt gewesen sind, vollzieht sich jetzt parallel zum Eisenbahnbau der Aufschwung der Eisen- und Stahlindustrie sowie des Maschinenbaus. Ein treffendes Beispiel für diese neue Phase der Industrialisierung bieten die Borsig-Werke in Berlin. Johann Carl Friedrich August Borsig (1804–1854) hat seine praktischen Erfahrungen, nach einer Zimmermannslehre und zeitweisem Studium am Königlichen Gewerbeinstitut, vor allem als Angestellter einer Berliner Maschinenbauanstalt und Gießerei gewonnen, bevor er sich 1837 mit einer eigenen Firma am Oranienburger Tor selbständig macht. Zum Zeitpunkt der Gründung 1837 beginnt Borsig seine Tätigkeit mit etwa 50 Arbeitern, zehn Jahre später, im gewerblichen Hochkonjunkturjahr 1847, sind in seinem Werk bereits 1200 Arbeiter beschäftigt. Schon bald nach ihrer Gründung liefert die Firma Borsig auch Teile für den Eisenbahnbau. Bei der Reparatur englischer Lokomotiven erwirbt sie das nötige Know-how, um ab 1841 selbst Lokomotiven herstellen zu können. Binnen weniger Jahre steigt Borsig – 1847 liefert das Werk 67 Lokomotiven aus – zum größten Lokomotivproduzenten in Preußen und Deutschland auf.

Pauperismus und sozialer Protest

In der ersten Hälfte des 19. Jahrhunderts steigt die Bevölkerungszahl Mitteleuropas um mehr als 60%. Der hohe Geburtenüberschuß ist teils durch eine zurückgehende Sterblichkeit, teils durch die nun – nach Aufhebung ständischer Beschränkungen – auch in den unteren Schichten stark zunehmende Zahl von Familiengründungen bedingt.

Auf dem Lande führt die Bauernbefreiung in vielen Gebieten nicht zu einer Vermehrung selbständiger bäuerlicher Existenzen. Sie kommt vielmehr eher den Guts- und Grundherrn zugute. Vor allem in Preußen wächst daher die breite Masse der ländlichen Unterschicht stark an. Aus ihr rekrutiert sich die neue soziale Gruppe der Landarbeiter, die oft am Rande des Existenzminimums leben.

In den Städten nimmt das Handwerk in der ersten Hälfte des 19. Jahrhunderts eine von Gewerbe zu Gewerbe sehr unterschiedliche Entwicklung. Während etwa das Bau- und Metallhandwerk oder auch einzelne Nahrungsgewerbe wirtschaftlich expandieren, steigt in anderen Handwerkszweigen parallel zur Bevölkerungsexplosion die Zahl derjenigen Meister stark an, die ohne Hilfskräfte arbeiten und deren Betriebe dahinkümmern. Viele Handwerker, Meister wie Gesellen und Lehrlinge, steigen so in die soziale Unterschicht ab, deren Existenz dauernd gefährdet ist.

Kinder aus Familien der ländlichen und städtischen Unterschichten müssen von früh auf durch Betteln oder Arbeit in Manufakturen und Fabriken zum Unterhalt beitragen. Nur sehr allmählich entwickeln sich Initiativen, die auf die gesundheitlichen und sozialen Gefahren der Kinderarbeit hinweisen und staatliche Schutzmaßnahmen verlangen. Neben den Kindern stellen auch Frauen einen hohen Anteil der Beschäftigten: So sind etwa in Sachen 1846 36% der industriellen Arbeitskräfte, vor allem im Textilgewerbe, weiblich. Die Konkurrenz auf dem Arbeitsmarkt drückt das ohnehin niedrige Lohnniveau so weit ab, daß selbst der Lohn eines qualifizierten Arbeiters nicht zur Ernährung einer Familie ausreicht. Zugleich löst sich die traditionale Familie mehr und mehr auf.

Auf dem Lande wie in der Stadt bestehen daher für große Teile der Unterschicht keine Möglichkeiten mehr, sich durch Arbeit ein Auskommen zu sichern. Die staatliche Politik zur Bekämpfung der Massenarmut bleibt unzureichend, ja, vielfach verschärft sie,

I/37   Tuchmacher-Werkstatt um 1835

I/38   Schusterwerkstatt am Sonntagmorgen, Karikatur von Theodor Hosemann 1845

I/39   »Neujahrsfeier des armen Mannes in der ganzen Welt«, zeitgenössischer Holzstich

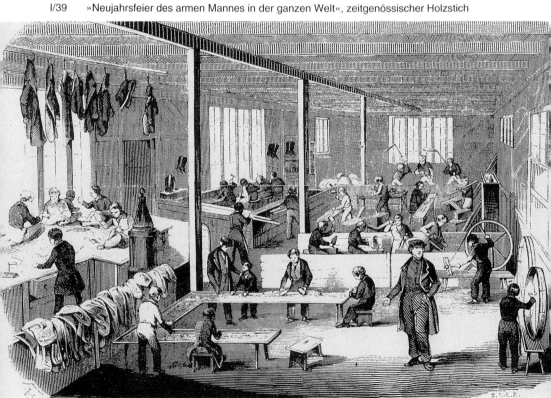

I/40   Kinderarbeit im Rauhen Haus in Hamburg um 1845

wie etwa das sozial höchst ungerechte Steuersystem in Preußen, noch die Notlage der unteren Schichten. Zudem bleiben trotz deutlich steigender agrarischer Produktion Ernährungskrisen keineswegs aus: Besonders 1816/17 und dann erneut 1846/47 erlebt fast ganz Europa nach Mißernten noch einmal Hungersnöte größten Ausmaßes. Die Massenarmut, der »Pauperismus«, ist also die Folge einer grundsätzlichen Störung im Verhältnis von Bevölkerungsentwicklung und Nahrungsspielraum.

Die soziale Not treibt eine sprunghaft steigende Zahl von Menschen zur Abwanderung aus ihrer angestammten Heimat, teils in andere deutsche Staaten, teils aber auch über die deutschen Grenzen hinaus, vor allem in die USA. Der Höchststand wird nach 1845 mit über 60 000 Auswanderern jährlich erreicht. Sie kommen meist aus den kleinbäuerlichen Regionen Hessens, Frankens und des Südwesten.

In den Städten wird das Bevölkerungswachstum vielfach noch im Rahmen der bestehenden Bebauung, innerhalb der alten Stadtmauern, aufgefangen. Die Bevölkerungsdichte steigt ebenso wie die Belegung der einzelnen Häuser stark an, die sozialen und hygienischen Probleme nehmen massiv zu. Die Städtetechnik, Wasserversorgung und Abwässerbeseitigung, hält zunächst mit dem Bevölkerungswachstum nicht Schritt. Die unzureichenden hygienischen Verhältnisse begünstigen die Verbreitung von Seuchen. Als ein Zeichen für die Unfähigkeit der traditionalen Stadt, mit den neu heraufkommenden Problemen fertig zu werden, wird schon von den Zeitgenossen der große Brand von Hamburg gesehen, der vom 5. bis 8. Mai 1842 praktisch die gesamte, sehr dicht bebaute Altstadt zerstört.

Die neue bürgerliche Gesellschaft

Die Umrisse einer neuen, bürgerlich geprägten gesellschaftlichen Ordnung bilden sich zunächst in den Städten aus. Das städtische Bürgertum besteht auch nach den Neuregelungen der Reformzeit zunächst als eine Rechtsgemeinschaft. Zu ihr gehört jeder erwachsene Mann, der eine gesicherte Existenz nachweisen kann und das Bürgerrecht seiner Gemeinde erworben hat. Mit ihren Familien stellen die Bürger etwa ein Drittel bis die Hälfte der städtischen Einwohner. Die von den Bürgern gewählten Selbstverwaltungsorgane, die mit den neuen Gemeindeordnungen geschaffen werden, wecken zunehmend das allgemeine Interesse an der eigenverantwortlichen Regelung der die Stadt betreffenden Fragen. Den Ruf der größten Fortschrittlichkeit genießen die Gemeindereformgesetze des Großherzogtums Baden vom Dezember 1831. Die sich selbst verwaltende bürgerliche Gemeinschaft in der Stadt wird im Vormärz zunehmend zum Leitbild der allgemeinen Mitbestimmungsforderungen, die das neue Bürgertum gegenüber dem Staat erhebt.

Der Wandel der Gesellschaft wird nicht zuletzt von einer neuen bürgerlichen Öffentlichkeit begleitet und getragen. Technische Erfindungen für den Zeitungs- und Zeitschriftendruck wie die Schnellpresse und das lithographische Verfahren ermöglichen einen ungeheuren Aufschwung der Publizistik. Zeitungen und Zeitschriften, aber auch die wichtigsten literarischen Neuerscheinungen werden vom städtischen Bürgertum meist gemeinsam in Kaffeehäusern und eigens gegründeten Gesellschaften gelesen und diskutiert. Darüber hinaus bilden sich kurz nach der Jahrhundertwende in fast allen größeren Städten unter Bezeichnungen wie »Casino«, »Harmonie« oder »Museum« allgemeine gesellige Vereine, denen sowohl Adelige und hohe Staatsbeamte als auch die führenden Köpfe des Stadtbürgertums angehören. In und mit diesen Vereinen erhebt das neue Bürgertum den Anspruch, Adel und Bürokratie gesellschaftlich ebenbürtig zu sein. Zugleich festigt sich in gemeinsamer Bildung und Diskussion, in Kunstgenuß und geselligem Beisammensein das Zusammengehörigkeitsgefühl, die neue bürgerliche Identität. Gerade der Musik, aber auch der Literatur und der bildenden Kunst kommt in diesem Prozeß der bürgerlichen Selbstfindung eine zentrale Rolle zu. Dies zeigt sich besonders, als sich nach 1830 das Vereinswesen in einer Fülle von Musik-, Gesang- und Kunstvereinen differenziert und breiter entfaltet.

Auch bei der wirtschaftlichen Interessenwahrnehmung setzen sich die neuen bürgerlichen Organisationsstrukturen mehr und mehr durch. So wird etwa im gewerblichen Bereich die traditionelle Form der Zünfte nach 1840 durch Handwerker- und Gewerbevereine abgelöst. Aufbauend auf den Prinzipien der gesellschaftlichen Selbstorganisation und des freiwilligen Zusammenschlusses in Vereinen versucht das vormärzliche Bürgertum zunächst auch, die schwerwiegenden sozialen Probleme der Zeit zu bewältigen. Dagegen ist die offene Vertretung politischer Ziele in Form von Vereinen aufgrund der restriktiven Haltung des Deutschen Bundes nicht möglich. Die bürgerlich-liberale Be-

I/41   Hessische Auswanderer auf dem Weg nach Bremen 1824

I/42   Nikolai-Kirche und Hopfenmarkt während des großen Brandes in Hamburg 1842

I/43   Der Eid der Frankfurter Bürgerschaft auf die Konstitutionsergänzungsakte 1816

I/44   Sitzung des Hamburger Rat- und Bürgerkonvents im alten Rathaus 1834

IX   Blick in den Halbmondsaal des Stuttgarter Landtags 1833

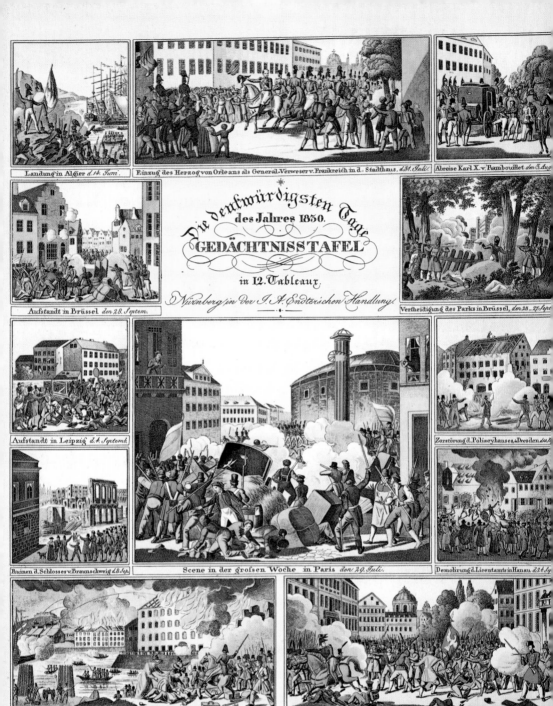

Bilderbogen zu den revolutionären Ereignissen des Jahres 1830

XI   Zug auf das Hambacher Schloß am 27. Mai 1832

XII   Versammlung deutscher Handwerkersgesellen im Steinhölzli bei Bern am 24. Juni 1834

VERZEICHNISS DER MITGLIEDER DER HARMONIE ZU MANNHEIM. 1815.

VORSTEHER.

- Hr Polizeyrath Stark.
- „ Kollektor Hepp.
- „ Oberbürgermeister Reinhardt.
- „ Amtmann Hofmeister.
- „ Buchhändler Fontaine.

REPRAESENTANTEN.

- Hr Hofrichter Fhr. von Zyllnhardt Exzellenz.
- „ Hofgerichsrath Ziegler.

BIBLIOTHECARE.

- Hr Pfarrer Lepique.
- „ Baron von Erlach.

1. Hr Achenbach, Brunnen...
2. Abiles, Pfarrer.
3. Akermann, Handelmann.
4. Andriano, Handelmann.
5. d'Angelo, Handelmann.
6. Astaria, D. Kaufmann.
7. Astaria, G. M. Kaufhandler.
8. Bachers, Oberzahmeister.
9. Backhaus, Bäckmeister.
10. Barockius, Doktor.
11. Barth, Handelmann.
12. Bassermann, Rathsherr.
13. Bassermann, Handelmann.
14. Baumbach, Fhr. v. ...Referendar.
15. Beck, v. Hauptmann.
16. Beck, v. Hauptmann.
17. Behaghel, Handelmann.
18. Beittinger, Amtmann.
19. Beyerle, Doktor.
20. Biermann, Bäcker.
21. Büssel, Maler.
22. Bleul, Ravensko...
23. Boeklin, Fhr. v. Obrist.
24. Bonnatsch, Licentiat.
25. Brandt, Hr. v. Obelin.
26. Braun.
27. Brentano, Rathsherr.
28. Brentano, Handelmann.
29. Brüder, Referenten.
30. Brüder, Doctor.
31. Buzzini, Rath.
32. Chirch, Gastwirth.
33. Coutin, ...
34. Coutin, C. Handelmann.
35. Coutin, L. d. J.
36. Dachert, Licentiat.
37. Dahmen, Rathsrath.
38. Dalberg, Herzog v. Exzellenz.
39. Dalberg, Fhr. v. Major.
40. Dalwigk, Fhr. v. Obrist.
41. Darler, Handelmann.
42. Davans, v. Kreisrath.
43. Davans, Fhr. v. Hofgerichtsrath.
44. Degenfeld, Fhr. v. Bataveriner.
45. Deurer, Handelmann.

46. Hr Dietz, Handelrath.
47. Disterweg, Professor.
48. Doel, Hofmedailleur.
49. Drais, Fhr. v. Oberhofrichter Exzell.
50. Dykerhoff, Oberbauwirektor.
51. Dykerhoff, Ingenieur.
52. Dykerhoff, Architekt.
53. Dykhut, Holzmüllen.
54. Edel, v. Regierungsrath.
55. Ehrmann, Kreisrath.
56. Einsmann, Prokurator Fau...
57. Ende, Freiherr v.
58. Erlach, Freiherr v.
59. Esser, Licentiat.
60. Fischer, v. Professor.
61. Fischer, Rossler.
62. Foertsch, v. Geh Finanzrath.
63. Fontaine, Buchhändler.
64. Frey, Hofmaler.
65. Friederich, Staats-Razier.
66. Fritz, Handelmann.
67. Froehlig, Forthaler.
68. Fuchs, Rechnungsrath.
69. Gauss, Oberbürgerrath Rath.
70. Gemmingen, Freyherr v.
71. Gemmingen, Fhr. v. Major.
72. Gentil, Oberhofgerichts Rath.
73. St. George, v. Hofgerichts-Sekret.
74. Gerhardt, Rathsherr.
75. Gieser.
76. Graeser, Handelmann.
77. Hammerer, Fhr. v. Präsident.
78. Hanselmann, Rathsherr.
79. Hartleben, Kreisrath.
80. Haub, Kreisrath.
81. Heck, Hofschauspieler.
82. Heim, Hofgerichtsrath.
83. Hellwig, Hofkammerrath.
84. Hepp, Kollektor.
85. Herzling, v. Hofgerichtsrath.
86. Heuss, Dr. Major.
87. Hieronimus, Handelmann.
88. Hofmeister, Amtmann.
89. Hofmeister, Fhr. v. Bürmeister.
90. Hohnhorst, Fhr. v. Staatsrath Exzell.

91. Hr Horn, Regiments-Chirurg.
92. Hout, Amtmann.
93. Hünersdorf, Handelmann.
94. Hundheim, Fhr. v. Kammerherr.
95. Hunzinger, Handelmann.
96. Hutten, Rathsherr.
97. Jagemann, v. Stadtdirektor.
98. Joseph, Pfarrer.
99. Jung, Hofrath.
100. Kaercher, Kaplan.
101. Kaufmann, Buchhändler.
102. Katz, Hofprediger.
103. Kessler, Kanzleyrath.
104. Kiester, Zuchthaus-Verwalter.
105. Kinkel, Freyherr v.Admiral Exzell.
106. Kirch, Dechant.
107. Kindt, Rechnungsrath.
108. Klengel, Hofschauspieler.
109. Koester, Handelmann.
110. Kolb, Oberinclentenant.
111. Konold.
112. Krapp, Hauptmann.
113. Krauth, Reg. Quartiermeister.
114. Kreyfeld, v. Handelmann.
115. Krippendorf, Oberbürger.Rath.
116. Lamezan, Freyherr v. Präsident.
117. Lang, Rechtspraktikant.
118. Laroche, Freyherr v. Major.
119. Laroche, Fhr. v. Kammerherr.
120. Laukhardt, Oberhofgerichts rath.
121. Ledenbauer, Licentiat.
122. Leetz, Amtsrevisor.
123. Leibniz, Pfarrer.
124. Lepique, Pfarrer.
125. Lerse, v. Regierungsrath.
126. Lichtenberger, Rath.
127. Lindelof, v. Obristlieutenant.
128. Loeffler, Buchhändler.
129. Lorenz, Handelmann.
130. Lorenz, Kellerwirth.
131. Ludin, Gastwirth.
132. Maechler, Licentiat.
133. Maier, Oberhofgerichts-Rath.
134. Majel, Professor.
135. Mathy, Hauptmann.

136. Hr Maubuisson, v. Hofkammerrath.
137. Mayer, Kaufhausschreiber.
138. Mayer, Handelmann.
139. Mayer, Holzmüller.
140. Menges, Hofrath Kammerherr.
141. Messonier, Baumeister.
142. Michel, Handelmann.
143. Micheroux, Kreissecretair.
144. Minet, v. Hofgerichtsrath.
145. Moehl, Rathsherr.
146. Moehl, Rath.
147. Moerdes, Hofgerichtsrath.
148. Mohr, Licentiat.
149. Molliet, Handelmann.
150. Morgenstern, C. Handelmann.
151. Morgenstern, P.
152. Müller, Indrath.
153. Müller, Hofschauspieler.
154. Munt, Hofmusikus.
155. Newhouse, Handelmann.
156. Nicola, Hofmusikus.
157. Noll, Gastwirth.
158. Nüsslin, Professor.
159. Otto, Geh. Referendair.
160. Paine, Wm.
161. Palm, Magazinverwalter.
162. Pattberg, V. Premieleutenant.
163. Perglass, Fhr. v. Holzgerichtsrath.
164. Pierron, v. Hauptmann.
165. Pistorius, Hofgerichtsrath.
166. Pozzi, Professor.
167. Reinhardt, Oberbürgermeister.
168. Reinhardt, Gastwirth.
169. Renner, Gastwirth.
170. Renner, von Wendozen.
171. Renner, C. Handelmann.
172. Renner, Doktor.
173. Renner, L. Handelmann.
174. Richard, Schauss...ter.
175. Ritter, Apotheker.
176. Ritter, Kapellmeister.
177. Rodde, Banquier.
178. Rodenstein, Fhr. v. Kammerherr.
179. Roeder, Handelmann.

181. Hr Rupprecht, Hofrath.
182. Sachs, Handelmann.
183. Sachs, Professor.
184. Sartori, Handelmann.
185. Schaaf, Handelmann.
186. Schachleiter, Hofgerichtsrath.
187. Schaefer, Handelsmann.
188. Scharpf, Handelmann.
189. Schies, Licentiat.
190. Schloesser, v. Rath.
191. Schnurg, ...hofgerichts-Rath.
192. Schuepf, v. General.
193. Schuler, Rath.
194. Schumann, Prof. ...theol. Chorkomm.
195. Schumacher, Rathsherr.
196. Schweikhardt, Freyherr v.
197. Schweikhardt, Fhr. v. Lic. theol.
198. Seibold, Doktor.
199. Seiler, Professor.
200. Siegel, Staatsrath und Kanzler.
201. Singer, Hofschauspieler.
202. Sneidawr, Amtmann.
203. Sorrou, v. Postamt-Direktor.
204. Sperl, v. Hofgerichtsrath.
205. Speck, Oberlieutenant.
206. Stark, Polizeyrath.
207. Stengel, Fhr. v. Oberbürger Rath.
208. Stengel, Fhr. v. Brunndirektor.
209. Stengel, Rechtspraktikant.
210. Stengel, Rechtspraktikant.
211. Stryk, Freyherr v.
212. Stumm, Hofrath.
213. Sturmfeder, Fhr. v. Kammerherr.
214. Tannstein, v. General.
215. Thuimeister, Handelmann.
216. Thürnagel, Hofschauspieler.
217. Trau, Handelmann.
218. Turk, Hofbürger-Razier.
219. Ungern Sternberg, Fhr. v.
220. Venningen, Fhr. v. Oblt.Jnkerfx..
221. Verschafelt, v. General-Lieut. Exzell.
222. Vincenti, v. Hofgerichtsrath.
223. Vogt, Handelmann.
224. Volz, Handelmann.
225. Waechter, Freyherr v.

226. Hr Walderdorf, Graf v. Kais.G.R.Exz.
227. Waldkirch, Graf v. Obristgerm.Exz.
228. Walther, Rathsherr.
229. Walther, Sekretär.
230. Walz, Oberhofgerichts. Rath.
231. Walz, Referentur.
232. Wambold, Fhr. v. Handelschen.
233. Weber, Hofgerichtsrath.
234. Weber, Hofgerichtsrath.
235. Wedekind, Doktor.
236. Wedekind, Oberhofgerichts.Rath.
237. Weikum, Professor.
238. Weiler, v. Hofgerichtsrath.
239. Westhuchhoven, v. Kammerherr.
240. Wermesskirch, Gastwirth.
241. Weiner, Hofschauspieler.
242. Wilhelmi, Rechnungsrath.
243. Woesteuradt, Licentiat.
244. Wolf, Geh. Justizrath.
245. Wolfinger, Doktor.
246. Ysenburg, Graf v. Kammerherr.
247. Ysenburg, Fürst v. Durchlaucht.
248. Zeronti, Doktor.
249. Ziegler, Hofgerichtsrath.
250. Zyllnhardt, Fhr. v. Hofrichter. Exzell.

Gedrukt mit Burgerhospitals Schriften.

I/46   Festbankett eines liberalen Bürgervereins um 1840

I/47   Berliner Wohnzimmer um 1820

wegung sucht sich daher, etwa in Festbanketten für ihre Abgeordneten, andere Möglichkeiten, die eigenen politischen Zielvorstellungen zu diskutieren und abzustimmen.

IV. Vormärz

Die Jahrzehnte vor der Märzrevolution von 1848, der »Vormärz«, sind eine Zeit des politischen Aufbruchs. Überall in Deutschland und im übrigen Europa organisiert sich die liberale und nationale Bewegung des aufstrebenden Bürgertums, bereitet sich allmählich jene politische Konstellation vor, die dann 1848/49 in die große, gemeineuropäische Revolution führt.
Ihr wichtigstes Aktionsfeld findet die bürgerlich-liberale Bewegung in den einzelstaatlichen Parlamenten, die vor allem in Süddeutschland mit den nach dem Wiener Kongreß erlassenen Verfassungen geschaffen werden. Neben einer Ersten Kammer als Repräsentation des Adels, der Kirche und anderer Institutionen sehen diese Konstitutionen eine Zweite Kammer vor, die aus Wahlen der Staatsbürger – wenngleich nach einem mehr oder minder beschränkten Wahlrecht – hervorgeht. Trotz der begrenzten parlamentarischen Befugnisse gelingt es den Liberalen, in diesen Staaten zeitweise einzelne Reformen durchzusetzen. Zugleich tragen die Landtagswahlen und die parlamentarische Arbeit wesentlich dazu bei, daß sich die Abgeordneten in Fraktionen organisieren, ihre politischen Zielsetzungen klären und so für größere politische Aufgaben vorbereiten.
Aber auch außerparlamentarisch schreitet die Sammlung der oppositionellen Kräfte gegen die reaktionäre Ordnung des Deutschen Bundes fort – immer wieder angestoßen durch die gleichzeitigen nationalen und revolutionären Erhebungen in anderen europäischen Ländern. Phasen großer politischer Unruhe, besonders nach der französischen Julirevolution von 1830, und neuerlicher Befestigung des bestehenden Systems wechseln einander ab. In den 1840er Jahren differenziert sich, trotz nach wie vor bestehender Übereinstimmung in der allgemeinen nationalen Zielsetzung, die Opposition: Der linke Flügel, die Demokraten, tritt für eine Ausweitung der politischen Rechte auch auf die unteren Schichten und für soziale Reformen ein, während der rechte Flügel, die Liberalen, aus Sorge vor einer sozialen Revolution zu einem vorsichtigeren, reformerischen Vorgehen mahnt.

Die Anfänge des Parlamentarismus

Am Vorabend der Revolution von 1848/49 besitzt mehr als die Hälfte der 39 Einzelstaaten des Deutschen Bundes moderne parlamentarische Vertretungen im Rahmen einer konstitutionellen Monarchie. Der Schwerpunkt des parlamentarischen Lebens liegt dabei eindeutig in den süddeutschen Staaten, die bereits nach dem Wiener Kongreß ihre Verfassungen erhalten haben. Die Parlamentarisierung weiterer Einzelstaaten, besonders in Nord- und Mitteldeutschland, folgt in einem zweiten Schub nach der Julirevolution von 1830.
Die meisten Verfassungen sehen ein Zweikammersystem vor, in dem die Erste Kammer als konservatives Element aus Vertretern des Adels, der Kirchen, der Universitäten oder anderer Institutionen besteht und die Zweite Kammer als eigentliche Volksvertretung das dynamische Element darstellt. Häufig werden für die Kammern neue Gebäude errichtet, eine spezifische Parlamentarchitektur beginnt sich zu entwickeln.
Das Wahlrecht zu den Zweiten Kammern ist in allen vormärzlichen Verfassungen ein beschränktes. Relativ am weitesten geht das Großherzogtum Baden, das allen Gemeindebürgern und den Staatsbeamten das aktive Wahlrecht zubilligt. Andere Staaten begrenzen die Zahl der Wahlberechtigten durch einen hohen »Zensus«, den Nachweis eines bestimmten Mindestvermögens.
Die politischen Befugnisse der neuen Parlamente sind noch relativ begrenzt. Weder können sie selbst Gesetzesvorlagen einbringen noch bei der Regierungsbildung mitbestimmen. Doch ihre Mitwirkungsrechte in Fragen der Staatsfinanzen und bei der Gesetzgebung lassen sie ebenso wie ihr allgemeines Petitionsrecht, das sie immer zu Debatten über aktuelle politische Themen nutzen, schon bald zu Brennpunkten des öffentlichen Lebens werden.
Zwischen monarchischer Regierung und Parlament entwickeln sich im Laufe des Vormärz regelrechte »Kammerkämpfe«, in denen es um die Rechte der Kammern selbst, aber auch um die Durchsetzung der wichtigsten politischen Grundrechte geht. Vor allem der badische Landtag, auf dessen Debatten die liberale Bewegung in ganz Deutschland blickt, spielt hier eine Vorreiterrolle.
In den Parlamenten profiliert sich dabei allmählich eine neue politische Führungsschicht aus Advokaten, Gelehrten und Beamten sowie auch einzelnen Köpfen des Wirtschaftsbürgertums.

I/48   Das Ständehaus in Dresden

I/49   Innenansicht des Ständesaales in München 1819

PLAN
DES SITZUNGS SAALES DER IIten KAMMER
des
Großherzothums Baden

Nebst Übersicht der zur xten Stände Versammlung (im Jahr 1831) gegenwärtigen Deputirten, der Wahlbezirke welche sie abordneten, der Sitze, welche sie annehmen, und der Abtheilungen, in welchen sie sich zu den geheimen Vorberathungen versamln

No.	Der Herrn Deputirten			Benennung des Wahl Bezirks		No.	Der Herrn Deputirten			Benennung des Wahl Bezirks	
	Namen	Stand	Wohnort				Namen	Stand	Wohnort		

Die parlamentarische Praxis bildet jene Kenntnisse und Fähigkeiten aus, mit denen die Abgeordneten dem Herrschaftsanspruch des Adels und der Bürokratie entgegentreten können. Seine soziale Basis hat der vormärzliche Parlamentarismus – auch da, wo nicht wie in Baden die Städte durch das Wahlrecht sogar ausdrücklich begünstigt werden – vor allem im städtischen Bürgertum. Gerade bei den großen Festen, mit denen das Bürgertum »seine« Abgeordneten ehrt und feiert, festigt sich die liberale Opposition gegen den Obrigkeitsstaat.

Die liberale Bewegung

Bereits die erste nationale Erhebung nach dem Wiener Kongreß, der griechische Aufstand gegen die türkische Herrschaft, löst in ganz Europa eine Welle der Sympathie und Unterstützung aus. Am 6. Februar 1833 kann der erste griechische König, der Wittelsbacher Otto von Bayern, in Nauplia einziehen. Diese Vollendung der griechischen Staatsbildung wird nicht nur in Deutschland als weitere Bestätigung für den unaufhaltsamen Siegeszug des nationalen Prinzips und der mit ihm verbundenen liberalen Reformvorstellungen verstanden.
Ausgehend von der Pariser Julierhebung gegen die restaurierte Bourbonenherrschaft rollt 1830 eine revolutionäre Welle über weite Teile Europas hinweg. Nationale Aufstände gegen die bestehende Herrschaft erschüttern vor allem die südlichen Niederlande und Polen. Zugleich gibt die revolutionäre Unruhe vielfach – wie etwa in England oder der Schweiz – Anlaß zu Wahlrechts- und Verfassungsreformen im liberalen Sinne. In Deutschland werden besonders jene nord- und mitteldeutschen Staaten, die bisher Reformen verweigert haben, von der Revolutionswelle erschüttert. In Braunschweig wird in der Nacht vom 7. zum 8. September 1830 der reaktionäre Herzog Karl II. aus dem Lande verjagt, sein Schloß erstürmt, geplündert und in Brand gesetzt. Auch im Königreich Sachsen tritt nach Unruhen in Leipzig und Dresden der konservative König Anton zugunsten seines reformbereiteren Neffen Friedrich August zurück. Unter dessen Regentschaft wird ein liberales Ministerium berufen und ein Jahr später eine Verfassung nach süddeutschem Vorbild in Kraft gesetzt.
Überhaupt wird die politische Unruhe des Jahres 1830 zum Auslöser für einen erneuten Schub verfassungspolitischer Reformen

nach der Einführung der süddeutschen Verfassungen um 1818.
Als liberalste dieser neuen Konstitutionen gilt das Grundgesetz
des Kurfürstentums Hessen-Kassel vom Januar 1831, das nach
heftigen Unruhen auf das energische Drängen einer Deputation
des Kasseler Magistrats gegenüber Kurfürst Wilhelm II. am 15.
September 1830 zurückgeht.
Die allgemeine politische Mobilisierung wird in Deutschland nicht
zuletzt durch den polnischen Aufstand von 1830/31 gefördert.
Nach der endgültigen Niederschlagung des Aufstandes durch
russische Truppen im Herbst 1831 werden die emigrierten polnischen Patrioten in vielen deutschen Regionen als Vorkämpfer
für die eigene Befreiung begeistert begrüßt und enthusiastisch
gefeiert. Im Zuge der breiten öffentlichen Diskussion über das
Schicksal der Polen bilden sich vielerorts Solidaritätsvereine.
Diese Polenvereine werden zu Schlüsselorganisationen der liberalen Opposition.
In der Pfalz mündet diese Mobilisierung und organisatorische
Stärkung am 27. Mai 1832 in den Festzug zur Ruine des Hambacher Schlosses – mit 20–30 000 Teilnehmern eine der macht-
vollsten Kundgebungen der liberalen und nationalen Bewegung
für Pressefreiheit, Verfassungsreformen und die nationalstaatli-
che Einigung Deutschlands. Dieser politische Aufschwung er-
lischt jedoch rasch wieder unter dem Druck der reaktionären Beschlüsse des Deutschen Bundes in den Jahren 1832 bis 1834.
Der Versuch einer Gruppe radikaler Burschenschaftler, mit der
Erstürmung der Wachen in Frankfurt am Main, am Sitz des Bundestages, eine allgemeine Revolution auszulösen, bleibt ohne
Resonanz in der Bevölkerung und scheitert am 3. April 1833
kläglich. Die radikaleren Kräfte der Opposition sehen sich
großenteils zur Emigration in die Nachbarstaaten gezwungen.
Vor allem in der Schweiz sammeln sich die schließlich fast
40 000 Emigranten in Handwerkervereinen und ähnlichen Organisationen. Die Vertreter der äußersten Linken vereinen sich
1834 in Paris zum geheimen »Bund der Geächteten«, der in seiner »Erklärung der Menschen- und Bürgerrechte« den Kampf
gegen die soziale Ungleichheit in den Mittelpunkt stellt. In den
1840er Jahren gehen aus diesen Ansätzen die ersten sozialistischen Organisationen hervor.
Von der allgemeinen Politisierung wird in den 1830er Jahren
auch die Literatur erfaßt. Ludwig Börne, Heinrich Heine und das
»Junge Deutschland« wenden sich gegen Romantik und Inner-
lichkeit und verstehen ihre schriftstellerische Arbeit als bewußt

I/51   Die bedeutendsten Abgeordneten der badischen Zweiten Kammer um 1847

Griechenlands Befreyung vom Türkenjoche.

Jetzt oder nie! Des Schicksals Würfel liegen; | Jetzt oder nie ... zerbrecht die Sclavenketten | Auf Stambuls Wälle pflanzt das Glaubenszeichen!
Jetzt gilt es, sterben oder siegen; | Setzt alles dran die Freiheit euch zu retten, | Der Halbmond muß dem Kreuze weichen,
Euch ruft das Vaterland. | Des Lebens höchstes Gut. | Dem Griechen der Barbar.
Ergreift die Waffen, Söhne der Hellenen! | Hoch aufgelodert sind der Rache Flammen, | Und wären ihrer auch wie Sand am Meere,
Ein schöner Sieg wird eure Thaten krönen, | Sie schlagen über Mahmeds Thron zusammen, | Euch bleibt der Sieg, Gott ist mit eurem Heere.
Des Nachruhms Unterpfand. | Löscht sie mit Türkenblut. | Drum rauch's, tapfre Schaar!

I/53   Kasseler Deputation bei Kurfürst Wilhelm II. 1830

I/54   Der Wachensturm in Frankfurt am Main am 3. April 1833

politische, demokratisch-radikale Kritik an den bestehenden Zuständen. Die »Bibel« der liberalen Bewegung des Vormärz bildet das »Staatslexikon«, das die Freiburger Staatsrechtslehrer Karl von Rotteck und Karl Theodor Welcker in den Jahren 1834 bis 1843 herausgeben. In den Artikeln des Lexikons wird das politische Programm des Liberalismus in ganzer Breite formuliert und staatsrechtlich begründet. 1837 rückt die Göttinger Universität in den Mittelpunkt der deutschen Öffentlichkeit, als sich sieben ihrer Professoren öffentlich gegen den neuen hannoverschen König Ernst August stellen, der die gerade erst 1833 erlassene Verfassung einseitig aufgehoben hat. Die daraufhin von ihren Lehrstühlen vertriebenen »Göttinger Sieben«, unter ihnen die Brüder Grimm, der Historiker Friedrich Christoph Dahlmann und der Literarhistoriker Georg Gottfried Gervinus, werden mit einem Schlag zu nationalen Symbolfiguren des liberalen Widerstandes gegen die reaktionäre Obrigkeit.

Angesichts der fehlenden staatlichen Einheit gründet sich das Bewußtsein nationaler Zusammengehörigkeit in Deutschland besonders auf die gemeinsame Sprache, Dichtung und Geschichte, auf die Einheit der Kulturnation. Die romantische Verklärung der Vergangenheit, zumal des Mittelalters, wird etwa in der großen Begeisterung deutlich, mit der weite Kreise der Öffentlichkeit 1842 den Entschluß feiern, den Kölner Dom zu vollenden.

In Preußen kommt König Friedrich Wilhelm IV. aus finanzpolitischen Gründen im April 1847 den wachsenden Forderungen nach einer parlamentarischen Vertretung mit der Einberufung eines »Vereinigten Landtages« entgegen. Das Ausmaß der Kompetenzen dieses Gremiums bleibt jedoch zwischen den Abgeordneten und der Krone heftig umstritten; der Landtag wird nach nur zwei Monaten wieder aufgelöst. Im unmittelbaren Vorfeld der Revolution von 1848/49 vollzieht sich auch bereits die Spaltung der Opposition in Liberale und Demokraten. Beide Flügel stimmen zwar in Kernforderungen wie der nach einem Nationalstaat überein, doch verlangen die Demokraten in ihrem »Offenburger Programm« vom 12. September 1847 darüber hinaus die Republik, das allgemeine Wahlrecht und eine tatkräftige Sozialpolitik zugunsten der unteren Schichten. Die Liberalen antworten darauf am 10. Oktober 1847 mit der »Heppenheimer Erklärung«, die in der Heidelberger »Deutschen Zeitung«, ihrem eben gegründeten Zentralorgan, veröffentlicht wird. Im Mittelpunkt stehen hier die konstitutionelle Monarchie als Ziel der inneren Neuordnung, der bundesstaatliche Ausbau des Zollvereins als Form der nationalen Einigung und allgemein ein Weg der Reformen über Vereinbarungen mit den bestehenden Gewalten.

Begleitet und mit getragen wird der erneute politische Aufbruch der 1840er Jahre von sich zunehmend verschärfenden sozialen Spannungen, die einen ihrer Höhepunkte im Aufstand der von der maschinellen Konkurrenz besonders betroffenen schlesischen Weber im Juni 1844 finden. Vor allem 1847 führt die allgemeine Wirtschaftskrise und die schlechte Versorgungslage in vielen Städten zu Hungerkrawallen der Unterschichten. Diese tiefgreifenden sozialen Probleme bilden zugleich die Vorgeschichte und den Hintergrund der im Frühjahr 1848 ausbrechenden Revolution.

I/56   Festaufzug vor dem Kölner Dom

Die Forderungen des Volkes.

Unsere Versammlung von entschiedenen Freunden der Verfassung hat stattgefunden. Niemand kann derselben beigewohnt haben, ohne auf das Tiefste ergriffen und angeregt worden zu sein. Es war ein Fest männlicher Entschlossenheit, eine Versammlung, welche zu Resultaten führen muß. Jedes Wort, was gesprochen wurde, enthält den Vorsatz und die Aufforderung zu thatkräftigem Handeln. Wir nennen keine Namen und keine Zahlen. Diese thun wenig zur Sache. Genug, die Versammlung, welche den weiten Festsaal füllte, eignete sich einstimmig die in folgenden Worten zusammengefaßten Besprechungen des Tages an:

Die Forderungen des Volkes in Baden:

I. Wiederherstellung unserer verletzten Verfassung.

Art. 1. Wir verlangen, daß sich unsere Staatsregierung lossage von den Karlsbader Beschlüssen vom Jahr 1819, von den Frankfurter Beschlüssen von 1831 und 1832 und von den Wiener Beschlüssen von 1834. Diese Beschlüsse verletzen gleichmäßig unsere unveräußerlichen Menschenrechte wie die deutsche Bundesakte und unsere Landesverfassung.

Art. 2. Wir verlangen Preßfreiheit; das unveräußerliche Recht des menschlichen Geistes, seine Gedanken unverstümmelt mitzutheilen, darf uns nicht länger vorenthalten werden.

Art. 3. Wir verlangen Gewissens- und Lehrfreiheit. Die Beziehungen des Menschen zu seinem Gotte gehören seinem innersten Wesen an, und keine äußere Gewalt darf sich anmaßen, sie nach ihrem Gutdünken zu bestimmen. Jedes Glaubensbekenntniß hat daher Anspruch auf gleiche Berechtigung im Staate.

Keine Gewalt dränge sich mehr zwischen Lehrer und Lernende. Den Unterricht scheide keine Confession.

Art. 4. Wir verlangen Beeidigung des Militärs auf die Verfassung.

Der Bürger, welchem der Staat die Waffen in die Hand gibt, bekräftige gleich den übrigen Bürgern durch einen Eid seine Verfassungstreue.

Art. 5. Wir verlangen persönliche Freiheit.

Die Polizei höre auf, den Bürger zu bevormunden und zu quälen. Das Vereinsrecht, ein frisches Gemeindeleben, das Recht des Volkes sich zu versammeln und zu reden, das Recht des Einzelnen sich zu ernähren, sich zu bewegen und auf dem Boden des deutschen Vaterlandes frei zu verkehren — seien hinfüro ungestört.

II. Entwickelung unserer Verfassung.

Art. 6. Wir verlangen Vertretung des Volks beim deutschen Bunde.

Dem Deutschen werde im Vaterland und eine Stimme in dessen Angelegenheiten. Gerechtigkeit und Freiheit im Innern, eine feste Stellung dem Auslande gegenüber gebühren uns als Nation.

Art. 7. Wir verlangen eine volksthümliche Wehrverfassung. Der waffengeübte und bewaffnete Bürger kann allein den Staat schützen.

Man gebe dem Volke Waffen und nehme von ihm die unerschwingliche Last, welche die stehenden Heere ihm auferlegen.

Art. 8. Wir verlangen eine gerechte Besteuerung.

Jeder trage zu den Lasten des Staates nach Kräften bei. An die Stelle der bisherigen Besteuerung trete eine progressive Einkommensteuer.

Art. 9. Wir verlangen, daß die Bildung durch Unterricht allen gleich zugänglich werde.

Die Mittel dazu hat die Gesammtheit in gerechter Vertheilung aufzubringen.

Art. 10. Wir verlangen Ausgleichung des Mißverhältnisses zwischen Arbeit und Capital.

Die Gesellschaft ist schuldig die Arbeit zu heben und zu schützen.

Art. 11. Wir verlangen Gesetze, welche freier Bürger würdig sind und deren Anwendung durch Geschwornengerichte.

Der Bürger werde von dem Bürger gerichtet. Die Gerechtigkeitspflege sei Sache des Volkes.

Art. 12. Wir verlangen eine volksthümliche Staatsverwaltung.

Das frische Leben eines Volkes bedarf freier Organe. Nicht aus der Schreibstube lassen sich seine Kräfte regeln und bestimmen. An die Stelle der Vielregierung der Beamten trete die Selbstregierung des Volkes.

Art. 13. Wir verlangen Abschaffung aller Vorrechte.

Jedem sei die Achtung freier Mitbürger einziger Vorzug und Lohn.

Offenburg, 12. September 1847.

1. Von der Bundesversammlung, wie sie ~nwärtig besteht, ist für die Förderung der ~ionalanliegen nichts Ersprießliches zu erwar- ~. Sie hat ihre in der Bundesakte vorgezeichnete ~gabe, soweit sie die Herstellung landständischer ~assungen, freien Handels und Verkehrs, des ~en Gebrauchs der Presse usw. betrifft, nicht ~st. Dagegen ist die Presse unter Zensurzwang ~ellt, sind die Verhandlungen der Bundesver- ~mlung in Dunkel gehüllt, aus welchem von ~ zu Zeit Beschlüsse zu Tage kommen, die jeder ~en Entwicklung Hindernisse in den Weg legen.

2. Das einzige Band gemeinsamer deutscher ~ressen, der Zollverein, wurde nicht vom Bunde, ~dern außerhalb desselben, durch Verträge ~ischen den einzelnen deutschen Staaten ge- ~affen.

3. Hieran knüpft sich die Frage, ob eine ~retung der Nation bei der Bundesversammlung ~serung bewirken kann und daher als Ziel der ~rlandsfreunde aufzustellen ist. Doch die Aus- ~t auf Verwirklichung dieses Gedankens ist ~ht vorhanden: der Bund enthält Glieder, die ~ zugleich auswärtige Mächte, wie Dänemark ~ Niederland, sich mit einer deutschen Politik ~ Stärkung deutscher Macht niemals befreun- ~ werden. Ferner bedingt eine Nationalver- ~ung auch eine Nationalregierung, ausgerüstet ~ den Befugnissen der obersten Staatsgewalt, ~ bei dem völkerrechtlichen Bunde nicht vor- ~den ist.

4. Das Ziel der Einigung Deutschlands zu ~r deutschen Politik und gemeinsamen Leitung ~ Pflege nationaler Interessen, wird wohl eher ~icht, wenn man die öffentliche Meinung für ~ Ausbildung des Zollvereins zu einem deutschen ~ine gewinnt. Jetzt schon hat der Zollverein ~ Leitung einer Reihe wichtiger gemeinschaft- ~er Interessen in Händen und steht auch in

Vertragsverhältnissen zu auswärtigen Staaten. Durch weitere Ausbildung wird der Zollverein eine unwiderstehliche Anziehungskraft für den Beitritt der übrigen deutschen Länder üben, auch den Anschluß der österreichischen Bundesländer herbeiführen und somit eine wahre deutsche Macht begründen.

5. Unbestritten bleibt, daß die Mitwirkung des Volkes durch gewählte Vertreter hierbei uner- läßlich, und unbezweifelt, daß bei dem Ent- wicklungsgang des Jahrhunderts und Deutsch- lands die Einigung durch Gewaltherrschaft unmöglich, nur durch die Freiheit und mit der- selben zu erringen ist.

6. Anträge, welche in allen deutschen Kammern gleichlautend zu stellen sind:

Einführung der Pressefreiheit
Öffentliches und mündliches Gerichtsverfahren mit Schwurgerichten
Trennung der Verwaltung von der Rechtspflege
Befreiung des Bodens und seiner Bearbeiter von mittelalterlichen Lasten
Selbständigkeit der Gemeinden in der Verwal- tung ihrer Angelegenheiten
Minderung des Aufwands für das stehende Heer und Einführung einer Volkswehr.

7. Aus Abgeordneten verschiedener Länder wird eine Kommission gewählt, die im nächsten Jahr über das Steuerwesen und die Zustände der ärmeren Klassen berichten und Anträge formulieren soll, wobei besonders die gerechte Verteilung der öffentlichen Lasten zur Erleichte- rung des kleinen Mittelstands und der Arbeiter zu berücksichtigen ist.

(Nach dem Bericht der Heidelberger Deutschen Zeitung, Oktober 1847)

Die drei Konzepte zur Lösung der »Deutschen Frage«

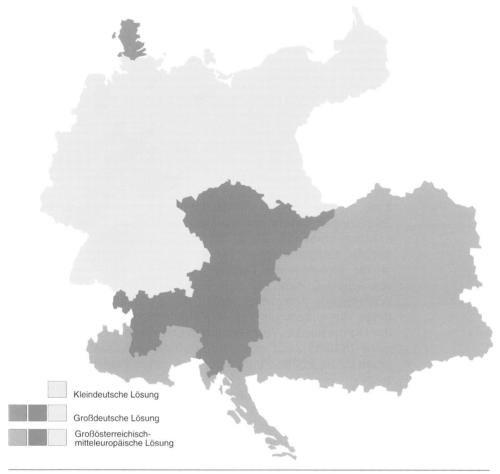

Kleindeutsche Lösung

Großdeutsche Lösung

Großösterreichisch-
mitteleuropäische Lösung

II   Die
        Revolution
        von
        1848/49

Um die Mitte des 19. Jahrhunderts hat sich in Deutschland eine starke Bewegung liberaler und demokratischer Oppositions- gruppen gebildet. Gemeinsam ist ihnen die Forderung nach der nationalstaatlichen Einigung Deutschlands – eine Forderung, die gegen die herrschenden staatlichen Mächte gerichtet ist und mit dem nationalen Problem zugleich das einer grundle- genden sozialen Veränderung aufwirft. Nationale und soziale Frage sind unmittelbar aufeinander bezogen, und je nach der politischen Ausrichtung der divergierenden Bewegungen ist die Forderung nach nationaler Einheit Resultat oder Vorausset- zung der wirtschafts- und sozialreformerischen Bestrebungen. Zwar zeigen sich in der Nationalidee bisweilen bereits panger- manisch-irrationale Züge. Sie treten jedoch gegenüber ihren sozialemanzipatorischen Tendenzen noch weitgehend zurück, ja, die Mehrheit der Opposition distanziert sich ausdrücklich von »dem Dünkel und der Eigensucht der Deutschtümelei« (Varnhagen). Vor 1848 vereint der nationale Gedanke aller- dings die unterschiedlichsten Reformvorstellungen; während der Diskussionen, Verhandlungen und Kämpfe der Revolutions- jahre 1848/49 zeigt sich dann, daß diese Vorstellungen in der praktischen Politik kaum noch auf einen Nenner zu bringen sind.

Vor dem Hintergrund einer gesamteuropäischen Wirtschafts- krise seit dem Jahre 1846 verschärfen sich die sozialen und po- litischen Spannungen um die Jahreswende 1847/48: Volksver- sammlungen, Bauernrevolten, Petitionen an die Regierenden häufen sich. Die sogenannten Märzforderungen, die zuerst in Südwestdeutschland formuliert werden, zielen vor allem auf Pressefreiheit, Schwurgerichte, konstitutionelle Verfassungen in den Einzelstaaten und Berufung eines deutschen Parla- ments. Schließlich führt das Vorbild der Pariser Februarrevolu- tion zu den Märzaufständen in Wien und in Berlin. Die deut- schen Fürsten sehen sich zu Konzessionen gezwungen: sie ge- währen liberale Verfassungen, berufen liberale Ministerien, ver- sprechen Presse- und Versammlungsfreiheit und ein deutsches Parlament.

Frankfurt wird der wichtigste Schauplatz der Revolution. Hier tagt das unmittelbar aus der revolutionären Bewegung entstan- dene Vorparlament. Das Bemühen der zahlenmäßig schwa- chen republikanischen Linken, das Vorparlament zu einer Art permanentem revolutionärem Exekutivausschuß umzuwandeln, scheitert. Es siegt die liberale Mehrheit, die die Wahl eines Nationalparlaments in Übereinstimmung mit den einzelstaatlichen Regierungen anstrebt. Am 18. Mai 1848 wird schließlich die Ende April gewählte Nationalversammlung in der Frankfurter Paulskirche eröffnet. Noch gibt es keine Parteien im modernen Sinn. Erst in den Debatten entwickeln sich parteiähnliche Gruppierungen. Die liberale Mitte ist in der Mehrheit. Eine bemerkenswerte Bereitschaft zum Kompromiß mit den Regierungen der verschiedenen deutschen Staaten kennzeichnet die Politik der Nationalversammlung von Anfang an.

Sie hat eine doppelte Aufgabe: eine nationale Verfassung und eine zentrale Regierungsgewalt zu schaffen. Schon seit Anfang Juni beschäftigt sie sich mit der Frage einer Reichsexekutive und setzt aus eigener Vollmacht eine provisorische Reichsregierung ein. In deren Zusammensetzung spiegelt sich die Problematik des Verhältnisses eines deutschen Einheitsstaates zu den Einzelstaaten, insbesondere den mächtigsten unter ihnen: Während die Wahl des österreichischen Erzherzogs Johann zum Reichsverweser den Weg nach Wien offen halten soll, herrscht im neugeschaffenen Reichsministerium der preußische Einfluß vor. Doch gelingt es der Nationalversammlung, die mit dieser Regierungsbildung von der Fiktion eines schon bestehenden Nationalstaates ausgeht, nicht, der Zentralgewalt Macht und Autorität zu verleihen. Sie verfügt über keinen eigenen Beamtenapparat und kein Heer; ein Teil der deutschen Monarchen lehnt es ab, ihre Truppen dem Reichsverweser huldigen zu lassen.

Wichtigstes und am leidenschaftlichsten diskutiertes Thema der Parlamentsdebatten sind von Juni bis September die »Grundrechte des deutschen Volkes«, die erst am 27. Dezember 1848 verabschiedet werden. Kostbare Zeit, in der die alten Mächte wieder erstarken, verstreicht über diesen Debatten. Sie zeigen aber die Bedeutung, die der Liberalismus der Sozial- und Rechtsreform innerhalb des zu schaffenden Nationalstaates beimißt. Die Grundrechte sind Ausdruck des Bemühens, die ständisch gestufte Hierarchie der alten Sozialordnung und mit ihr die Privilegien des Adels und die Reste feudaler Verhältnisse zu beseitigen. Sie sollen abgelöst werden durch die gesetzliche Verankerung der Rechts- und Chancengleichheit aller Staatsbürger nach dem Vorbild der amerikanischen und französischen Revolution.

Während die Abgeordneten zur Beratung der Reichsverfassung übergehen, kommt es im Spätsommer des Jahres zu der entscheidenden Krise der Nationalversammlung. An der schleswig-holsteinischen Frage offenbart sich die Ohnmacht der Zentralregierung. Einer nationaldeutschen Erhebung in Schleswig, das von Dänemark annektiert zu werden droht, sind der Deutsche Bund und die Nationalversammlung mit preußischen Truppen zu Hilfe gekommen. Doch Preußen gibt schließlich im Waffenstillstand von Malmö dem russischen und englischen Druck nach. Die Bundestruppen werden zurückgezogen. Nachdem die Nationalversammlung den Waffenstillstand zunächst abgelehnt hat, sieht sie sich schließlich gezwungen, ihn doch zu akzeptieren. Für eine eigene Politik fehlt ihr jede reale Macht. Auf der anderen Seite verstärken die radikaldemokratischen Kräfte ihre Agitation: In Lörrach ruft Struve am 21. September die »deutsche soziale Republik« aus. Diese Erhebung scheitert ebenso wie schon zuvor die Heckers vom April 1848. In Frankfurt wird die Nationalversammlung von einem Aufstand der Gegner des Waffenstillstands und der sich darin ausdrückenden Kompromißpolitik der liberalen Mehrheit unmittelbar bedroht. Sie kann sich nur mit Hilfe österreichischer und preußischer Truppen retten. Dieser Erfolg wie auch die Niederschlagung weiterer Aufstände in Wien im Oktober und in Berlin im November 1848 stärken die reaktionären Kräfte.

Im September 1848 beginnt in der Paulskirche die Arbeit an einer deutschen Verfassung. Auch in ihr schlägt sich die Kompromißbereitschaft der Versammlung nieder: Unitarische und föderative, demokratische und monarchische Elemente werden miteinander verbunden. Hauptgegenstand der Beratungen ist die Frage nach der territorialen Abgrenzung des deutschen Nationalstaates. Anfänglich neigt die Mehrheit der Abgeordneten einer großdeutschen Lösung zu, die Deutsch-Österreich einbeziehen und damit staatsrechtlich von den übrigen Gebieten des Habsburgerreiches trennen soll. Diese Lösung wird durch den österreichischen Ministerpräsidenten Fürst Felix Schwarzenberg vereitelt, der nach der Niederschlagung der nichtdeutschen Nationalbewegungen eine zentralistische Verfassung für Gesamtösterreich einführt. Damit ist einem großdeutschen Einheitsstaat der Boden entzogen, und die Versammlung beschließt, dem preußischen König die erbliche Kaiserwürde eines kleindeutschen Nationalstaats anzutragen. Doch Friedrich Wilhelm IV., der einer romantisch-legitimistischen Nationalidee anhängt, lehnt 1849 diesen Beschluß der auf revolutionärem Wege zustande gekommenen Volksvertretung ab und spricht

sich gegen die inzwischen von 28 Regierungen anerkannte
Reichsverfassung aus. Im Frühjahr 1849 kommt es erneut zu
Aufständen mit dem Ziel, die Reichsverfassung durch Druck
von unten dennoch durchzusetzen. Diese Erhebungen werden
jedoch blutig niedergeschlagen. Nach dem Auszug eines großen Teils der Liberalen wird die Nationalversammlung von den
republikanischen Linken beherrscht und schließlich in Stuttgart,
wo das Rumpfparlament weitertagt, von württembergischem
Militär auseinandergejagt. Damit ist das Werk der Paulskirche
gescheitert. Die Märzerrungenschaften werden in allen deutschen Staaten mit Hilfe des wiedereingesetzten Deutschen
Bundes rückgängig gemacht. Auch die Grundrechte werden
1851 fast überall wieder aufgehoben.
Die deutsche Revolution von 1848/49, der Versuch, einen den
politischen und sozialen Forderungen der Zeit entsprechenden
nationalen Verfassungsstaat auf freiheitlichem und demokrati-
schem Wege von unten her durchzusetzen, scheitert in ihrer
Endphase insbesondere an dem Problem der deutschen Einheit. Die nationale Frage wird zu einer reinen Machtfrage zwischen dem wiedererstarkten Preußen und Österreich. Während
mit der beginnenden Reaktion der Weg für soziale Reformen
vorläufig abgeschnitten ist – erst die »Neue Ära« in Preußen eröffnet für sie wieder eine Chance –, bleibt die Frage eines einheitlichen deutschen Nationalstaates weiterhin im Mittelpunkt
des preußisch-österreichischen Dualismus, der die Politik der
folgenden Jahrzehnte bestimmt. Im Zuge einer um sich greifen-
den Skepsis gegenüber den Idealen der vorausgegangenen
Jahre kommt es zu einer »realpolitischen« Orientierung an
praktikablen Lösungen innerhalb der bestehenden Verhältnisse. So schreibt D. F. Strauß, einer der einstigen Anhänger
der Revolution, im Jahre 1852: »Neben dieser Einheitsfrage
betrachte ich das Mehr oder Weniger von Despotismus oder
Konstitutionalismus, Junker- oder Demokratentum in den einzelnen deutschen Ländern als sehr gleichgültig«. Der nationale
Gedanke beginnt sich von den sozialreformerischen Bestrebungen zu lösen.

1. Die Märzrevolution von 1848

Vor dem Hintergrund einer gesamteuropäischen Wirtschaftskrise verschärfen sich 1847/48 die sozialen und politischen
Spannungen und führen in allen europäischen Ländern, mit
Ausnahme Rußlands und Englands zu Aufständen gegen die
bestehende Ordnung: in Frankreich gegen die einseitige Inter-
essenherrschaft des Großbürgertums, in Italien und Deutschland gegen die staatliche Zersplitterung, gegen die Überreste
der alten Feudalordnung und die zum Teil noch absolutistischen Staatsverfassungen; in den osteuropäischen Gebieten
gegen Fremdherrschaft und soziale Ungerechtigkeit. Die Aus-
gangsbedingungen und die zu lösenden Probleme differieren
so erheblich, daß es zu keinem gleichförmigen Verlauf der Revolution in Europa kommt.
Die Erhebung in Deutschland wird getragen von einer starken
nationalen Bewegung, in der die Forderungen nach nationaler
Einheit und politischen und sozialen Reformen zusammentref-
fen und ihren Ausdruck finden in dem von allen Schichten des
Volkes getragenen Wunsch nach einem nationalen Parlament
und einer für ganz Deutschland gültigen Verfassung. In der ersten Phase der Revolution im März 1848 gelingt es, zunächst in
Süddeutschland, nach Straßenkämpfen dann auch in Wien und
Berlin, die Regierungen zu Konzessionen zu bewegen: Sie gewähren, wo noch keine bestehen, Verfassungen, garantieren
die Pressefreiheit und berufen liberale Ministerien.

Die Revolution in Frankreich

Das Signal für die Revolution und den Umsturz der alten politischen Ordnung in Europa gibt der Aufstand in Paris. Die Wirtschaftskrise von 1846/47 hat Frankreich eine Hungersnot gebracht. Das neue städtische Proletariat und die Landbevölkerung radikalisieren sich. Kleinbürger und Arbeiter fordern – geführt von Louis Blanc – staatliche Arbeitssicherung in National-
werkstätten. Politische Reformversuche des demokratischen
Bürgertums scheitern. Das Ergebnis ist die Februarrevolution.
Arbeiter, Bürger und Nationalgarde kämpfen zunächst gemeinsam: Das Palais Royal wird gestürmt, die Abdankung des »Bür-
gerkönigs« Louis Philippe erzwungen und die Republik ausgerufen *(Kat. Abb. 62)*. Bald bricht jedoch der Konflikt zwischen

II/62   Sturm auf das Palais Royal am 24. Februar 1848

II/63   Kampf der Porta Tosa in Mailand am 22. März 1848

II/64   Zerstörung der Mariahilfer Linie in Wien am 13. März 1848

II/65   Angriff der Kavallerie auf das Volk vor dem Schloß in Berlin am 18. März 1848

II/66   Hungerkrawall in Stettin, 1847

II/67   Der Brand des Schlosses Waldenburg am 5. April 1848

II/68   Gemeinsamer Barrikadenkampf von Arbeitern und Bürgern in den Märztagen 1848

II/69   Auseinandersetzung zwischen der Mannheimer Bürgerwehr und protestierenden
         Hecker-Anhängern am 9. April 1848

der bürgerlichen Mehrheit und den radikalen Sozialisten über die Ziele der Revolution auf. Bürgertum und Militär verbünden sich: Der Juniaufstand der Arbeiter wird blutig niedergeschlagen.

Die Märzrevolution in Mitteleuropa

Unter dem Eindruck der Pariser Februarereignisse kommt es auch in den deutschen Einzelstaaten zu einer Kette von Revolutionen. Oft begleitet von sozialen Tumulten vor allem auf dem Lande, bringen Volksversammlungen, Demonstrationen und Petitionen die politische Unruhe der Bevölkerung zum Ausdruck. Zuerst werden in Süddeutschland die sogenannten Märzforderungen formuliert. Sie zielen vor allem auf Pressefreiheit, Schwurgerichte, Volksbewaffnung, Verfassungen in den Einzelstaaten und Berufung eines deutschen Parlaments. Besonders Konstitutionen und Nationalstaat stehen für eine grundlegend neue Ordnung; sie sind die Leitwerte, hinter denen sich die revolutionären Kräfte sammeln, über deren konkrete politische Umsetzung die Auffassungen jedoch weit auseinandergehen. Die Regierungen wagen zumeist nicht, gegen die Erhebungen gewaltsam einzuschreiten. Die politische Macht fällt vielfach fast von selbst in die Hände des liberalen Bürgertums.
Die wirtschaftliche Not der Arbeiter und Bauern, verschärfte Unterdrückung der Presse- und Meinungsfreiheit und der von den Massen begeistert begrüßte Ausbruch der Revolution in Paris fördern die soziale Erhebung auch in Österreich. Während um die gleiche Zeit die Tschechen, Ungarn und Italiener rebellieren, kommt es in Wien am 13. März nach einer Demonstration zum Kampf zwischen dem Militär und Arbeitern und Studenten *(Kat. Abb. 64)*. Der leitende Minister, Staatskanzler Fürst Metternich, wird gestürzt und flieht nach England. Die kaiserliche Regierung muß die Bewaffnung der Bürgergarde zulassen und eine Konstitution versprechen, die im April erlassen wird.
In Berlin schlägt die seit Anfang März spürbare politische Unruhe am 18. März in den offenen Aufstand um. Als die Kavallerie vor dem Schloß gegen eine Demonstration für Bürgerwehr, Pressefreiheit und ein preußisches Parlament vorgeht, werden Barrikaden errichtet und von Bürgern, Arbeitern und Studenten

Die Revolution von 1848/49

verteidigt *(Kat. Abb. XIII und 65)*. Der König befiehlt schließlich den Abzug der Truppen und beugt sich den Revolutionären. Mit den Worten »Preußen geht fortan in Deutschland auf« kommt der König am 21. März der Forderung nach nationaler Einheit entgegen. Ein liberales Ministerium wird eingesetzt, eine preußische Nationalversammlung tritt im Mai zusammen. Preußen soll konstitutionelle Monarchie werden.

Die sozialen Ursachen der Revolution

1846 und 1847 wird Deutschland im Gefolge von Mißernten durch eine schwere Agrar- und Hungerkrise getroffen. Steigende Lebensmittelpreise und sinkende Realeinkommen verschärfen die soziale Not großer Teile der Bevölkerung bis zum Äußersten *(Kat. Abb. 66)*. Hinzu kommt schließlich noch eine internationale Konjunkturkrise, die 1847 und Anfang 1848 zu einem scharfen Einbruch auch in der gewerblichen Produktion und zu steigender Arbeitslosigkeit führt. Agrar- und Gewerbekrise bleiben jedoch eine vorübergehende Erscheinung; bereits im Laufe des Jahres 1848 entspannt sich die Situation wieder.
Vor allem in Süddeutschland, aber auch in Schlesien ist die agrarische Bevölkerung ein Hauptträger der Revolution. Wie in den Tagen des großen Bauernkrieges ziehen radikale Gruppen gegen die Schlösser und verlangen die Aufhebung der noch bestehenden feudalen Verpflichtungen *(Kat. Abb. 67)*. Die Agrarrevolten stellen jedoch die überkommenen Autoritäten kaum in Frage. Mit der Erfüllung ihrer Forderungen, mit dem weitgehenden Abschluß der »Bauernbefreiung« scheidet die Landbevölkerung bald wieder aus der Revolution aus.
Daneben verdankt die Revolution ihre schnellen Erfolge nicht zuletzt der breiten Unterstützung in der städtischen Bevölkerung: Bürger und Arbeiter, Handwerksmeister und Gesellen, städtische Mittel- und Unterschichten kämpfen im März 1848 gemeinsam auf den Barrikaden *(Kat. Abb. 68)*. Im Verlaufe der Revolution werden die sozialen Gegensätze der verschiedenen Gruppen jedoch immer deutlicher *(Kat. Abb. 69)*. Die Mehrheit des Bürgertums hindert die unteren sozialen Schichten jedoch schon bald daran, die Revolution weiter voranzutreiben. Die Auseinandersetzung um deren radikalere politische und soziale Forderungen läßt nicht nur die anfängliche Einheit zerbrechen, sondern spaltet auch das Bürgertum selbst.

II/70   Einzug des Vorparlaments in die Paulskirche am 30. März 1848

II/71   Wahlversammlung des Berliner Politischen Clubs am 20. April 1949

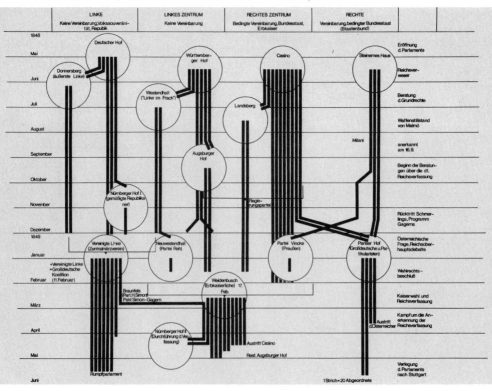

II/72   Die Fraktionen der Frankfurter Nationalversammlung 1848/49

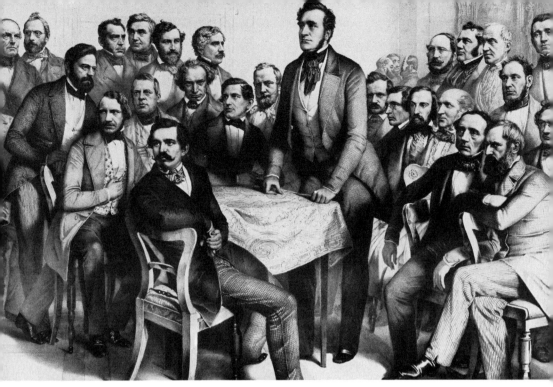

II/73   Die Casino-Partei in der Frankfurter Nationalversammlung

MITGLIEDER DER LINKEN DES ERSTEN DEUTSCHEN REICHSTAGS IN FRANKFURT A M

II/74   Die Linke in der Nationalversammlung

II/75   Demokraten-Versammlung in Berlin, 1848

2. Das Werden der politischen Nation

Der Weg zur Paulskirche

Versammlungen, Demonstrationen und Straßenkämpfe bestimmten bisher den Gang der Revolution. Angesichts der erreichten Erfolge soll jedoch nun nach dem Willen der bürgerlich-liberalen Mehrheit und auch vieler Demokraten der Weg parlamentarisch legitimierter Reformen beschritten werden. Eine Nationalversammlung soll eine gesamtdeutsche Verfassung ausarbeiten und eine regierungsfähige Zentralgewalt errichten.

Am 5. März 1848 versammeln sich in Heidelberg führende Liberale und Demokraten Süd- und Westdeutschlands und erklären die Einberufung einer Nationalversammlung für unaufschiebbar. Zwar wenden sie sich mit ihrem Appell an die bestehenden Regierungen, ernennen aber dann selbst einen Siebenerausschuß zur Vorbereitung und Wahl der Nationalversammlung. Damit ist ein erstes revolutionäres Organ geschaffen. Der Siebenerausschuß lädt alle »früheren oder gegenwärtigen Ständemitglieder und Teilnehmer an Gesetzgebenden Versammlungen in allen deutschen Landen« und darüber hinaus eine Anzahl weiterer Persönlichkeiten des öffentlichen Lebens zu einem »Vorparlament« nach Frankfurt. Am 30. März ziehen über 500 Männer in die Paulskirche ein *(Kat. Abb. 70)*.

In dieser revolutionären Versammlung sind die einzelnen deutschen Staaten unterschiedlich stark vertreten. Ein festes Programm besitzt nur die Minderheit der demokratischen Linken unter der Führung Gustav von Struves. Sie fordert die Errichtung einer föderativen Republik und die sofortige Übernahme der revolutionären Vollzugsgewalt durch das Vorparlament. Von solchen Forderungen ist die Mehrheit weit entfernt: sie will die politische Neuordnung durch eine Vereinbarung mit den Fürsten erreichen. Mit dieser Haltung, die später auch von der Mehrheit der Nationalversammlung vertreten wird, ist die revolutionäre Position im Grunde bereits preisgegeben, an ihre Stelle der Kompromiß mit den alten Gewalten getreten. Als die »Radikalen« dies erkennen, verlassen unter der Führung Hekkers 40 Mitglieder die Versammlung.

Hecker beginnt mit Freiwilligenscharen in Baden den Aufstand zur Verwirklichung der sozialen Republik. Er wird von einer Gruppe deutscher Emigranten aus der Schweiz und Frankreich unterstützt, überschätzt aber die Werbekraft der republikanischen Idee. Nach wenigen Tagen unterliegt er den regulären badischen und hessischen Truppen. Hecker flieht in die Schweiz und emigriert später in die USA.

Das Vorparlament hat Grundsätze zur Wahl und zur künftigen deutschen Verfassung beraten und einen Fünfzigerausschuß für die Wahlvorbereitung eingesetzt. Dieser revolutionäre Ausschuß arbeitet mit dem alten Bundestag und den Regierungen der Einzelstaaten zusammen, die sich beeilen, die Wahl zu legitimieren und Wahlgesetze zu erlassen. Alle »Selbständigen« sollen das Wahlrecht besitzen, was die Einzelstaaten sehr unterschiedlich interpretieren. Teilweise werden Arbeiter und Dienstboten von der Wahl ausgeschlossen. Eine direkte Wahl gestatten nur sechs Staaten, während in allen anderen indirekt über Wahlmänner gewählt wird. Vergeblich fordern in Berlin die Mitglieder des Politischen Clubs auf einer Wahlversammlung »In den Zelten« für Preußen das direkte Wahlrecht *(Kat. Abb. 71)*. Politische Parteien existieren noch nicht. Die örtlichen Kandidaten werden von den überall entstehenden politischen Klubs oder von schnell organisierten Wahlkomitees aufgestellt. Gewählt werden fast überall bürgerliche Liberale.

Die Nationalversammlung

Am 18. Mai tritt die Nationalversammlung in der Paulskirche zuzusammen *(Kat. Abb. 76)*. Der Enthusiasmus und die Erwartungen sind groß. In der ersten Ansprache nach seiner Wahl zum Präsidenten der Nationalversammlung beruft sich Heinrich von Gagern auf die »Souveränität der Nation« und ihr Recht, sich eine neue Verfassung zu geben. Gleichzeitig betont er aber die Notwendigkeit der Mitwirkung der Regierungen.

Einschließlich der Stellvertreter werden in die Paulskirche 831 Abgeordnete gewählt, von denen zu Beginn 330, später durchschnittlich 400–500 anwesend sind. Die Mehrheit der Parlamentarier entstammt dem liberalen Bildungsbürgertum. Beamte und Akademiker – darunter vor allem Juristen – bestimmen das Bild. Handel und Gewerbe sind nur durch wenige Abgeordnete vertreten, das gleiche gilt für den Adel und das Kleinbürgertum. Ohne direkte Vertretung in der Nationalversammlung bleiben Bauern und Arbeiter.

Aufbauend auf den Erfahrungen in den süddeutschen Landta-

II/76   Einführung des Erzherzogs Johann von Österreich, Reichsverweser von Deutschland, in der verfassunggebenden Versammlung am 12. Juli 1848 in der Paulskirche

Beschlüsse
des
Arbeiter-Kongresses.

Erster Theil.
Statut für die Organisation der Arbeiter.
I. Die Lokal-Komites für Arbeiter.

§. 1. Es bilden die verschiedenen Gewerke und Arbeitergemein=schaften im weitesten Sinne des Worts Vereinigungen und wählen, je nach dem Verhältniß ihrer Zahl, Vertreter zu einem Lokal=Komite für Arbeiter. Für Gewerke, welche vereinzelt dastehen, dürfte der Kreis Vereinigungen bieten.

§. 2. Diejenigen Arbeiter, welche noch keine Gemeinschaften bilden, haben sich ebenfalls zu vereinigen und Vertreter zu wählen, z. B. die Eisenbahnarbeiter ꝛc.

§. 3. Das Lokal=Komite hat die Verpflichtung, a) regelmä=ßige Versammlungen der Arbeiter zu veranlassen; b) die Bedürfnisse und Uebelstände der Arbeiter in ihren Orten oder Kreisen genau zu erforschen und auf Abhülfe derselben hinzuwirken; c) aus sich einen Ausschuß zu wählen, der die Geschäfte leitet, bestehend aus 1 Vor=sitzenden, 1 Beisitzer, 2 Schreibern, 1 Kassirer und 2 Kassenaufsehern.

§. 4. Die Lokal=Komites verschiedener Orte stehen mit einan=der in Verbindnng und zwar a) indem sie sich in kleinere oder grö=ßere Bezirke ordnen und für alle ein Bezirks=Komite bilden; b) durch briefliche Mittheilungen, welche sie an das Bezirks=Komite zur Beför=derung an die einzelnen Lokal=Komites und an das Central=Komite machen; c) durch Absendung von Abgeordneten zu den Bezirksver=sammlungen und der vom Central=Komite ausgeschriebenen General=versammlung für ganz Deutschland.

II. Die Bezirks=Komites

§. 5 haben vorläufig ihren Sitz in folgenden Städten: Danzig, Königsberg, Stettin, Cöln, Bielefeld, Frankfurt, Hamburg, Stutt-

Berlins Aufstand

Barricade in der neuen Königs Strasse am 19. März 1848.

No 1319.

Bei Kapping, bei Gehaniptet & Rumezkneider.

XIII   Barrikade an der Neuen Königsstraße in Berlin am 19. März 1848

XIV   Die Grundrechte des Deutschen Volkes, Lithographie von Adolf Schroedter, Mainz 1848

Wüthender Angriff der Republikaner auf das in der Paulskirche zu Frankfurt versammelte deutsche National-Parlament, am 18. September 1848.

Was woget und brauſet ſo dumpf heran,	Warum woget und brauſt er ſo dumpf heran,	Wer hat ſie getrieben ſo toll heran,
Erfüllt mit Gebrülle die Straßen?	Erfüllt mit Morden die Straßen?	Zu erfüllen mit Morden die Straßen?
Es iſt der Pöbel im tollen Wahn,	Er will ſie morden Mann für Mann,	Die Republikaner im irren Wahn,
Er wüthet über die Maßen.	Die vom Recht ſich nicht abbringen laſſen.	Sie können die Ruhe nur haſſen.

Die Abgeordneten Preußens für die deutſche National-Verſammlung hatten ſich ermannt, hatten für Waffenſtillſtand mit Dänemark, für Ruhe und Frieden in ihrem Lande und in ganz Deutſchland, für ... und Ordnung geſprochen und der Fürſt Lichnowsky und General v. Auerswald ſich beſonders ...net; und der größte Theil der Verſammlung war auf ihre Seite getreten. Das hatte nun die Re... ..er, deren Dichten und Trachten nur darauf geht, durch eine allgemeine Revolution alles von Unterſt ...ſt zu kehren, alles Beſtehende zu vernichten und ſich ſelbſt zur Herrſchaft zu bringen, aufs Höchſte ... Sie heßten das Volk in großen Volksverſammlungen auf, machten Verſchwörungen und beſchloſſen ...urch ihre angeworbenen Haufen die National-Verſammlung in der Paulskirche aus einander zu jagen ..., welche für die gute Sache geſtimmt hatten, umzubringen. Sie ſetzten dies am 18. September in's ...ebende Haufen umlagerten die Paulskirche und wollten hineindringen, wurden aber durch das Mili-

...tär vertrieben. Nun vertheilten ſie ſich in die Straßen, bauen Barrikaden und ſchießen aus den Fenſtern der Häuſer. Das Militär wird nun kommandirt, die Barrikaden zu nehmen, die Anführer zu vertreiben. Und ſie rücken vor, die Oeſterreicher treu, die Heſſendarmſtädter muthig und gewandt und die Preußen ſicher, raſch und ohne Beſinnen. Die Barrikaden werden überwältigt, das Feuer aus den Häuſern gedämpft. Es war eine Freude, Offiziere und Mannſchaft ſo vieler Stämme wie eine lebendige, muthvolle Mauer für die National-Verſammlung des deutſchen Reichs in den Tod gehen zu ſehen. Das Geſecht entſchied ſich unauf... lich zu Gunſten der Truppen. Aus der Umgegend waren ſchnell 6 — 7000 Mann verſammelt. 12 Ge... ſchütze mit Kartätſchen und Kavallerieangriffe bereiteten dem frevelhaften Aufruhr raſchen Untergang. Abends 8 Uhr war der Sieg entſchieden.

n. Eigenthum No. 9102.

Neu-Ruppin, zu haben bei Guſtav Kühn.

gen bilden sich auch in der Frankfurter Nationalversammlung
bald festere politische Gruppierungen, die auch die parlamentarische Arbeit wirkungsvoll zu organisieren versuchen. Die meisten Abgeordneten gehören solchen Fraktionen an, die sich re-
gelmäßig in Frankfurter Gasthäusern treffen und nach diesen
benennen *(Kat. Abb. 72).* Die Fraktionen wählen Vorstände, legen Mitgliederlisten an und beschließen Programme. Sie übernehmen bald die Vorberatungen für das Plenum und werden
von manchen schon »Parteien« genannt.

Am schnellsten organisiert sich die in der Minderheit befindliche
demokratische Linke *(Kat. Abb. 74).* Unter der Führung Robert
Blums sammelt sie sich im »Deutschen Hof«, schon bald aber
spalten sich die entschiedenen Republikaner als Fraktion
»Donnersberg« ab und bilden damit die äußerste Linke im Parlament. Ungeachtet der politischen Gegensätze schließt sich
der größte Teil der Linken im Februar 1849, als sich die kleindeutsch-preußische Lösung abzeichnet, in der nationalen
Frage mit dem »Pariser Hof« der Rechten zur großdeutschen
Koalition zusammen.

Die Rechte der Paulskirche ist eine liberal-konservative
Gruppe, die sich – zuerst katholisch und österreichisch orientiert – im »Steinernen Haus«, dann unter der Leitung des preußischen Freiherrn von Vincke im »Café Milani« organisiert. Im
Gegensatz zur Linken will diese Gruppe die Aufgabe der Nationalversammlung auf die Ausarbeitung der Verfassung beschränken und die Konstitution auf eine Vereinbarung mit den
Fürsten stützen.

Der größte Teil der Abgeordneten rechnet sich der liberalen
Mitte zu, die ihrerseits in zwei Flügel zerfällt: den »Württemberger Hof« (linkes Zentrum) und die »Casinopartei« (rechtes Zentrum) *(Kat. Abb. 73).* Der »Württemberger Hof« lehnt wie die
Linke die Vereinbarung mit den Fürsten ab. Die zahlenmäßig
und intellektuell stärkste Gruppe ist die »Casinopartei«, die
weitgehend das Geschehen im Parlament bestimmt und mit
Heinrich von Gagern auch den Präsidenten stellt. Zum »Casino« gehören viele der Professoren, wie die Historiker Dahlmann, Droysen, Waitz und Giesebrecht. Die meisten Mitglieder
der Fraktion erstreben eine konstitutionelle Monarchie mit be-
schränktem Wahlrecht und treten später für die kleindeutsche
Lösung ein.

Die Anfänge der Parteien

Die Revolution von 1848/49 wird, trotz mancher Vorläufer vor
allem im Westen und Süden Deutschlands, zur eigentlichen
Geburtsstunde der politischen Parteien im modernen Sinne. Mit
der Aufhebung der Zensur und der Freigabe des Vereins- und
Versammlungsrechts entfaltet sich schon in den Märztagen
eine breite politische Öffentlichkeit. In vielen Städten verfesti-
gen sich die politisch-sozialen Richtungen organisatorisch so
weit, daß fünf parteiartige Gruppierungen unterschieden werden können: die Liberalen und die Demokraten, die Konservativen, der politische Katholizismus und die frühe Arbeiterbewegung. Daneben beginnen sich in zunehmendem Maße die verschiedensten Arten von Interessen zu artikulieren und zum Teil
auch in Vereinen und Verbänden zusammenzuschließen. Die
politische Selbstorganisation der deutschen Gesellschaft erreicht damit eine ganz neue Stufe.
Die parlamentarisch stärkste Kraft ist die bürgerlich-liberale
Mitte. Sie will, bei weitgehender Liberalisierung von Wirtschaft
und Gesellschaft, die politische Demokratisierung eher schrittweise vollziehen. Die Monarchie wird als Garant der bürgerlichen
Ordnung gegen sozialrevolutionäre Gefahren gesehen. In der au-
ßerparlamentarischen Organisation bleiben die Liberalen deutlich hinter den Demokraten zurück; zumeist erst als Antwort auf
deren Aktivitäten entsteht auch ein liberales Vereinswesen.
Als erste politische Richtung bauen die bürgerlichen Demokraten eine eigene parteiähnliche Organisation auf, ein regional
breit gestreutes Netz von Vereinen bis hin zu nationalen Kon-
gressen und Zentralvereinen *(Kat. Abb. 75)*. Ausgehend von
dem Prinzip der Volkssouveränität befürworten die Demokraten
zumeist eine republikanische Ordnung. Dahinter steht das Konzept der sozialen Reform und einer offenen Staatsbürgergesell-
schaft, in die von vornherein auch die unteren Schichten einbezogen sein sollen.
Nach anfänglichem Zögern und einer eher defensiven Haltung
nutzen auch die konservativen, gegenrevolutionären Kräfte, vor
allem in Preußen, die neuen Formen der politischen Organisation und Öffentlichkeit. Als ihr Organ erscheint in Berlin die
»Neue Preußische Zeitung«, die sogenannte »Kreuz-Zeitung«.
Zugleich organisieren die Junker die Verteidigung des monarchischen Systems in patriotischen Vereinen, aber auch ihrer
ökonomischen Interessen und Privilegien in entsprechenden

II/78   Einzug des Reichsverwesers Erzherzog Johann in Frankfurt am Main am 11. Juli 1848

An das deutsche Volk.

Deutsche! Eure in Frankfurt versammelten Vertreter haben mich zum deutschen Reichsverweser erwählt.

Unter dem Zurufe des Vertrauens, unter den Grüßen voll Herzlichkeit, die mich überall empfingen, und die mich rührten, übernahm ich die Leitung der provisorischen Centralgewalt für unser Vaterland.

Deutsche! nach Jahren des Druckes wird Euch die Freiheit voll und unverkürzt. Ihr verdient sie, denn Ihr habt sie muthig und beharrlich erstrebt. Sie wird Euch nimmer entzogen, denn Ihr werdet wissen sie zu wahren.

Eure Vertreter werden das Verfassungswerk für Deutschland vollenden. Erwartet es mit Vertrauen. Der Bau will mit Ernst, mit Besonnenheit, mit ächter Vaterlandsliebe geführt werden. Dann aber wird er dauern, fest wie Eure Berge.

Deutsche! Unser Vaterland hat ernste Prüfungen zu bestehen. Sie werden überwunden werden. Eure Straßen, Eure Ströme werden sich wieder beleben, Euer Fleiß wird Arbeit finden, Euer Wohlstand wird sich heben, wenn Ihr vertrauet Euren Vertreten, wenn Ihr mir vertraut, den Ihr gewählt, um mit Euch Deutschland einig, frei und mächtig zu machen.

Aber vergeßt nicht, daß die Freiheit nur unter dem Schirme der Ordnung und Gesetzlichkeit wurzelt. Wirkt mit mir dahin, daß diese zurückkehren, wo sie gestört wurden. Dem verbrecherischen Treiben und der Zügellosigkeit werde ich mit dem vollen Gewichte der Gesetze entgegentreten. Der deutsche Bürger muß geschützt seyn gegen jede strafbare That.

Deutsche! Laßt mich hoffen, daß sich Deutschland eines ungestörten Friedens erfreuen werde. Ihn zu erhalten ist meine heiligste Pflicht.

Sollte aber die deutsche Ehre, das deutsche Recht gefährdet werden, dann wird das tapfere deutsche Heer für das Vaterland zu kämpfen und zu siegen wissen.

Frankfurt am Main, den 15. Juli 1848.

Der Reichsverweser

Erzherzog Johann.

Die Reichsminister

Schmerling. Peucker. Heckscher.

Druck von Benjamin Krebs.

Verbänden. Schon bald überzieht ein Netz solcher Vereine
weite Teile des östlichen Preußens.
Im Kampf für die Freiheitsrechte der Kirche bildet sich seit dem
Frühjahr 1848 eine große katholische Bewegung. Eine Fülle
von Zeitungen, Versammlungen und Petitionen, die »Piusver-
eine für religiöse Freiheit«, schließlich der erste deutsche Ka-
tholikentag im Oktober 1848 in Mainz sind die Instrumente einer
politischen Bewegung, die in den Parlamenten kaum vertreten
ist. Die politische Spannweite des Katholizismus reicht von einzelnen Befürwortern einer christlichen Demokratie, die sich in
vielem der Märzrevolution verbunden fühlen, bis hin zu der
Mehrheit der ultramontanen, streng konservativen Kräfte.
Noch ganz in den Anfängen steckt 1848/49 die selbständige politische Organisierung der Arbeiterschaft *(Kat. Abb. 77)*. Oft
sind die Arbeitervereine noch nicht eindeutig von der demokratischen Bewegung geschieden. Auch die soziale Differenzie-
rung in Handwerksgesellen, frühes Proletariat und besitzlose
Unterschichten steht vielfach noch einer einheitlichen Organisation entgegen. Neben sozialkonservativen und sozialreformerischen Ansätzen melden sich mit dem »Bund der Kommunisten« um Marx und Engels auch sozialrevolutionäre Kräfte
nachdrücklich zu Wort.
Auch die Organisation aller Arten von wirtschaftlichen und sozialen Interessen kommt im Revolutionsjahr mächtig voran.
Kaum eine Gruppe verzichtet darauf, ihren Wünschen mit
Adressen und Petitionen, mit Versammlungen und Vereinsbil-
dungen der Öffentlichkeit und insbesondere der Nationalversammlung gegenüber Ausdruck zu verleihen. Eine große Massenbasis und breite Resonanz erreichen vor allem der deutsche
Handwerker- und Gewerbekongreß und die mit diesem teilweise verbundene Schutzzollbewegung.

3. Das Werk der Nationalversammlung und die Krise der Revolution

Die Zentralgewalt: Ein Haupt ohne Körper

XVII (Abb. rechts)
Innenansicht eines
Eisenwalzwerks
in Königshütte
(Oberschlesien),
Gemälde
von Adolf Menzel

Erster demonstrativer Höhepunkt der Arbeit der Nationalversammlung ist die Reichsverweserwahl. Sie geht auf einen Kompromiß zwischen den Vorstellungen der verschiedenen Fraktionen über eine provisorische Zentralgewalt zurück. Die Linke will

einen einzigen Mann als Träger der Exekutive, die Rechte ein
Kollegium, die Linke einen Abgeordneten, der durch die Nationalversammlung selbst gewählt und ihr verantwortlich sein soll,
die Rechte die Ernennung durch die Fürsten ohne Verpflichtung
zur parlamentarischen Verantwortung.

Um die Versammlung trotz ihrer Gegensätze zu einer Entscheidung zu zwingen, macht ihr Präsident Heinrich von Gagern
einen »kühnen Griff«: Er schlägt der Nationalversammlung die
Wahl eines Reichsverwesers vor. Gewählt wird Erzherzog Johann, »nicht weil, sondern obgleich er ein Fürst ist«. Er ist der
Nationalversammlung nicht verantwortlich und wird nach seiner
Wahl von den Fürsten der Einzelstaaten anerkannt. Er ist damit
»legitimer« Nachfolger der Bundesversammlung, die ihre Kompetenzen auf den Reichsverweser überträgt.

Dieser Kompromiß mit den alten Mächten schafft für die Nationalversammlung zusätzliche Probleme. An der Spitze steht
jetzt ein Mitglied des österreichischen Herrscherhauses. Damit
wird die Entscheidung über die Zugehörigkeit des österreichischen Vielvölkerstaates zum künftigen deutschen Nationalstaat
noch schwieriger.

Zunächst richten sich jedoch große Erwartungen auf den
Reichsverweser *(Kat. Abb. 78)*. In einem Aufruf »An das deutsche Volk« verspricht er »nach Jahren des Drucks . . . die Freiheit voll und unverkürzt« und die Vollendung des Verfassungs-
werks für Deutschland *(Kat. Abb. 79)*. Demokratische Vereine
appellieren an den Reichsverweser, die Volkssouveränität zu
achten und für die Verantwortlichkeit eines künftigen Reichs-
oberhaupts einzutreten. Bald jedoch enthüllt sich die Schwäche
der Zentralgewalt. Nach der Berufung des Reichsministeriums
unter Leiningen, einem hohen Aristokraten und Verwandten
des englischen Königshauses, zeigt sich, daß die Handlungsfähigkeit der Zentralgewalt durch organisatorische Mängel und
Kompetenzstreitigkeiten mit den deutschen Einzelstaaten stark
begrenzt ist. Ohne Armee, Polizei und Beamte ist sie bei der
Durchführung ihrer Beschlüsse von der Mitarbeit der politischen
Machtträger in den Einzelstaaten abhängig, mit deren Bevollmächtigten sie in Frankfurt verhandelt. Bei diesen Verhandlungen ist die völkerrechtliche Vertretung kontrovers. Die Einzelstaaten weigern sich zum Teil, ihre Truppenkontingente einem
zentralen Oberbefehl zu unterstellen. Am 6. August ergeht an
die Truppen aller Staaten ein Appell, dem Reichsverweser zu
huldigen. Preußen und Österreich folgen nur mit Vorbehalten.

Die Grundrechtsdebatten

Die Ausarbeitung eines verbindlichen Katalogs von Menschen-
und Bürgerrechten nach dem Vorbild der amerikanischen und
der Französischen Revolution ist für die verfassunggebende
Versammlung in der Paulskirche das erste Ziel ihrer Bemühungen. Am 3. Juli 1848, nach der Konstituierung der provisorischen Zentralgewalt, beschließt die Nationalversammlung, »mit
der Feststellung der allgemeinen Rechte, welche die Gesamt-
verfassung dem deutschen Volke gewähren sollte, den Anfang
zu machen . . . Das Verfassungswerk, welches jetzt unternommen ist, soll ja die Einheit und Freiheit Deutschlands, das Wohl
des Volkes auf Dauer begründen«. Das liberale Bürgertum debattiert monatelang über die Inhalte der endlich errungenen
Freiheiten. Es geht um eine neue soziale Ordnung und um
die Bildung eines deutschen Nationalstaates mit demokratischer Verfassung.
Ganz Deutschland verfolgt die Debatten in der Paulskirche mit
großer Aufmerksamkeit. Viele Deutsche versuchen, mit Flug-
schriften, Petitionen und Änderungsvorschlägen Einfluß auf die
Formulierung der fundamentalen Rechte der Bürger zu
nehmen.
Der Beschluß der Nationalversammlung, mit der Diskussion der
Grundrechte zu beginnen und die übrigen Verfassungspro-
bleme zurückzustellen, ist die unmittelbare Folge der Erfahrungen der Abgeordneten mit dem vormärzlichen Polizeisystem.
Sie haben vor allem den Willen, die Rechte des einzelnen dem
Staat gegenüber zu sichern: »Wir wollen jetzt aus dem heraus-
kommen, was uns der Polizeistaat der letzten Jahrhunderte gebracht hat. Wir wollen den Rechtsstaat auch für Deutschland
begründen . . . Es soll die Bevormundung entfernt werden, die
von oben her auf Deutschland lastet«.
Die Grundrechte *(Kat. Abb. XIV)* garantieren den bürgerlichen
Rechtsstaat. Zum erstenmal in der deutschen Geschichte wird
zugleich ein einheitliches »Reichsbürgerrecht« (§ 2) geschaffen. Ständische Vorrechte sollen durch die allgemeine Gleichheit vor dem Gesetz abgelöst werden: »Der Adel als Stand ist
aufgehoben . . . Die Deutschen sind vor dem Gesetze gleich«
(§ 7).
Rechtsgleichheit, einheitliches Staatsbürgerrecht und Gleichheit der Bürger vor dem Gesetz bilden das Kernstück der
Grundrechte. Vor allem geht es der Paulskirchenversammlung

darum, die Rechte des Individuums gegenüber dem Staat zu garantieren: »Die Freiheit der Person ist unverletzlich« (§ 8). Jeder Staatsbürger erhält die Meinungs- und Glaubensfreiheit: »Jeder Deutsche hat das Recht, durch Wort, Schrift, Druck und Bild seine Meinung frei zu äußern« (§ 13). Die Vereins- und Versammlungsfreiheit wird gesichert (§§ 29, 30), besonders die Freiheit der Wissenschaft und der Lehre (§§ 22, 23). Die Unabhängigkeit der Kirche vom Staat wird in den Debatten leidenschaftlich diskutiert. Schließlich sichern die Grundrechte die freie Verfügungsgewalt des Bürgers über sein Eigentum: »Das Eigentum ist unverletzlich« (§ 32). Alle noch bestehenden Adelsprivilegien werden beseitigt. Einerseits werden alle noch auf Grund und Boden lastenden Abgaben und Leistungen für ablösbar erklärt, andererseits erhalten die besitzlosen Abhängigen freie Verfügungsgewalt über ihre Arbeitskraft: »Jeder Untertänigkeits- und Hörigkeitsverband hört für immer auf« (§ 34).
Die Grundrechte zielen auf die freie, durch die Sicherung des Eigentums gewährleistete Entfaltung des Individuums, also auf die Freisetzung aller Kräfte des einzelnen unter allgemein verbindlichen gesetzlichen Regeln. Dagegen werden alle über die rechtliche Sicherung des Individuums hinausgehenden sozialreformerischen Maßnahmen von der Mehrheit der Abgeordneten nicht gebilligt. Obwohl die »soziale Frage« durch das Elend breiter Volksschichten schon ins allgemeine Bewußtsein gedrungen ist, findet sich in den Grundrechten nichts über eine soziale Verpflichtung des Eigentums und über einen Anspruch auf soziale Sicherheit. Hier setzt die Kritik der Arbeiter- und Gesellenvereine und der entschiedenen Demokraten an. Die sozialen Interessengegensätze, die das Werk der Paulskirche schließlich so sehr belasten, zeichnen sich bereits ab.

Die Schleswig-Holstein-Frage

Noch während der Diskussion über die Grundrechte kommt es zu einer für das Schicksal der Nationalversammlung entscheidenden Krise. Die Herzogtümer Schleswig und Holstein haben sich der deutschen Revolution angeschlossen und sich gegen ihren Herrscher, den dänischen König, erhoben, weil er das im Unterschied zu Holstein nicht zum Deutschen Bund gehörende Schleswig dem dänischen Nationalstaat einverleiben wollte. Die revolutionäre provisorische Regierung der Herzogtümer er-

II/80 Einzug der preußischen Truppen in Schleswig am 23. April

II/81 Stürmische Debatte in der Frankfurter Nationalversammlung am 5. September 1848

II/82   Angriff preußischer Truppen auf Barrikaden in Frankfurt am Main am 18. September 1848

sucht den Bundestag um militärische Hilfe, die sie unter preußischem Oberkommando erhält. Die deutsche Nationalbewegung
nimmt sich des Kampfes der Schleswig-Holsteiner mit einem
Enthusiasmus ohnegleichen an. Er wird zu einem Kristallisa-
tionspunkt der deutschen Einheitsbestrebungen und zur Pre-
stigefrage für die Nationalversammlung. Die Bundestruppen
kämpfen unter preußischem Kommando erfolgreich *(Kat.
Abb. 80)*. Trotzdem zwingt ausländischer Druck, vor allem von
England und Rußland, Preußen zur Annahme des Waffenstillstandsvertrages von Malmö, dessen Bestimmungen weitgehend zu Lasten der Schleswig-Holsteiner gehen. Die Frankfurter provisorische Zentralgewalt, Rechtsnachfolgerin des Bundestages, in dessen Namen der Krieg geführt worden ist, wird
bei den Waffenstillstandsverhandlungen von Preußen übergan-
gen. Preußen verwirft damit den nationalen Gedanken zugunsten seiner Interessen als europäische Macht.
Diese erste außenpolitische Krise zeigt die Probleme, vor denen die Nationalversammlung steht und die sie zum Teil selbst
geschaffen hat. Die Wahl des Reichsverwesers hatte für kurze
Zeit den Eindruck geschaffen, als liege die Macht tatsächlich
bei der neuen Zentralgewalt. Nun kommt es im Verlauf der Auseinandersetzungen um Schleswig-Holstein zu einer Konfrontation mit den realen Machtverhältnissen. Die gemäßigten und die
radikalen Abgeordneten der Paulskirche reagieren unterschiedlich. Die tiefgreifenden Differenzen zwischen den verschiedenen politischen Gruppen treten deutlicher als je zuvor zutage.
Die Nationalversammlung muß eine Entscheidung über das
eigenmächtige Vorgehen Preußens fällen. Denn von Annahme
oder Ablehnung des Waffenstillstands durch die Nationalversammlung hängt nicht nur das Schicksal Schleswig-Holsteins,
sondern das ganz Deutschlands ab. Die Annahme bedeutet
den Sieg Preußens über die deutsche Nationalbewegung, den
Sieg eines Monarchen über das gesamtdeutsche Parlament.
Die Ablehnung würde bedeuten, daß die Nationalversammlung
entschlossen ist, sich gegen Preußen und auch gegen die europäischen Mächte durchzusetzen und damit den Weg der Vereinbarung mit den Fürsten zu verlassen.
Am 5. September lehnt die Nationalversammlung mit 238 gegen
221 Stimmen nach der turbulentesten Debatte seit ihrem Bestehen *(Kat. Abb. 81)* den Waffenstillstand ab. Es ist der erste Sieg
der Linken in der Paulskirche. Viele Liberale stimmen für diese
Entscheidung, darunter der Hauptredner der Schleswig-Holstei-

ner, Dahlmann, der in seiner Rede sagt, daß das Parlament sein ehemals stolzes Haupt nie wieder erheben werde, falls es sich hier ausländischem Druck beuge und die Einheit Deutschlands in Schleswig-Holstein verrate. Das Ministerium Leiningen tritt nach der Abstimmung zurück. Dahlmann gelingt allerdings weder die Bildung eines neuen Ministeriums, noch kann er sich dazu entschließen, die Forderung der Linken zu übernehmen und zum Kampf gegen Preußen aufzurufen.

Die Nationalversammlung verharrt in ohnmächtiger Passivität. Am 16. September schließlich akzeptiert sie mit 257 gegen 236 Stimmen doch noch den Waffenstillstand. Viele Liberale, die sich vorher wie Dahlmann leidenschaftlich dagegen ausgesprochen hatten, stimmen nun dafür. Damit opfert die Nationalversammlung ihr Ansehen, indem sie jetzt für die Politik Preußens eintritt. Die Paulskirche begibt sich endgültig in die Abhängigkeit der Fürsten. In dieser Entscheidung sehen Karikaturisten schon die Beerdigung des »Siebenmonatskindes« der deutschen Einheit.

Das Unvermögen der Nationalversammlung, die preußische Regierung zur Ablehnung des Waffenstillstandsvertrages von Malmö zu bewegen, dokumentiert ihre Ohnmacht vor den bestehenden Gewalten. Für die Republikaner ist dies der Beweis für die Aussichtslosigkeit der gemäßigt-liberalen Konzeption, die Fürsten auf dem Wege von Verhandlungen zu freiwilligem Verzicht auf einige Souveränitätsrechte zugunsten eines deutschen Nationalstaates und eines parlamentarischen Systems zu bewegen.

Aufstände gegen die Nationalversammlung

Republikaner und Demokraten finden jetzt in der Frankfurter Bevölkerung immer mehr Anhänger. Die Befürworter des Waffenstillstandes werden als Verräter bezeichnet, die Republikaner dagegen zunehmend als die Sachwalter der revolutionären Nationalbewegung angesehen. Stark besuchte Versammlungen der Arbeiter- und Demokratenvereine, bei denen bereits die roten Fahnen die schwarz-rot-goldenen zu verdrängen beginnen, verlangen den geschlossenen Auszug der gesamten Linken aus der Paulskirche oder die Auflösung der Nationalversammlung. Die provisorische Zentralgewalt fordert gleichzeitig zum Schutz der Nationalversammlung preußisches und öster-

II/83   Ermordung von Fürst Lichnowsky und General von Auerswald am 18. September 1848
in Frankfurt am Main

II/84   Gustav von Struve ruft vom Lörracher Rathaus die Deutsche Republik aus

II/85   Ermordung des österreichischen Kriegsministers Latour am 6. Oktober 1848

II/86   Erschießung Robert Blums in der Brigittenau bei Wien am 9. November 1848

II/87   Brand der Wiener Bibliothek nach der Einnahme der Stadt
durch die Truppen von Windischgrätz

reichisches Militär an. Die Lage verschärft sich. Die Erbitterung
richtet sich vor allem gegen die preußischen Truppen, die nun
gegen die Revolutionäre auf der Straße eingesetzt werden.
Während in der Paulskirche über die Freiheit der Wissenschaft
debattiert wird, tobt draußen der Straßenkampf *(Kat. Abb. XV)*.
Nach dem Mord an zwei Abgeordneten der Rechten, Lichnowsky und Auerswald *(Kat. Abb. 83)*, wird über die Stadt der Belagerungszustand verhängt. Der Aufstand wird niedergeschlagen
(Kat. Abb. 82).
Nach diesem militärischen Sieg fühlt sich die Zentralgewalt gestärkt. Sie verbündet sich zunehmend mit den alten Dynastien
und leitet jetzt ihrerseits gegenrevolutionäre Maßnahmen ein.
Sie plant die Ahndung von »Pressvergehen« gegen Beamte
und Behörden und fordert die Einzelstaaten zur Einsendung einer genauen »Statistik der in Deutschland bestehenden demokratischen Volksvereine und deren Verzweigungen« auf. Doch
der Sieg kommt schließlich nicht der Zentralgewalt, sondern
den alten Mächten zugute.

Die Ausrufung der Republik

Die Unruhen in Frankfurt greifen auf die mittel- und südwestdeutschen Staaten über. Überall werden jetzt sozialrevolutionäre und republikanische Forderungen erhoben, die über die
Ziele der Mehrheit in der Nationalversammlung hinausgehen.
In Baden, wo neue Finanzgesetze und Gerichtsverfahren gegen die Aufständischen des Frühjahres in den unteren Schichten große Unruhe verbreitet haben, versucht Gustav von Struve
einen Putsch. Seine Flugblätter nach der Annahme des Mal-
möer Waffenstillstands durch die Nationalversammlung geben
die Stimmung wieder: »Triumph! Das Frankfurter Parlament ist
entlarvt! Es gibt kein deutsches Parlament mehr – nur noch ein
erzürntes Volk, ihm gegenüber eine Handvoll Schurken . . .
Ganz Deutschland erhebt sich im Augenblick gegen die Für-
stenherrschaft und für die Erringung der Volksfreiheit«. Unter
der Losung »Wohlstand, Bildung, Freiheit für alle« ruft er am
21. September vom Lörracher Rathaus die »deutsche soziale
Republik« aus *(Kat. Abb. 84)*. Zu ihrer Finanzierung wird gegen
Schuldscheine Geld aus der Bevölkerung aufgenommen. Die
Anhänger der Monarchie sollen verhaftet, das Vermögen des
Staates, der Kirche und der Monarchisten eingezogen und den

Gemeinden übergeben werden. Der Aufstand breitet sich rasch über das badische Oberland aus, wird aber am 26. September von der Übermacht badischer Truppen bei Stauffen niedergeschlagen.

Sieg der Reaktion in Wien

Auch in den nichtdeutschen Teilen der Habsburger Monarchie, vor allem in Ungarn und Italien, kommt es zu neuen Unruhen. Der ungarische Landesverteidigungsausschuß unter Lajos Kossuth plant eine Offensive zur Erringung der Unabhängigkeit. Als die in Wien stationierten deutschen und italienischen Truppen am 5. Oktober den kaiserlichen Kontingenten gegen die Ungarn eingegliedert werden sollen, bricht in der österreichischen Hauptstadt der offene Aufstand aus. Studenten der »Akademischen Legion« verbünden sich mit der Bürgerwehr und Arbeitern und verhindern den Abmarsch der Truppen. Die Minister und der Kaiser fliehen aus der Stadt. Wien ist in den Händen der Revolutionäre.

Die provisorische Zentralgewalt in Frankfurt entsendet den liberalen Abgeordneten Welcker und Oberst Mosle als »Reichskommissare« nach Österreich, um »alle zur Beendigung des Bürgerkrieges, zur Herstellung des Ansehens der Gesetze und des öffentlichen Friedens erforderlichen Vorkehrungen zu treffen«. Sie wagen jedoch nicht, Wien zu betreten, und kehren aus dem kaiserlichen Hauptquartier ohne Ergebnis zurück. Robert Blum dagegen, linker Abgeordneter der Paulskirche, kämpft mit den Aufständischen auf den Barrikaden.

Feldmarschall Fürst Windischgrätz, der Befehlshaber der kaiserlichen Truppen, verhängt über Wien den Belagerungszustand. Nach fünf Tagen ist die Stadt zurückerobert. Die Aufständischen leisten erbitterten, aber vergeblichen Widerstand. Mehrere tausend Tote und schreckliche Verwüstungen *(Kat. Abb. 87)* sind die Bilanz des Sieges der monarchistischen Reaktion über die Stadt. Robert Blum wird ohne Rücksicht auf seine Immunität als Abgeordneter standrechtlich erschossen *(Kat. Abb. 86)*. Die Nationalversammlung protestiert nur matt.

Fürst Schwarzenberg, ein starrer Verfechter der absoluten Monarchie und des großösterreichischen Machtstaates, wird Ministerpräsident, der Reichstag aufgelöst, eine Verfassung oktroyiert. Die Revolution in Österreich ist gescheitert.

Gegenrevolution in Berlin

Ein anderes Zentrum der zweiten revolutionären Welle ist Berlin. Der äußere Anlaß ist die Ernennung des Generalleutnants Brandenburg, eines Verwandten des Königshauses und reaktionären Mitglieds der »Kamarilla«, zum Ministerpräsidenten. Er soll die »Contrerevolution« einleiten. In der Stadt kommt es zu Unruhen. Auch die Liberalen sind nicht bereit, diesen Affront zu akzeptieren. Fast einstimmig lehnt die preußische Nationalversammlung am 2. November das Ministerium der Krone ab. Sie teilt diesen Beschluß durch eine Deputation dem König mit, der sie jedoch nicht zu Wort kommen läßt *(Kat. Abb. 89)*. Die preußische Nationalversammlung wird gegen ihren Widerstand aus Berlin in die Stadt Brandenburg verlegt. Den demokratischen Abgeordneten und denen des linken Zentrums, die sich weigern, der Verlegung Folge zu leisten, werden die Versammlungslokale gesperrt. Schließlich werden sie mit Waffengewalt auseinandergetrieben *(Kat. Abb. 91)*.
Obgleich die am 10. November in Berlin einziehenden 40000 Soldaten des Generals von Wrangel auf keinen Widerstand stoßen, wird am 12. November der Belagerungszustand über die Stadt verhängt. Erst jetzt wächst der Widerstand der demokratischen Gruppen in der Stadt. Zur Unterstützung der Linientruppen wird die Landwehr einberufen. So bleibt die Monarchie Herr der Lage. Sie kann es sich schließlich erlauben, die nach Brandenburg verlegte Nationalversammlung endgültig aufzulösen und eine Verfassung zu oktroyieren, die mit einer Reihe von Konzessionen das liberale Bürgertum besänftigt. Doch schon vorher war das Auseinanderbrechen der im März noch weitgehend geschlossenen revolutionären Gruppen deutlich geworden, nachdem bei den Spandauer Krawallen Bürgerwehr auf republikanische Arbeiter geschossen hatte *(Kat. Abb. 88)*. In Berlin erscheint die Broschüre »Gegen Demokraten helfen nur Soldaten«. Die Mehrheit des liberalen Bürgertums resigniert. Die monarchistische Gegenrevolution hat auch in Preußen gesiegt.

II/88   Bürgerwehr schießt auf aufständische Arbeiter am 16. Oktober 1848 in Berlin

II/89   Entwaffnung der Berliner Bürgerwehr am 11. November 1848

„Das ist immer das Unglück der Könige gewesen, daß sie die Wahrheit nicht hören wollen!"

Der König hat die mit Ueberreichung der bereits bekannten Adresse von der National-Versammlung beauftragte Deputation empfangen. Nach Verlesung derselben faltete der König die Adresse zusammen und wandte sich mit kurzer Verbeugung zum Fortgehen. Als nun der Präsident Unruh das Wort zu ergreifen zauderte, trat der Abgeordnete Jacobi vor und sprach dem, der Deputation in der Adresse ausdrücklich ertheilten Auftrage zufolge, die Worte:

„Majestät! Wir sind nicht blos hierher gesandt, um eine Adresse „zu überreichen, sondern auch, um Ew. Majestät mündlich über „die wahre Lage des Landes Auskunft zu geben. Gestatten Ew. „Majestät daher —

hier unterbrach der König mit dem Worte:

„Nein!!"

Jacobi entgegnete:

„Das ist immer das Unglück der „Könige gewesen, daß sie die Wahr= „heit nicht hören wollen!"

Der König entfernte sich.

Der Abgeordnete Jacobi hat sich hierdurch den Dank des gesammten Vaterlandes verdient. Möge er und seine Freunde in diesem hochwichtigen Augenblicke nicht nachlassen, die in Wien wie in Berlin bedrohte Sache des Volkes und der Wahrheit zu vertreten, dann werden alle ihm mit Gut und Blut zur Seite stehen, um endlich eine von Fürstenlaune unabhängige Grundlage der Volksfreiheit und des Volksglückes zu erlangen!

Berlin, den 3. November 1848.

Der democratische Club.

Druck von Ferd. Reichardt u. Co., Neue Friedrich-Straße 24.

II/90   Flugblatt des Demokratischen Clubs in Berlin, November 1848

II/91   Die gewaltsame Auflösung der preußischen Nationalversammlung am 14. November 1848

II/92   Medaille auf die Wahl Friedrich Wilhelms IV. von Preußen zum »Kaiser der Deutschen«

II/93   Friedrich Wilhelm IV. empfängt die »Kaiserdeputation« der Nationalversammlung am 3. April 1849

4. Das Scheitern der Revolution

Das Problem der nationalen Einheit

Die deutsche Einheit wird nach der Niederschlagung der »zweiten Revolution« zur Machtfrage zwischen den wiedererstarkten Staaten Preußen und Österreich. Österreichs Interesse zielt auf den Ausbau seiner Großmachtstellung. Nach Schwarzenbergs Programm soll die gesamte Habsburger Monarchie gemeinsam mit allen deutschen Staaten einen mitteleuropäischen Staatenbund bilden, ein Siebzigmillionenreich. Dagegen steht die kleindeutsch-preußische Lösung: ein kleindeutscher Bundesstaat unter preußischer Führung, der später zu einem »Doppelbund« mit Österreich erweitert werden könnte.

Die Mehrheit der Nationalversammlung bekennt sich zu Beginn der Einheitsdebatte im Oktober 1848 zum großdeutschen Prinzip, das auch dem ersten Verfassungsentwurf zugrunde liegt. Das Reichsgebiet soll danach das Gebiet des bisherigen Deutschen Bundes umfassen und darüber hinaus das Herzogtum Schleswig und die preußischen Ostprovinzen einbeziehen, nicht jedoch die fremdsprachigen Nationalitäten der Habsburgermonarchie.

In der Debatte um das Reichsoberhaupt im Januar 1849 tritt die kleindeutsche Partei für ein preußisches Erbkaisertum ein. Die großdeutsche Seite mit ihren verschiedenen politischen Fraktionen dagegen bietet die widersprüchlichsten Konzepte an. Sie reichen von einem dynastischen Reichsdirektorium bis zu einer unitarischen demokratischen Republik.

Österreichs Vorgehen – seine entschiedene Absage an die Nationalversammlung und die Verabschiedung einer zentralistischen Gesamtstaatsverfassung für das Habsburger-Reich im März 1849 – zerstört die großdeutschen Hoffnungen endgültig. Viele Großdeutsche treten zur kleindeutschen Fraktion Heinrich von Gagerns über. Die demokratische Linke läßt sich durch das Zugeständnis des allgemeinen, gleichen, geheimen und direkten Wahlrechts für die kleindeutsche Lösung gewinnen. Am 28. März wählt die Nationalversammlung den preußischen König zum »Kaiser der Deutschen«.

Mitbürger!

Der König und die Minister sind entflohen. Das Land ist ohne Regierung, sich selbst überlassen worden. Die Reichsverfassung ist verleugnet.

Mitbürger! Das Vaterland ist in Gefahr! Es ist nothwendig geworden, eine provisorische Regierung zu bilden. Der Sicherheitsausschuß zu Dresden und die Abgeordneten des Volks haben un unterzeichnete Mitbürger zur provisorischen Regierung ernannt.

Die Stadt Dresden ist dem Vaterlande mit dem rühmlichsten Beispiele vorangegangen und hat eschworen, mit der Reichsverfassung zu leben und zu sterben.

Wir stellen Sachsen unter den Schutz der Regierungen Deutschlands, welche die Reichsverfassung nerkannt haben.

Zuzug von allen Ortschaften des Vaterlandes ist angeordnet und wird hiermit angeordnet.

Wir fordern den strengsten Gehorsam für die Befehle der provisorischen Regierung und des Ober= ommandanten Oberstleutnant Heinze!

Wir werden Parlamentäre an die Truppen senden und sie auffordern, den Befehlen der proviso= ischen Regierung gleichfalls Gehorsam zu leisten. Auch sie bindet keine andere Pflicht, als die für die estehende Regierung, für die Einheit und Freiheit des deutschen Vaterlandes!

Mitbürger, die große Stunde der Entscheidung ist gekommen! Jetzt oder nie! Freiheit oder Sklaverei! Wählt!

Wir stehen zu Euch, steht Ihr zu uns!
Dresden, den 4. Mai 1849.

Die provisorische Regierung.
Tzschirner.   Heubner.   Todt.

II/94   Aufruf der provisorischen sächsischen Regierung

II/95   Die provisorische sächsiche Regierung im Dresdener Rathaus, Mai 1849

Die Landesversammlung in Offenburg

erklärt:

Deutschland befindet sich fortwährend im Zustand voller Revolution, aufs neue hervorgerufen durch die Angriffe der größeren deutschen Fürsten auf die von der deutschen Nationalversammlung endgültig beschlossenen Reichsverfassung und die Freiheit überhaupt. — Die deutschen Fürsten haben sich zur Unterdrückung der Freiheit verschworen und verbunden; der Hochverrath an Volk und Vaterland liegt offen zu Tage; es ist klar, daß sie sogar Rußlands sämmtliche Armeen zur Unterdrückung der Freiheit zu Hülfe rufen. — Die Deutschen befinden sich also im Stande der Nothwehr. Sie müssen sich verbünden, um die Freiheit zu retten; sie müssen dem Angriff der fürstlichen Rebellen den bewaffneten Widerstand entgegensetzen.

Die deutschen Stämme haben die Verpflichtung, sich gegenseitig die Freiheit zu gewährleisten, um den Grundsatz der Volkssouveränität vollkommen durchzuführen; sie müssen sich unterstützen überall, wo sie angegriffen werden. — Das badische Volk muß daher die Volksbewegung in der Pfalz mit allen ihm zu Gebote stehenden Mitteln unterstützen.

Die Landesversammlung des badischen Volkes in Offenburg hat nach hervorgegangener Berathung die gestellten Anträge in dem Landeskongresse der Volksvereine, nach ferner stattgefundener öffentlicher Berathung, wobei Abgeordnete aus allen Landestheilen vertreten waren, nach ferneren ausführlicher Diskussion in der Versammlung des Volkes

beschlossen:

1) Die Regierung muß die Reichsverfassung, wie sie nun nach der durch die Ereignisse beseitigten Oberhauptsfrage feststellt, unbedingt anerkennen und mit der ganzen bewaffneten Macht, deren Durchführung in andern deutschen Staaten zunächst in der bayerischen Pfalz unterstützen.

2) Das gegenwärtige Ministerium ist sofort zu entlassen, und Bürger Brentano, Obergerichtsadvokat zu Mannheim, und Bürger Peter, Reichstagsabgeordneter von Konstanz, mit der Bildung eines neuen Ministeriums zu beauftragen.

3) Es muß alsbald unter sofortiger Auflösung der jetzigen Ständekammern eine verfassunggebende Landesversammlung berufen werden, welche in sich die gesammte Rechts- und Machtvollkommenheit des badischen Volkes vereinigt; sie wird gewählt von allen volljährigen Staatsbürgern des Landes und zwar unter Beibehaltung der für die bisherige II. Kammer beanstandeten Wahlbezirke.

4) Es muß ohne alen Verzug die Volksbewaffnung auf Staatskosten in's Leben gerufen werden, und es sind alle ledigen Männer von 18–30 Jahren als erstes Aufgebot sofort mobil zu machen. — Alle diejenigen Gemeindebehörden, welche nicht alsbald die Bewaffnung ihrer Bürger anordnen, sind augenblicklich abzusetzen.

5) Die politischen Flüchtlinge sind sofort zurückzurufen, die politischen Militär- und Civilgefangenen zu entlassen und alle politischen Prozesse niederzuschlagen; — namentlich verlangen wir auch die Entlassung derjenigen Militärgefangenen, welche in Folge der politischen Bewegungen wegen sogenannter Disciplinar- und Insubordinationsvergehen bestraft wurden.

6) Die Militärgerichtsbarkeit muß aufgehoben werden.

7) Bei dem Heere soll eine freie Wahl der Offiziere stattfinden.

8) Wir verlangen alsbaldige Verschmelzung des stehenden Heeres mit der Volkswehr.

9) Es müssen sämmtliche Grundlasten unentgeltlich aufgehoben werden.

10) Es müssen die Gemeinden unbedingt selbstständig erklärt werden, sowohl was die Verwaltung des Gemeindevermögens, als die Wahl der Gemeindevertreter betrifft; es müssen alsbald im ganzen Lande neue Wahlen für die Gemeindevertretung stattfinden.

11) Es werden sämmtliche von den s. g. Kammern in Karlsruhe seit dem 17. Januar d. J. gefaßten Beschlüsse für null und nichtig erklärt und darunter namentlich das s. g. Wahlgesetz vom 10. v. M., welches einen förmlichen Angriff auf die in den Reichsgesetzen gegebenen Bestimmungen enthält.

12) Die Geschwornengerichte sind augenblicklich einzuführen und kein einziger Kriminal-Prozeß darf mehr von Staatswegen entschieden werden.

13) Die alte Verwaltungsbürokratie muß abgeschafft werden und an ihre Stelle die freie Verwaltung der Gemeinden oder andern Körperschaften treten.

14) Errichtung einer Nationalbank für Gewerbe, Handel und Ackerbau zum Schutze gegen das Uebergewicht der großen Kapitalisten.

15) Abschaffung des alten Steuerwesens, hierfür Einführung einer progressiven Einkommensteuer nebst Beibehaltung der Zölle.

16) Errichtung eines großen Staatspensionsfonds, aus dem jeder arbeitsunfähig gewordene Bürger unterstützt werden kann. — Hierdurch fällt der besondere Pensionsfonds für die Staatsdiener von selbst weg. — Der Landesausschuß der Volksvereine besteht aus folgenden Mitgliedern:

K. Brentano von Mannheim.
J. Fickler von Konstanz.
A. Goeg von Mannheim.
Peter von Konstanz.
Werner von Oberkirch.
Rehmann von Offenburg.
Stay von Heidelberg.
Willmann von Pforzheim.
K. Steinmetz von Durlach.
Mersy von Kenzingen.
Richter von Achern.
Degen von Mannheim.
K. Ritter von Karlau,   } Soldaten aus der Garnison
J. Stark von Leopoldsthal, } in Rastatt.

Als Ersatzmänner wurden gewählt:
H. Hoff von Mannheim.
Lorrent von Freiburg.
K. Rottek von Freiburg.
Happel von Mannheim.
Junghauns von Mosbach.
Riefer von Emmendingen.

Ersatzmänner der Soldaten:
Aurelius Goebel aus Philippsburg.
Sebastian Bammgarth aus Bleichheim, Amts Kenzingen.

Derselbe wird beauftragt, die nöthigen Anordnungen zur Durchführung dieser Beschlüsse mit allen ihm zu Gebote stehenden Mitteln zu treffen, und von dem Ergebniß der heutigen Volksversammlung den Landesausschuß in Rheinbaiern, sowie den Landesausschüssen der übrigen Nachbarstaaten sofort Nachricht zu geben.

Offenburg, den 13. Mai 1849.

Im Namen der Landes-Volksversammlung.
Goeg.

---

* Der Landes-Ausschuß hat sich in zahlreicher Begleitung von Offenburg nach der Festung Rastatt begeben, wo er vorerst inmitten der Bürgerschaft und der braven 6000 Mann starken Besatzung in Permanenz berathet. Heute (14. Mai) Nacht 3 Uhr trafen die befreiten Bürger Struve, Blind, Bornstedt nebst den gleichfalls vom Volke aus den Bruchsaler Kerkern befreiten Soldaten in Rastatt ein.

II/96   Beschlüsse der Offenburger Landesversammlung

II/97   Der Ausbruch des Rastatter Aufstandes am 13. Mai 1849

Die Reichsverfassung

In einer Phase äußerster Spannung, schon stark beschränkt in ihrem Handlungsspielraum, nimmt die Nationalversammlung im Oktober 1848 den brisantesten Teil ihres Neuordnungswerks in Angriff, den institutionellen Teil der Verfassung. Besonders bei den Entscheidungen über den Umfang des künftigen Reichsgebiets und über die monarchische Spitze sind die Einwirkungen der österreichischen und preußischen Machtpolitik unübersehbar. Dennoch gelingt der Nationalversammlung am 27. März 1849 in scheinbarer Souveränität die Verabschiedung der Reichsverfassung.

Die Arbeit an der neuen Verfassung liegt zunächst in den Händen eines dreißigköpfigen Verfassungsausschusses, dem die führenden Köpfe des vormärzlichen Liberalismus angehören. Sein Verfassungsentwurf entspricht ganz den Vorstellungen der Casino-Fraktion und damit der bürgerlich-liberalen Mehrheit der Nationalversammlung. Erst im Winter 1848/49 treten im Zuge des Ringens zwischen kleindeutsch und großdeutsch gesonnenen Kräften Verschiebungen der Mehrheitsverhältnisse ein, die zu Kompromissen auch mit der demokratischen Linken führen.

Die Verfassung ist insgesamt ein ausgewogener Kompromiß, der vorbildlich für die weitere deutsche Verfassungsentwicklung bleibt. Geprägt ist er vor allem von den Vorstellungen der bürgerlich-liberalen Mehrheit des Frankfurter Parlaments: ein Bundesstaat mit einem Zweikammersystem und einem erblichen Monarchen an der Spitze. Als Konzessionen an die Linke sind jedoch die Befugnisse des Monarchen begrenzt und das allgemeine, gleiche Wahlrecht eingefügt worden.

Die liberalen und nationalen Hoffnungen, die Preußens König Friedrich Wilhelm IV. in den Märztagen 1848 mit seiner Losung »Preußen geht fortan in Deutschland auf« geweckt hatte, glaubt die kleindeutsche Partei mit der Verfassung der Paulskirche nun einlösen zu können. Am 28. März 1849 wählt die Nationalversammlung den preußischen König zum »Kaiser der Deutschen« *(Kat. Abb. 91)*. Die »Kaiserdeputation« der Nationalversammlung unter Leitung ihres Präsidenten Eduard von Simson überbringt dem preußischen König das Ergebnis der Wahl *(Kat. Abb. 92)*. Friedrich Wilhelm IV. aber hält an seinem Gottesgnadentum fest und lehnt ein demokratisches Volkskaisertum entschieden ab: Die deutsche Einheit soll nicht das Werk einer vom Volk gewählten, souveränen Nationalversammlung sein, sondern allein auf dem Weg der »Vereinbarung« mit den anderen Fürsten geschaffen werden. In einem Schreiben an Bunsen erklärt der König im Dezember 1848: »Einen solchen imaginären Reif, aus Dreck und Letten gebacken, soll ein legitimer König von Gottes Gnaden, und nun gar der König von Preußen sich geben lassen, der den Segen hat, wenn auch nicht die älteste, doch die edelste Krone, die niemandem gestohlen ist, zu tragen ... Ich sage es Ihnen rund heraus: soll die tausendjährige Krone deutscher Nation, die 42 Jahre geruht, wieder einmal vergeben werden, so bin ich es und meinesgleichen, die sie vergeben werden; und wehe dem, der sich anmaßt, was ihm nicht zukommt.«

Mit der Ablehnung der Kaiserkrone durch den preußischen König ist das Verfassungswerk der Paulskirche gescheitert *(Kat. Abb. 93).*

Der Kampf um die Reichsverfassung

»Die Stunde ist gekommen, da es sich entscheiden wird, ob Deutschland frei und stark, oder geknechtet und verachtet sein soll. Die Vertreter der deutschen Nation, von allen Bürgern und von Euch gleichfalls gewählt, haben die Reichsverfassung für ganz Deutschland beschlossen und als unverbrüchliches Gesetz verkündet. Die ganze Nation ist fest entschlossen, die Reichsverfassung durchzuführen ... Die größeren Fürsten und ihre Kabinette verweigern der Reichsverfassung den Gehorsam. Sie sind Rebellen gegen den Willen und das Gesetz der Nation.«

Mit diesen Worten ruft der Kongreß sämtlicher Märzvereine Deutschlands am 6. Mai 1849 zur Durchsetzung der Reichsverfassung auf, die zwar von 28 deutschen Staaten anerkannt wird, doch von den Regierungen fast aller größeren Länder – insbesondere Preußen, Sachsen, Bayern – abgelehnt worden ist. Überall in Deutschland versuchen Arbeiter-, Volks- und Vaterlandsvereine mit Petitionen, Pressekampagnen und Straßenversammlungen, Druck auf die Regierungen auszuüben. Man beruft sich auf das »heilige Recht der Revolution«. Durch die Ablehnung der monarchistischen Regierungen erscheint in Deutschland alles, was die bürgerlich-demokratische Revolution bisher erreicht hat, in Frage gestellt. Die Resolutionen

II/98 »Begnadigt zu Pulver und Blei«

II/99　　Der Sieg der Reaktion in Europa 1849,
　　　　 Zeichnung von F. Schroeder in den »Düsseldorfer Monatsheften«

sprechen immer deutlicher davon, die Verfassung notfalls auch mit Waffengewalt zu sichern. So erklären Heidelberger Bürger am 8. Mai »aus eigenem Antrieb und freiem Willen, öffentlich und feierlichernst, daß wir die von der deutschen verfassungsgebenden National-Versammlung in Frankfurt a. M. geschaffene und bekanntgemachte deutsche Reichsverfassung samt den Grundrechten und dem Wahlgesetz . . . bereit sind, . . . mit Leib und Leben, Gut und Blut zu schützen und zu verteidigen«. In Sachsen, im Rheinland, in der Pfalz und in Baden schlägt die Agitation in den offenen Aufstand um.

In Dresden ruft der Ausschuß des »Vaterlandsvereins« zur bewaffneten Demonstration auf: »Eilt schleunigst mit Waffen und Munition herzu! Es gilt!« Am Nachmittag des 3. Mai stürmt das Volk das Zeughaus. Der König flieht. Eine provisorische Regierung wird eingesetzt *(Kat. Abb. 95)*. Für kurze Zeit ist die Volkssouveränität Wirklichkeit.

In der Altstadt werden Barrikaden gegen das sächsische Militär und die anrückenden preußischen Truppen errichtet. Aber der Kampf bleibt auf Dresden beschränkt, der Aufruf der provisorischen Regierung an die Bürger Sachsens ohne Echo *(Kat. Abb. 94)*. Angesichts der Überlegenheit des Gegners bricht die Front der Aufständischen in der belagerten Stadt auseinander: Die Bürgerwehr zieht sich von den Barrikaden zurück, diejenigen, die den Kampf weiterführen – unter ihnen der russische Anarchist Michail Bakunin und Richard Wagner – unterliegen nach sechstägigem Kampf den aus Preußen herbeigerufenen Truppen.

Trotz der Niederlage in Sachsen bricht der Aufstand nun in der Pfalz und in Baden aus. Die Pfälzer kämpfen zugleich für die Loslösung ihres Landes von Bayern. Demokratisch-republikanische Ideen prägen diesen Volkskrieg. Am 17. Mai trennt sich die Pfalz von Bayern.

In Baden beschließt am 13. Mai eine Landesvolksversammlung in Offenburg, an der etwa 35000 Menschen teilnehmen: »Die deutschen Fürsten haben sich zur Unterdrückung der Freiheit verschworen und verbunden; der Hochverrath an Volk und Vaterland liegt offen zutage . . . Das badische Volk wird daher die Volksbewegung in der Pfalz mit allen ihm zu Gebote stehenden Mitteln unterstützen.« Zwar hat die badische Regierung die Verfassung akzeptiert; doch die badischen Republikaner wollen mehr; anstelle der monarchisch-konstitutionellen Lösung fordern sie die Republik und demokratische und soziale Refor-

II/100 Der Geschworenenprozeß gegen Johann Jacoby im Dezember 1850

II/101 Auswandererschiff, 1850

men, freie Wahl der Offiziere, unentgeltliche Aufhebung sämtlicher Grundlasten, Schutz gegen das Übergewicht der Kapitalisten und staatliche Arbeitslosenunterstützung *(Kat. Abb. 96)*. Zwischen dem 10. und 12. Mai meutert das badische Militär in den wichtigsten Festungen des Landes *(Kat. Abb. 99)*. Die Rebellion der Truppen gegen ihre Offiziere ermuntert die demokratische Volksbewegung zum offenen Aufstand. Die Chancen der Revolution sind günstig. Sie wird zur letzten Hoffnung aller Demokraten in Deutschland. Turner- und Schützenkompanien, Arbeiterbataillone, polnische und ungarische Legionen ziehen zur Unterstützung nach Baden. Preußisches Militär und Truppen des Reichsverwesers unter dem Oberbefehl des Prinzen von Preußen, des späteren Kaisers Wilhelm I., marschieren ein. In nahezu zweimonatigem Kampf wird die badisch-pfälzische Erhebung besiegt *(Kat. Abb. XVI)*.
Ausdauer, Zähigkeit und der Mut der Volksarmee haben die wachsende militärische Desorganisation nicht aufwiegen können. Die provisorische Regierung in Baden selbst, unter Leitung des zaudernden Lorenz Brentano, verhindert ein energisches Vorgehen: Zunächst versagt sie den nur schlecht bewaffneten Pfälzern ernsthafte militärische Unterstützung, in Baden verbietet sie die radikal-demokratische Opposition, die sich im »Klub des entschiedenen Fortschritts« zusammengefunden hat; vor allem wendet sie sich gegen eine Ausweitung des Kampfes auf andere deutsche Länder.
Auch die Linke in der Frankfurter Paulskirche vermag nicht, sich an die Spitze der Bewegung zu stellen, nachdem die liberalen und konservativen Abgeordneten ausgezogen sind und die Durchsetzung der Reichsverfassung der »selbstthätigen Fortbildung der Nation« überlassen haben.
Rastatt, die letzte Festung der Aufständischen und Ausgangspunkt der Revolution, fällt am 23. Juli 1849. Bis Ende Oktober 1849 arbeiten in Baden die preußischen Militärtribunale: standrechtliche Erschießungen, Zuchthaus und Gefängnis für die Aufständischen sind das Ende *(Kat. Abb. 98)*. 80 000 Verfolgte, 6 Prozent der badischen Bevölkerung, wandern aus.
Im Herbst 1849 ist die liberale und demokratische Bewegung in Frankreich, Italien, Ungarn und Deutschland besiegt.

Die Reaktion in den fünfziger Jahren

Die Revolution ist gescheitert. Sie ist gescheitert am Widerstand der alten Dynastien, der königstreuen Heere und der Bürokratie, aber auch an wachsenden Gegensätzen im eigenen Lager. Die bürgerlichen Liberalen scheuen vor den radikalen politischen Forderungen der Republikaner und entschiedenen Demokraten zurück. Hinzu kommt der Interessenkonflikt zwischen Besitzenden und Besitzlosen, der sich im Zeitalter der beginnenden industriellen Revolution ständig verschärft.
In der nun einsetzenden Reaktion werden die liberalen Ministerien in allen deutschen Ländern durch konservative ersetzt. Viele Parlamente werden aufgelöst, die Verfassungen revidiert. Die Monarchen regieren wieder ohne wirkliche Kontrolle durch das Volk. Die preußische Regierung führt das Dreiklassenwahlrecht ein. Die Wähler werden darin je nach der Höhe des von ihnen entrichteten Steuerbetrages in drei Klassen eingeteilt: die kleine Zahl der Großverdiener der ersten Klasse (4% der Bevölkerung) kann ebensoviele Wahlmänner und Abgeordnete stellen wie die zahlenmäßig stärkste Klasse der Kleinverdiener (80% der Bevölkerung). Durch die Öffentlichkeit der Wahl soll darüber hinaus eine Kontrolle der abhängigen Wähler gesichert werden.
Meinungs- und Pressefreiheit werden durch Zensur und Polizeispitzel eingeschränkt, 1851 hebt der Deutsche Bund die »Grundrechte des deutschen Volkes« wieder auf. Er ist von Österreich und Preußen, den Hauptmächten der Reaktion, wieder eingesetzt worden als Instrument der Unterdrückung *(Kat. Abb. 99)*. Während im Vielvölkerstaat Österreich die letzten nationalen Aufstände niedergeschlagen werden, triumphiert unter Leitung des Deutschen Bundes überall die Reaktion. Liberale, Demokraten und Sozialrevolutionäre werden verhaftet und zu langjährigen Freiheitsstrafen verurteilt *(Kat. Abb. 100)*. Alle »verdächtigen« politischen Vereine werden verboten.
Die Folgen der Unterdrückung sind Massenauswanderungen in die Schweiz, nach England und vor allem in die Vereinigten Staaten von Amerika *(Kat. Abb. 101)*. Der Versuch einer demokratischen Nationalstaatsgründung durch das deutsche Volk ist gescheitert.

Holstein

Mecklenburg
Schwerin

Bremen Hamburg

Mecklenbg.
Strelitz

Olden-
burg

Hannover

SL

Preußen

LD

Braunschweig

zu Preußen

Anhalt

Waldeck

Hessen-
Kassel

Thüringische
Staaten

Sachsen

Hessen-

Nassau

Luxem-
burg

Darm-
stadt

Bayern

Bayern

Österreich

Württemberg

Baden

III Industrielle Revolution und Reichsgründung

Industrielle Revolution und Reichsgründung

In den fünfziger Jahren, der Zeit der politischen Reaktion, schafft die wirtschaftliche Entwicklung eine völlig neue politische und soziale Situation: auch in Mitteleuropa setzt sich jetzt die industrielle Revolution durch. Die Schwerindustrie wächst sprunghaft; industrielle Ballungsräume entstehen vor allem im Ruhr- und im Saargebiet und in Oberschlesien. Neue Finanzierungsmethoden über Aktiengesellschaften und Wirtschaftsbanken erlauben den Einsatz moderner Produktionsverfahren im großen Stil und die rasche Erweiterung der Märkte. Deutschland ist auf dem Wege zu einem modernen Industrieland.

Mit der Industrialisierung verändert sich die soziale Landschaft von Grund auf. Neben einem wohlhabenden und selbstbewußten Industriebürgertum entsteht ein ständig wachsendes Industrieproletariat, das sich vor allem aus ehemals selbständigen Handwerkern und aus den in die großen Städte strömenden Landarbeitern rekrutiert. Mit sinkenden Reallöhnen verschlechtert sich dessen Situation zunehmend. Die Arbeiter wohnen in oft menschenunwürdigen Behausungen. Ihr Verdienst liegt meist an der Grenze des Existenzminimums. Selbsthilfeorganisationen wie Konsumgenossenschaften, Krankenversicherungen und Darlehenskassen versuchen, die ärgste Not zu lindern. In die gleiche Richtung zielen karitative Institutionen wie Kolpings Gesellenvereine. Alle diese Einrichtungen stellen die bestehende wirtschaftliche und soziale Ordnung nicht in Frage. Der Sozialismus dagegen zieht radikale Konsequenzen und ruft zum Umsturz des kapitalistischen Systems durch die Arbeiter selbst auf. In Karl Marx findet er seinen führenden Theoretiker.

Das Kernland der industriellen Entwicklung ist Preußen, das – noch dazu als Führungsmacht des Zollvereins – ein immer stärkeres wirtschaftliches Gewicht innerhalb Deutschlands gewinnt. Damit wird zugleich auch seine politische Stellung gegenüber Österreich gestärkt. Bedeutsam für die weitere politische Entwicklung ist außerdem, daß bereits in den Jahren der Reaktion die Wirtschaftspolitik Preußens den Interessen weiter Kreise des Bürgertums entspricht.

Seit 1858 scheint sich noch einmal die Chance zu bieten, daß der preußische Staat auch den politischen Wünschen des liberalen Bürgertums entgegenkommt. In dem Regierungsantritt des Prinzregenten Wilhelm, der ein liberal-konservatives Ministerium beruft und in einer programmatischen Ansprache an das Staatsministerium weitreichende Reformen ankündigt, sehen viele Zeitgenossen den Beginn einer »Neuen Ära« in Preußen. Sie gibt überall in Deutschland dem politischen Liberalismus großen Auftrieb. Man hofft auf die Einlösung der Reformzusagen und darüber hinaus auf eine nationale Einigung unter Führung des liberalen Preußen.

Ermutigt von der Entwicklung in Preußen, angespornt überdies von der italienischen Einigung, gründen jetzt Liberale und Demokraten den Nationalverein. Er nimmt das 1849 gescheiterte kleindeutsche Konzept einer nationalen Einigung auf parlamentarischer Grundlage unter preußischer Führung wieder auf. 1861 entsteht mit der Deutschen Fortschrittspartei die »Exekutive des Nationalvereins in Preußen«: ein Parteibündnis ebenfalls aus entschiedenen Liberalen und Demokraten, deren führende Männer dem Nationalverein angehören. Die Fortschrittspartei hat innerhalb Preußens die gleiche Zielsetzung wie der Nationalverein. Statt zur Zusammenarbeit mit den Liberalen wie in anderen deutschen Staaten kommt es hier jedoch über die Frage der Heeresform bald zu einer grundsätzlichen Auseinandersetzung zwischen der Exekutive und dem Parlament, die sich mehr und mehr zu einem Verfassungskonflikt entwickelt. Die Fortschrittspartei sieht in ihm die entscheidende Machtprobe mit dem monarchisch-konservativen Staat und dem »mit absolutistischen Tendenzen verbündeten Junkertum«. Doch sie kann diese Machtprobe nicht für sich entscheiden. Mit Bismarck, der im September 1862 zum preußischen Ministerpräsidenten berufen wird, betritt jetzt der große Gegenspieler der liberalen Bewegung die politische Bühne. Schon 1848 als ultrakonservativer Junker bekannt geworden, steuert er nun einen schroff antiparlamentarischen Kurs und regiert ohne einen von der Volksvertretung verabschiedeten Haushalt praktisch außerhalb der Verfassung. Die Fortschrittspartei steht dem letztlich ohnmächtig gegenüber. Die konservative Haltung der Landbevölkerung und die Interessenbindung weiter Kreise des besitzenden Bürgertums an den preußischen Staat lassen sie vor einem revolutionären Vorgehen zurückschrecken. Sie opponiert deshalb in dem Rahmen, »wo sich die besitzenden Schichten noch nicht von uns trennen«.

Diese Haltung ist einer der Gründe dafür, daß sich die Arbeiterschaft von der Fortschrittspartei abwendet. Mit der Gründung

des Allgemeinen Deutschen Arbeitervereins durch Lassalle im
Jahre 1863 bleibt der Fortschrittspartei, die sich ursprünglich als
Sammelbecken aller liberalen und demokratischen Reformkräf-
te verstanden hatte, nur noch das Wählerreservoir des Bürgertums. Bürgerliche und proletarische Demokratie gehen von nun
an eigene Wege.
Während so die Front der Opposition zerfällt, gelingen Bismarck
auf außenpolitischem Gebiet ständig neue Erfolge. Im Konflikt
um Schleswig-Holstein, in dem sich alle nationalen Kräfte – ob
großdeutsch oder kleindeutsch – leidenschaftlich engagieren,
übernimmt Preußen die Führung und zwingt Österreich an seine
Seite. Nach dem Sieg über Dänemark werden die Herzogtümer
unter die Verwaltung der beiden kriegführenden Mächte gestellt. Preußen aber dringt schließlich auf eine Annexion der
Herzogtümer und treibt damit den Konflikt mit Österreich bis
zum Kriege. Mit Preußens Sieg ist der Kampf um die Vormachtstellung in Deutschland endgültig zu seinen Gunsten entschieden. Der Deutsche Bund wird aufgelöst, der Weg zur kleindeutschen Lösung der nationalen Frage unter Führung des konservativen Preußen zeichnet sich ab.
Der außenpolitische Sieg bringt Bismarck auch einen innenpolitischen Erfolg. Ein Teil der Liberalen unterstützt fortan seine
Machtpolitik, weil er sich von ihr – obgleich sie allen liberalen
Traditionen widerspricht – den deutschen Nationalstaat erhofft.
Während der linke Flügel der Fortschrittspartei am Primat der
Freiheit festhält und den nationalen Führungsanspruch Preußens ablehnt, »solange Preußen nicht innerlich zur Freiheit
gelangt ist« (Waldeck), glauben andere Liberale, daß die Verhältnisse in Preußen erst dann im liberalen Sinne geändert
werden können, wenn Deutschland geeint ist. »Ohne eine andere Gestaltung der deutschen Verhältnisse . . . ist für die Dauer
auch die Existenz einer vernünftigen und freien Verfassung
Preußens eine Unmöglichkeit« (Forckenbeck).
Der Norddeutsche Bund – die erste Stufe der Einigung Deutschlands – dehnt den Machtbereich Preußens bis zur Mainlinie aus.
Die Abgeordneten des Reichstags sind zwar nach dem allgemeinen, geheimen, gleichen und direkten Wahlrecht gewählt,
doch bleiben die Rechte des Parlaments begrenzt. Bismarck als
Bundeskanzler ist allein vom König von Preußen als dem »Inhaber« des Bundespräsidiums, nicht aber vom Parlament abhängig.
Die Verfassung des Norddeutschen Bundes ist bereits auf den

möglichen Beitritt der süddeutschen Staaten hin angelegt. Überdies sind die süddeutschen Staaten durch Schutz- und Trutzbündnisse mit dem Norddeutschen Bund verbunden. Eine weitere Klammer bildet das neugeschaffene Zollparlament des deutschen Zollvereins, zu dem Abgeordnete aus allen deutschen Staaten gewählt werden. Doch folgt Bismarck aus außenpolitischen Gründen dem Drängen der Nationalliberalen, die politische Einigung voranzutreiben, zunächst nicht. Vor allem befürchtet er eine Intervention Frankreichs, das seit dem preußischen Sieg über Österreich seine europäische Vormachtstellung in Gefahr sieht. Die wachsenden Spannungen zwischen Preußen und Frankreich führen über die Verwicklungen der Hohenzollernschen Thronkandidatur schließlich zur französischen Kriegserklärung. Sie löst in ganz Deutschland eine Welle nationaler Empörung aus. Die militärischen Bündnisverträge zwischen den deutschen Staaten treten in Kraft und werden im Verlauf des Krieges nach diplomatischen Verhandlungen durch völkerrechtsähnliche Verträge zwischen den deutschen Monarchen und Regierungen ergänzt. Nach der militärischen Niederlage Frankreichs und dem Sturz des französischen Kaisertums wird am 18. Januar 1871 im Spiegelsaal von Versailles in einem höfisch-militärischen Zeremoniell der Akt der Reichsgründung von oben, durch die konservative preußische Staatsmacht und die Fürsten, vollzogen.

Die industrielle Revolution – ihre sozialen und politischen Folgen

Zu Beginn der fünfziger Jahre setzt in Deutschland im Zusammenhang mit einem weltweiten wirtschaftlichen Aufschwung die eigentliche »industrielle Revolution« ein. Eisenbahnbau und Schwerindustrie sind zunächst die Hauptträger dieser Entwicklung *(Kat. Abb. III und 102)*. Der entscheidende Impuls geht vom Eisenbahnbau aus. Das Schienennetz wächst sprunghaft: um 1845 waren es 3280 km, 1860 sind es schon 11 633 km und 1870 schließlich 19 575 km. In der Hausse der 60er Jahre schütten die Eisenbahngesellschaften zwischen 10 und 20% Dividende aus. Gleichzeitig setzen sich Dampf- und Werkzeugmaschinen durch *(Kat. Abb. 103)*. Billige Arbeitskräfte rekrutieren sich aus den niedergehenden Zweigen des Handwerks, vor allem aber aus dem ostdeutschen Landarbeiterproletariat und strömen in die neuen Industriezentren. Aktiengesellschaften und Großbanken bringen das erforderliche Kapital auf. Mit der »industriellen Revolution« entsteht ein selbstbewußtes, wirtschaftlich mächtiges, aber oft unpolitisches neues Großbürgertum.

Der Prozeß der Reichseinigung begünstigt zusätzlich den wirtschaftlichen Aufschwung. Auf den Boom der »Gründerjahre« folgt jedoch schon wenig später die große Krise von 1873 und damit eine längere Zeit wirtschaftlicher Unsicherheit.

Für den Eisenbahnbau, den Ausbau der Schwerindustrie und später auch für die Werkzeugmaschinenindustrie werden Arbeitskräfte in bisher unbekanntem Ausmaß benötigt. Sie kommen im weiteren Verlauf vor allem aus den agrarischen Gebieten Ostdeutschlands. Hier war im Zuge der »Bauernbefreiung« und der Kapitalisierung der ländlichen Wirtschaftsbeziehungen mit dem nur saisonweise beschäftigten und notleidenden Landarbeiterproletariat eine Art industrielle Reservearmee entstanden. Sie zieht seit den 60er Jahren in einer großen Wanderung von Osten nach Westen in den Berliner Raum, in die Industriestädte und die neuen Industriereviere des Ruhrgebiets.

Die zweite Voraussetzung für das wirtschaftliche Wachstum ist die Kapitalbeschaffung im großen Stil. Aktiengesellschaften und Aktienbanken entstehen allein zu dem Zweck, industrielle Unternehmen zu finanzieren *(Kat. Abb. 104, 105)*. Während zwischen 1818 und 1849 in Deutschland nur 18 Aktiengesell-

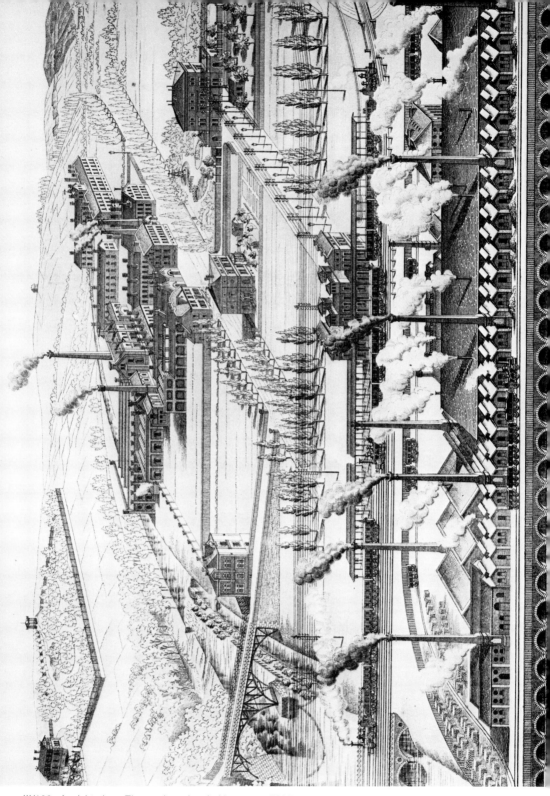

III/102　Ansicht eines Eisenwalzwerkes in Hagen um 1860

III/103 Maschinensaal der Hartmannschen Maschinenbaufabrik in Chemnitz

III/104   Großer Saal der Berliner Börse

III/105   Das Reichsbankgebäude in Berlin

III/106   Stahlgewinnung mit der Bessemerbirne

III/107   Die Riesenkanone von Krupp auf der Pariser Weltausstellung 1867

Verordnung

für die Arbeiter

der

C. Reichenbach'schen Maschinenfabrik.

§ 1.

Die Arbeitszeit ist von Morgens 6 bis 12 Uhr und Nachmittags von 1 bis 7 Uhr, mit Ausnahme des Samstags, an welchem um 6 Uhr Feierabend gemacht wird. Der Arbeiter hat sich, nachdem er in die Fabrik eingetreten ist, sogleich an seine Arbeit zu begeben, außerdem eine Strafe von 6 kr. erfolgt. Wer 5 Minuten nach dem Läuten nicht an seiner Arbeit ist, wird um 1 Stunde gestraft.

§ 2.

Um 8 Uhr wird zum Frühstück, und um ½ auf 4 Uhr zur Vesper jedesmal eine Viertelstunde Ruhezeit gestattet, und hiezu mit der Glocke das Zeichen gegeben; der Arbeiter hat jedoch beide in seiner Werkstätte einzunehmen, und darf diese Zeit nicht benützen, in andere Werkstätten zu gehen. Zu diesem Zwecke ist dem Hausmeister gestattet, an den Arbeitstagen Nahrungsmittel an die in der Fabrik Beschäftigten abzugeben. Die hierauf bezughabende Verordnung ist in dem Schenkzimmer angeschlagen.

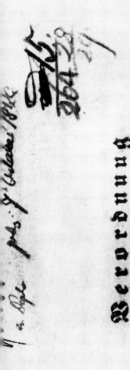

Streitigkeiten der Arbeiter unter sich und sonstige Vergehen gegen die Ordnung werden mit angemessenem Abzuge am Lohne, und auch nach Umständen mit augenblicklicher Entlassung aus der Arbeit bestraft.

§ 13.

Zur Befriedigung der natürlichen Bedürfnisse sollen nur die Abtritte benützt werden; wer andere Orte verunreinigt wird um 6 kr. gestraft.

§ 14.

Jeder Arbeiter ist gehalten dem für die Fabrik bestehenden Kranken-Verein beizutreten, und erhält zu diesem Zwecke einen Abdruck der darauf bezüglichen Gesetze.

§ 15.

Kein Arbeiter darf einen andern Weg zu oder aus der Fabrik betreten, als durch das Hauptthor.

§ 16.

Wer aus der Arbeit treten will, muß 14 Tage vorher die Anzeige davon auf dem Comptoir machen; dagegen erfolgt eine Aufkündigung von Seite der Fabrik auch 14 Tage vorher. Tagwerker sind hiervon ausgenommen.

§ 17.

Diese Verordnung gilt ohne Ausnahme für jeden Arbeiter, der in der Fabrik beschäftigt ist, und wird auf's Strengste gehandhabt werden; wer sich derselben nicht unterziehen will, hat in den ersten 14 Tagen, die nur als Probezeit angesehen werden, seine Entlassung zu nehmen.

Augsburg im September 1846.

III/108　Die erste und letzte Seite einer Arbeitsordnung aus der Zeit der industriellen Revolution

III/109 Technisierung der Landwirtschaft: Dampfbetriebene Dreschmaschine

III/110 Wochenmarkt auf dem Alexanderplatz um 1860

schaften gegründet wurden, sind es allein in der Zeit von 1850 bis 1859 251.

Die neuen Geschäfts- und Wirtschaftsmethoden beschleunigen auch die Entwicklung neuer Technologien in der Produktion und ermöglichen so eine rasche Erhöhung der Produktivität: ein Puddelofen benötigt zum »Frischen« von drei Tonnen Roheisen 24 Stunden, eine Bessemerbirne braucht für die gleiche Menge nur noch 20 Minuten *(Kat. Abb. 106).* Die stark phosphorhaltigen deutschen Erze verhindern allerdings den Großeinsatz der Bessemerbirne in Deutschland. Phosphorarme Erze müssen importiert werden und sind daher teuer. Erst mit dem Siemens-Martin-Ofen und der Thomasbirne, einer Weiterentwicklung der Bessemerbirne, wird die Verhüttung der lothringischen Erze wirtschaftlich und damit eine Massenproduktion von Stahl in Deutschland möglich. Neue Industriezweige entstehen, so die Chemie- und Elektroindustrie. 1863 wird die Badische Anilin- und Sodafabrik gegründet, 1866 entwickelt Werner von Siemens die Dynamomaschine. Die Weltausstellungen werden zum Schauplatz der konkurrierenden Nationen. Selbstbewußt urteilt ein deutscher Zeitgenosse über die Pariser Weltausstellung 1867: »Unser Gußstahl war unerreicht; unser Glas, unser Papier standen auf der höchsten Stufe, in chemischen Produkten schlugen wir die englische und französische Konkurrenz. Unsere mechanischen Webstühle, Werkzeugmaschinen, Lokomotiven, standen englischen und amerikanischen mindestens gleich – und dieses Ziel war in verhältnismäßig sehr kurzer Zeit erreicht worden« *(Kat. Abb. 107).* Im Zeichen einer gewaltigen Hochkonjunktur entwickelt sich Deutschland innerhalb von wenigen Jahrzehnten zum Industriestaat.

Auch in der Landwirtschaft kann durch eine neue, rationellere Produktionsweise der Ertrag um ein Vielfaches gesteigert werden; denn der großflächige Getreideanbau, vor allem der ostelbischen Grundbesitzer, macht den Einsatz von Maschinen rentabel *(Kat. Abb. 109).* Die Mineraldüngung, die bahnbrechende Entdeckung Justus von Liebigs, sorgt für eine intensivere Nutzung der Anbauflächen. In großer Zahl entstehen landwirtschaftliche Vereine, die die neuen Produktionsmethoden propagieren und die erforderlichen Maschinenparks anlegen.

Günstig wie nie zuvor sind auch die Absatzchancen für landwirtschaftliche Erzeugnisse. Die Idee des Freihandels vereint zu jener Zeit die politisch meist konservativen Großgrundbesitzer mit dem liberalen Bürgertum. Erst im Laufe der siebziger Jahre führt die wachsende Bedrohung durch billige russische und amerikanische Getreideimporte zu einem grundlegenden Kurswechsel.

Die Gründerjahre

Die Impulse der Reichseinigung von 1871 und die Milliarden der französischen Kriegsentschädigung führen zum Boom der »Gründerjahre«. In einer völlig überhitzten konjunkturellen Situation schießen Unternehmen wie Pilze aus dem Boden. Diese Welle von Unternehmensgründungen zwingt den Industriestädten ein oft unorganisches Wachstum auf, das häufig irreparable soziale Folgen hat.
1873 bricht die »Epidemie entfesselter Geldgier« (S. v. Waltershausen) zusammen. Der Börsenkrach, der von Wien nach Berlin übergreift, führt zu gewaltigen Kursstürzen am Aktienmarkt und damit erstmals zu einer Wirtschaftskrise, die auf eine industrielle Überproduktion zurückzuführen ist. Konkurse sind an der Tagesordnung. Unternehmen, die weniger auf Solidität als auf einen »Wechsel auf die Zukunft« gegründet wurden, sind dieser Krise nicht gewachsen. Der Zusammenschluß zu Konzernen und Trusts ist die Antwort, Marktbeherrschung, aber auch Sicherheit bei Konjunkturschwankungen das Ziel. Der Umschwung von 1873 und die Verlangsamung des realen Wirtschaftswachstums erschüttern das Selbstvertrauen des Bürgertums. Der Jurist Rudolf von Gneist gab einem allgemeinen Zeitgefühl Ausdruck, wenn er die Jahre nach 1873 eine »Epoche der allgemeinen Unzufriedenheit« nannte, »in welcher die pessimistischen Lebensanschauungen als zusammenfassender Ausdruck der Geistesrichtung der Zeit auftreten«.

Sozialer Strukturwandel und politische Theorien

Die Jahre der raschen wirtschaftlichen Entwicklung zwischen 1850 und 1870 bedeuten auch den Übergang vom vormärzlichen Landarbeiter- und Handwerker-Proletariat zum Industrie-Proletariat. Gleichzeitig beginnt die Verstädterung: Handwerksgesellen, die nicht mehr hoffen können, sich seßhaft zu machen, kleine Meister, die der Konkurrenz erliegen, und ehemalige Tagelöhner verdingen sich in den Fabriken *(Kat. Abb. 108).* Das

III/111 Barackenstadt vor Berlin um 1875

III/112 Berliner Volksküche

Manifest

der

Kommunistischen Partei.

Ein Gespenst geht um in Europa—das Gespenst des Kommunismus. Alle Mächte des alten Europa haben sich zu einer heiligen Hetzjagd gegen dies Gespenst verbündet, der Papst und der Czar, Metternich und Guizot, französische Radikale und deutsche Polizisten.

Wo ist die Oppositionspartei, die nicht von ihren regierenden Gegnern als kommunistisch verschrieen worden wäre, wo die Oppositionspartei, die den fortgeschritteneren Oppositionsleuten sowohl, wie ihren reaktionären Gegnern den brandmarkenden Vorwurf des Kommunismus nicht zurückgeschleudert hätte?

Zweierlei geht aus dieser Thatsache hervor.

Der Kommunismus wird bereits von allen europäischen Mächten als eine Macht anerkannt.

Es ist hohe Zeit daß die Kommunisten ihre Anschauungsweise, ihre Zwecke, ihre Tendenzen vor der ganzen Welt offen darlegen, und den Mährchen vom Gespenst des Kommunismus ein Manifest der Partei selbst entgegenstellen.

Zu diesem Zweck haben sich Kommunisten der verschiedensten Nationalität in London versammelt und das folgende Manifest entworfen, das in englischer, französischer, deutscher, italienischer, flämmischer und dänischer Sprache veröffentlicht wird.

---

soziale Elend der Arbeiter ist unbeschreiblich. Es entstehen
karitative Vereine, die die unmittelbare Not lindern wollen. Zur
gleichen Zeit breiten sich neue sozialistische Theorien aus, die
die Befreiung der Arbeiterklasse nur durch den Sturz des Kapi-
talismus für möglich erklären.

In den 50er und 60er Jahren ziehen die wachsenden Industriestädte vor allem die Arbeitskräfte der unmittelbaren Umgebung
an. Gleichzeitig setzt die große Ost-West-Wanderung ein. Die
ostelbischen Landarbeiter werden nun in immer stärkerem Maße zum Arbeitskräftereservoir der rheinisch-westfälischen Industrie. Die Bevölkerungszahl steigt zwischen 1850 und 1870 von
35 auf 41 Millionen; davon leben um 1860 2,6 Millionen in
Großstädten mit über 100 000 Einwohnern. Die Werksanlagen
verändern die alte Silhouette der Städte. Vor allem im Ruhrgebiet entsteht bereits eine Industrielandschaft. 1873 leben aber
noch immer zwei Drittel der deutschen Bevölkerung auf dem
Lande.

Die Lage der Industriearbeiter bessert sich durch die günstige
Konjunktur der Wirtschaft keineswegs. Vor allem die Wohnver-
hältnisse der neu in die Städte geströmten Proletarier sind
menschenunwürdig. Am Rande Berlins entstehen ausgedehnte
Barackensiedlungen *(Kat. Abb. 111);* zugleich wachsen die
Mietskasernen, in denen 1867 im Schnitt auf ein Zimmer 6−7
Personen kommen. 18-Stunden-Tag, Löhne am Rande des Existenzminimums und Kinderarbeit vervollständigen das Elend
der Industriearbeiterschaft.

Die von der industriellen Entwicklung bedrohten sozialen Gruppen schließen sich zu Selbsthilfeorganisationen zusammen:
Raiffeisen gründet ländliche Darlehnskassen, Schulze-Delitzsch Kreditvereine für das Kleingewerbe; Konsumvereine und
erste Gewerkschaften entstehen. Die katholische und die evan-
gelische Kirche richten karitative Vereine für Gesellen und Arbeiter ein; Kolping und Ketteler, Wichern und Bodelschwingh
versuchen, aus dem Geist des Christentums eine Antwort auf
die sozialen Probleme der Zeit zu finden. Alle diese Versuche,
die sozialen Folgen der Industrialisierung und der kapitalistischen Wirtschaftsordnung für bestimmte Gruppen der Bevölkerung zu mildern, beschränken sich auf Verbesserungsvorschlä-
ge im Rahmen der bestehenden Ordnung *(Kat. Abb. 112).* Für
Marx und Engels dagegen ist die Arbeiterklasse kein Gegenstand der Fürsorge: es gehe nicht um reformistische Verbesserungen, sondern das System der kapitalistischen Ausbeutung

selbst müsse in einem Akt der Selbstbefreiung durch diejenigen abgeschafft werden, die seine Opfer seien. Zu Beginn der Revolution von 1848 hatten Marx und Engels in London das »Manifest der Kommunistischen Partei« verfaßt *(Kat. Abb. 113, 114)*. Erst jetzt gewinnt es allgemeine Bedeutung. Es endet mit den Sätzen: »Proletarier haben nichts zu verlieren als ihre Ketten. Sie haben eine Welt zu gewinnen. Proletarier aller Länder, vereinigt euch!« In den 50er und 60er Jahren geht Marx daran, die Bewegungsgesetze und Tendenzen der kapitalistischen Produktionsweise zu erforschen, um nachzuweisen, daß die Revolution des Proletariats nicht nur ein subjektiver Willensakt, sondern zugleich eine objektiv-historische Notwendigkeit sei. Diese grundlegenden Untersuchungen veröffentlicht er in seinem unvollendeten Hauptwerk »Das Kapital«, dessen erster Band 1867 erscheint.

Parteien und Vereine

Die industrielle Revolution verändert mit der sozialen auch die politische Landschaft grundlegend. Die bisherigen parteiähnlichen Gruppierungen suchen sich den neuen Verhältnissen anzupassen und entwickeln Programme, die von je unterschiedlichem Standpunkt eine Antwort auf die Probleme der werdenden Industriegesellschaft zu geben versuchen. Darüber hinaus bilden sich als Ausdruck der wachsenden sozialen, konfessionellen und nationalpolitischen Spannungen ganz neue Parteien, die in Konkurrenz zu den bereits etablierten treten und das politische Kräftegefüge der folgenden Jahrzehnte bestimmen. Trotz aller Fusionen, Spaltungen und Namensänderungen, vor allem bei den Liberalen, bleibt das Parteiensystem, das sich im Jahrzehnt vor der Reichsgründung herausbildet, bis zum Ende des Kaiserreiches 1918 im wesentlichen unverändert.

Die Entstehung der Sozialdemokratie

Das mit der voranschreitenden Industrialisierung ständig wachsende Industrieproletariat beginnt sich schon bald in eigenständigen Organisationen zusammenzuschließen und sich auch politisch zu artikulieren.

Die ersten Arbeitervereinigungen aus der 48er Revolution wer-

Statut

des

Allgemeinen Deutschen Arbeitervereins.

§ 1.

Unter dem Namen

„Allgemeiner Deutscher Arbeiterverein"

begründen die Unterzeichneten für die Deutschen Bundesstaaten einen
Verein, welcher, von der Ueberzeugung ausgehend, daß nur durch
das allgemeine gleiche und direkte Wahlrecht eine genügende Vertretung der sozialen Interessen des Deutschen Arbeiterstandes und
eine wahrhafte Beseitigung der Klassengegensätze in der Gesellschaft
herbeigeführt werden kann, den Zweck verfolgt,

auf friedlichem und legalem Wege, insbesondere durch das
Gewinnen der öffentlichen Ueberzeugung, für die Herstellung
des allgemeinen gleichen und direkten Wahlrechts zu wirken.

§ 2.

Jeder Deutsche Arbeiter wird durch einfache Beitrittserklärung
Mitglied des Vereins mit vollem gleichen Stimmrecht und kann
jeder Zeit austreten.

III/117   Gedenkblatt zum »Vereinigungsparteitag« 1875

den in der darauffolgenden Reaktionszeit wieder unterdrückt.
Dennoch geht der Zusammenschluß zu Gewerkschaften und
Parteien weiter. Ferdinand Lassalle gründet 1863 den »Allgemeinen Deutschen Arbeiterverein« *(Kat. Abb. 115, 116)*. Er fordert das allgemeine, gleiche Wahlrecht sowie staatlich unter-
stützte Produktivgenossenschaften.
1869 tritt neben den »Allgemeinen Deutschen Arbeiterverein«
eine von August Bebel und Wilhelm Liebknecht geführte, strenger an Marx orientierte Arbeiterpartei: die in Eisenach gegründete »Sozialdemokratische Arbeiterpartei« (SDAP). Beide Richtungen, »Lassalleaner« und »Eisenacher«, vereinigen sich
1875 in Gotha zu einer einheitlichen deutschen Arbeiterpartei
(Kat. Abb. 117). Zwar scheint es auf den ersten Blick, als hätten
sich die radikaleren »Marxisten« in der neuen Partei durchgesetzt; doch das »Gothaer Programm« zeigt, daß eine Reihe von
»lassalleanischen« Vorstellungen erhalten geblieben ist. Marx'
Antwort ist daher auch eine scharfe »Kritik des Gothaer Programms«.

Die Konservativen

Unter anderen Vorzeichen kämpfen die Konservativen gegen
die sozialen Folgen der industriellen Revolution. Sie fürchten
die Auflösung aller Grundlagen der bestehenden politischen
und sozialen Ordnung. Ihr Ziel ist daher ein zugleich patriarcha-
lisch wie wohlfahrtsstaatlich bestimmtes politisches System mit
einer hierarchischen Gliederung der sozialen Gruppen.
Der Konservativismus bekämpft den »vermeintlichen Fortschritt« als Angriff auf die natürliche, von Gott bestimmte Ordnung des menschlichen Lebens *(Kat. Abb. 121)*. Sein Kampf
gegen den Liberalismus ist zugleich ein Kampf um die Bewahrung der alten Ordnung gegen die aufstrebende Macht des
industriellen Bürgertums. Gerade jene Männer beschwören allerdings diese angeblich gottgewollte Ordnung, denen sie politische und wirtschaftliche Privilegien garantiert: adlige Großgrundbesitzer und Anhänger der Krone kämpfen gegen die
Aufhebung der Standesschranken, gegen gleiches Wahlrecht
und für die Wiederherstellung der guts- und standesherrlichen
Rechte. Die Karikatur zeigt die »Ritter· der ›Kreuzeitungspar-
tei‹«: Ludwig von Gerlach, der Führer der Partei, als Don Qui-
chote auf dem Esel, flankiert vom ›Jesuitenpater‹ Friedrich

Julius Stahl, dem Theoretiker des Konservativismus, und Bismarck im Krebspanzer der Rückständigkeit.

Der Liberalismus

Seine politischen, wirtschaftlichen und sozialen Forderungen – Sicherung des Rechtsstaates, parlamentarische Kontrolle der Exekutive, uneingeschränkte Freiheit im Wirtschaftsleben und in den sozialen Beziehungen – zielen auf eine Gesellschaft freier und unabhängiger Bürger. Die gesellschaftlichen und wirtschaftlichen Voraussetzungen für die Verwirklichung eines solchen Bürgerideals sind allerdings noch kaum vorhanden. Die sich daraus ergebende Notwendigkeit einer staatlichen Sozialpolitik gerade im Interesse der eigenen Ziele wird trotzdem nur von wenigen erkannt.

Die Ablösung des geisteskranken Friedrich Wilhelm IV. durch Prinz Wilhelm, den späteren Kaiser Wilhelm I., leitet eine »Neue Ära« in Preußen ein: das reaktionäre Ministerium wird entlassen, das Abgeordnetenhaus aufgelöst. Bei den diesmal nicht von der Regierung kontrollierten Wahlen gewinnen die Liberalen eine überwältigende Mehrheit. Prinz Wilhelm beruft ein liberal-konservatives Ministerium und weckt mit seiner Regierungserklärung bei den Liberalen nicht nur in Preußen, sondern in ganz Deutschland große Erwartungen.

Der Nationalverein

Kleindeutsche Liberale und Demokraten gründen 1859 den Nationalverein *(Kat. Abb. 126)*. Der organisierte Bürgerwille soll die Einigung Deutschlands unter preußischer Führung vorantreiben. Der Nationalverein nimmt das Konzept von 1848 wieder auf. Er fordert eine Zentralregierung und die Berufung einer Nationalversammlung. Er ist bereit, mit den Fürsten zusammenzuarbeiten. Nur wenige von ihnen, wie zum Beispiel der badische Großherzog, gehen jedoch darauf ein.

III/118–121   Führende Vertreter der Konservativen in Preußen: Friedrich Julius Stahl,
Leopold von Gerlach, Otto von Bismarck und die Haustafel für den preußischen Untertan

III/122 Der Frankfurter Fürstentag von 1863

Der Reformverein

In Reaktion auf die Enttäuschung weiter Kreise über den antiparlamentarischen Kurs der preußischen Regierung im Heereskonflikt gründen Konservative, großdeutsche Liberale und Demokraten 1862 in Frankfurt den Reformverein. Sein Ziel ist die
nationale Einigung durch eine Reform des Deutschen Bundes
unter Führung Österreichs. Die sich hierin ausdrückende anti-
preußische Strömung sucht Österreich zu nutzen. Sein Versuch
einer Bundesreform scheitert jedoch: Preußen weigert sich, an
dem Frankfurter Fürstentag von 1863 auch nur teilzunehmen
(Kat. Abb. 122).

Der Linksliberalismus in Preußen: die Deutsche Fortschrittspartei

In Preußen selbst kommt es über die Frage der Heeresreform zu
wachsenden Konflikten zwischen Krone und Parlament. Oppo-
sitionelle Linksliberale und Demokraten gründen die Deutsche
Fortschrittspartei *(Kat. Abb. 123–125).* Sie ruft zum entschlos-
senen Kampf für den parlamentarischen Rechtsstaat und für
eine neue soziale Ordnung auf. Erstmals bezieht eine preußische Partei auch die Forderung nach der nationalen Einigung in
ihr Programm ein. Die Tendenz nach links im preußischen
Bürgertum zeigt sich bei den Wahlen zum Abgeordnetenhaus
1861: Während die konservative Fraktion auf 14 Mandate zu-
sammenschrumpft, erhält die Fortschrittspartei 109 Sitze.
Die Weigerung dieser liberalen Mehrheit im Abgeordnetenhaus,
die Mittel zur Reorganisation des Heeres zu bewilligen, läßt den
Heereskonflikt zum Verfassungskonflikt werden, da Regierung
und Monarch auf ihren Plänen beharren: sie wollen mit der
faktischen Beseitigung der durch die Heeresform des preußischen Kriegsministers von Boyen geschaffenen Landwehr, dem
bei den Liberalen äußerst populären Bürgerheer, und durch die
Festschreibung der dreijährigen Wehrpflicht mit anschließen-
dem vier- bis fünfjährigen Dienst in der Reserve die Wehrverfassung im Sinne absolutistischer Staatstradition umgestalten und
damit das Heer zu einem unbedingt ergebenen Instrument der
Krone machen. Mit diesem Konflikt schlägt die Stunde Bismarcks: er wird zum preußischen Ministerpräsidenten ernannt
und tritt als der politisch überlegene Verteidiger des monarchi-

schen Obrigkeitsstaates der oppositionellen Fortschrittspartei entgegen. »Das preußische Königtum hat seine Mission noch nicht erfüllt, es ist noch nicht reif dazu, einen rein ornamentalen Schmuck Ihres Verfassungsgebäudes zu bilden, noch nicht reif, als ein toter Maschinenteil dem Mechanismus des parlamentarischen Regiments eingefügt zu werden«, erklärt er dem Abgeordnetenhaus.

Die Reichsgründung

Bismarck, innenpolitisch als »Konfliktminister« scheinbar hoffnungslos isoliert, gelingt dank seines überragenden diplomatischen Geschicks eine Reihe eindrucksvoller außenpolitischer Erfolge. Sie führen, da sie auch als Schritte auf dem Wege zur Lösung der nationalen Frage interpretiert werden können, zu einem allmählichen Stimmungsumschwung in der Öffentlichkeit. Im Konflikt um Schleswig-Holstein, in dem sich alle nationalen Kräfte – ob großdeutsch oder kleindeutsch – leidenschaftlich engagieren, übernimmt Preußen die Führung und zwingt Österreich an seine Seite. Nach dem Sieg über Dänemark werden die Herzogtümer unter die Verwaltung der beiden kriegführenden Mächte gestellt. Preußen aber dringt schließlich auf eine Annexion der Herzogtümer und treibt damit den Konflikt mit Österreich bis zum Kriege. Mit Preußens Sieg ist der Kampf um die Vormachtstellung in Deutschland endgültig zu seinen Gunsten entschieden. Der Deutsche Bund wird aufgelöst, der Weg zur kleindeutschen Lösung der nationalen Frage unter Führung des konservativen Preußen zeichnet sich ab.
Der neu gegründete Norddeutsche Bund, dem alle Staaten nördlich der Mainlinie angehören, ist offenkundig nur eine Übergangslösung. Seine Verfassung ist bereits auf den möglichen Beitritt der süddeutschen Staaten hin angelegt. Durch die erfolgreiche expansive Machtpolitik Preußens sieht sich das Frankreich Napoleons III. in seiner Vormachtstellung bedroht. Die ständig wachsenden Spannungen führen schließlich über die Verwicklungen um die Hohenzollernsche Thronkandidatur zum kriegerischen Konflikt. In ihm stellen sich die süddeutschen Staaten sofort auf die Seite Preußens.
Im besiegten Frankreich wird Wilhelm I. am 18. Januar 1871 zum Deutschen Kaiser, zum Oberhaupt des neuen Deutschen Reiches, proklamiert.

III/123/124/125   Führende Vertreter der Deutschen Fortschrittspartei: Virchow, Schulze-Delitzsch, Mommsen

III/126   ». . . *oben stoßen wir leider häufig an.*« Karikatur auf die Schwierigkeiten des Nationalvereins

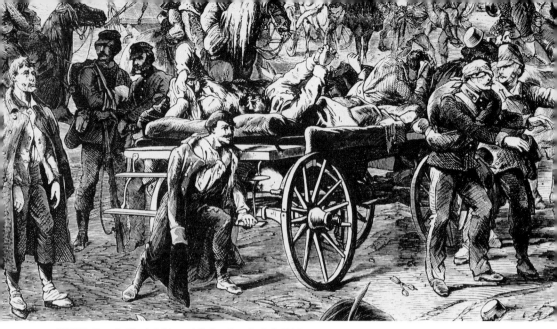

III/127 Das Schlachtfeld von Königgrätz, 3. Juli 1866

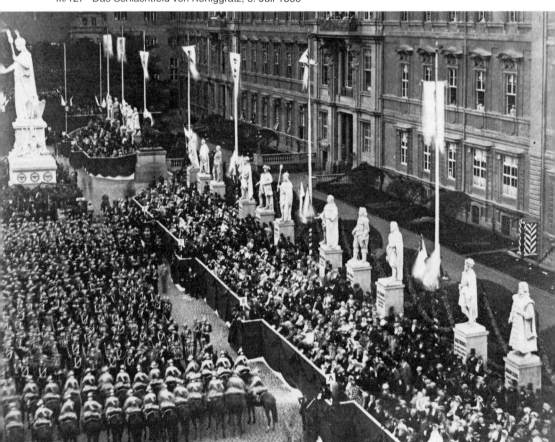

III/128 Feierlicher Empfang für die siegreichen preußischen Armeen am 21. September 1866 in Berlin

Der deutsch-dänische Krieg

1864 gelingt dem preußischen Ministerpräsidenten auf der deutschen wie der europäischen Bühne ein diplomatisches Meisterstück: Preußen übernimmt im Kampf gegen Dänemark die Führung. Es zwingt Österreich an seine Seite und trennt es damit von seinen bisherigen Bundesgenossen in Deutschland, den Klein- und Mittelstaaten.
Nach dem Sieg über Dänemark wird im Vertrag von Gastein zunächst Schleswig preußischer und Holstein österreichischer Verwaltung unterstellt. Österreichs geschwächte Position erlaubt es jedoch Preußen, im weiteren Verlauf der Entwicklung immer unverhohlener die Annexion der Herzogtümer zu verlangen. Zur gleichen Zeit bringt Preußen Österreichs Pläne für eine wirtschaftliche Zollunion Mitteleuropas endgültig zum Scheitern.

Das Entscheidungsjahr 1866

Der österreichisch-preußische Dualismus im Kampf um die politische und wirtschaftliche Vormachtstellung in Deutschland spitzt sich 1866 zur kriegerischen Auseinandersetzung zu (Kat. Abb. 127, 128). Durch den Sieg Preußens bei Königgrätz triumphiert das Bismarcksche Konzept der »nationalen Einigung von oben«, erzwungen mit den Mitteln der Diplomatie und des Krieges.
Bismarck nutzt den Sieg auch innenpolitisch. Er ersucht jetzt das preußische Abgeordnetenhaus um die nachträgliche Sanktionierung seines Verfassungsbruchs in der Frage der Heeresreform (Indemnitätsvorlage). Unter dem Eindruck der Erfolge Bismarcks beugt sich die Mehrheit des Parlaments. Die Ereignisse von 1866 spalten die Liberalen: Die Mehrheit von ihnen gibt ihre bisherige Opposition gegen die Bismarcksche Machtpolitik auf. Sie erhofft eine Verwirklichung ihrer nationalpolitischen Ziele auf dem Wege einer »Revolution von oben«. Damit aber wird der nationale Gedanke dem liberalen übergeordnet. »Durch Einheit zur Freiheit« wird zu einer Formel der Selbstbeschwichtigung. Noch im Herbst 1866 entsteht die national-liberale Fraktion. Auf sie kann Bismarck seine Politik für mehr als ein Jahrzehnt stützen.

Der Norddeutsche Bund

Mit der Annexion von Schleswig-Holstein, Hannover, Kurhessen, Nassau und Frankfurt beherrscht der preußische Militär- und Obrigkeitsstaat das Gebiet bis zum Main *(Kat. Abb. 130)*. Österreich, von diesem »Kleindeutschland« getrennt, wird im Prager Frieden von 1866 zwar geschont, muß dafür aber den preußischen Annexionen zustimmen, endgültig auf die Wiederherstellung des Deutschen Bundes verzichten und die Errichtung des Norddeutschen Bundes billigen *(Kat. Abb. 129)*.
Die Verfassung des am 16. April 1867 gegründeten Norddeutschen Bundes ist weitgehend Bismarcks persönliches Werk. Sie sichert Preußen die Hegemonialstellung und wird 1871 größtenteils als Reichsverfassung übernommen. Das Bundespräsidium steht erblich dem König von Preußen zu. Der Bundeskanzler ist nur ihm gegenüber verantwortlich, das heißt nicht vom gewählten Reichstag abhängig. Im Bundesrat verfügt ebenfalls Preußen über das entscheidende Gewicht. In dieser monarchisch-konstitutionellen Verfassung bedeutet die Einführung des allgemeinen, gleichen, direkten und geheimen Wahlrechts relativ wenig; denn der Reichstag bleibt in seinen Rechten beschränkt und kann vor allem auf die Regierungsbildung praktisch keinen Einfluß nehmen *(Kat. Abb. 131)*.
Nutznießer des einheitlichen norddeutschen Wirtschaftsraumes ist das nationalliberale Bürgertum, das den Bund trägt. Gegner des Bundes sind Linksliberale, Sozialisten, Altkonservative und der politische Katholizismus. Antipreußisch gesinnt bleiben auch viele Bürger der annektierten deutschen Staaten: vor allem im welfischen Hannover und in der alten Reichsstadt Frankfurt. Die süddeutschen Staaten lehnen sich durch Schutz- und Trutzbündnisse an den Bund an.

Die Hohenzollernsche Thronkandidatur in Spanien und der deutsch-französische Krieg

Seit dem Sieg Preußens über Österreich fürchtet Frankreich um seine Vormachtstellung in Europa. Über die Frage der Neubesetzung des spanischen Thrones durch einen Hohenzollernprinzen kommt es schließlich zwischen beiden Ländern zum Krieg, da weder Frankreich noch Preußen eine diplomatische Niederlage in Kauf nehmen wollen *(Kat. Abb. 132–134)*.

III/129 Erste ordentliche Sitzung des Norddeutschen Reichstages am 24. Februar 1867

Deutschlands Zukunft.

Kommt es unter einen Hut? Ich glaube,
s kommt eher unter eine Pickelhaube!

III/130 Karikatur zu Preußens Vorherrschaft in Deutschland

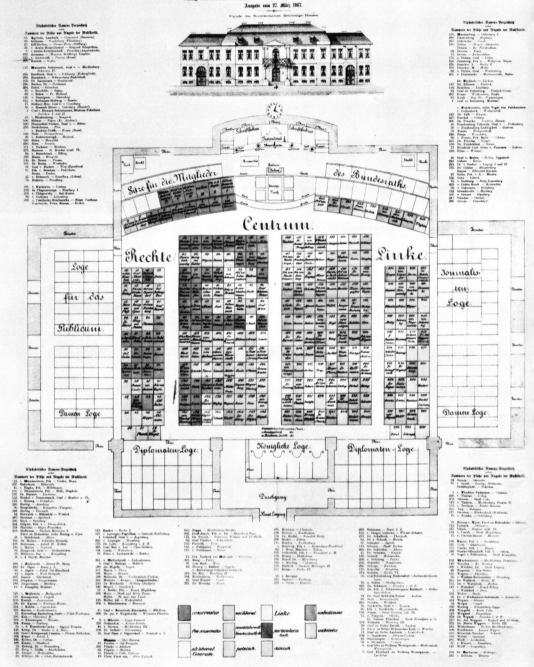

III/131 Sitzordnung im Norddeutschen Reichstag

III/132 Die von Bismarck redigierte Fassung der »Emser Depesche«

III/133 Wilhelm I. und der französische Gesandte Benedetti in Bad Ems

III/134 Kriegsbegeisterung in Paris am 19. Juli 1870

39ste Depesche
vom
Kriegs-Schauplatz.

Der Königin Augusta in Berlin.

Vor Sedan, den 2. September, ½2 Uhr Nachm.

Die Capitulation, wodurch die ganze Armee in Sedan kriegsgefangen, ist soeben mit dem General Wimpfen geschlossen, der an Stelle des verwundeten Marschalls Mac-Mahon das Commando führte. Der Kaiser hat nur sich selbst Mir ergeben, da er das Commando nicht führt und Alles der Regentschaft in Paris überläßt. Seinen Aufenthaltsort werde Ich bestimmen, nachdem Ich ihn gesprochen habe in einem Rendezvous, das sofort stattfindet.
Welch' eine Wendung durch Gottes Führung!

Wilhelm.

Berlin, den 3. September 1870.

Königliches Polizei-Präsidium.
von Wurmb.

Druck v. Ernst Litfaß, Königlichem Hofbuchdrucker. Adlerstr. 6.

III/136 Wilhelm I. auf dem Schlachtfeld von Sedan am 2. September 1870

III/137 Dieses Bild ist eine Postkartendarstellung von einer Sedanfeier in Berlin am 1. 9. 1895

Ganz Deutschland reagiert auf die Kriegserklärung Frankreichs mit nationaler Empörung. Auch die süddeutschen Staaten eilen Preußen zu Hilfe und unterstellen ihre Truppen dem preußischen Oberbefehl. In unerwarteter Schnelligkeit vollzieht sich mit Hilfe der neuen Eisenbahnen der Aufmarsch an der französischen Grenze. In der Schlacht von Sedan wird der entscheidende Sieg über die kaiserliche Armee erfochten *(Kat. Abb. 135, 136)*. Zu den Gefangenen gehört auch Napoleon III. In Deutschland wird der Sieg von Sedan überschwenglich gefeiert. Die Waffenbrüderschaft vor Sedan leitet ein neues Kapitel deutscher Geschichte ein: in maßloser Selbstüberhebung wird der Sieg über die Franzosen als schicksalhaftes Signum für die Berufung der Deutschen zu Größe und Einheit gedeutet *(Kat. Abb. 137)*. Der Krieg tritt nun in eine neue Phase: in Paris wird die Republik ausgerufen. Léon Gambetta organisiert den Volkskrieg.

Obwohl ein annehmbarer Friede nicht ausgeschlossen ist, wird durch den militärischen Erfolg einer deutschen Kriegszielpolitik Auftrieb gegeben, die sich nicht mehr mit Verteidigung begnügt, sondern auf finanziellen Gewinn und Gebietserwerb aus ist.

Die meisten politischen Gruppen in Deutschland fordern nach den großen Siegen im August stürmisch die Einbeziehung des Elsaß und Lothringens in den entstehenden Nationalstaat. Auch Bismarck spricht sich aus machtpolitischen Gründen dafür aus. Nur wenige Stimmen verweisen darauf, daß die Elsässer und Lothringer nicht zu Deutschland wollen, und lehnen die Annexion ab, so die liberaldemokratische »Frankfurter Zeitung« und viele Vertreter der politischen Arbeiterbewegung: die Abtrennung von Frankreich sei eine eklatante Verletzung des für die eigene Nation so oft proklamierten Selbstbestimmungsrechts. »Die Militärkamarilla, Professorschaft, Bürgerschaft und Wirtshauspolitik gibt vor, dies (die Annexion) sei das Mittel, Deutschland auf ewig vor Krieg mit Frankreich zu schützen. (. . .) Es ist das unfehlbarste Mittel, den kommenden Frieden in einen bloßen Waffenstillstand zu verwandeln, bis Frankreich so weit erholt ist, um das verlorene Terrain herauszuverlangen. Es ist das unfehlbare Mittel, Deutschland und Frankreich durch wechselseitige Selbstzerfleischung zu ruinieren« (Manifest der Sozialdemokratischen Arbeiterpartei, 5. Sept. 1870).

Mit der Annexion wird das Verhältnis zu Frankreich in der Tat auf Jahrzehnte hinaus vergiftet. Die Folge ist, daß sich Deutschland außenpolitisch Fesseln anlegt.

Nach den Waffenerfolgen der ersten Kriegsmonate, dem Sturz des französischen Kaisertums und der Einschließung von Paris ist der Weg frei für die Vollendung der deutschen Einheit durch den Zusammenschluß der süddeutschen Staaten mit dem Norddeutschen Bund. Diplomatische Verhandlungen und die militärische Macht Preußens ermöglichen die Reichsgründung »von oben«. Nicht aus den Beschlüssen einer deutschen Nationalversammlung, sondern aus völkerrechtsähnlichen Verträgen zwischen den verschiedenen Monarchen und Regierungen, die dann vom norddeutschen Reichstag und von den süddeutschen Landtagen ratifiziert werden, entsteht das Deutsche Reich.

Am 18. Januar 1871 wird der Akt der Reichsgründung vollzogen: Die Kaiserproklamation vor den deutschen Fürsten im Spiegelsaal von Versailles ist ein preußisch-militärisches Schauspiel, eine Selbstdarstellung des Fürstenstaates *(Kat. Abb. 138)*.

Die nationale Begeisterung des Volkes für das neu gewonnene Reich überdeckt nur scheinbar die tiefen inneren Gegensätze im Bündnis Bismarcks mit der liberalen und nationalen Bewegung.

Der Deutsche Bund nach 1850

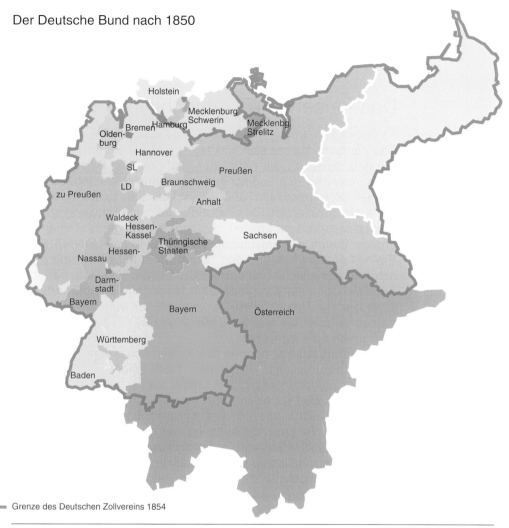

Holstein

Mecklenburg Schwerin

Bremen Hamburg

Mecklenbg. Strelitz

Olden-
burg

Hannover

SL

Preußen

zu Preußen

LD

Braunschweig

Anhalt

Waldeck

Hessen-
Kassel

Thüringische
Staaten

Sachsen

Hessen-
Nassau

Darm-
stadt

Bayern

Bayern

Österreich

Württemberg

Baden

▬▬ Grenze des Deutschen Zollvereins 1854

IV Das kaiserliche Deutschland

Das kaiserliche Deutschland

Das deutsche Kaiserreich von 1871, gestützt auf ein ungleiches Bündnis zwischen der nationalen und liberalen Bewegung und der konservativen preußischen Staatsführung, entsteht aus vielfältigen Kompromissen und gilt schon der zeitgenössischen Kritik als unvollendet. Zwar wird die nationale Einigung von der großen Mehrheit enthusiastisch begrüßt. Aber gemessen an den großen Zielen der Revolution von 1848/49, die Einheit durch Freiheit zu schaffen und den neuen Staat auf eine neue politische, wirtschaftliche und soziale Grundlage zu stellen, bedeutet die Reichsgründung zugleich eine Niederlage des bürgerlichen Liberalismus. Das Problem der inneren und äußeren Unvollendetheit belastet die weitere Entwicklung des Kaiserreiches von vornherein aufs schwerste.

Linksliberale Kritiker nennen das Kaiserreich einen unvollendeten Verfassungsstaat. Nach den Forderungen der Liberalen sollte es parlamentarisch auf breiter Basis regiert werden. In Wirklichkeit wird es regiert von einem einzigen Mann, der zudem allein vom Vertrauen des Kaisers abhängt. Die überaus komplizierte Reichsverfassung ist auf die Persönlichkeit Bismarcks zugeschnitten, der in der Schlüsselposition als Reichskanzler und preußischer Ministerpräsident den Regierungs- und Verwaltungsapparat beherrscht: die Reichsbehörden, an deren Spitze weisungsgebundene Staatssekretäre und nicht verantwortliche Minister stehen, den Bundesrat, in dem die preußische Führungsmacht den Ausschlag gibt, das preußische Staatsministerium, in dem Bismarck den Vorsitz führt. Der politische Einfluß des Reichstages beschränkt sich auf das Gebiet der Gesetzgebung. Nicht das parlamentarische Prinzip wird verwirklicht, d.h. die Abhängigkeit der Regierung von einem starken souveränen Parlament, sondern die »Regierung über den Parteien«, für die schon damals das Schlagwort von der »Kanzlerdiktatur« aufkommt. Während 1848 ein nationaldemokratischer Verfassungsstaat nach dem Prinzip der Volkssouveränität erstrebt wurde, ist das Reich von 1871 ein nationalmonarchischer Obrigkeitsstaat.

Unvollendet bleibt das Reich auch im Hinblick auf die gesellschaftspolitischen Forderungen der bürgerlichen Emanzipationsbewegung. Ihr Anspruch, den neuen Staat der neuen industriellen Gesellschaft anzupassen und der Nation als Summe der gesellschaftlichen Kräfte einen entscheidenden Anteil an der politischen Willensbildung einzuräumen, wird abgewehrt. Das Reich ist nicht auf Veränderung gerichtet, sondern auf die Bewahrung der altpreußischen Gesellschaftsordnung, die durch die Vorherrschaft des Junkertums geprägt ist. Die oppositionellen Parteien werden als Reichsfeinde bekämpft: die linksliberale Fortschrittspartei, die Sozialdemokratie, das katholische Zentrum. Das erste Jahrzehnt des Kaiserreiches ist erfüllt von tiefen gesellschafts- und parteipolitischen Spannungen.

Im Kulturkampf wird die Autonomie des Staates und der Politik gegen die katholisch-konfessionellen Interessen des Zentrums erbittert verteidigt. Wegen seiner Verbindung zum Papsttum gilt das Zentrum als »ultramontan« und internationalistisch. Außerdem befürchtet Bismarck ein Zusammengehen des Katholizismus mit anderen oppositionellen Gruppen im Reich, vor allem mit der katholischen national-polnischen Minderheit in den preußischen Ostprovinzen. In einem »inneren Präventivkrieg« sucht er unmittelbar nach 1871 dieser Kräfte Herr zu werden. Gleichzeitig verhärtet die weltanschauliche Auseinandersetzung zwischen Liberalismus und Katholizismus die parteipolitischen Fronten. Die Ausnahme- und Verbotsgesetze des Kulturkampfes zerstören den Glauben, daß die nationale Gemeinschaft zu einem friedlichen Ausgleich der Interessen und gegenseitiger Tolerierung führen werde. Mit der Zustimmung zum Verbot und zur Ausweisung des Jesuitenordens gibt die Nationalliberale Partei ihre eigenen rechtsstaatlichen Prinzipien preis.

Stärker noch wird die innere Struktur des Reiches erschüttert durch den Kampf gegen die Sozialdemokratie. Das Sozialistengesetz verhindert die Integration der Arbeiterschaft in den Nationalstaat. Allein wegen ihrer Überzeugung wird eine Partei unter ein Sonderstrafrecht gestellt – eine eklatante Verletzung des liberalen Rechtsdenkens. Dennoch gewinnt Bismarck die Zustimmung der bürgerlichen Schichten, die seit langem die »rote Anarchie« fürchten. Zwei Attentate auf Kaiser Wilhelm I. im Frühjahr 1878 geben den Anlaß zur Auflösung des Reichstages und zu Neuwahlen, obgleich eine Verbindung der Attentäter zur Sozialdemokratie nicht nachgewiesen werden kann. Damit schafft sich Bismarck eine gefügige Parlamentsmehrheit – auch die Nationalliberale Partei stimmt mit Rücksicht auf die Erregung der Öffentlichkeit und die Revolutionsfurcht ihrer

Wähler dem Sozialistengesetz zu. Nur mit Mühe wird allerdings ein Bruch mit dem linken Flügel der Partei vermieden. Zeitgenössische Kritiker vertreten bereits die Ansicht, Bismarck habe das Sozialistengesetz zugleich als Werkzeug gegen die Nationalliberalen benutzt, um die Partei innerlich zu spalten. Auch in der Folgezeit finden die Liberalen kein Konzept zur Lösung der sozialen Frage. Bismarcks staatliche Sozialpolitik – das positive Gegenstück zum Sozialistengesetz – wird von ihnen abgelehnt. Diese Sozialpolitik hat nicht zuletzt das Ziel, durch materielles Entgegenkommen die Arbeiterschaft mit der bestehenden Staats- und Gesellschaftsordnung zu versöhnen. Gerade das gelingt jedoch nicht oder nur sehr begrenzt, obgleich in der wilhelminischen Zeit das System der Sozialversicherung weiter ausgebaut wird. Schroff stehen sich vielmehr nach wie vor die Organisationen der Arbeiterschaft und die in der wirtschaftlichen Krisenzeit nach 1873 entstandenen großen industriellen und agrarischen Interessenverbände gegenüber. Der Nationalstaat nimmt immer mehr Züge eines Klassenstaates an.

Die außenpolitischen Probleme des neuen Reiches sind nicht weniger prekär. Da das neue kleindeutsche Reich nur einen Teil der Deutschen in seinen Grenzen vereint, regt sich vielerorts die Sorge, das Reich werde nun eine Politik der nationalen Eroberungen betreiben. Hinzu kommen die Belastungen durch die nationalen Minderheiten innerhalb des Reiches, die bis 1918 nicht wirklich integriert werden und auch innenpolitisch schwerste Probleme aufwerfen. Nur durch ein überaus kompliziertes Bündnissystem und durch wiederholte Erklärungen, Deutschland sei »saturiert«, gelingt es Bismarck, das Reich zunächst in das überlieferte kontinentaleuropäische Gleichgewichtssystem einzuordnen. Einen Höhepunkt dieses diplomatischen Ringens bildet der Berliner Kongreß von 1878. Die internationalen Krisen der achtziger Jahre beweisen allerdings, daß damit die Gefahr eines Zweifrontenkrieges nicht gebannt ist. Die neuen Bündnisse – der Dreibund zwischen Deutschland, Österreich-Ungarn und Italien und der Rückversicherungsvertrag mit Rußland – stellen nur vorübergehend das Gleichgewicht des europäischen Mächtesystems wieder her, zumal das deutsche Reich mit dem Übergang zur Kolonialpolitik von dem Grundsatz der territorialen »Saturiertheit« abweicht und in eine Frontstellung zu England gerät. So bleibt das Reich als »unvollendeter Nationalstaat« von inneren und äußeren Gefahren bedroht. Um all dieser Schwierigkeiten Herr zu werden, wendet Bismarck immer

wieder dasselbe Mittel an: die Stabilisierung des konservativen
Staates und das Festschreiben des Status quo. Darüber zerbricht schließlich auch die Allianz mit dem nationalen Liberalismus, eine Allianz, die allein durch die außenpolitischen Erfolge
Bismarcks 1864 und 1866 zustande kam und an deren Anfang
bereits ein innenpolitischer Kompromiß stand: die Beendigung
des Verfassungskonfliktes durch die Indemnitätsvorlage, die im
nachhinein Bismarcks reaktionäre, antiparlamentarische Politik
sanktionierte. Die innenpolitische Wende von 1878/79 kommt
dann einer zweiten konservativen Reichsgründung gleich, die
jede Einflußnahme der Liberalen auf die weitere Entwicklung
endgültig ausschaltet. Der Umschwung in der Wirtschaftspolitik,
der Übergang vom liberalen Freihandel zum Schutzzoll, der die
Schwerindustrie und die Großlandwirtschaft begünstigt, führt
zur Spaltung der Nationalliberalen Partei. Die neuen Schutzzölle und die Erhöhung der indirekten Steuern belasten zugunsten
der »produktiven Volksklassen« die wirtschaftlich schwachen
Bevölkerungsschichten und geben der Sozialdemokratie politischen Auftrieb. Im Interessenkampf zwischen Landwirtschaft
und Industrie einerseits und Arbeiterschaft andererseits werden
die liberalen bürgerlichen Kräfte aufgerieben. Gleichzeitig befe-
stigt das wirtschaftliche Zweckbündnis zwischen Industriellen
und Großagrariern den Einfluß der alten preußischen Führungsschicht, die den konservativen Kurs der Regierung unterstützt.
Mit welchen ideologischen Mitteln der Wirtschaftskampf zur
Durchsetzung des Schutzzolls und der gleichzeitige Propagan-
dafeldzug für das Soziallistengesetz geführt werden, zeigen
extreme Parolen konservativer Agrarier wie: »Der Rechtsstaat
hat sich überlebt. Wir werden zu dem sogenannten Patrimonial-
und Patriarchalstaat zurückkehren müssen«.
1878/79 geht die liberale Ära zu Ende: Die Beamtenschaft in
Regierung und Verwaltung wird weitgehend durch Anhänger
des konservativen Kurses ersetzt; die liberalen Minister in Preußen treten zurück. Die Neuorganisation der Reichsbehörden
und die Reichsfinanzreform verstärken die Reichsgewalt und
damit die Macht des Reichskanzlers. Die Spätbismarckzeit steht
im Zeichen der Interesseneinheit von ostelbischer, d. h. von den
»Junkern« beherrschter Landwirtschaft, Schwerindustrie und
konservativer Staatsführung.
Nach der Entlassung Bismarcks 1890 stürzt das Reich in eine
Regierungskrise. Der junge Kaiser Wilhelm II. will »sein eigener
Kanzler« sein. Aber der Versuch, ein »persönliches Regiment«

IV/138 Die Kaiserproklamation in Versailles am 18. Januar 1871, Stich nach Anton von Werner

IV/139 Reichstagssitzung 1908

IV/140   Ludwig Windthorst

IV/141   August Bebel

IV/142   Eugen Richter

IV/143   Eduard Lasker

zu errichten, eine Selbstherrschaft, die von den Ministern nur die gehorsame Erfüllung der kaiserlichen Wünsche verlangt, schlägt fehl. Für eine verbindliche Direktive in der Innen- und Außenpolitik fehlen dem Kaiser die Kenntnisse und die Fähigkeit, das komplizierte Nebeneinander der Instanzen – Reichsämter, Bundesrat, preußisches Staatsministerium, Reichstag, preußischer Landtag – zu überblicken oder es gar wie Bismarck gegeneinander auszuspielen. Zwar wird ein »Neuer Kurs« propagiert, das Sozialistengesetz aufgehoben und in den Februarerlassen von 1890 eine umfangreiche Arbeiterschutzgesetzgebung angekündigt. Aber es gelingt nicht, die Arbeiterschaft mit dem »sozialen Kaisertum« zu versöhnen. Die Sozialdemokratie kann ihre Wählerzahl von 763 000 im Jahre 1887 auf 1,4 Millionen im Jahre 1890 steigern.
Der Übergang zum Imperialismus bildet dann den letzten Versuch, die innenpolitischen Spannungen durch außenpolitische Erfolge zu überdecken. Die Hoffnung der liberalen Imperialisten wie Max Weber und Friedrich Naumann, die von einer dynamischen Außenpolitik zugleich eine dynamischere Entwicklung im Innern erwarten, wird jedoch nicht erfüllt. Die neue »Weltpolitik« verstärkt eher den Machtanspruch der Konservativen, die mit nationalen Sammlungsparolen, vor allem in den Propagandafeldzügen für eine starke deutsche Flotte, eine breite Anhängerschaft für sich gewinnen können. Das Wort Kaiser Wilhelms II., das deutsche Reich sei ein »Weltreich« geworden, wird jubelnd begrüßt. In Wirklichkeit sind die Erfolge gering, und der Preis, der für die Prestigepolitik gezahlt wird, ist die selbstverschuldete Isolierung Deutschlands und der Zusammenschluß der weltpolitischen Konkurrenten England, Frankreich und Rußland. Das Mißlingen der Weltpolitik führt schließlich zu einer blinden Flucht nach vorn: in die Katastrophe des Ersten Weltkrieges.
Der »Burgfriede« der Parteien – auch die Sozialdemokratie bewilligt die Kriegskredite – und die allgemeine Kriegsbegeisterung im August 1914 sind jedoch nicht von langer Dauer. Der Krieg verschärft die innenpolitischen Gegensätze, die sich nun mit außenpolitischen Zielen – hier Verständigungsfriede, dort Siegfrieden und Annexionen – verquicken. Die Radikalisierung links und rechts zeigt sich 1917 in der Gründung der Deutschen Vaterlandspartei auf der einen und des Spartakusbundes auf der anderen Seite.
Dennoch gibt der politische und militärische Zusammenbruch

des deutschen Kaiserreiches die Chance zu einem Neubeginn
und zu einer Rückbesinnung auf die liberalen und demokratischen Ideale, die den nationalen Gedanken des frühen 19.
Jahrhunderts geprägt haben.

Der kleindeutsche Nationalstaat: Institutionen, Parteien, Probleme

Das Kaiserreich von 1871 bringt die langersehnte nationale
Einheit, wenn auch nur eine »Einheit von oben«. Die Souveränität liegt nicht beim Volk, sondern bei den 22 Fürsten und drei
freien Städten, die sich zu einem Bundesstaat zusammengeschlossen haben. Das Übergewicht Preußens ist erdrückend.
Viele Wünsche der liberalen und der demokratischen Bewegung
in Deutschland bleiben offen. Der Reichskanzler ist politisch
dem Kaiser, nicht dem Parlament verantwortlich. Die Rechte
des aus demokratischen Wahlen hervorgegangenen Reichstags beschränken sich im wesentlichen auf die Mitwirkung bei
der Gesetzgebung. Der Kampf um den Ausbau seiner Befugnisse und um die Parlamentarisierung des Reiches bleibt ein
zentrales innenpolitisches Problem.
Dieser unvollendete Verfassungsstaat ist aber auch ein unvollendeter Nationalstaat, da er große deutschsprachige Bevölke-
rungsgruppen außerhalb seiner Grenzen läßt. Auf der anderen
Seite schaffen nationale Minderheiten im Reich erhebliche Inte-
grationsprobleme.

Der Reichstag

Der Reichstag geht aus allgemeinen, gleichen, direkten und
geheimen Wahlen hervor *(Kat. Abb. 139)*. Er ist neben dem
Kaiser die wichtigste Institution der Verfassung. Sein politischer
Einfluß beschränkt sich jedoch im wesentlichen auf das Gebiet
der Gesetzgebung. Auf Regierungsbildung und Regierungspoli-
tik hat er nur einen sehr begrenzten Einfluß. Charakteristisch für
das Reich ist die »Regierung über den Parteien« und die Zu-
rückdrängung der Volksvertretung auf eine Position, in der sie
bei entschiedenen politischen Fragen bloß zur unverbindlichen
Meinungsäußerung aufgerufen ist. Für dieses System kommt
schon damals das Schlagwort von der »Kanzlerdiktatur« auf.

Der Reichskanzler

Die Verfassung von 1871, entscheidend von Fürst Otto von Bismarck geprägt *(Kat. Abb. XVIII)*, garantiert dem Reichskanzler eine Machtfülle, die vom Parlament und von den Parteien weder kontrolliert noch eingeschränkt werden kann. Nicht ihnen, sondern nur dem Kaiser ist der Kanzler politisch verantwortlich. Das Loyalitäts- und Vertrauensverhältnis zwischen beiden ist daher Voraussetzung für dieses Amt. Sein Inhaber hat über die Richtlinien der Politik zu bestimmen. Er schlägt dem Kaiser die Ernennung und Entlassung der mit der Verwaltung der Reichsämter betrauten Staatssekretäre vor, er führt den Vorsitz im Bundesrat, formell dem obersten Regierungsorgan des Reiches, und ist gewohnheitsmäßig fast während des gesamten Kaiserreiches Leiter des preußischen Staatsministeriums.

Die Sonderstellung des Militärs

Der Leitung der zivilen Reichspolitik durch den Kanzler steht in allen militärischen »Kommandosachen« die Generalität gegenüber. Sie steht unter dem Oberbefehl des Kaisers. Die Verfassung kennt keinen Primat der Politik über das Militär. So können später vor allem im Vorfeld des Ersten Weltkrieges Generale und Admirale einen verhängnisvollen Einfluß auf die Politik insgesamt ausüben.

Der Föderalismus

Das Deutsche Reich ist ein Bundesstaat, in dem Preußen ein erdrückendes Übergewicht besitzt. Mehr als die Hälfte der Bevölkerung lebt in seinen Grenzen. Nahezu zwei Drittel des Reichsgebietes sind preußisch. Im Bundesrat, dem Gesetzgebungsorgan der Bundesstaaten, verfügt Preußen über eine Sperrminorität. Die entscheidende Frage des deutschen Föderalismus aber ist die finanzielle Abhängigkeit des Reichs von den sogenannten Matrikularbeiträgen, den Zuwendungen der Bundesstaaten. Die Reichsfinanzreform wird daher zu einem weiteren großen Verfassungsproblem des Kaiserreiches.

Nationalitätenprobleme

Die Grenzen des Reiches schließen 1871 große nationale Minderheiten ein. Anstatt diese Minderheiten auf politischem Wege an das Reich heranzuführen, versucht man, sie mit bloß bürokratischen Mitteln zu integrieren. 1872/73 wird Deutsch alleinige Unterrichtssprache in den polnisch sprechenden Gebieten, 1876 alleinige Geschäftssprache. Von 1878 an darf auch in Nordschleswig nur noch auf deutsch unterrichtet werden.
Aber auch die in ihrer Mehrheit deutschsprachigen Elsässer und die Lothringer werden zu einem Problem. Sie kennen die Vorteile der französischen Verfassung und sind nicht gewillt, von einer Reichsland-Verwaltung als Deutsche »zweiter Wahl« behandelt zu werden.

Der innere Ausbau des Reiches

Mit der Reichsgründung wird ein einheitlicher Wirtschafts- und Zollraum geschaffen, der in Verbindung mit den bereits bestehenden technischen Möglichkeiten industrieller Produktion zu einem rapiden wirtschaftlichen Aufschwung führt. Auch auf den Gebieten des Verkehrswesens, der Post, des Münz-, Maß- und Gewichtswesens sowie der Rechtsvereinheitlichung wird der innere Ausbau des Reiches vorangetrieben: 1872 wird ein einheitliches Strafgesetzbuch (StGB), 1900 ein Bürgerliches Gesetzbuch (BGB) eingeführt. Beide sind noch heute, nur teilweise geändert oder ergänzt, in Kraft.

Die Parteien des Reichstages

Vor allem als Folge des allgemeinen Wahlrechts werden aus den losen Fraktionsverbindungen und Wählervereinen Massenparteien mit fester Organisation, breiter Basis und differenzierten Programmen.
Die Reichsverfassung von 1871 läßt den Parteien jedoch nur die Wahl zwischen gouvernementaler, also kanzlertreuer Rolle oder der Opposition (Kat. Abb. 140–143). Eine wirkliche Beteiligung an der Macht gibt es für sie kaum. So kommt es schon bald zu der problematischen Unterscheidung zwischen bloßem Parteien-Interesse und dem übergeordneten, angeblich allein durch die Regierung wahrgenommenen Staatsinteresse.

Die Nationalliberalen

Das protestantische Bildungsbürgertum und das industrielle Großbürgertum sind die Hauptträger der Nationalliberalen Partei. Ihre Ziele: Nationaler Machtstaat und liberaler Rechtsstaat. Die Praxis wird jedoch von der Konsolidierung des Machtstaates bestimmt. Bis 1878 ist die Nationalliberale Partei der wichtigste parlamentarische Bundesgenosse Bismarcks.

Der Linksliberalismus

Konsequenter Ausbau des Rechtsstaates und parlamentarische Monarchie sind die Ziele des Linksliberalismus, Handwerk und freie Berufe seine soziale Basis. Bis 1910 bleibt der Linksliberalismus in die Deutsche Fortschrittspartei und die Deutsche Volkspartei gespalten. Erst durch den Zusammenschluß in der Fortschrittlichen Volkspartei wird eine gemeinsame Organisation geschaffen.
Der Einfluß Leopold Sonnemanns öffnet den süddeutschen Liberalismus für den Gedanken einer staatlichen Sozialpolitik. Langfristig wird damit die Voraussetzung für eine Zusammenarbeit mit der Sozialdemokratie geschaffen. Friedrich Naumann und Theodor Barth werden zu Vorkämpfern einer Öffnung nach links.

Die Konservativen

Historische Überlieferung und legitimistisches Denken binden die Konservativen an die einzelstaatlichen Dynastien. Der Reichseinigung wie auch einer »deutschen Politik« stehen sie skeptisch gegenüber. Erst 1876 findet sich die Mehrheit der preußisch-konservativen Partei mit der Reichsgründung ab. »Altkonservative« Gegner Bismarcks und »Neukonservative« schließen sich in der Deutsch-Konservativen Partei zusammen. Die agrarischen Interessen der Großgrundbesitzer geben ihr das Profil. Die Landbevölkerung Ostdeutschlands ist ihre Wählerschaft.

XVIII (Abb. links)
Fürst
Otto von Bismarck,
Gemälde von
Franz von Lenbach

XIX (Abb. rechts)
Reichstagssitzung
1905,
Gemälde von
Georg Waltenberger

Die Reichspartei

Konservative Industrielle und Gutsbesitzer, die der Politik Bismarcks zustimmen, finden ihre politische Heimat als »Freikonservative« in der Reichspartei. Sie bejahen die Bismarcksche Verfassung und ihre unitarischen Elemente, lehnen aber jeden Schritt in Richtung auf eine Parlamentarisierung des Reiches ab.

Das Zentrum

Der politische Katholizismus sieht sich durch die Reichsgründung bedroht. Protestantisches Übergewicht im kleindeutschen Nationalstaat und der Einfluß liberaler Ideen drängen ihn in die Opposition. Im Kulturkampf erklärt Bismarck ihn zum »Reichsfeind«.
Der süddeutsche und der rheinische politische Katholizismus sind allerdings mehr als eine rein konfessionelle Interessenvertretung. Starke sozialreformerische Kräfte machen ihn zu einem nicht-sozialistischen Sammelbecken der sozialen Unterschichten.

Die Sozialdemokratie

1875 schließen sich in Gotha die »Lassalleaner« des Allgemeinen Deutschen Arbeitervereins von 1863 und die stark von Karl Marx beeinflußte Sozialdemokratische Arbeiterpartei von 1869 zur Sozialistischen Arbeiterpartei Deutschlands (SAPD) zusammen.
Von 1891 an (Erfurter Programm) trägt die Partei den Namen »Sozialdemokratische Partei Deutschlands«.
Arbeiterproduktionsgenossenschaften, radikal-demokratische Ziele und gewerkschaftliche Forderungen sind zentrale Punkte des Gothaer Programms der SAPD, das auf Veränderung des deutschen Nationalstaats im Sinne einer inneren Reform zielt.
Karl Marx unterzieht das Gothaer Programm und seine reformistische Tendenz einer scharfen Kritik. Er selbst propagiert eine radikale Veränderung des deutschen Nationalstaats im Sinne einer revolutionären Umgestaltung.

XX (Abb. links)
Die Kruppsche
Gußstahlfabrik
1912 (Ausschnitt)

Das Reich unter Bismarck

Schwere Krisen, die nicht nur durch die Folgen des ungehemm-
ten wirtschaftlichen Aufschwungs nach 1871 bestimmt sind,
kennzeichnen die innere Entwicklung des Reiches im ersten
Jahrzehnt nach seiner Gründung. Die innenpolitische Wende
der Jahre 1878/79, der Übergang vom Freihandel zum Schutzzoll, markiert das Ende eines, wenn auch erst in Ansätzen
verwirklichten, liberalen Zeitabschnitts.
In den Jahren 1878/79 werden aufgrund einer zeitweiligen Inter-
essenidentität von Schwerindustrie und Großgrundbesitzern soziale und politische Positionen verfestigt und abgesichert, die
einer Weiterentwicklung der Reichsverfassung im liberalen und
parlamentarisch-demokratischen Sinne im Wege stehen. Mit
Recht sprechen Kritiker daher von einem Reich, das unvollendet nicht nur als Verfassungsstaat, sondern auch im Hinblick auf
die gesellschaftspolitischen Forderungen der bürgerlichen
Emanzipationsbewegungen sei. Ihr Anspruch, den neuen Staat
der neuen industriellen Gesellschaft anzupassen und der Nation
als Summe der gesellschaftlichen Kräfte eine Mitwirkung bei der
politischen Willensbildung einzuräumen, wird abgewehrt. Das
Reich ist nicht auf Veränderung gerichtet, sondern auf die
Bewahrung der altpreußischen Gesellschaftsordnung, die durch
die Vorherrschaft des Junkertums geprägt ist.
Die gesellschafts- und parteipolitischen Auseinandersetzungen
gipfeln in der Bekämpfung der »Reichsfeinde«: des Zentrums
und der Sozialdemokratie. Dieser »innere Präventivkrieg« beginnt mit dem Konflikt mit der katholischen Kirche und der
katholischen Bewegung über die Schulaufsicht und die Zivilehe
(Kat. Abb. 144).
Der Kanzelparagraph, der den Geistlichen die Behandlung
staatlicher Angelegenheiten »in einer den öffentlichen Frieden
gefährdenden Weise« verbietet, die Mai-Gesetze von 1873 und
das Verbot des Jesuitenordens unterstellen Kirche und Klerus
staatlicher Aufsicht. Damit beginnt eine verhängnisvolle Praxis
der Ausnahmegesetzgebung gegen »Reichsfeinde«. Diese werden »internationaler Verbindungen« und der Konspiration mit
nationalen Minderheiten verdächtigt.
Die Ausnahme- und Verbotsgesetze des Kulturkampfes zerstören den Glauben, daß die nationale Gemeinschaft zu einem
friedlichen Ausgleich der Interessen und zu gegenseitiger Tolerierung führen werde. Auch nach dem Abbau der Ausnahmege-

IV/144 »Kladderadatsch«-Karikatur aus dem Jahre 1875 zum Kulturkampf

IV/145   Hödels Attentat auf Kaiser Wilhelm I. in Berlin am 11. Mai 1878

Reichs=Gesetzblatt.

№ 34.

(Nr. 1271.) Gesetz gegen die gemeingefährlichen Bestrebungen der Sozialdemokratie. Vom 21. Oktober 1878.

Wir Wilhelm, von Gottes Gnaden Deutscher Kaiser, König von Preußen ꝛc.

verordnen im Namen des Reichs, nach erfolgter Zustimmung des Bundesraths und des Reichstags, was folgt:

§. 1.

Vereine, welche durch sozialdemokratische, sozialistische oder kommunistische Bestrebungen den Umsturz der bestehenden Staats= oder Gesellschaftsordnung bezwecken, sind zu verbieten.

Dasselbe gilt von Vereinen, in welchen sozialdemokratische, sozialistische oder kommunistische auf den Umsturz der bestehenden Staats= oder Gesellschafts= ordnung gerichtete Bestrebungen in einer den öffentlichen Frieden, insbesondere die Eintracht der Bevölkerungsklassen gefährdenden Weise zu Tage treten.

Den Vereinen stehen gleich Verbindungen jeder Art.

§. 2.

Auf eingetragene Genossenschaften findet im Falle des §. 1 Abs. 2 der §. 35 des Gesetzes vom 4. Juli 1868, betreffend die privatrechtliche Stellung der Erwerbs= und Wirthschaftsgenossenschaften, (Bundes=Gesetzbl. S. 415 ff.) Anwendung.

Auf eingeschriebene Hülfskassen findet im gleichen Falle der §. 29 des Gesetzes über die eingeschriebenen Hülfskassen vom 7. April 1876 (Reichs=Gesetzbl. S. 125 ff.) Anwendung.

§. 3.

Selbständige Kassenvereine (nicht eingeschriebene), welche nach ihren Sta= tuten die gegenseitige Unterstützung ihrer Mitglieder bezwecken, sind im Falle des

Ausgegeben zu Berlin den 22. Oktober 1878.

IV/147 Polizei löst eine Arbeiterversammlung auf

IV/148 Hausdurchsuchung bei einem politisch Verdächtigen

setze bleibt der politische Katholizismus gegenüber dem Reich mißtrauisch.

Auf dem Höhepunkt der Auseinandersetzung mit dem Zentrum läßt Bismarck den Reichstag seine politische Macht spüren. Er legt 1874 den Entwurf eines Reichsmilitärgesetzes vor, nach dem die Präsenzstärke des deutschen Heeres in Friedenszeiten ständig auf 402 000 Mann festgelegt werden soll. Dieses »Äternat« aber hätte dem Reichstag die Beschlußfassung über vier Fünftel des Staatshaushalts entzogen. Das »Septennat« wird der Kompromiß: Angesichts der starken französischen Aufrüstung billigt der Reichstag eine Festlegung des Militärhaushalts für jeweils sieben Jahre. Damit besitzt nur noch jeder zweite Reichstag das volle Budgetrecht, die schärfste Waffe des Parlaments gegenüber dem Kanzler und der Regierung.

Stärker noch wird die innere Struktur des Reiches erschüttert durch den Kampf gegen die Sozialdemokratie, den Bismarck aus Sorge vor einer sozialen und politischen Revolution und »roter Anarchie« im Frühjahr 1878 beginnt, als er zwei von Einzelgängern auf den Kaiser verübte Attentate der Sozialdemokratie in die Schuhe schiebt *(Kat. Abb. 145)*. Der Reichstag wird aufgelöst. Eine gefügige Parlamentsmehrheit beschließt das Sozialistengesetz *(Kat. Abb. 146)*. Auch die meisten Nationalliberalen verraten den Rechtsstaat. Alle sozialistischen und kommunistischen Vereine und Versammlungen werden aufgelöst, ihre Druckschriften verboten *(Kat. Abb. 147, 148)*. Sozialistische »Agitatoren« werden von den Polizeibehörden ausgewiesen. Doch die Arbeiterschaft steht hinter ihren politischen Führern. Erst 1890 wird das Scheitern dieser Unterdrückungspolitik zugegeben. Das Sozialistengesetz wird zwar nicht mehr verlängert, die Verketzerung der Sozialdemokratie als Reichsfeind aber wirkt weiter.

Gegenstück zu dem Sozialistengesetz ist die staatliche Sozialpolitik *(Kat. Abb. 149)*. Mit ihrer Hilfe, das heißt durch soziale Sicherung sollen die Arbeiter für den monarchischen Obrigkeitsstaat gewonnen werden. Der »Staatssozialismus« der Versicherungsgesetzgebung (Kranken-, Invaliden- und Altersversicherung) – sachlich ohne Frage ein großer und beispielhaft wirkender sozialer Fortschritt – wird allerdings vom Reichskanzler nicht als Sozialreform im Sinne des Arbeiterschutzes und der Humanisierung der industriellen Arbeitswelt konzipiert, sondern mit dem erklärten Ziel, »in der großen Masse der Besitzlosen die konservative Gesinnung zu erzeugen, welche das Gefühl der

Pensionierung mit sich bringt«. »Wer eine Pension hat für sein Alter«, so erläutert Bismarck einmal seine »Zähmungspolitik«, »der ist weit zufriedener und leichter zu behandeln, als wer darauf keine Aussicht hat«. Doch die mit der Sozialpolitik verbundene Absicht, die Entfremdung der Arbeiterschaft von der Sozialdemokratie, schlägt fehl.

In der wirtschaftlichen Krisenzeit nach 1873 radikalisiert sich die Arbeiterbewegung. Zugleich entstehen die ersten großen industriellen und agrarischen Interessenverbände. Sie fordern eine Abkehr vom liberalen Freihandel und treten für ein Schutzzollsystem ein. Die Abwehr billiger Importe soll überhöhte Inlandpreise erhalten, die ihrerseits wiederum besonders niedrig kalkulierte Exportpreise ermöglichen. 1876 wird als Dachorganisation für die Interessenverbände der Industrie der »Centralverband deutscher Industrieller« (CVdI) gegründet.

Die Agrarkrise der 70er Jahre führt auch bei den ostdeutschen Großgrundbesitzern zu einer Abkehr vom Freihandel. Die »Vereinigung der Steuer- und Wirtschaftsreformer« (gegründet 1876) wird ihr Interessenverband für die Durchsetzung der Schutzzölle. Die Deutsch-Konservative Partei, die im gleichen Jahr gegründet wird, übernimmt ihre wirtschaftspolitischen Forderungen. Damit haben Schwerindustrie und Landwirtschaft in der Forderung nach Schutzzöllen eine gemeinsame Basis gefunden. Ihr Kampf gilt den wirtschaftspolitischen Vorstellungen des Liberalismus.

Bismarcks Pläne gehen jedoch weit über einen bloßen Kurswechsel in der Zollpolitik hinaus. Ein deutlicher Trennungsstrich zu den Liberalen, seinen einstigen Bundesgenossen während des Kulturkampfes, soll das politische Zweckbündnis mit den konservativen Parteien erleichtern. Die »Junker« haben nach Bismarcks Worten »den Vorzug, eine geduldige und staatlich treue, konservativ erhaltend gesinnte Bevölkerung zu sein«; sie geben »dem Staate die Steuerkraft«, sie sind erprobt als »zuverlässige Quelle, auf welche der Staat zurückgreifen muß« in jeder inneren und äußeren Krisensituation.

Eine Steuer- und Finanzreform soll überdies die Reichsgewalt stärken. Die Mehreinnahmen aus Zöllen und indirekten Steuern (Tabak, Branntwein, Kaffee) hätten das Reich von den Matrikularbeiträgen der Bundesstaaten unabhängig gemacht. Dieser Plan scheitert jedoch vor allem am Widerstand des föderalistischen Zentrums.

IV/149 Zeitgenössische Darstellung der Sozialgesetzgebung Bismarcks

IV/151 »*Der Lotse verläßt das Schiff*«, Karikatur von Sir John Teniel aus dem »Punch«, März 1890

IV/152   Wilhelm II., Gemälde von Max Koner, 1890

An der Schutzzollvorlage bricht die nationalliberale Fraktion
auseinander. Nur eine Minderheit bleibt im Lager Bismarcks.
Damit haben die konservativen Führungsschichten des Reiches
einen großen Erfolg errungen. Die Hoffnung auf Parlamentarisierung, das heißt eine wirkliche Kontrollfunktion des Reichstags gegenüber der Exekutive, ist zerschlagen. Das Reich gewinnt in mancher Beziehung den Charakter eines Klassenstaates. Zu Recht nennt man diese innenpolitische Wende 1878/79
auch eine »zweite Reichsgründung«.

Das Wilhelminische Deutschland

Kampf gegen die Sozialdemokratie, schroffe Nationalitätenpoli-
tik, preußisches Dreiklassenwahlrecht und Fehlschläge auf dem
Weg zu einer parlamentarisch verantwortlichen Regierung, das
sind die großen innenpolitischen Krisenherde der »Wilhelminischen Ära«. Der offene Ausbruch der schwelenden Spannungen wird nur durch die dynamische Entwicklung Deutschlands
zum größten Industriestaat Europas verhindert beziehungswei-
se überlagert. Eine Bürokratisierung und Militarisierung des
öffentlichen Lebens sowie eine emotional bestimmte, imperialistische Außenpolitik verbinden in Deutschland Nationalismus
und Militarismus mit dem monarchischen Obrigkeitsstaat.

Die Entlassung Bismarcks

Kaiser Wilhelm II. will den politischen Einfluß Bismarcks zurück-
drängen. Er strebt nach einem »persönlichen Regiment«. Ein
»neuer Kurs« soll eingeschlagen werden: im Inneren Aussöhnung mit der Sozialdemokratie, in der Außenpolitik die Erringung einer Weltmachtstellung. Darüber kommt es zum Konflikt
mit dem Kanzler. Bismarck sieht seine Politik der Eindämmung
des Sozialismus, aber auch des Nationalismus ebenso gefährdet wie sein Konzept der Friedenssicherung. 1890 wird Bismarck entlassen *(Kat. Abb. 150, 151).*

Bismarcks Nachfolger

Caprivis und dann Hohenlohes Konzept einer »Regierung über den Parteien« ist ebenso erfolglos wie das Bemühen Bülows, die Regierung auf einen »Block« bürgerlicher und konservativer Fraktionen zu stützen. Auch der vorsichtige Versuch Bethmann Hollwegs scheitert, durch eine Zusammenarbeit mit der linksliberalen Fortschrittlichen Volkspartei und der Sozialdemokratie das Reich aus seiner politischen Erstarrung zu lösen. Die konservativen Kräfte im Beamtentum und im Offizierskorps bestimmen auch weiterhin die Richtung der deutschen Innenpolitik.

Die Hochkonjunktur

1895 beginnt für die deutsche Industrie erneut eine Phase der Hochkonjunktur und der stürmischen technischen Entwicklung *(Kat. Abb. 153, 154)*. Die Expansion vor allem der chemischen und der Elektro-Industrie leitet eine zweite Industrialisierungswelle ein. Mächtige Konzerne wie Krupp, Siemens und die Farbwerke vorm. Meister Lucius & Brüning beherrschen den Markt *(Kat. Abb. XX)*. Während Deutschland zur größten Industrienation Europas wird, beginnen sich die innenpolitischen Auseinandersetzungen wieder zu verschärfen.

Der Kampf gegen die Sozialdemokratie

Die Aufhebung des Sozialistengesetzes und die Arbeiterschutzgesetze von 1890/91 sollen die Sozialdemokratie mit dem Reich aussöhnen. Doch die SPD unter August Bebel beharrt auf ihrer oppositionellen Haltung. Enttäuscht läßt der Kaiser die »vaterlandslosen Gesellen« fallen. Reichskanzler Caprivi lehnt jedoch eine neuerliche Politik der Unterdrückung gegen die von nun an ständig wachsende Partei ab *(Kat. Abb. 155)*. Sein Nachfolger, Fürst zu Hohenlohe-Schillingsfürst, hingegen versucht, diese Politik wieder aufzunehmen; er schlägt vor, das politische Strafrecht zu verschärfen und Koalitionszwang bei Streiks mit Zuchthaus zu ahnden. Doch »Umsturz«-Vorlage (1894) und »Zuchthaus«-Vorlage (1899) scheitern im Reichstag.

IV/153   Automobil aus dem Jahre 1897

IV/154   Landung des ersten »Parseval«-Luftschiffes in München am 14. Oktober 1909

Abonnements.

Der Sozialdemokrat

Erscheint wöchentlich einmal in London.

Verlag der German Co-operative Publishing Co., E. Bernstein & Co., London N.W., 114 Kentish Town Road.

Organ der Sozialdemokratie deutscher Zunge.

№. 10.

8. März 1890.

20 Mandate im ersten Wahlgang, 16 in der Stichwahl.
1,341,587 sozialdemokratische Wähler — 567,405 Zuwachs

Im ersten Wahlgang gewählt:

Glauchau-Meerane:
J. Auer, Sattler (Schriftsteller) in München.

Hamburg I.:
A. Bebel, Drechslermeister (Schriftsteller) in Dresden.

Hamburg II.:
J. H. W. Dietz, Buchdrucker in Stuttgart.

Greiz:
C. Förster, Zigarrenarbeiter in Hamburg.

Altona:
Karl Frohme, Schlosser (Schriftsteller) in Hannover.

Leipzig-Land:
F. Geyer, Zigarrenarbeiter in Großenhain.

Nürnberg:
K. Grillenberger, Schlosser (Korrektor) in Nürnberg.

Barmen-Elberfeld:
J. Harm, Weber (Gastwirth) in Barmen.

Mülhausen i./Elsaß:
F. Hickel, Schreiner in Mühlhausen.

Berlin VI.:
W. Liebknecht, Schriftsteller in Borsdorf.

Hamburg III.:
Wilhelm Metzger, Spengler (Journalist) in Hamburg.

Chemnitz:
Max Schippel, Schriftsteller in Berlin.

Mittweida-Limbach:
A. Schmidt, Buchdrucker in Berlin.

Solingen:
Gg. Schumacher, Gerber in Solingen.

Schneeberg-Stollberg:
J. Seifert, Schuhmacher in Zwickau.

Berlin IV.:
P. Singer, Kaufmann in Dresden.

Zwickau-Crimmitschau:
W. Stolle, Gärtner (Gastwirth) in Gesau.

München II und Magdeburg:
G. Vollmar, Schriftsteller in München.

Gera:
E. Werner, Schriftsteller in Dresden.

Unter die Welt, trotz alledem!

In der Stichwahl wurden gewählt:

München I:
J. Birk, Gastwirth in München.

Braunschweig:
W. Bloß, Schriftsteller in Stuttgart.

Bremen:
H. Bruhns, Zigarrenarbeiter in Bremen.

Mannheim:
A. Dreesbach, Tischler (kaufm.) Mannheim.

Calbe-Aschersleben:
Aug. Heine, Huthfabrikant in Halberstadt.

Mainz:
Franz Jöst, Tischler in Mainz.

Halle a. Saale:
Frib Kunert, Lehrer (Redakteur) in Breslau.

Hannover:
H. Meister, Zigarren-Arbeiter in Hannover.

Ottensen-Pinneberg:
H. Molkenbuhr, Zig.-Arbeiter in Rellinghausen.

Frankfurt a./M.:
Wilh. Schmidt, Lithograph in Frankfurt.

Sonneberg:
P. Reißhaus, Schneider in Erfurt.

Königsberg i. Pr.:
Carl Schulze, Zigarrenarbeiter in Königsberg.

Lübeck:
Th. Schwarz, Koch (Gastwirth) in Lübeck.

Nieder-Barnim:
Arth. Stadthagen, Rechtsanwalt in Berlin.

Breslau-Ost:
Franz Luxauer, Tischler in Berlin.

Offenbach-Dieburg:
Carl Ulrich, Schlosser (Redakteur) in Offenbach.

Siegreiche Stichwahlen:

	1890	1887	Stichwahl
München I	7,570	4,563	10,425
Braunschweig	13,621	10,636	15,000
Bremen	14,813	7,712	16,504
Mannheim	8,701	5,124	12,501
Calbe-Aschersleben	12,514	4,837	16,373
Mainz	8,000	5,526	10,100
Halle a./S	12,618	6,500	14,500
Hannover	16,570	12,210	19,600
Ottensen	10,820	6,620	13,010
Königsberg	12,827	7,987	18,138
Frankfurt a. M.	12,654	8640	18,000
Lübeck	6,683	4,294	7,316
Nieder-Barnim	13,628	5,680	15,400
Breslau-Ost	9,996	7,781	12,237
Offenbach	10,834	8,024	13,000
Sonneberg	7,215	4,659	10,000

IV/155   Das in London erscheinende Organ der deutschen Sozialdemokratie meldet den Wahlsieg bei den Reichstagswahlen 1890

»Revisionisten« und »Orthodoxe« in der SPD

Die Frage: Revolution oder Reform? ist innerhalb der Sozialdemokratie umstritten. Vollbeschäftigung und steigende Reallöhne lassen Zweifel an der Marxschen Verelendungs- und Revolutionstheorie aufkommen. Georg von Vollmar und Eduard Bernstein sind die Wortführer der Reformer gegen das marxistische Partei-»Zentrum« unter Karl Kautsky. Den stärksten Rückhalt erhalten die Reformer in den Gewerkschaften.

Die Gewerkschaften

Bereits in den 60er Jahren waren Gewerkschaften zur wirtschaftlichen und sozialen Interessenvertretung der Arbeiter entstanden. Aber erst nach der Aufhebung des Sozialistengesetzes können sie sich zu Massenorganisationen entwickeln. Die Freien Sozialistischen Gewerkschaften, in Industrieverbänden organisiert, zählen 1890: 50000, 1900: 680000 und 1913: mehr als 2,5 Millionen Mitglieder. Ihr Dachverband, die »Generalkommission«, wird unter Carl Legien die größte Arbeitnehmerorganisation Europas. Von geringerer Bedeutung bleiben demgegenüber der liberale Hirsch-Dunckersche Gewerkverein und die Christlichen Gewerkschaften.

Interessenverbände von Industrie und Landwirtschaft

Auch die Arbeitgeber bilden große und einflußreiche Organisationen. Als Antwort auf den großen Streik der Textilarbeiter in Crimmitschau (1904) schließen sich die Arbeitgebervereine zu zwei Dachorganisationen zusammen: die »Hauptstelle Deutscher Arbeitgeberverbände« und der »Verein Deutscher Arbeitgeberverbände«; beide sind auf das engste mit dem »Centralverband deutscher Industrieller« verbunden. Vom schutzzöllnerischen, konservativen CVdI hat sich der »Bund der Industriellen« (BdI) abgespalten. Er vertritt vor allem die aufkommende chemische sowie die exportorientierte mittelständische Industrie und lehnt sich an die Nationalliberalen an. Gegen die Senkung der Getreidezölle kämpft seit 1893 der »Bund der Landwirte« (BdL). Zu seinen »Kampfmitteln« gehört auch eine scharf antisemitische Agitation.

Die »Sammlung der bürgerlichen Kräfte«

Das liberale Bürgertum, das im Interessenkampf zwischen Landwirtschaft und Industrie einerseits und der Arbeiterschaft andererseits aufgerieben zu werden droht, wird von Johannes Miquel, dem neuen Führer der Nationalliberalen, zu einer »Sammlungsbewegung« aufgerufen, die das weitere Erstarken der Sozialdemokratie verhindern soll. Innenpolitisch in der Defensive, engagiert es sich dafür um so mehr für eine offensive, imperialistische Machtpolitik. Der »Alldeutsche Verband«, der »Flottenverein« und die Kolonialvereine verbreiten nationalistische, aber auch antisemitische Thesen. Interessenverbände und Agitationsvereine beherrschen nicht nur den vorparlamentarischen Raum; angesichts der Schwäche des Reichstags gewinnen sie einen gefährlichen unmittelbaren Einfluß auf die deutsche Politik.

Die Idee des »sozialen Kaisertums«: Friedrich Naumann

Führende Linksliberale wie Max Weber und Friedrich Naumann versprechen sich von einer dynamischen Außenpolitik ein Aufbrechen der verhärteten Strukturen in der Innenpolitik. Ein Kaisertum der sozialen Reformen soll die Arbeiterschaft mit dem Staat versöhnen. Doch Naumann und sein 1896 gegründeter Nationalsozialer Verein scheitern an den vorherrschenden konservativen Interessen.

Aber auch auf anderen Gebieten bleiben Reformversuche in Ansätzen stecken: der wachsende Machtanspruch des Kaisers und des Militärs, die Zersplitterung der Parteien, die zudem aufgrund der Wahlrechtsbestimmungen in Preußen und im Reich nur bedingt die wahren politischen Kräfteverhältnisse im Lande widerspiegeln, sowie der überwältigende Einfluß der Interessenverbände stehen ihnen entgegen.

Die »Daily Telegraph«-Affäre

Im Oktober 1908 erscheint ein die deutschen Außenbeziehungen stark belastendes Interview des Kaisers mit dem »Daily Telegraph«. Alle Parteien sind über diese kaiserliche Eigenmächtigkeit empört. Reichskanzler von Bülow ist nicht gewillt,

vor dem Parlament dafür die Verantwortung zu übernehmen.
Vor der einhelligen Kritik weicht Wilhelm II. zurück. Er erklärt
öffentlich, künftig nur seine »verfassungsmäßige Verantwortlichkeit« wahrnehmen zu wollen. Der Reichstag geht aus dieser Affäre gestärkt hervor. Die Chance einer Parlamentarisierung aber wird vertan. Nur Sozialdemokratie, Zentrum und
Linksliberale fordern eine Verfassungsänderung.

Das Dreiklassenwahlrecht in Preußen und die Wahlkreispolitik im Reich

Vergeblich kämpfen Sozialdemokraten und Liberale um eine
Änderung des Dreiklassenwahlrechts in Preußen, das die
stimmberechtigten Bürger nach ihrem Steueraufkommen in
drei Klassen teilt. Aber nicht nur bei den Wahlen zum Preußischen Landtag, sondern auch bei den Reichstagswahlen gibt
es Ungerechtigkeiten. 1871 werden die Wahlkreise im Reich
so aufgeteilt, daß auf etwa 100 000 Einwohner ein Abgeordneter entfällt. Die Verstädterung der industriellen Ballungszen-
tren führt jedoch zu erheblichen Verzerrungen, die vor allem
zu Lasten der Arbeiterpartei gehen. Dennoch gelingt es der
SPD 1912, stärkste Fraktion im Reichstag zu werden.

Die Nationalitätenpolitik

Im Osten wird mit dem Enteignungsgesetz von 1908 die Möglichkeit geschaffen, im Zuge der preußischen Germanisie-
rungspolitik polnische Güter zu enteignen. Auf ihnen werden
Deutsche angesiedelt. In der Öffentlichkeit propagiert der Ost-
markenverein einen »Kampf gegen das Polentum«. In Elsaß-
Lothringen finden die Auseinandersetzungen mit dem Zwi-
schenfall von Zabern 1913 ihren Höhepunkt. Preußisches Militär löst dort eine Volksversammlung auf und nimmt 28 Demonstranten fest. Der verantwortliche Kommandeur maßt sich
dabei Gerichtsbefugnisse an. Trotzdem spricht ihn ein Militär-
gericht frei. Vergeblich versucht der Reichstag zu interve-
nieren.
In diesen Krisen und den darauffolgenden Parlamentsdebatten der Vorkriegszeit wird deutlich, daß der Reichstag nicht in
der Lage ist, eine wirkliche Kraftprobe mit den »staatserhal-

tenden« traditionellen Kräften am kaiserlichen Hof, in Landwirtschaft, Industrie, Bürokratie und Militär zu wagen.

Die deutsche Außenpolitik 1871–1914

Mit der Reichsgründung entsteht 1871 in Mitteleuropa ein wirtschaftliches und militärisches Machtzentrum, das die anderen Großmächte als latente Bedrohung des europäischen Gleichgewichts ansehen. Die Annexion Elsaß-Lothringens belastet das Reich mit der Feindschaft Frankreichs. Nur durch ein überaus kompliziertes Bündnissystem und durch wiederholte Erklärungen, Deutschland sei saturiert, gelingt es Bismarck, das Reich in das überlieferte kontinentaleuropäische Gleichgewichtssystem einzuordnen und damit seine Sicherheit zu gewährleisten. Wilhelm II. stellt die Weichen neu. Seine »Weltpolitik« soll Deutschland einen »Platz an der Sonne« sichern. Die Außenpolitik des Reiches wird damit zu einer unberechenbaren Größe. Nach dem Bruch mit Rußland führt die Flottenbaupolitik und das fortwährende Pochen auf die eigene Stärke auch zu einer Verschlechterung des Verhältnisses zu Großbritannien. Am Ende dieser Entwicklung steht die selbstverschuldete Isolierung des Reiches.

Bismarck hat die Richtlinien seiner Außenpolitik 1877 in dem sogenannten »Kissinger Diktat« niedergelegt *(Kat. Abb. 156).* Danach soll Deutschland seine »freie Mittlerstellung« ausnutzen, indem es die Gegensätze der imperialistischen Großmächte in der Kolonialpolitik zu steuern sucht und die Spannungen von der Mitte Europas an die Peripherie dirigiert. Er entwirft das Idealbild »einer politischen Gesamtsituation, in welcher alle Mächte außer Frankreich unser bedürfen und von Koalitionen gegen uns durch ihre Beziehungen zueinander nach Möglichkeit abgehalten werden«. Das Reich soll zur »Bleigarnitur am Stehaufmännchen Europa« werden.

Bestimmendes Moment dieses Konzepts ist der Alptraum, die anderen europäischen Mächte könnten übermächtige Koalitionen gegen Deutschland bilden (»cauchemar des coalitions«). Ausgelöst wird diese Furcht durch eine diplomatische Intervention Großbritanniens und Rußlands zugunsten Frankreichs, als die deutsche Presse und der Generalstab 1875 angesichts der französischen Heeresreorganisation Präventivkriegspläne dis-

Wenn ich arbeitsfähig
wäre, könnte ich das Bild vervollständigen und Einzelnes ausdeu-
ten, welches mir vorschwebt;
nicht das irgend eines Ländererwerbs,
sondern das einer politischen
Gesamtsituation, in welcher alle
Mächte außer Frankreich unser
bedürfen, und von Coalitionen
gegen uns durch ihre Beziehungen
zu einander nach Möglichkeit abgehalten werden.

IV/156   Ausschnitt aus dem »Kissinger Diktat« vom 16. Juni 1877 in der Handschrift Herbert von Bismarcks

IV/157 Bismarck auf dem Berliner Kongreß 1878, Holzstich nach einem Gemälde von Anton von Wer

kutieren. »Ist Krieg in Sicht?«, fragt die freikonservative Zeitung »Die Post« am 8. April 1875. Aber Bismarck dementiert. Die außenpolitische Konzeption der freiwilligen Begrenzung des deutschen Führungsanspruchs im Rahmen des europäischen Gleichgewichts wird auf dem Berliner Kongreß (1878) in praktische Politik umgesetzt. Bismarck bietet zur Beilegung des Streites zwischen England, Österreich-Ungarn und Rußland über die Abgrenzung ihrer Einflußbereiche auf dem Balkan die Vermittlung des Deutschen Reiches an. Er wird zum »ehrlichen Makler« europäischer Interessen *(Kat. Abb. 157)*. Das Reich ist die Garantiemacht der Stabilität in Europa.

Die Kolonialpolitik wird von Bismarck dem Ziel untergeordnet, Spannungen des europäischen Konfliktherdes an die »Peripherie« zu verlagern. Nur zögernd und geleitet von innereuropäischen Gleichgewichtsüberlegungen gibt er dem Drängen des Kolonialvereins und der Gesellschaft für deutsche Kolonisation (Carl Peters) nach: In den Jahren 1884/85 werden Teile Südwestafrikas, Kamerun, Togo, einige Südsee-Inseln und ein Gebiet in Ostafrika deutsche Kolonien.

Nach der Entlassung Bismarcks schlägt Wilhelm II. einen »Neuen Kurs« ein: »Weltpolitik als Aufgabe, Weltmacht als Ziel, Flotte als Instrument« lautet seine Devise *(Kat. Abb. 152, 158)*. Der Flottenbau ist für ihn und die hinter ihm stehenden Kreise eine Prestigesache, wobei der Kollisionskurs gegenüber Großbritannien in Kauf genommen wird. Auch Bismarcks »Draht nach Petersburg« wird unterbrochen: Der »Rückversicherungsvertrag« von 1887 wird 1890 nicht mehr verlängert. Die Folge dieser Politik ist die französisch-russische Annäherung. Das Reich überschätzt seine Stärke.

Im Wettlauf der imperialistischen Staaten um die Aufteilung der Welt fordert Wilhelm II. für Deutschland einen »Platz an der Sonne«. Die Versuche, das deutsche Kolonialreich zu erweitern, haben jedoch nur geringen Erfolg: zwischen 1897 und 1899 kommen Tsingtau, die Karolinen-Marianen-Palau-Inseln und Teile der Samoa-Inseln als Kolonien hinzu.

Die markigen Reden des Kaisers und die Brutalität der »Expeditionscorps« und »Schutztruppen« bei der Niederschlagung von Aufständen in den Kolonien schaden dem deutschen Ansehen in der Welt.

Auch die Chance der Annäherung an Großbritannien, als sich die britisch-französische Rivalität um den Sudan im Faschoda-Konflikt 1898 zuspitzt, läßt das Reich ungenutzt. Zusätzlich verletzen der Bau der Schlachtflotte und der Bagdad-Bahn britische Interessen. 1904 räumen England und Frankreich ihre Differenzen in der Kolonialpolitik endgültig aus: Sie schließen die Entente Cordiale. Am gemeinsamen Widerstand beider Staaten scheitert das deutsche Bemühen um Marokko. 1907 kommt es schließlich zur russisch-englischen Konvention über die Interessensphären in Asien: das Reich fühlt sich »eingekreist«.

Das Streben der Balkanvölker, ihre Einigung zu Nationalstaaten durch Aufteilung des europäischen Besitzes der 1912 gemeinsam geschlagenen Türkei und auf Kosten Österreich-Ungarns zu vollenden, kollidiert mit den wirtschaftlichen und bündnispolitischen Interessen der europäischen Großmächte. Diese politischen und militärischen Verwicklungen drohen, zur Zündschnur am »Pulverfaß Europas« zu werden *(Kat. Abb. 159).*

Am 28. Juni 1914 wird der österreichische Thronfolger Erzherzog Franz Ferdinand mit seiner Gemahlin von einem serbischen Nationalisten in Sarajewo ermordet. Nun will Wien die serbische Frage endgültig im eigenen Sinne lösen. Voraussetzung dafür ist die Rückendeckung durch den deutschen Bundesgenossen. Die deutsche Diplomatie möchte anders als das Militär einen großen Krieg nach Möglichkeit vermeiden. Auch England will vermitteln, Frankreich ist dagegen durch das Abkommen Poincarés aus dem Jahre 1912 bei Konflikten auf dem Balkan an Rußland gebunden. Es unterstützt daher eine Politik der harten Zurückweisung aller österreichischen Annexionspläne. Mit der russischen Generalmobilmachung am 31. Juli 1914 fallen in Berlin die Würfel für eine militärische Lösung. Der Automatismus der Mobilmachungen hat den Spielraum, den Konflikt mit politischen Mitteln beizulegen, zunichte gemacht *(Kat. Abb. 160).*

Der Erste Weltkrieg

Das deutsch-französische Wettrüsten und die Flottenrivalität mit England sind ebenso Ursachen des Ersten Weltkrieges wie die offensive Balkanpolitik Rußlands und die enge Verknüpfung des Deutschen Reiches mit dem ungewissen Schicksal des österreichischen Vielvölkerstaates. Nicht zuletzt verführt das blinde Vertrauen in die eigene militärische Überlegenheit zu einer Flucht nach vorn. 1917 treten die USA in den Krieg ein. Im

Die Marine=Tabellen
Seiner Majestät des Kaisers Wilhelm.

Verkleinerte Facsimile-Nachbildung der Kaiserlichen Originale.

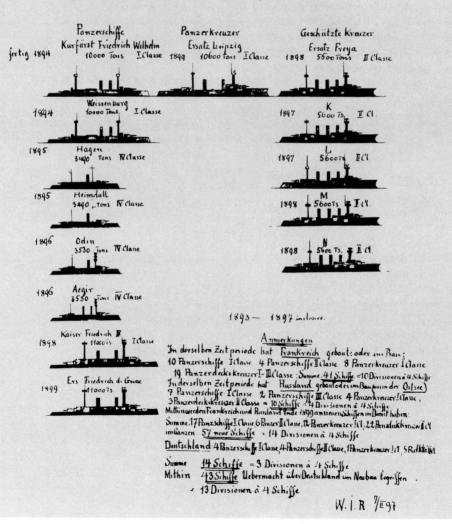

IV/158   Eine von Wilhelm II. gezeichnete Marinetabelle

IV/159 »Der kochende Kessel«, »Punch«-Karikatur aus dem Jahre 1908 zur Balkankrise

Ich bestimme hiermit: Das Deutsche Heer und die Kaiserli-
sche Marine sind nach Maßgabe des Mobilmachungsplans
für das Deutsche Heer und die Kaiserliche Marine kriegs-
bereit aufzustellen.

Der 2. August 1914 wird als erster Mobilmachungstag
festgesetzt. – Berlin, den 1. August 1914

Wilhelm I.R.

Bethmann Hollweg

An den Reichskanzler (Reichs-Marineamt) und den Kriegsminis-
ter.

IV/160   Mobilmachungsbefehl vom 1. August 1914

IV/161 Allgemeine Kriegsbegeisterung Anfang August in Berlin

IV/162 Deutsche Reservisten auf dem Weg zur Westfront, August 1914

gleichen Jahr siegt in Rußland die bolschewistische Revolution.
Damit ist zugleich auch das Ende einer Epoche bürgerlichen
Selbstbewußtseins und europäischer Weltherrschaft markiert.
Die Niederlage des Deutschen Reiches ist zugleich eine Niederlage seiner konservativen Führungsschicht. Der Kampf um eine
innere Neugestaltung im Sinne einer sozialen Demokratie beginnt unter der Bürde des Friedensdiktats von Versailles.
Die Kriegserklärung ruft zunächst überall Begeisterung hervor
(Kat. Abb. 161, 162). Nur wenige mahnen. Die Parteien schließen einen »Burgfrieden«. Scheinbar geeint steht die Nation
hinter der Devise eines gerechten Verteidigungskrieges. Auch
die Sozialdemokratie bewilligt die Kriegskredite.
Mit dem Überfall auf Belgien wird im Westen der Bewegungs-
krieg eröffnet. Doch schon im Herbst kommt der deutsche Vor-
marsch in der Schlacht an der Marne zum Stehen. Der jahrelan-
ge Stellungskrieg vor Verdun, in Nordfrankreich und in Flan-
dern fordert den furchtbaren Blutzoll von Millionen Soldaten.
Der 8. August 1918 wird zum »schwarzen Tag« des deutschen
Heeres: alliierte Panzer durchbrechen die Front bei Amiens. Der
Rückzug in die Verteidigungslinien der »Siegfriedstellung« beginnt. Die Hoffnung auf einen Sieg im Westen ist längst von der
Gefahr eines totalen Zusammenbruchs der Front abgelöst worden.
Im Osten ist das Reich zunächst militärisch in der Defensive. Im
August 1914 wird Ostpreußen von der »russischen Dampfwal-
ze« bedroht. Diese Gefahr wird jedoch von General von Hindenburg in den Kesselschlachten von Tannenberg und an den
Masurischen Seen gebannt. Nach anfänglichen Erfolgen scheitern auch die russischen Offensiven in den Karpaten unter
hohen Verlusten. Deutsch-österreichische Gegenoffensiven unter General von Mackensen bringen das Zarenreich an den
Rand des Zusammenbruchs. Im russischen Heer fällt die Agitation der Revolutionäre auf fruchtbaren Boden. 1917 gestattet
die Oberste Heeresleitung Lenin, dem Führer der Bolschewiki,
die Durchreise durch Deutschland in einem Eisenbahnwagen.
Im März 1918 müssen sich die in der Oktoberrevolution erfolgreichen Bolschewiken dem Friedensdiktat von Brest-Litowsk
beugen. Rußland verliert seine westlichen Provinzen; die Ukrai-
ne wird selbständig. Reparationen werden durch den deutschen
»Eisenbahn-Vormarsch« erpreßt, obwohl im Westen Truppen
dringend gebraucht werden. Die dritte Oberste Heeresleitung
unter Hindenburg und Ludendorff hat mit der »großen Ostlö-

sung« einen fragwürdigen Sieg über die politische Führung davongetragen.

Im Dezember 1916 sucht das Reich erstmals um Friedensverhandlungen nach. Die Alliierten lehnen jedoch ab. Dadurch erhalten jene Kräfte Auftrieb, die einen Sieg um jeden Preis anstreben und sich gleichzeitig im Innern die Abwehr demokratischer »Aufweichung« zum Ziel gesetzt haben. Reichskanzler von Bethmann Hollweg wird entlassen. Sein Nachfolger Michaelis steht ganz unter dem Einfluß der Obersten Heeresleitung (OHL). Hindenburg und Ludendorff haben jetzt nicht nur die militärische, sondern de facto auch die politische Führung inne.

1917 bilden SPD, Zentrum und Fortschrittliche Volkspartei den »Interfraktionellen Ausschuß« des Reichstages. Sein Ziel: die Einführung der parlamentarischen Monarchie und ein Verständigungsfrieden ohne Sieger und Besiegte. Dieses Programm wird zur Grundlage der Friedensresolution des Reichstages vom Juli 1917.

Einem Teil der SPD-Abgeordneten gehen die Vorstellungen des Interfraktionellen Ausschusses nicht weit genug. Sie verweigern als entschiedene Kriegsgegner weiteren Kriegskrediten ihre Zustimmung und spalten sich 1917 als »Unabhängige Sozialdemokratische Partei« (USPD) von der SPD ab. Formell schließt sich der USPD die »Gruppe Internationale« an, die unter ihren Führern Karl Liebknecht und Rosa Luxemburg seit 1915 unter der Parole »Nieder mit dem Krieg« aktiv gegen die Kriegszielpolitik der Reichstagsmehrheit eintrat. Als »Spartakus-Gruppe« bildet die »Gruppe Internationale« die Keimzelle der späteren Kommunistischen Partei Deutschlands.

Die militärischen und innenpolitischen Spannungen des Jahres 1917 veranlassen Wilhelm II., eine Reform des Dreiklassenwahlrechts in Preußen in Aussicht zu stellen. Zu wirklichen Zugeständnissen im Innern aber ist die Reichsführung unter dem Einfluß der OHL erst bereit, als die militärische Lage aussichtslos geworden ist: In den sogenannten Oktober-Reformen von 1918 wird unter Reichskanzler Prinz Max von Baden der entscheidende Schritt zu einem parlamentarischen Regierungssystem getan – zu spät, wie sich schon bald zeigt.

Das Deutsche Reich nach 1918

Nordschleswig
an Dänemark

durch
Volksabstimmung
bei Deutschland
verblieben

Memelland
an Litauen

Freie
Stadt
Danzig

durch Volksabstimmung
bei Deutschland
verblieben

Ruhrbesetzung

Posen und West-
preußen an
Polen

Eupen-
Malmedy
an
Belgien

besetzte
Rheinlande

durch Volksabstimmung bei
Deutschland verblieben

Saarland
unter
Völker-
bunds-
verwaltg.
und franz.
Besetzung

Ost-Oberschlesien
an Polen

Hultschiner
Ländchen an die
Tschechoslowakei

Elsaß-
Lothringen an
Frankreich

V   Die Weimarer
Republik

Im Herbst 1918, nach vier Jahren Krieg, ist die nationale Begeisterung, die im August 1914 die Deutschen über alle traditionellen Schranken hinweg zu einen schien, der vollständigen Ernüchterung und Erschöpfung gewichen. Die Gewißheit der bevorstehenden militärischen Niederlage reißt alte Gegensätze verstärkt wieder auf. Sie führen schließlich Anfang November zu einem spontanen revolutionären Aufbegehren in weiten Gebieten des Reiches.

Mit der Abdankung Kaiser Wilhelms II. am 9. November 1918 bricht der monarchische Obrigkeitsstaat zusammen. Damit beginnt zugleich die Auseinandersetzung um die Form, in der das Deutsche Reich, 1871 auf der Basis eines gewonnenen Krieges gegründet, nun nach dem verlorenen Krieg weiterbestehen soll. Aufgrund der weitgehenden Diskreditierung der bisherigen militärischen und politischen Führungsschicht sind jetzt die Sozialdemokraten die politisch führende Kraft in Deutschland. Sie streben grundlegende Reformen in Wirtschaft und Gesellschaft an, wollen jedoch gleichzeitig eine Radikalisierung der Revolution nach russischem Vorbild unter allen Umständen verhindern. Zur Abwehr von Angriffen aus dem radikalen revolutionären Lager arbeiten sie mit dem alten Militärapparat und der kaiserlichen Verwaltung zusammen.

Mitten in revolutionären Unruhen finden die Wahlen zu einer verfassunggebenden Nationalversammlung statt, die die Sozialdemokratie als stärkste politische Kraft bestätigen. Mit Friedrich Ebert stellt sie auch den ersten Reichspräsidenten. Die Verfassung vom 11. August 1919 beendet die fast einjährige Übergangsperiode seit dem Rücktritt Wilhelms II. und legt das Fundament der Weimarer Republik. Sie erfüllt die alte liberale Forderung nach einer Demokratie auf parlamentarischer Basis und garantiert damit zugleich den direkten Einfluß der Bevölkerung auf den politischen Entscheidungsprozeß. Vor der Verabschiedung der Verfassung sind jedoch schon bedeutende Entscheidungen gefallen, die die weitere Entwicklung in Deutschland nachhaltig beeinflussen und die politische Atmosphäre zunehmend vergiften. Die Siegermächte diktieren Deutschland im Vertrag von Versailles Gebietsabtrennungen, die die Wirtschaftskraft des Reiches erheblich schwächen. Wiedergutmachungsforderungen bringen finanzille Belastungen, die um so schwerer wiegen, als die deutsche Währung infolge der Verschuldung durch den Krieg stark an Wert eingebüßt hat. Vor allem aber wegen des Kriegsschuldartikels wird der Vertrag in

Deutschland einhellig abgelehnt. Den verantwortlichen Politikern jedoch bleibt keine andere Wahl als die Unterzeichnung. Die nationalistische Rechte, die sich schon mit der Niederlage und der Revolution nicht abgefunden hatte, verbreitet nun die »Dolchstoßlegende« und bezichtigt die Parteien, die 1917 für den Verständigungsfrieden eingetreten waren und jetzt gemeinsam die Regierungsgewalt ausüben, des Verrats an dem »im Felde unbesiegten« Heer. Die rechtsradikale Agitation gipfelt in Putschismus und politischem Mord und provoziert gleichzeitig linksradikale Gegenaktionen. Die Reichstagswahlen von 1920 spiegeln die antirepublikanischen Strömungen, die zudem durch die wirtschaftliche Entwicklung verstärkt werden. Das Reich wälzt die Kosten des verlorenen Krieges auf diejenigen ab, die diesen Krieg durch Anleihen mitfinanziert haben, und entfremdet sich dadurch weite Teile des bürgerlichen Mittelstandes, der durch die Entwertung seiner Ersparnisse seine Existenzgrundlage gefährdet sieht. Reparationen und Ruhrbesetzung treiben die Inflation 1923 auf den Höhepunkt. Bevor mit der »Rentenmark« eine Stabilisierung der Wirtschaft eingeleitet wird, hat eine Umverteilung des Volksvermögens stattgefunden, die das soziale Gefüge der Republik schwer erschüttert.

Die Siegermächte erkennen, daß in Deutschland die wirtschaftlichen Voraussetzungen für eine Erfüllung der alliierten Reparationsforderungen nicht gegeben sind. Eine Welle von Konferenzen und Plänen versucht daher, die Lösung des Reparationsproblems voranzutreiben, das die deutsche Innen- und Außenpolitik jahrelang beherrscht. So schwer die Belastungen aus der Neuregelung der Reparationsfrage auch sind: die Hereinnahme ausländischer Investitionskredite ermöglicht die Modernisierung der deutschen Produktionsstätten und leitet seit 1924 eine Erholung der deutschen Wirtschaft ein, die nicht ohne beruhigende Wirkung auf die soziale und politische Entwicklung bleibt. Reallöhne, Produktions- und Exportzahlen erreichen um 1926 wieder den Vorkriegsstand oder übertreffen ihn. Die relative Prosperität führt zu einem Gefühl des noch einmal Davongekommenseins und zu einem wenn auch partiellen und momentanen Zukunftsoptimismus; beides formt das in der Erinnerung so lebendige, aber trügerische Bild der sogenannten »goldenen zwanziger Jahre«.

Die Erfolge in der Außenpolitik, der Gustav Stresemann in seinen sechs Amtsjahren eine für die Verhältnisse der Weimarer Republik einzigartige Kontinuität verleiht, stärken die Stellung des Reiches, mildern die Folgen des verlorenen Krieges und brechen die Isolierung auf, in die Deutschland nach dem Kriege geraten war. Internationale Verträge, die Räumung besetzter Gebiete, erneute Reparationserleichterungen und Fortschritte in Richtung auf die Gleichberechtigung Deutschlands sind Stationen auf dem Wege zur Revision des Versailler Vertrages. Innenpolitisch erinnern der Streit des Reiches mit den Fürsten, das Verhalten der Justiz und die Auseinandersetzungen mit der Reichswehr daran, daß die Kontinuität der obrigkeitsstaatlichen Kräfte noch nicht gebrochen ist. Symbol dieser der Republik eher ablehnend gegenüberstehenden Kräfte ist der kaisertreue Generalfeldmarschall v. Hindenburg, den die Mehrheit des deutschen Volkes nach dem Tode Friedrich Eberts 1925 zum zweiten Reichspräsidenten wählt – ein Amt, das die republikanische Verfassung mit erheblicher Macht ausgestattet hat.

Mit der 1929 einsetzenden Weltwirtschaftskrise ändert sich die politische Szene in Deutschland grundlegend. Die Krise beendet die Phase der Konsolidierung und führt zu einer fortschreitenden politischen Radikalisierung und Polarisierung, die allmählich auch die demokratischen Institutionen lähmt. Ausländisches Kapital, meist kurzfristig gewährt, wird abgezogen. Die Industrie versucht, die Löhne zu drücken, um weiter konkurrenzfähig zu bleiben. Bei der wachsenden Zahl der Arbeitslosen ist die traditionelle Form des gewerkschaftlichen Kampfes, der Streik, eine stumpfe Waffe. Die radikalen Parteien auf der Linken und Rechten, die die parlamentarische Ordnung schon immer abgelehnt haben, sehen sich plötzlich in der Lage, eine stabile demokratische Mehrheitsbildung zu blockieren, da sich die bürgerlich-demokratischen Parteien zersplittern und ständig an Anhängern verlieren. Die Krise der Parteien wird zu einer Krise des Parlaments und damit zu einer Staatskrise. Seit März 1930 gibt es keine die Republik tragende parlamentarische Mehrheit mehr. Der Reichskanzler regiert mit einem System von Notverordnungen, die ihn vom Parlament unabhängig machen. In dieser Situation wird der Reichspräsident mehr und mehr zu einer politischen Schlüsselfigur. Die Fülle seiner sich aus der Verfassung herleitenden Rechte läßt ihn zur dominierenden Figur gegenüber dem Parlament werden, in dem Mehrheitsbeschlüsse nicht mehr zustande kommen. Die politischen Entscheidungen verlagern sich von der Volksvertretung ins Vorzimmer des Reichspräsidenten. Angesichts der Schwäche des Parlaments und der Abhängigkeit des Kanzlers allein vom Vertrauen des Präsidenten nähert sich das Weimarer System der vorrepublikanischen Regierungspraxis während der Kaiserzeit. Die demokratischen Errungenschaften der Revolution von 1918/19 haben mit der weitgehenden Ausschaltung des Parlaments ihre politische Basis verloren. Zwar finden noch demokratische Wahlen statt, ihre Ergebnisse stärken aber zunehmend gerade die antidemokratischen Parteien und höhlen damit das parlamentarische System weiter aus. Enttäuscht wenden sich weite – und entscheidende – Kreise der Bevölkerung von der parlamentarischen Staatsform ab und setzen auf eine autoritäre Lösung der sozialen und politischen Konflikte. Während sich Kommunisten und Sozialdemokraten erbittert bekämpfen und die Republik zusätzlich unter verstärkten Druck der äußersten Linken gerät, kommt auf der Rechten ein politisches Zweckbündnis zustande, das die »Berufung einer wirklichen Nationalregierung« durch den Reichspräsidenten zum Ziel hat. Die Wiederwahl Hindenburgs zum Reichspräsidenten im Frühjahr 1932 ebnet der mittlerweile von der Mehrheit des deutschen Volkes befürworteten Lösung der Krise den Weg. Zwei Jahre Erfahrung mit der Praxis eines antiparlamentarischen Präsidialkabinetts eröffnen nicht die Aussicht auf die Rückkehr zu einer Regierungsform »im Geiste der Verfassung«, sondern fördern im Gegenteil die Bereitschaft des Reichspräsidenten, nach zwei weiteren vergeblichen Versuchen mit Präsidialkabinetten dem Mann »sein Vertrauen zu schenken«, der sich seit Jahren als der radikalste Antirepublikaner und Antiparlamentarier einen Namen gemacht hatte und außerdem über eine Massenbasis verfügt: Adolf Hitler, Führer der Nationalsozialistischen Deutschen Arbeiterpartei.

1. Die Revolution von 1918/19 und der Weg in die Republik

Zu einer wirklichen politischen und gesellschaftlichen Durchsetzung des demokratischen Gedankens ist es auch in der Revolution 1918/19 nicht gekommen. Zwar wird das bisherige System der konstitutionellen Monarchie mit stark obrigkeitsstaatlichen Zügen durch die parlamentarische Demokratie ersetzt. Weitergehende Vorstellungen von einer tiefgreifenden Umgestaltung von Staat, Wirtschaft und Gesellschaft im demokratischen Sinne vermögen sich jedoch nur sehr begrenzt durchzusetzen. Der Historiker Friedrich Meineke bilanziert im Frühjahr 1919: Bisher ist »keine völlige Revolution der Staats- und Gesellschaftsordnung bei uns erfolgt«.

Die Siegeshoffnungen, die sich noch einmal mit der deutschen Offensive vom März 1918 verbinden, werden durch die alliierte Gegenoffensive zerstört. Ende September 1918 muß die Oberste Heeresleitung eingestehen, daß der Krieg, der Deutschland die Vorherrschaft in Europa bringen sollte, verloren ist und daß nur ein umgehendes Ende der Kampfhandlungen den völligen militärischen Zusammenbruch verhindern kann. Politisch wird das deutsche Waffenstillstandsgesuch von einer Reform der Reichsverfassung und des Wahlrechts begleitet. Anfang Oktober 1918 bildet der neue Reichskanzler Prinz Max von Baden sein Kabinett in enger Bindung an die Mehrheitsparteien des Reichstages. Deren langjährige Bemühungen um eine Parlamentarisierung der Reichsexekutive sind damit von Erfolg gekrönt.

Wilhelm II. und die militärische Führung sind allerdings keineswegs bereit, sich der neuen parlamentarisch getragenen Reichsregierung unterzuordnen. So spitzt sich binnen weniger Tage die innere Krisensituation dramatisch zu. Ausgehend von den Seehäfen breitet sich die revolutionäre Bewegung über ganz Deutschland aus *(Kat. Abb. 163, 164)*. In vielen Städten übernehmen spontan gebildete Arbeiter- und Soldatenräte die politische und militärische Gewalt. Der Ruf nach Abdankung des Kaisers wird immer lauter.

Am 9. November 1918 erreicht die revolutionäre Welle Berlin. Reichskanzler Max von Baden setzt die Abdankung Wilhelms II. durch und übergibt sein Amt an den Sozialdemokraten Friedrich Ebert *(Kat. Abb. 165)*. Doch die Ereignisse überstürzen sich. Von einem Fenster des Reichstagsgebäudes ruft

V/163 Meuterei der Flotte in Wilhelmshaven, Anfang November 1918

V/164 Demonstration in Berlin am 9. November 1918

2. Extraausgabe   Sonnabend, den 9. November 1918.

Vorwärts

Berliner Volksblatt.
Zentralorgan der sozialdemokratischen Partei Deutschlands.

Der Kaiser hat abgedankt!

Der Reichskanzler hat folgenden Erlaß herausgegeben:

Seine Majestät der Kaiser und König haben sich entschlossen, dem Throne zu entsagen.

Der Reichskanzler bleibt noch so lange im Amte, bis die mit der Abdankung Seiner Majestät, dem Thronverzichte Seiner Kaiserlichen und Königlichen Hoheit des Kronprinzen des Deutschen Reichs und von Preußen und der Einsetzung der Regentschaft verbundenen Fragen geregelt sind. Er beabsichtigt, dem Regenten die Ernennung des Abgeordneten Ebert zum Reichskanzler und die Vorlage eines Gesetzentwurfs wegen der Ausschreibung allgemeiner Wahlen für eine verfassunggebende deutsche Nationalversammlung vorzuschlagen, der es obliegen würde, die künftige Staatsform des deutschen Volk, einschließlich der Volksteile, die ihren Eintritt in die Reichsgrenzen wünschen sollten, endgültig festzustellen.

Berlin, den 9. November 1918. **Der Reichskanzler.**
Prinz Max von Baden.

Es wird nicht geschossen!

Der Reichskanzler hat angeordnet, daß seitens des Militärs von der Waffe kein Gebrauch gemacht werde.

Parteigenossen! Arbeiter! Soldaten!

Soeben sind das Alexanderregiment und die vierten Jäger geschlossen zum Volke übergegangen. Der sozialdemokratische Reichstagsabgeordnete Wels u. a. haben zu den Truppen gesprochen. Offiziere haben sich den Soldaten angeschlossen.

Der sozialdemokratische Arbeiter- und Soldatenrat.

Eberts Parteifreund Philipp Scheidemann die »Deutsche
Republik« aus *(Kat. Abb. 166)*. Der Führer des Spartakusbundes, Karl Liebknecht, proklamiert wenig später vor dem Schloß
die »freie sozialistische Republik«. Damit beginnt die Auseinandersetzung um die innere Gestalt der neuen Republik.
Die Berliner Arbeiter- und Soldatenräte übertragen einem pari-
tätisch aus Mehrheitssozialdemokraten und Unabhängigen
Sozialdemokraten gebildeten »Rat der Volksbeauftragten« die
Regierungsgewalt *(Kat. Abb. 166)*. Dieses »Mandat der Revolution« nehmen die Sozialdemokraten an, um ihre Stellung als
politisch führende Kraft in Deutschland zu sichern. Zugleich
sieht die SPD-Führung um Ebert ihre vordringliche Aufgabe
darin, »das deutsche Volk vor Bürgerkrieg und Hungersnot zu
bewahren«. Sie glaubt die Folgen des verlorenen Krieges nur
gemeinsam mit der kaiserlichen Bürokratie und den Militärs
bewältigen zu können. Diese Zusammenarbeit und Vereinbarungen mit den Länderregierungen formen die politische Ordnung der Republik schon weitgehend vor. Eine ebenso wichtige Vorentscheidung fällt am 15. November mit dem Stinnes-
Legien-Abkommen im wirtschaftlichen Bereich: Die Industrie,
vertreten durch den Ruhrindustriellen Hugo Stinnes, erkennt
die Gewerkschaften als Tarifpartner an; der Vorsitzende der
Freien Gewerkschaften, Carl Legien, verzichtet dafür im
Namen seiner Organisation weitgehend auf Sozialisierungsfor-
derungen.
Nach dem Willen der Linken sollen einschneidende Reformen
in Wirtschaft und Gesellschaft die revolutionären sozialistischen Errungenschaften sichern. Erst danach sollen Wahlen
zu einer Nationalversammlung folgen; radikale Kräfte denken
sogar an eine reine Räterepublik *(Kat. Abb. 172)*. Dagegen
stehen die Sozialdemokraten entschieden auf dem Boden der
parlamentarischen Demokratie. Die politische und gesellschaftliche Neuordnung soll ganz in den Händen einer gewählten Nationalversammlung liegen. Für diesen Kurs kann die
SPD Mitte Dezember 1918 auf dem Reichskongreß der Arbei-
ter- und Soldatenräte eine klare Mehrheit gewinnen *(Kat. Abb.
171)*.
Grundlegende Differenzen vor allem in der Militärpolitik führen
am 28. Dezember 1918 zum Austritt der USPD-Vertreter aus
dem Rat der Volksbeauftragten. Die linksradikalen, im Spartakusbund organisierten Kräfte entfesseln im Januar 1919 in
Berlin einen Aufstand, den die Regierung durch Freikorps

blutig niederschlagen läßt *(Kat. Abb. 169, 170).* Die Truppen,
mit denen die SPD-Führung die parlamentarische Republik
schützen will, sind jedoch selbst antidemokratisch. Mit der
Ermordung von Rosa Luxemburg und Karl Liebknecht durch
Freikorpssoldaten am 15. Januar 1919 beginnt die lange Kette
politischer Morde, die auf das Konto der äußeren Rechten
gehen.
Aus den Wahlen zur Nationalversammlung am 19. Januar
1919, an denen erstmals auch Frauen teilnehmen können,
gehen die Sozialdemokraten als stärkste Partei hervor, erreichen aber nicht die absolute Mehrheit *(Kat. Abb. 173, 174).* Sie
sind in der wegen der Unruhen in Berlin nach Weimar einberu-
fenen verfassunggebenden Versammlung auf die Zusammenarbeit mit den bürgerlich-demokratischen Parteien angewie-
sen. Zusammen mit dem Zentrum und der Deutschen Demokratischen Partei bildet die SPD die sogenannte Weimarer
Koalition, die sich auf eine Dreiviertelmehrheit stützen kann.
Friedrich Ebert wird der erste Präsident der neuen Republik.

Die Verfassung *(s. Verfassungsschaubild im Anhang)*

Die von dem neuen Staatssekretär des Innern, dem Linkslibe-
ralen Hugo Preuß, entworfene Verfassung der Weimarer
Republik knüpft in vielem an die liberale und demokratische
Tradition des Jahres 1848 an. Das zentrale politische Organ ist
nun der Reichstag: An sein Vertrauen ist die Regierung gebunden, seine Entscheidung in der Gesetzgebung wird durch den
Reichsrat, die Ländervertretung, kaum mehr beschränkt. Als
Gegengewicht steht dem Parlament jedoch der Reichspräsident gegenüber: Er ernennt die Regierung und kann den
Reichstag auflösen; vor allem gibt ihm der Artikel 48 weitgehende Befugnisse in Ausnahmesituationen. Das reine Verhält-
niswahlrecht fördert die Zersplitterung der Parteien. Die bundesstaatliche Verfassung und auch die starke Stellung Preußens bleiben zwar – entgegen den Neuordnungsplänen von
Preuß – erhalten. Doch gewinnt das Reich, insbesondere durch
die Erzbergersche Finanzreform, zusätzlich an Gewicht. Die
deutsche Einheit in der 1871 gefundenen Form wird auch nach
der Niederlage von keiner entscheidenden Gruppe des deutschen Volkes in Frage gestellt.
Die Verfassung der Weimarer Republik weist den Weg zu einer

Die Gründung der deutschen Republik.

V/166   Der erste Rat der Volksbeauftragten und die Ausrufung der Republik

V/167 Revolutionäre Soldaten am Brandenburger Tor, November 1918

V/168 Regierungstruppen im Einsatz, Dezember 1918

V/169   Posten der Regierungstruppen während des Spartakusaufstandes, Januar 1919

V/170   Kämpfende Spartakisten im Zeitungsviertel

V/171 Aufruf zur Wahl der Nationalversammlung am 19. Januar 1919

V/172 Demonstration gegen die Wahl zur Nationalversammlung

demokratischen Gesellschaftsordnung. Sozialstaatliche Vorstellungen der Sozialdemokratie fließen in sie ein. Aber die
Widersprüche zwischen der demokratischen Verfassung und
einer sozialen Wirklichkeit, die weit hinter den Zielen der Verfassung zurückbleibt, belasten die junge Republik.

Die Parteien

Mit der Revolution von 1918/19 und der Verabschiedung der
Weimarer Verfassung rücken die Parteien in das Zentrum der
politischen Macht. Trotz mancher Neuansätze bleibt jedoch
eine durchgängige Anpassung der ganz durch das politische
System des Kaiserreichs geprägten Parteien an die Erfordernisse der neuen parlamentarisch-demokratischen Ordnung
aus. Auch nach 1918 verstehen sich die Parteien in erster Linie
als Vertreter relativ fest umrissener sozialer Gruppen und
Anhängerschaften. Sie scheuen die Regierungsverantwortung
und sind mit Blick auf die Interessen ihrer Klientel häufig nicht
in der Lage, Kompromisse einzugehen und stabile Mehrheiten
zu bilden. So geht die anfänglich breite Mehrheit der »Weimarer Koalition« aus Sozialdemokraten, Zentrum und Linksliberalen bereits in der ersten Reichstagswahl vom Juni 1920 verloren. Die Regierungsverantwortung liegt danach überwiegend
in der Hand politisch instabiler bürgerlicher Minderheitskabi-
nette. Schon lange vor der tiefgreifenden Krise der frühen
dreißiger Jahre beginnen sich die politischen Gewichte von
den Parteien und dem Parlament weg zur Exekutive und
insbesondere zum Reichspräsidenten zu verlagern. Die Unfähigkeit der Parteien zur demokratischen Mehrheitsbildung
schafft jenen Freiraum, in den schließlich die autoritären und
antidemokratischen Kräfte vorstoßen können.
Die seit 1917 in der Unabhängigen Sozialdemokratischen Partei (USPD) organisierte Linke tritt bereits innerlich gespalten in
die Weimarer Republik ein. Während die Mehrheit der Partei
einen Kurs sozialistischer Reformen in Zusammenarbeit mit
der SPD befürwortet, tendiert der linke Flügel eher zum radikal-
sozialistischen Programm des Spartakusbundes. Nach dem
Scheitern der Kooperation mit der SPD radikalisiert sich die
USPD zunehmend und bricht schließlich 1920 auseinander.
Erst jetzt steigt die aus dem Spartakusbund hervorgegangene
KPD zu einer Massenpartei der Arbeiterschaft auf. Auch nach

V/173 Eröffnungsrede Friedrich Eberts in der Nationalversammlung in Weimar, Februar 1919

V/174 Die ersten weiblichen Volksvertreterinnen

der Aufgabe ihrer Putschtaktik seit 1923 steuern die Kommunisten einen kompromißlosen Oppositions- und Obstruktionskurs gegen die Weimarer Republik und tragen ihren Teil zu der nach 1929 immer breiter werdenden antidemokratischen Mehrheit bei.

Der Sozialdemokratie, der bisherigen Opposition, fällt mit der Revolution von 1918/19 die politische Führungsrolle in Deutschland zu. Die SPD nutzt sie – bewußt im Bündnis mit den bürgerlichen Parteien – für die Begründung einer parlamentarisch-demokratischen Republik. Die Partei bleibt auch bis 1932 die stärkste politische Gruppierung, doch scheitern alle Versuche ihrer Führung, die Grenzen des stark an die Arbeiterschaft gebundenen sozialen Einzugsbereichs zu überwinden und die SPD zu einer »linken Volkspartei« umzuformen. Die Sozialdemokraten geraten vielmehr zunehmend in einen Konflikt zwischen ideologischer Grundsatztreue und den Erfordernissen der Regierungsverantwortung. Dieses gerade auch innerparteiliche Ringen zwingt die SPD häufig in die Defensive und hindert sie nicht selten – trotz ihrer Bedeutung für wichtige innen- und außenpolitische Entscheidungen – an der aktiven Einflußnahme auf den politischen Kurs der Republik.

Das Zentrum konstituiert sich 1918/19 nach dem Scheitern anfänglicher Bemühungen um eine überkonfessionelle Parteibildung erneut als katholische Weltanschauungspartei. Sein sozialer Einzugsbereich umfaßt ein breites Spektrum vom adeligen Großgrundbesitzer bis zum christlichen Gewerkschaftler. Während in der Bayerischen Volkspartei die Anhänger einer monarchischen Restauration dominieren, trägt die Mehrheit des Zentrums – wenngleich oft nicht ohne innere Vorbehalte – die parlamentarisch-demokratische Republik mit. Von 1919 bis 1932 ist das Zentrum als wichtige ausgleichende Kraft an allen Reichsregierungen beteiligt und stellt mehrfach den Kanzler. Unter dem 1928 neugewählten Parteivorsitzenden Kaas und insbesondere während der Kanzlerschaft Brünings setzt sich jedoch die konservativere Richtung auch hier stärker durch. Die Bereitschaft und Fähigkeit des Zentrums zur Zusammenarbeit mit der Sozialdemokratie geht mehr und mehr zurück.

Bei den Liberalen erneuert sich 1918/19 die Spaltung in zwei Parteien. Die zunächst deutlich stärkere Kraft ist die linksliberale Deutsche Demokratische Partei, die – besonders auf verfassungspolitischem Gebiet – die Republik mit herauführt und nachhaltig unterstützt. Doch bereits 1920 verliert die DDP einen großen Teil ihrer Wählerschaft an die nationalliberale Deutsche Volkspartei, die von Gustav Stresemann erst allmählich auf den Boden der Weimarer Verfassung und in die Regierungsverantwortung geführt wird. Längerfristig vermögen jedoch beide liberalen Parteien nicht mehr, breitere bürgerliche Wählerschichten dauerhaft an sich zu binden. Die tiefgreifende Krise des Liberalismus manifestiert sich in der Weimarer Zeit in ständig sich verschärfenden Stimmenverlusten von DDP und DVP, die besonders nach 1930 zu bloßen Splitterparteien herabsinken.

Als Nachfolgeorganisation der beiden konservativen Parteien des Kaiserreichs formiert sich im Dezember 1918 die Deutschnationale Volkspartei. Sie bekennt sich zur monarchischen Staatsform und vertritt besonders die Interessen der Landwirtschaft und der Schwerindustrie. Die Politik der DNVP schwankt lange zwischen grundsätzlicher Opposition gegen die Weimarer Ordnung und der Bereitschaft zu begrenzter Mitarbeit. Die Regierungsbeteiligung der DNVP 1925 und 1927 bleibt innerparteilich heftig umstritten. In diesem Ringen setzt sich 1928 der rechte Parteiflügel unter Alfred Hugenberg endgültig durch. Die DNVP wird unter seiner Führung wieder auf einen entschiedenen Kurs gegen die Republik festgelegt und schließlich in die Zusammenarbeit mit den Nationalsozialisten geführt.

Anknüpfend an ältere völkisch-antisemitische Organisationen und an die Freikorps der Revolutionszeit organisiert sich 1921/22 der militante Rechtsextremismus in einer Vielzahl von Geheimbünden und Parteien, darunter der NSDAP Adolf Hitlers. Zahlreiche politische Morde, Gewaltakte und Putschversuche gehen auf das Konto der äußersten Rechten. Die politische Resonanz bei der Wählerschaft bleibt jedoch – von einzelnen Teilerfolgen abgesehen – lange Zeit relativ gering. Erst in der schweren wirtschaftlich-sozialen und politischen Krise nach 1929 erweist sich die seit 1925 straff durchorganisierte NSDAP als das große Sammelbecken für alle Gegner des demokratischen Systems und alle Opfer der wirtschaftlichen Krisensituation.

Der Versailler Vertrag und seine innenpolitischen Folgen

Im Vertrag von Versailles diktieren die Siegermächte Gebietsabtretungen Deutschlands und seine weitgehende Entwaffnung *(Kat. Abb. 175)*. Wiedergutmachungsforderungen werden mit der Alleinschuld Deutschlands am Kriege begründet,
die von deutscher Seite entschieden bestritten wird. Die Einheit Deutschlands wird jedoch nicht angetastet. Allerdings wird
den Deutschen in Österreich ein Anschluß an das Reich aus
sicherheitspolitischen Erwägungen untersagt und ihnen damit
das Selbstbestimmungsrecht in dieser Hinsicht vorenthalten.
In Deutschland stößt der Versailler Vertrag auf einhellige
Ablehnung *(Kat. Abb. 176)*. Die demokratischen Politiker, die
ihn widerstrebend und unter dem Zwang der Umstände unter-
schrieben haben, sehen sich heftigsten Verleumdungskam-
pagnen ausgesetzt.
Gerade aus der Agitation gegen den Versailler Vertrag, gegen
»Erfüllungspolitiker« und »Novemberverbrecher« zieht die
äußerste Rechte ihre politische Kraft. Am 13. März 1920
kommt es in Berlin zum rechtsradikalen Kapp-Putsch *(Kat.
Abb. 177)*. Die Aufrührer wollen den parlamentarisch-demokratischen Staat beseitigen und die monarchische Ordnung wiederherstellen. Die Reichswehr weigert sich, den Aufstand mit
Waffengewalt niederzuwerfen. Reichsregierung und Reichstag
müssen nach Dresden und Stuttgart fliehen. SPD und Gewerkschaften rufen den Generalstreik aus *(Kat. Abb. 178)*. Daraufhin bricht der Putsch nach wenigen Tagen zusammen. Sein
Scheitern wird jedoch nicht zu einer durchgreifenden Stabilisierung der demokratischen Ordnung genutzt.
Die innenpolitische Radikalisierung, die schweren wirtschaftlichen und sozialen Probleme als Folge des Krieges und die
ausweglose außenpolitische Situation Deutschlands finden
ihren Niederschlag in der Reichstagswahl am 6. Juni 1920. Die
Flügelparteien auf der Rechten und Linken können erhebliche
Stimmengewinne verbuchen. Die Weimarer Koalition verliert
fast 40% ihrer Sitze und damit die Mehrheit, die sie bis zum
Untergang der Weimarer Republik im Jahre 1933 nicht mehr
zurückzugewinnen vermag. Es beginnen Jahre politischer
Instabilität mit rasch einander abwechselnden Minderheitska-
binetten.

Die deutsche Friedensdelegation

Prof. Schücking   Giesberts   Landsberg   Brockdorff-Rantzau   Leinert   Dr. Melch

V/175   Die deutsche Verhandlungsdelegation vor der Abreise nach Versailles, 1919

Nieder mit dem Gewaltfrieden!

V/176   Demonstration in Berlin gegen den Versailler Vertrag

2. Das Krisenjahr 1923

Wie in einem Brennspiegel lassen sich in der Geschichte des
Jahres 1923 nahezu alle außen- und innenpolitischen, wirtschaftlichen und sozialen Probleme fassen, die die Begründung und Stabilisierung einer demokratischen Ordnung in
Deutschland nach 1918 so erschwert haben.
Am Jahresanfang steht der Einmarsch französischer und belgi-
scher Truppen in das Ruhrgebiet, das industrielle Herzstück
des Deutschen Reiches *(Kat. Abb. 179)*. Die Besatzungstrup-
pen sollen die französischen Reparationsansprüche, insbesondere auf die Ruhrkohle, durchsetzen und das Ruhrgebiet
als politisches Faustpfand sichern. In Deutschland löst die
Ruhrbesetzung eine Welle der nationalen Empörung aus. Die
Reichsregierung ruft zum passiven Widerstand gegen die
Besatzungsmacht auf *(Kat. Abb. 180)*. Doch die enormen
Kosten der Widerstandsaktionen und der Produktionsausfälle
stürzen die deutsche Wirtschaft in eine finanzielle Katastrophe.
Die als Folge der Kriegsverschuldung und der Reparationsver-
pflichtungen ohnehin schon galoppierende Inflation geht nun in
die Hyperinflation über. Binnen weniger Monate verliert die
deutsche Währung nahezu jeden Wert *(Kat. Abb. 181, 182)*.
Die zugespitzte politische Situation, die zunehmende Gewalt
von beiden Seiten im Ruhrkampf, die wirtschaftliche und
soziale Not im Gefolge der Inflation sind zugleich ein idealer
Nährboden für extremistische Gruppen verschiedenster Richtung. Unterstützt durch die französische Besatzungsmacht versuchen separatistische Zirkel, die Loslösung des Rheinlands
vom übrigen Deutschland zu erreichen. In Mitteldeutschland
und in Hamburg verstärken die Kommunisten ihre Bemühungen, eine revolutionäre Situation zu schaffen. Auf der anderen
Seite entwickelt sich vor allem Bayern zu einem Zentrum
konservativ-reaktionärer und rechtsextremer Aktivitäten. Zeitweise scheint dem Reich sogar die Errichtung einer Militärdik-
tatur zu drohen.
Erst im August führt die Unmöglichkeit, den Ruhrkampf weiter
finanzieren zu können, zu einer Neuorientierung der Reichspolitik. Unter dem DVP-Politiker Gustav Stresemann wird eine
Große Koalition aus SPD, DDP, Zentrum und DVP gebildet,
der es mit energischen Schritten gelingt, die akute Krisensituation zu überwinden: Am 26. September 1923 setzt Stresemann
zunächst gegen starken Widerstand gerade auch in seiner

eigenen Partei den bedingungslosen Abbruch des Ruhrkampfs durch. Vor dem Reichstag wehrt er sich zehn Tage später gegen den Verratsvorwurf der »nationalen« Rechten: »Der Mut, die Aufgabe des passiven Widerstandes verantwortlich auf sich zu nehmen, ist vielleicht mehr national als die Phrasen, mit denen dagegen angekämpft wurde.« Zugleich werden durchgreifende Maßnahmen zur Sanierung der deutschen Währung eingeleitet *(Kat. Abb. 185)*. In Sachsen marschieren Einheiten der Reichswehr ein, die dortige Volksfrontregierung wird ihres Amtes enthoben *(Kat. Abb. 183)*. Weniger energisch wird allerdings gegen die antirepublikanischen Tendenzen von rechts in Bayern vorgegangen, doch stabilisiert sich, nachdem der Hitler-Putsch am 9. November 1923 schnell gescheitert ist, auch hier die Lage in den folgenden Monaten *(Kat. Abb. 184)*.

Wie durch ein Wunder behauptet sich die Republik in der Zerreißprobe des Herbstes 1923. Die akute Putschgefahr von links und rechts wird gebannt, eine Zeit der Stabilisierung beginnt. Doch bleiben die antidemokratischen Vorbehalte gegen die Republik in weiten Kreisen der Bevölkerung wie auch in Bürokratie, Justiz und Militär sehr groß. Vor allem aber verlieren erhebliche Teile des Mittelstandes aufgrund des traumatischen Erlebnisses der Inflation ihr Vertrauen in die republikanische Ordnung.

3. Rapallo und Locarno

Die Außenpolitik der Weimarer Republik wird in den zwanziger Jahren entscheidend von Gustav Stresemann geprägt. Sechs Jahre lang, von 1923 bis 1929, steht er in sieben verschiedenen Kabinetten an der Spitze des Auswärtigen Amtes. Ziel seiner Außenpolitik ist die Wiedergewinnung der deutschen Vormachtstellung in Mitteleuropa unter den Bedingungen der durch den Krieg geschaffenen neuen Situation. Mittel dieser Politik ist die Verständigung mit den Westmächten, vor allem mit Frankreich, bei gleichzeitigem Bemühen, die territorialen Bestimmungen des Versailler Vertrages im Osten zu revidieren.
Der Versailler Vertrag und das Reparationsproblem markieren den Rahmen, in dem sich die Außenpolitik der Weimarer Republik bewegt. 1921 muß Deutschland nach ultimativen Drohungen der Alliierten einer Kriegsentschädigung von 132

V/177   Kapp-Soldaten mit der kaiserlichen Kriegsflagge in Berlin, März 1920

V/178   Der Potsdamer Platz während des Generalstreiks, März 1920

V/179   Besetzung des Ruhrgebiets durch französische Truppen im Januar 1923

V/180   Sabotageaktionen im Ruhrgebiet während der französischen Besetzung

V/181　Lohngeldtransport einer Berliner Firma auf dem Höhepunkt der Inflation

V/182　Brotknappheit im Inflationsjahr 1923

V/183   Einmarsch der Reichswehr in Dresden Ende Oktober 1923

V/184   Nationalsozialistischer Stoßtrupp während des Hitler-Putschs am 9. November 1923 in München

V/185 Verkauf von wertlos gewordenen Banknoten als Altpapier 1923

V/186 Verfassungsfeier im Plenarsaal des Reichstags am 11. August 1924

Milliarden Mark zustimmen. Mit einer Politik der strikten »Erfüllung« der alliierten Reparationsforderungen versucht die Reichsregierung, deren Unerfüllbarkeit zu beweisen und eine Revision zu erreichen. Die ausbleibenden deutschen Bemühungen um eine Währungssanierung verstärken jedoch eher das Mißtrauen der Siegermächte. Vor allem Frankreich ist um die Durchsetzung noch weitergehender Forderungen bemüht. Zu den Vorbehalten der Westmächte gegenüber der deutschen Außenpolitik tragen auch die Kontakte bei, die das Deutsche Reich seit 1920 zur jungen Sowjetunion knüpft. Sie führen am 16. April 1922 zur Unterzeichnung des Vertrages von Rapallo, in dem beide Länder wechselseitig auf finanzielle Forderungen verzichten, diplomatische Beziehungen aufnehmen und eine engere wirtschafliche Zusammenarbeit vereinbaren *(Kat. Abb. 189, 190)*. Deutschland durchbricht mit dem Abkommen seine außenpolitische Isolierung und wahrt die Option auf eine Revision der Grenze zu Polen im Osten. Bekräftigt wird diese Politik durch den deutsch-russischen Freundschaftsvertrag, der am 24. April 1926 in Berlin unterzeichnet wird.
Nach der Ruhrbesetzung leitet Gustav Stresemann auch eine Neuorientierung der deutschen Westpolitik ein. Auf dem Wege des Kompromisses und vor allem über eine Aussöhnung mit Frankreich soll Deutschland die internationale Gleichberechtigung zurückgewinnen. Diese Verständigungspolitik findet im Oktober 1925 ihren Höhepunkt in den in Locarno geschlossenen Verträgen *(Kat. Abb. 191)*. In ihnen erkennt das Deutsche Reich den durch Versailles geschaffenen Status quo im Westen an. Die verbesserten Beziehungen zu den Westmächten ermöglichen auch einen schrittweisen Neuanfang in der Reparationspolitik *(Kat. Abb. 194, 195)*. Unter starkem amerikanischem Einfluß werden 1924 mit dem Dawes-Plan und 1929 mit dem Young-Plan wesentlich günstigere Regelungen für die deutschen Zahlungsverpflichtungen geschaffen. Die Rückkehr Deutschlands in den Kreis der führenden europäischen Mächte unterstreicht die Aufnahme in den Völkerbund im September 1926 *(Kat. Abb. 192, 193)*. Im gleichen Jahr werden die Verdienste Stresemanns und des französischen Außenministers Briand um den Frieden in Europa mit der Verleihung des Friedensnobelpreises gewürdigt. Stresemanns Tod im Oktober 1929 ist ein schwerer Verlust für die Republik *(Kat. Abb. 196)*.

V/187 Die Totenfeier für den Reichspräsidenten Friedrich Ebert: Aufbahrung des Sarges am
Potsdamer Bahnhof in Berlin 1925

V/188 Der neue Reichspräsident von Hindenburg, Reichswehrminister Gessler (halb verdeckt)
und General von Seeckt beim Abschreiten einer Ehrenkompanie

V/189   Reichskanzler Wirth und die sowjetische Delegation am 16. April 1922 in Rapallo

V/190   Begrüßung sowjetischer Offiziere durch Reichspräsident Hindenburg

V/191 Die Abschlußkonferenz in Locarno im Oktober 1925

V/192 Die Außenminister Stresemann, Chamberlain und Briand und Staatssekretär Schubert im September 1926 in Genf

V/193   Rede Stresemanns am 10. September 1926 vor dem Völkerbund in Genf

V/194   Feier zur Räumung der 1. Rheinlandzone mit Reichspräsident Hindenburg und dem
        Kölner Oberbürgermeister Adenauer

V/195   Sitzung der internationalen Reparationskommission 1924 in London

V/196   Der Trauerzug für den verstorbenen Außenminister Stresemann am 3.Oktober 1929 vor dem Reichstag

4. Partei und Bewegung

In der Revolution 1918/19 geht die Regierungsverantwortung in Deutschland in die Hände der politischen Parteien über. Die Republik von Weimar ist eine Parteiendemokratie modernen Zuschnitts und doch zugleich ein »Parteienstaat, der keiner sein will« (Hagen Schulze). Sowohl in den Führungsschichten als auch in der breiten Bevölkerung sind erhebliche Vorbehalte gegenüber den Parteien nicht zu übersehen. Dies spiegelt sich nicht zuletzt in der Stellung des Reichspräsidenten und in den politischen Erwartungen, die sich nach 1925 auf Feldmarschall von Hindenburg als eine Art »Ersatzkaiser« richten.

Diese Ressentiments speisen sich zum Teil aus einer traditionellen, durch den Obrigkeitsstaat geprägten Ablehnung der Parteipolitik. Daneben spielt jedoch die materielle und psychische Entwurzelung großer Teile der jüngeren Generation als Folge des Weltkrieges eine besonders wichtige Rolle. Auch wo sich das »Fronterlebnis« nicht in der Zugehörigkeit zu Freikorps oder konservativ-autoritären Kampfbünden wie dem Stahlhelm niederschlägt, resultiert aus ihm vielfach eine tiefe Abneigung gegen die vorgebliche Unfähigkeit, die politische Zerstrittenheit und die scheinbare Erstarrung der Parteien (Kat. Abb. 197).

Der Wunsch nach einem neuen Aufbruch, der Drang nach Veränderung und Bewegung, zugleich aber nach einer festen, weit über das Politische im engeren Sinne hinausgehenden Orientierung nimmt viele Tendenzen wieder auf, die sich bereits seit der Jahrhundertwende in der sogenannten Jugendbewegung niedergeschlagen hatten (Kat. Abb. 198). Die zu dieser Bewegung zählenden Jugendbünde mit dem 1901 gegründeten Wandervogel an der Spitze erleben in den zwanziger Jahren einen neuerlichen Aufschwung. Die von ihnen entwickelten Formen der Freizeitgestaltung und Organisation strahlen auch auf die Jugendorganisationen der demokratischen Parteien aus.

Mit besonderer Intensität wird das neue Prinzip der Bewegung, in der Form der politischen Kampforganisation, von der radikalen Linken und Rechten aufgegriffen (Kat. Abb. 199, 200). Vor allem den Nationalsozialisten gelingt es bereits früh, große Teile der Jugend und der Studentenschaft für ihre Ziele zu gewinnen und in ihren verschiedenen Verbänden straff zu organisieren. Gerade im Unterschied zu den stark an ihre

V/197   Freikorps-Soldaten 1919 in München

V/198   »Wandervögel« bei einem Ausflug in den zwanziger Jahren

V/199   Roter Frontkämpfertag 1926 in Berlin

V/200   Hitlers Stabswache, die Keimzelle der SS, 1925

V/201   Wahlwerbung der Sozialdemokraten zur Reichstagswahl im Dezember 1924

V/202 Aufmarsch des Reichsbanners Schwarz-Rot-Gold 1928 in Berlin

V/203 Polizisten nach einer Saalschlacht in Berlin 1932

traditionellen Anhängerschaften gebundenen Parteien vermag
die NS-Bewegung sehr unterschiedliche soziale Gruppen
anzusprechen und zu integrieren. Das Streben der Jugendbünde nach dem Gemeinschaftserlebnis wird nun in der nationalsozialistischen Ideologie der Volksgemeinschaft politisiert
und instrumentalisiert.
Mit den gegen Ende der Weimarer Republik zunehmenden
Erfolgen von NSDAP und KPD orientieren sich auch die demokratischen Parteien an diesen Organisationsprizipien *(Kat.
Abb. 201)*. Als wichtigste republikanische Schutz- und Kampforganisation formiert sich das Reichsbanner Schwarz-Rot-
Gold *(Kat. Abb. 202)*. Bei allen politischen Parteien prägen
Uniformen mehr und mehr das öffentliche Auftreten. Zugleich
schreitet die allgemeine Militarisierung des politischen Lebens
ständig voran. Blutige Straßen- und Saalschlachten vor allem
zwischen Kommunisten und Nationalsozialisten gehören nach
1930 zum beinahe alltäglichen Erscheinungsbild *(Kat. Abb.
203)*. Am Ende steht 1933 schließlich der Sieg jener politischen
Richtung, die das Prinzip der Bewegung und das neue Verständnis parteipolitischer Organisation am reinsten verkörpert.

5. Die umstrittene Moderne

Deutschland erlebt in den zwanziger Jahren einen großen
Aufschwung des geistigen und künstlerischen Lebens. Die
Wurzeln dieser kulturellen Blüte und der sie tragenden modernen Ideen und Formen reichen zum großen Teil bereits in die
Zeit um die Jahrhundertwende zurück. Jetzt jedoch erlangt die
Entwicklung ihre volle Breitenwirkung, zumal sie sich im Rahmen der neuen demokratischen Verfassung vielfach freier
entfalten kann. Zugleich wird sie in einem bisher nicht gekannten Maß zum Gegenstand der intellektuellen Diskussion und
des politischen Kampfes.
In Literatur und Theater, in der Malerei wie auch in der Bau-
kunst dominieren zunächst noch der Expressionismus und ihm
verwandte Stilrichtungen. Seit etwa 1923 treten dann neue
Kunstformen hinzu, für die bald der Begriff der »Neuen Sach-
lichkeit« geprägt wird. Die auch international nachhaltigste
Wirkung geht von der Architektur der zwanziger Jahre, besonders von den gestalterischen Ideen des »Bauhauses«, aus
(Kat. Abb. 206, 207). Darüber hinaus beginnt sich in rasantem

Tempo eine in dieser Art neue Massenkultur zu entfalten. Dazu tragen sowohl neue, oft stark agitatorisch bestimmte Ansätze in Literatur und Theater bei als auch der außerordentliche Aufschwung der Massenmedien, an dem das Pressewesen einen ebenso großen Anteil hat wie die neuen Medien des Films und des Rundfunks *(Kat. Abb. 204, 205).*

Überhaupt läßt sich in den zwanziger Jahren eine vielgestaltige Veränderung des Lebensgefühls und des Verhaltens beobachten. Im Aufschwung des Sports und des Badens, in der Sexualität oder etwa in der Mode offenbart sich eine freiere Einstellung zum Körper. Auch viele andere althergebrachte Bindungen und Normen verlieren an Wirkungskraft. Dies zeigt sich nicht zuletzt an der gewandelten Rolle der Frau, die jetzt – nicht zuletzt aufgrund der Veränderungen im Laufe des Ersten Weltkriegs – immer häufiger berufstätig ist und mit wachsendem Selbstbewußtsein in der Öffentlichkeit auftritt *(Kat. Abb. 209).*

Im wirtschaftlichen Bereich werden von der weiter voranschreitenden Industrialisierung Deutschlands nun nahezu alle Sektoren und Regionen erfaßt. Dieser Prozeß ist in den zwanziger Jahren zugleich mit starken Rationalisierungstendenzen verknüpft. Die Einführung des Fließbandes in der Produktion oder auch der Schreibmaschine und des Großraumbüros in der Verwaltung beeinflussen nicht nur nachhaltig die Arbeitswelt, sondern schaffen auch erhebliche soziale Probleme. Mehr noch gilt dies für den agrarischen Bereich, das Handwerk und den unter einer zunehmenden Konzentration leidenden Handelssektor, die sich als die großen Verlierer des Industrialisierungs- und Modernisierungsprozesses sehen *(Kat. Abb. 211).*

Aus der sozialen Not oder der Furcht vor dem sozialen Abstieg erwächst eine fundamentale Opposition gegen die Moderne. Diese Kritik ist zugleich unauflöslich verknüpft mit der entschiedenen Abwehr der neuen Lebensformen und Verhaltensweisen

XXI (Abb. nach Seite 264) Bauhaustreppe, Gemälde von Oskar Schlemmer, 1932

und einem oft fanatischen Kampf gegen alle modernen kulturellen und künstlerischen Richtungen. Die Moderne ist in den Jahren der Weimarer Republik in allen ihren Erscheinungsformen zutiefst umstritten – ein Grunddissens, der erheblich zu den ohnehin scharfen politischen Gegensätzen beiträgt.

V/204 Szenenfoto aus dem Film »Der blaue Engel« mit Hans Albers und Marlene Dietrich

V/205 Sitzung der Sektion für Dichtkunst der Akademie der Künste 1929 in Berlin: (v. l. n. r.) Alfred Döblin, Thomas Mann, Ricarda Huch, Bernhard Kellermann, Hermann Stehr, Alfred Mombert, Eduard Stucken

XXII   Friedrich Ebert, Gemälde von Lovis Corinth, 1924

V/206   Das von Walter Gropius gegründete »Bauhaus« in Dessau

V/207   Richtungweisender sozialer Wohnungsbau: die nach Entwürfen von Bruno Taut und Martin Wagner 1925–1927 erbaute Hufeisensiedlung in Berlin-Britz

V/208　Die Revuegirls des Berliner Varietés »Scala« 1929

V/209　Berliner Straßenszene Ende der zwanziger Jahre

V/210   Deutsche Automobil- und Motorradausstellung 1926 in Berlin

V/211   Das neue Kaufhaus Karstadt am Hermannplatz in Berlin-Neukölln 1927

6. Die Weltwirtschaftskrise

Alle Ansätze zu einer weitergehenden und dauerhaften Stabilisierung in Deutschland werden durch die Weltwirtschaftskrise
zerstört. Der Zusammenbruch der New Yorker Börse am
25. Oktober 1929 rückt mit einem Schlag die durchaus schon
vorhandenen Krisensymptome in das allgemeine Bewußtsein
(Kat. Abb. 212). Investitionsrückgang, Produktionsstillegun-
gen, Einkommenskürzungen, Massenarbeitslosigkeit und
Schutzzollpolitik beeinflussen und beschleunigen wechsel-
weise die weltweite wirtschaftliche Talfahrt.
Die Krise trifft in Deutschland auf eine Wirtschaft mit deutlichen
strukturellen Schwächen. Die Landwirtschaft klagt seit Jahren
über sinkende Einkünfte und ist stark überschuldet. Die Modernisierung der Industrie, die rege Bautätigkeit der Städte und
Gemeinden, ja überhaupt der Aufschwung der zwanziger
Jahre sind zu großen Teilen mit kurzfristig angelegtem ausländischem Kapital finanziert worden. Diese Gelder werden nun
angesichts des allgemeinen Finanzmangels schrittweise abgezogen. Eine verheerende Wirkung auf das Vertrauen der ausländischen Kapitalgeber geht dabei gerade auch von den politischen Ereignissen in Deutschland aus, vor allem von den
Wahlerfolgen der Nationalsozialisten.
Die Regierung Brüning steuert den Kurs einer strikten Defla-
tionspolitik: Die Staatsausgaben werden drastisch eingeschränkt, die Steuern erhöht, die Beamtengehälter gekürzt und
eine allgemeine Welle von Lohn- und Einkommenssenkungen
in Gang gesetzt. Neben der Fehleinschätzung der Wirtschaftskrise als einer vorübergehenden Konjunkturschwäche spielt
dabei das Gespenst der Inflation ebenso eine große Rolle wie
die Fixierung der Brüningschen Politik auf die Lösung des
Reparationsproblems. Jedenfalls wird der Konjunktureinbruch
durch die Wirtschafts- und Finanzpolitik der Reichsregierung
noch zusätzlich verstärkt. Die Industrieproduktion geht bis
1932 auf nahezu die Hälfte des Standes von 1928 zurück, die
Aktien verlieren sogar zwei Drittel ihres Wertes. Mitte 1931
verschärft sich die Krise dann noch einmal durch eine Reihe
von Bankzusammenbrüchen, die wiederum namhafte Indu-
striekonzerne mit in den Strudel reißen *(Kat. Abb. 215).*
Das Kernproblem der Weltwirtschaftskrise aber ist die Massenarbeitslosigkeit. Die auch in den Jahren der relativen Prosperität hohe Zahl der Arbeitslosen steigt Ende 1929 sprunghaft an.

V/212 Die New Yorker Börse in der Wallstreet am »Schwarzen Freitag« 1929

V/213 Arbeitslosenschlange während der Weltwirtschaftskrise in Berlin

V/214   Staatliche Arbeitsvermittlung 1930 in Berlin

V/215   Zahlungsunfähige Bank 1931

V/216   Angehörige eines freiwilligen Arbeitsdienstes 1932

V/217   Passanten vor einem NSDAP-Wahlplakat anläßlich der Reichspräsidentenwahl 1932

Ein Jahr später werden bereits vier Millionen Arbeitslose regi-
striert, und Anfang 1932 wird die Sechs-Millionen-Grenze
überschritten, denen nur 12 Millionen Beschäftigte gegenüber-
stehen *(Kat. Abb. 213, 214)*. Die soziale Absicherung vor allem
der längere Zeit Arbeitslosen ist völlig unzureichend. Staat und
Gemeinden entwickeln zwar allmählich ein ganzes Instrumentarium von Arbeitsbeschaffungsmaßnahmen, das jedoch
zunächst ohne durchschlagende Wirkung bleibt *(Kat. Abb.
216)*. So führt die Wirtschaftskrise schließlich zur Verelendung
weiter Bevölkerungskreise und zu einer allgemeinen politischen Radikalisierung, der sich die ohnehin auf schwachen
Fundamenten errichtete demokratische Ordnung von Weimar
nicht gewachsen zeigt *(Kat. Abb. 217)*.

7. Die Auflösung der Republik

In den letzten Jahren der Weimarer Republik werden Lösungen zur Überwindung der wirtschaftlichen Krisensituation und
der von ihr ausgehenden politischen Radikalisierung mehr und
mehr außerhalb der parlamentarisch-demokratischen Ordnung
gesucht. Begünstigt durch die Schwierigkeiten einer demokratischen Mehrheitsbildung verlagern sich die politischen
Gewichte zunehmend von den Parteien und dem Parlament
zum Reichspräsidenten und seinen konservativen Beratern.
Durch die Bestrebungen zur autoritären Umgestaltung der
Republik werden die demokratischen Kräfte und Institutionen
nachhaltig geschwächt. So fällt schließlich am 30. Januar 1933
die politische Macht in die Hände der Nationalsozialisten.
Nach dem Bruch der Großen Koalition unter Reichskanzler
Müller (SPD) Ende März 1930 wird der Versuch einer parlamentarischen Regierungsbildung nicht mehr unternommen.
Der Reichspräsident und seine Berater favorisieren ein Präsidialkabinett unter dem Zentrumspolitiker Heinrich Brüning, das
mit den Instrumenten des Notverordnungsrechts nach Art. 48
und der Reichstagsauflösung auch ohne parlamentarische
Mehrheit regieren soll *(Kat. Abb. 218, 219)*. Als der Reichstag
am 16. Juli 1930 das radikale Einsparungsprogramm der
Regierung mit deutlicher Mehrheit ablehnt, werden Neuwahlen
ausgeschrieben, die am 14. September 1930 zu dem ersten
erdrutschartigen Wahlerfolg der NSDAP führen *(Kat. Abb.
220)*.

V/218 Reichspräsident Hindenburg und seine Berater 1930 in Berlin

V/219 Sitzung des Kabinetts Brüning im Garten der Reichskanzlei im August 1930

V/220   Uniformierte NSDAP-Abgeordnete im Reichstag nach der Wahl vom Oktober 1930

V/221   Hitler und Hugenberg am 11. Oktober 1931 in Bad Harzburg

V/222   Reichskanzler Brüning und der französische Außenminister Briand auf dem Weg nach London im Juli 1931

V/223   Reparationskonferenz im Juni/Juli 1932 in Lausanne

V/224   Das neue Kabinett Papen am 1. Juni 1932 vor dem Reichspräsidentenpalais

V/225   Berliner Wahllokal bei der preußischen Landtagswahl am 24. April 1932

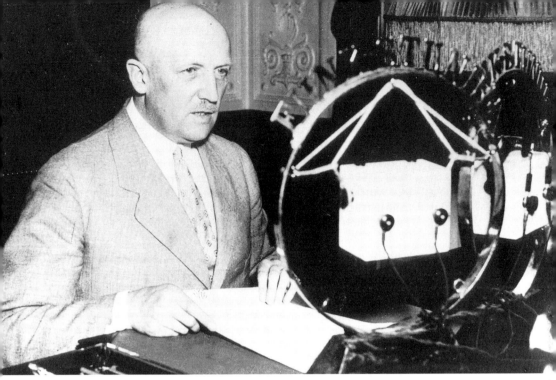

V/226   Regierungserklärung von Reichskanzler Schleicher über den Rundfunk am 15. Dezember 1932

V/227   Das Kabinett Hitler nach seiner Ernennung am 30. Januar 1933

Reichskanzler Brüning sieht seine wichtigste politische Aufgabe in der endgültigen Beseitigung der Reparationslasten. Diesem Ziel werden auch die wirtschaftspolitischen Maßnahmen untergeordnet. Wirtschaftskrise und Massenarbeitslosigkeit werden bewußt als geeignete Hebel zur Lösung der Reparationsfrage eingesetzt und ihre Folgen in Kauf genommen. Tatsächlich werden die Reparationszahlungen 1931 mit dem Hoover-Moratorium für ein Jahr ausgesetzt und im Juli 1932 von der Lausanner Konferenz sogar ganz beendet *(Kat. Abb. 222, 223)*. Von diesem außenpolitischen Erfolg kann Brüning selbst aber nicht mehr profitieren.

Die sich ständig verschärfende Wirtschaftskrise führt zu einem schnellen Anwachsen vor allem der rechtsextremen Kräfte. Im Oktober 1931 schließen sich NSDAP, DNVP und der Stahlhelmbund in der »Harzburger Front« zum Kampf gegen die Regierung Brüning und die Republik zusammen *(Kat. Abb. 221)*. Durch geschicktes Lavieren zwischen den Gruppen gelingt es Hitler schließlich, zur politischen Schlüsselfigur zu werden. In der Reichspräsidentenwahl 1932 unterliegt Hitler zwar Hindenburg, der von allen demokratischen Parteien unterstützt wird, aber die NSDAP steigt im Juli 1932 endgültig zur stärksten Partei auf.

Mit dem Sturz Brünings Ende Mai 1932 beginnt die letzte Phase im Auflösungsprozeß der Weimarer Republik. General von Schleicher und der neue Reichskanzler von Papen, die wichtigsten Berater des Reichspräsidenten, versuchen, die Dynamik der nationalsozialistischen Bewegung für ihre eigenen politischen Ziele einzusetzen. Das SA-Verbot wird aufgehoben, der Reichstag wird aufgelöst, die SPD-geführte preußische Landesregierung wird ihres Amtes enthoben *(Kat. Abb. 224, 225)*. Doch gelingt es nicht, der Regierung die Tolerierung durch die NSDAP-Fraktion zu sichern; Hitler fordert kompromißlos die ganze politische Macht. Gegen Ende des Jahres 1932 ist das politische Konzept der konservativen Kräfte endgültig gescheitert. Auch Schleichers überraschende politische Schwenkung hin zu den Gewerkschaften und zum Strasser-Flügel der NSDAP vermag die Kanzlerschaft Hitlers nicht mehr zu verhindern *(Kat. Abb. 226, 227)*.

Das Deutsche Reich 1939

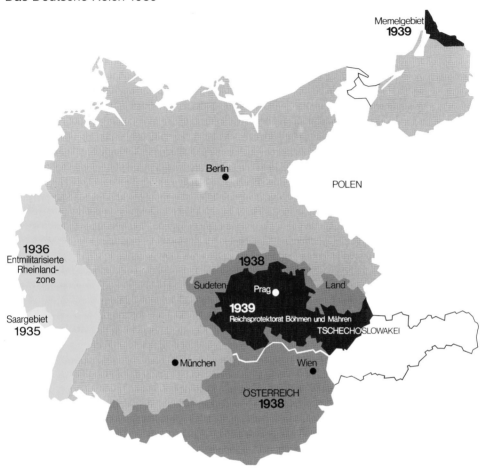

Memelgebiet
1939

Berlin

POLEN

1936
Entmilitarisierte
Rheinland-
zone

1938

Sudeten   Prag   Land

1939
Reichsprotektorat Böhmen und Mähren

TSCHECHOSLOWAKEI

Saargebiet
1935

München   Wien

ÖSTERREICH
1938

VI   Das Dritte Reich

Der 30. Januar 1933 ist in gewisser Weise der Schlußpunkt einer Reihe von Versuchen, die wirtschaftliche, soziale und politische Krise, in die die Weimarer Republik ab 1929 geraten war, auf autoritärem Wege zu überwinden. Zugleich aber ist er Ausgangspunkt einer Entwicklung, die sofort über einen solchen Lösungsversuch hinausdrängt und binnen kurzem das parlamentarisch-demokratische System radikal beseitigt. Die Nationalsozialisten können sich dabei zunächst die von weiten Kreisen der Rechten und des Bürgertums getragene Idee einer konservativen Erneuerung von Staat und Gesellschaft durch eine starke nationale Regierung auf breiter Massenbasis zunutze machen. Sie hatte schließlich auch die Bedenken Hindenburgs gegen eine Ernennung Hitlers zum Reichskanzler beseite geräumt. Wer wen für seine Ziele einspannt, wird jedoch sehr rasch deutlich. Zwar sind die Nationalsozialisten in der Regierung des »nationalen Zusammenschlusses« mit Adolf Hitler als Reichskanzler anfänglich in der Minderheit; aber die Illusion, Hitler als massenwirksamen »Trommler« beliebig lenken und schließlich beiseite schieben zu können, verfliegt binnen weniger Wochen.

Die letzten Wahlen, die man mit Einschränkung noch als freie Wahlen bezeichnen kann, bringen der NSDAP am 5. März 1933 zwar immer noch nicht die Mehrheit der Wählerstimmen. Die Nationalsozialisten besitzen aber zusammen mit den Deutschnationalen die Mehrheit im Parlament. Mit dem »Ermächtigungsgesetz« befreit sich Hitler von allen Bindungen an die Verfassung und von der parlamentarischen Kontrolle. Nachdem die KPD ausgeschaltet ist, widersetzt sich allein die SPD im Reichstag dem Gesetz. Zentrum und bürgerliche Parteien stimmen zu. Es folgt das Verbot oder die Selbstauflösung der Parteien. Die NSDAP wird die Staatspartei des Dritten Reiches. Der Reichstag sinkt zum Akklamationsorgan für Hitler herab. Die parlamentarische Demokratie ist endgültig zerstört. Die NSDAP und ihre Organisationen überwachen und bestimmen von nun an das gesamte politische, wirtschaftliche und kulturelle Leben im Staat. Die Polizei gerät unter nationalsozialistische Kontrolle. Polizei, SA (Sturmabteilung) und SS (Schutzstaffel) sind die Instrumente, mit denen die Partei das totalitäre System ausbaut und ihre Herrschaft sichert. Erste Konzentrationslager für politische Gefangene entstehen schon im Februar 1933. Als die SA neben der Partei eine umfassende Kontrollbefugnis im Dritten Reich beansprucht, wird sie von Hitler Ende Juni 1934 entmachtet. Die SS wird zur mächtigsten Organisation im Staat. Sie fühlt sich als Elite. Im Kriege ist sie das Vollstreckungsorgan bei der Vernichtung der Juden Europas.

In den deutschen Ländern werden Reichsstatthalter eingesetzt und die Länderparlamente aufgelöst. Das Eigenleben der Länder und die Selbstverwaltung der Gemeinden wird beseitigt. Die seit Bismarcks Reichsgründung bestehende bundesstaatliche Struktur des Deutschen Reiches wird in eine einheitsstaatliche umgewandelt.

Nach dem Tode Hindenburgs vereinigt Hitler die Funktionen des Reichspräsidenten und des Reichskanzlers in seiner Hand. Als »Führer des Deutschen Reiches und Volkes« läßt er Beamte und Soldaten auf seine Person vereidigen. Er bindet damit die zumeist auf ein traditionelles Treueverhältnis eingeschworenen Offiziere und Beamten noch enger an sich.

Mit Hilfe ihrer verschiedenen Gliederungen kontrolliert die NSDAP das politische und gesellschaftliche Leben. Alle politischen, wirtschaftlichen und kulturellen Organisationen werden »gleichgeschaltet«. Es beginnt mit der Zwangsorganisierung der Wirtschaft. Die Gewerkschaften werden zerschlagen. Den Arbeitern wird das im 19. Jahrhundert erkämpfte Recht auf Zusammenschluß zur Durchsetzung ihrer Interessen am Arbeitsplatz genommen. Arbeiter und Unternehmer werden einer staatlichen Einheitsorganisation eingegliedert, der »Deutschen Arbeitsfront«. Staatliche Tarifregelung tritt an die Stelle der freien Sozialpartnerschaft. Die freie Wahl des Arbeitsplatzes wird eingeschränkt, die Stellung der Unternehmer gestärkt, indem das Verhältnis Führer−Gefolgschaft auf die Betriebe übertragen wird. Das Prinzip der kapitalistischen Privatwirtschaft wird von der Partei nicht angetastet, die Produktion jedoch weitgehend staatlich gelenkt. Im Weltkrieg werden die Konzentrationslager und schließlich das ganze unterworfene Europa zum Rekrutierungsfeld für die deutsche Rüstungsindustrie.

Der Nationalsozialismus will die Gegensätze von »national« und »sozialistisch« in der »Volksgemeinschaft« aufheben. In Wirklichkeit löst er sich vom deutschen Nationalgedanken und proklamiert eine Rassenideologie. Beispielhaft zeigt sich in der Organisierung der Jugend das Prinzip der personellen und ideologischen Erfassung des ganzen Volkes. Alle bisherigen Jugendverbände werden aufgelöst und durch den Staatsverband der »Hitlerjugend« (HJ) ersetzt. Er ist ein Instrument der nationalsozialistischen Erziehung und vormilitärischen Ausbildung.

Der Aufschwung der Weltwirtschaft nach 1933 trägt zur Erholung der deutschen Wirtschaft bei. Ein Arbeitsbeschaffungsprogramm der Nationalsozialisten sieht vor allem öffentliche Arbeiten vor. Es belebt die Industrieproduktion nur wenig, holt jedoch den Arbeitslosen bei niedrigen Löhnen von der Straße. Die zunächst getarnte Aufrüstung und der Ausbau der Wehrmacht mit zweijähriger Dienstzeit lassen die Arbeitslosigkeit weiter sinken. Dieser Erfolg trägt dazu bei, daß das nationalsozialistische Regime im deutschen Volk kaum noch auf Ablehnung stößt.

Das Arbeitsbeschaffungsprogramm und die Aufrüstung werden durch Wechsel, Reichsanleihen und schließlich durch die Notenpresse finanziert. Das Reich verschuldet sich in einem bisher nicht gekannten Ausmaß. Die nationalsozialistische Wirtschaftspolitik dient seit 1933 vor allem Hitlers vor der Öffentlichkeit geheimgehaltenem Plan: dem Eroberungskrieg im Osten, der »für die Zukunft eine endgültige Lösung ... in einer Erweiterung des Lebensraumes bzw. der Rohstoff- und Ernährungsbasis unseres Volkes« bringen soll. Der Wehrmacht und der Wirtschaft stellt Hitler 1936 folgende Aufgabe: »I. Die deutsche Armee muß in 4 Jahren einsatzfähig sein; II. Die deutsche Wirtschaft muß in 4 Jahren kriegsfähig sein«.

Die Außenpolitik, die zunächst scheinbar bruchlos an die Revisionspolitik der Weimarer Republik anknüpft, dient letztlich insgeheim von Anfang an diesem Hauptziel nationalsozialistischer Politik. Aus Furcht vor einem Krieg reagieren die Westmächte zurückhaltend und ermöglichen Hitler damit eine Fortsetzung seiner expansiven und aggressiven Außenpolitik. Erst nach der Besetzung der Tschechei durch deutsche Truppen im Frühjahr 1939 entschließen sich Frankreich und England zu einer entschiedeneren Haltung und geben gemeinsam eine Garantieerklärung für Polen ab. Nun ist klar, daß Hitler beim nächsten Schritt den großen Krieg riskiert.

Der Antisemitismus, dessen geistige Wegbereiter schon im 19. Jahrhundert zu finden sind, ist bereits in der Weimarer Republik weit verbreitet. Für Hitler ist die Rassenideologie die zentrale Idee seiner Weltanschauung. Der NSDAP gelingt es, das Gefühl des Ausgeliefertseins an anonyme gesellschaftliche Kräfte – von den Massen in der Existenzunsicherheit der Weltwirtschaftskrise erfahren – in Aggression gegen die »Weltver-

schwörung der Juden und Bolschewisten« umzusetzen. Seit der
nationalsozialistischen Machtübernahme werden Hitlers Ideen
gegenüber den »Volksfeinden« konsequent verwirklicht. Es beginnt mit Gewalttaten gegen jüdische Bürger und ihr Eigentum.
Schrittweise wird den deutschen Juden jede Lebensmöglichkeit
genommen. Die Ausrottung der »jüdisch-bolschewistischen
Führungsschicht« und der Juden in Osteuropa wird schließlich,
wie die Gewinnung von »Lebensraum« für die »germanische
Herrenrasse«, erklärtes Ziel des Krieges.
Die Chancen politisch oppositioneller Kreise, gegen das NS-
Regime wirksam Widerstand zu leisten, sind von Anfang an
gering. Die politische Linke, Teile des bürgerlich-konservativen
Lagers, Männer der Kirche und des Militärs sind sich zwar in der
Ablehnung Hitlers einig, aber eine gemeinsame Front gegen ihn
kommt wegen der unterschiedlichen politischen Auffassungen
und vor allem wegen der perfekten Überwachung durch den
Staatsapparat nicht zustande. Erst unter dem Eindruck der
drohenden Folgen einer militärischen Niederlage gelingt am 20.
Juli 1944 wenigstens der Versuch eines Umsturzes, der aber
nicht zur Beseitigung Hitlers und zur erhofften Beendigung des
Krieges wenigstens im Westen führt, sondern zur physischen
Vernichtung des deutschen Widerstandes. Der unter Verschär-
fung des inneren Terrors bedingungslos fortgesetzte Krieg fordert bis zu seinem Ende mehr Opfer als in den Jahren bis zum
20. Juli 1944.

Der Weg zum 30. Januar 1933

Die Machtergreifung

Die im Herbst 1929 einsetzende Weltwirtschaftskrise, die Deutschland besonders hart trifft, verschärft die sozialen und politischen Spannungen in der Weimarer Republik. Unter dem Eindruck der Massenarbeitslosigkeit und der wirtschaftlichen Depression folgen weite Kreise der Bevölkerung radikalen Parolen. Besonders der wirtschaftlich bedrohte Mittelstand, die traditionelle Wählerschaft der liberalen Parteien, rückt von der Republik ab und wendet sich nach rechts. Die Rechtsopposition, die in der NSDAP ihr Sammelbecken gefunden hat, wächst zu einer Massenbewegung und verhilft, unterstützt von Teilen der Schwerindustrie und Hochfinanz, Adolf Hitler zur Macht *(Kat. Abb. 228)*.
Auch die Regierung Hitler unterscheidet sich am Anfang formal nicht von ihren Vorgängerinnen: sie stützt sich als »Präsidialkabinett« nicht auf eine Mehrheit im Parlament, sondern allein auf das Vertrauen des Reichspräsidenten. Die Mehrheit des konservativen und national eingestellten Bürgertums, erhebliche Teile der Arbeitslosen, dabei vor allem der Neuwählerschaft, billigen die Machtergreifung Hitlers. Sie verspechen sich von ihr ein Ende der »Wirren der Republik«. Die Abwendung von der Weimarer Republik führt aber nicht zu der erhofften »konservativen Erneuerung«. Das Ergebnis ist vielmehr der totalitäre Führerstaat.

Die NSDAP bis 1930

Mit Adolf Hitler gelangt der Führer einer Partei an die Macht, die nach dem Ersten Weltkrieg die politische Bühne nur als eine unter vielen nationalistischen Splittergruppen betreten hatte. Verworrener Antikapitalismus, Antiparlamentarismus, Antimarxismus, Antisemitismus und eine in Zeiten wachsender politischer und sozialer Konflikte offenbar besonders anziehende Volksgemeinschafts-Ideologie bestimmen ihr Programm *(Kat. Abb. 229)*. Die nationalsozialistische Propaganda verdichtet diese Elemente zu einer »Weltanschauung«, die unter dem Eindruck der sozialen Krise zur Heilslehre einer antidemokratischen Massenbewegung wird.

MILLIONEN
stehen hinter mir

VI/228   *»Der Sinn des Hitlergrußes«:* Plakat von John Heartfield

Grundsätzliches Programm

der nationalsozialistischen

Deutschen Arbeiter-Partei.

Das Programm der Deutschen Arbeiter-Partei ist ein Zeit-Programm. Die Führer lehnen es ab, nach Erreichung der im Programm aufgestellten Ziele neue aufzustellen, nur zu dem Zweck, um durch künstlich gesteigerte Unzufriedenheit der Massen das Fortbestehen der Partei zu ermöglichen.

1. Wir fordern den Zusammenschluß aller Deutschen auf Grund des Selbstbestimmungsrechtes der Völker zu einem Groß-Deutschland.
2. Wir fordern die Gleichberechtigung des deutschen Volkes gegenüber den anderen Nationen, Aufhebung der Friedensverträge in Versailles und St. Germain.
3. Wir fordern Land u. Boden (Kolonien) zur Ernährung unseres Volkes u. Ansiedelung unseres Bevölkerungs-Ueberschusses.
4. Staatsbürger kann nur sein, wer Volksgenosse ist. Volksgenosse kann nur sein, wer deutschen Blutes ist, ohne Rücksichtnahme auf Konfession. **Kein Jude kann daher Volksgenosse sein.**
5. Wer nicht Staatsbürger ist, soll nur als Gast in Deutschland leben können u. muß unter Fremdengesetzgebung stehen.
6. Das Recht, über Führung u. Gesetze des Staates zu bestimmen, darf nur dem Staatsbürger zustehen. Daher fordern wir, daß jedes öffentliche Amt, gleichgiltig welcher Art, gleich ob im Reich, Land oder Gemeinde nur durch Staatsbürger bekleidet werden darf. — Wir bekämpfen die korrumpierende Parlamentswirtschaft einer Stellenbesetzung nur nach Parteigesichtspunkten ohne Rücksichten auf Charakter und Fähigkeiten.
7. Wir fordern, daß sich der Staat verpflichtet, in erster Linie für die Erwerbs- u. Lebensmöglichkeit der Staatsbürger zu sorgen. Wenn es nicht möglich ist, die Gesamtbevölkerung des Staates zu ernähren, so sind die Angehörigen fremder Nationen (Nicht-Staatsbürger) aus dem Reiche auszuweisen.
8. Jede weitere Einwanderung Nicht-Deutscher ist zu verhindern. Wir fordern, daß alle Nicht-Deutschen, die seit 2. August 1914 in Deutschland eingewandert sind, sofort zum Verlassen des Reiches gezwungen werden.
9. Alle Staatsbürger müssen gleiche Rechte u. Pflichten besitzen.
10. Erste Pflicht jedes Staatsbürgers muß sein, geistig oder körperlich zu schaffen. Die Tätigkeit des Einzelnen darf nicht gegen die Interessen der Allgemeinheit verstoßen, sondern muß im Rahmen des Gesamten u. zum Nutzen Aller erfolgen.

Daher fordern wir:

11. Abschaffung des arbeits- und mühelosen Einkommens,

Brechung der Zinsknechtschaft.

12. Im Hinblick auf die ungeheuren Opfer an Gut und Blut, die jeder Krieg vom Volke fordert, muß die persönliche Bereicherung durch den Krieg als Verbrechen am Volke bezeichnet werden. Wir fordern daher **restlose Einziehung aller Kriegsgewinne.**
13. Wir fordern die Verstaatlichung aller bisher bereits vergesellschafteten (Trust's) Betriebe.
14. Wir fordern Gewinnbeteiligung an Großbetrieben.
15. Wir fordern einen großzügigen Ausbau der Alters-Versorgung.
16. Wir fordern die Schaffung eines gesunden Mittelstandes und seine Erhaltung. Sofortige **Kommunalisierung der Groß-Warenhäuser** und ihre Vermietung zu billigen Preisen an kleine Gewerbetreibende, schärfste Berücksichtigung aller kleinen Gewerbetreibenden bei Lieferung an Staat, Länder oder Gemeinden.
17. Wir fordern eine unseren nationalen Bedürfnissen angepaßte Bodenreform, Schaffung eines Gesetzes zur unentgeltlichen Enteignung von Boden für gemeinnützige Zwecke. Abschaffung des Bodenzinses und Verhinderung jeder Bodenspekulation.
18. Wir fordern den rücksichtslosen Kampf gegen diejenigen, die durch ihre Tätigkeit das Gemein-Interesse schädigen. Gemeine Volksverbrecher, **Wucherer, Schieber** usw. sind **mit dem Tode zu bestrafen,** ohne Rücksichtnahme auf Konfession und Rasse.
19. Wir fordern Ersatz für das der materialistischen Weltordnung dienende römische Recht durch ein Deutsches Gemein-Recht.
20. Um jedem fähigen und fleissigen Deutschen das Erreichen höherer Bildung und damit das Einrücken in führende Stellungen zu ermöglichen, hat der Staat für einen gründlichen Ausbau unseres gesamten Volksbildungswesens Sorge zu tragen. Die Lehrpläne aller Bildungsanstalten sind den Erfordernissen des praktischen Lebens anzupassen. Das Erfassen des Staatsgedankens muß bereits mit Beginn des Verständnisses durch die Schule (Staatsbürgerkunde) erzielt werden. Wir fordern die Ausbildung geistig besonders veranlagter Kinder armer Eltern ohne Rücksicht auf deren Stand oder Beruf auf Staatskosten.
21. Der Staat hat für die Hebung der Volksgesundheit zu sorgen durch den Schutz der Mutter und des Kindes, durch Verbot der Jugendarbeit, durch Herbeiführung der körperlichen Ertüchtigung mittels gesetzlicher Festlegung einer Turn- und Sportpflicht, durch größte Unterstützung aller sich mit körperlicher Jugend-Ausbildung beschäftigenden Vereine.
22. Wir fordern die Abschaffung der Söldnertruppen und die Bildung eines Volksheeres.
23. Wir fordern den gesetzlichen **Kampf** gegen die **bewußte politische Lüge** und ihre Verbreitung durch die Presse. Um die Schaffung einer deutschen Presse zu ermöglichen, fordern wir, daß:
    a) Sämtliche Schriftleiter u. Mitarbeiter von Zeitungen, die in Deutscher Sprache erscheinen, Volksgenossen sein müssen.
    b) Nichtdeutsche Zeitungen zu ihrem Erscheinen der ausdrücklichen Genehmigung des Staates bedürfen. Sie dürfen nicht in deutscher Sprache gedruckt werden.
    c) Jede finanzielle Beteiligung an Nichtdeutschen Zeitungen oder deren Beeinflussung durch Nichtdeutsche gesetzlich verboten wird, u. fordern als Strafe für Uebertretungen die Schließung einer solchen Zeitung, sowie die sofortige Ausweisung der daran beteiligten Nichtdeutschen aus dem Reich. Zeitungen, die gegen das Gemeinwohl verstoßen, sind zu verbieten. Wir fordern den gesetzlichen Kampf gegen eine Kunst- u. Literatur-Richtung, die einen zersetzenden Einfluß auf unser Volksleben ausübt u. die Schließung von Veranstaltungen, die gegen vorstehende Forderung verstoßen.
24. Wir fordern die Freiheit aller religiösen Bekenntnisse im Staat, soweit sie nicht dessen Bestand gefährden oder gegen das Sittlichkeits-u. Moralgefühl der germanischen Rasse verstoßen. Die Partei als solche vertritt den Standpunkt eines positiven Christentums, ohne sich konfessionell an ein bestimmtes Bekenntnis zu binden. Sie bekämpft den jüdisch-materialistischen Geist **in** und **außer** uns und ist überzeugt, daß eine dauernde Genesung unseres Volkes nur erfolgen **kann** von **innen** heraus auf der Grundlage:

Gemeinnutz vor Eigennutz.

25. Zur Durchführung alles dessen fordern wir die Schaffung einer starken Zentralgewalt des Reiches. Unbedingte Autorität des politischen Zentralparlaments über das gesamte Reich u. seine Organisationen im allgemeinen. Die Bildung von Stände- und Berufskammern zur Durchführung der vom Reich erlassenen Rahmengesetze in den einzelnen Bundesstaaten.

Die Führer der Partei versprechen, wenn nötig unter Einsatz des eigenen Lebens, für die Durchführung der vorstehenden Punkte rücksichtlos einzutreten.

München, den 24. Februar 1920.

Für den **Partei-Ausschuß:** Anton Drexler

Spenden und Beiträge sind zu richten an die Geschäftsstelle München: **Corneliusstr. 12** (Tel. 23620)

Geschäftsstunden 9—12 Uhr vorm., 2—6 Uhr nachm.

Münchener Plakatdruckerei, Schreiber & Hartl
Geschäftsstellen: Rosenthal 6 und Ledererstraße 3

P 00088 a

Proklamation

an das deutsche Volk!

Die Regierung der Novemberverbrecher in Berlin ist heute
für abgesetzt erklärt worden.

Eine provisorische deutsche
National-Regierung
ist gebildet worden.

Diese besteht aus

General Ludendorff, Adolf Hitler

General von Lossow, Oberst von Seisser

VI/231   Massenversammlung der NSDAP im Sportpalast vor 1933

VI/232   SA-Sturmlokal in Berlin 1932

XXIII »Reichstagssitzung 1930: Breitscheid spricht«, Gemälde von Annot

XXIV   Zeichnung von A. Paul Weber zu E. Niekisch, Hitler – ein deutsches Verhängnis

Schon früh versucht Hitler, sein Programm in die politische Praxis umzusetzen. Ähnlich wie Kapp 1920 glaubt er, bereits im Krisenjahr 1923 gegen die »November-Republik« putschen zu können *(Kat. Abb. 230).* Mit dem Scheitern ist die Gefahr eines nationalsozialistischen Umsturzes zunächst gebannt. Hitler wird wegen Hochverrats verurteilt. Während der Festungshaft legt er in seinem Buch »Mein Kampf« seine politischen Ziele fest: das in mancher Hinsicht an extreme Kriegsziele des Ersten Weltkrieges anknüpfende außenpolitische Programm ist zugleich dem zentralen Ziel zugeordnet, den jüdischen »Todfeind« der »arischen« Rasse zu vernichten. In einer ersten Etappe nach der »Machtergreifung« sollen in Deutschland der »Krebsschaden der Demokratie« beseitigt und Juden, Bolschewisten und Marxisten aus der nationalen Gemeinschaft ausgestoßen werden. Nach der Konsolidierung des nationalsozialistischen Reiches im Innern soll zunächst, einem »Stufenplan« folgend, die deutsche Position in Zentraleuropa gefestigt und erweitert und dann Deutschland als »Großgermanisches Reich deutscher Nation« zur »Weltmachtstellung« geführt werden.

Nach seiner vorzeitigen Entlassung schlägt Hitler einen neuen taktischen Weg ein: Lieber langsam und legal soll nun die Macht errungen werden. In den folgenden ruhigen Jahren der Republik geht er an den systematischen Aufbau der Partei *(Kat. Abb. 231).*

Die Konsolidierung der NS-Herrschaft

Die Gleichschaltung

Die »Machtergreifung« vom 30. Januar 1933 bedeutet nicht nur das Ende der Weimarer Republik, sondern auch die Beseitigung der seit 1871 bestehenden bundesstaatlichen Ordnung des Deutschen Reiches. Das Gleiche gilt auch für die bisherigen Institutionen des politischen und gesellschaftlichen Lebens. Mit der »Gleichschaltung« der deutschen Länder, der Verwaltung und der Justiz *(Kat. Abb. 242),* der Presse, der Künste und der Wissenschaft wird der zentralistische Einheitsstaat vorbereitet. Die Auflösung der Parteien und die gewaltsame Ausschaltung der politischen Gegner, auch in den eigenen Reihen, sind weitere Stationen auf dem Weg zur Errichtung der Diktatur. Mit dem Tode Hindenburgs im August 1934 ist die innenpolitische

Machtkonzentration abgeschlossen: Hitler ist Führer der Staatspartei, Chef der Regierung und Staatsoberhaupt. Als »Führer
des Deutschen Reiches und Volkes« läßt er Beamte und Soldaten auf seine Person vereidigen.

Die NS-Regierung nimmt den Brand des Reichstagsgebäudes
am 27. Februar 1933 *(Kat. Abb. 233)* zum Anlaß, den Grundrechtskatalog der Weimarer Verfassung am darauffolgenden
Tag mit Hilfe einer Notverordnung »Zum Schutz von Volk und
Staat« durch den Reichspräsidenten außer Kraft setzen zu
lassen *(Kat. Abb. 234)*. Damit beginnt die Verfolgung und Verhaftung der politischen Gegner, vor allem aus dem Lager der
Linken *(Kat. Abb. 235)*.

Der Reichstagsauflösung folgen am 5. März Neuwahlen. Aber
obwohl die NSDAP den Wahltag zum »Tag der erwachenden
Nation« erklärt und obwohl seit dem Reichstagsbrand die Zeitungen der Linksparteien verboten sind und Kommunisten wie
Sozialdemokraten verfolgt oder behindert werden, erringt sie
doch nur 43,9 % der Stimmen und verfügt damit nicht über eine
parlamentarische Mehrheit.

Bei der Eröffnung des neugewählten Reichstags am 21. März
beschwört Hitler in der Potsdamer Garnisonkirche den »Geist
von Potsdam« *(Kat. Abb. 236)*. Er nimmt damit preußische Traditionen für sich und seine Partei in Anspruch, die an Stelle des
»Geistes von Weimar« den »Aufbruch der Nation« tragen
sollen.

Am 23. März befreit sich Hitler mit dem »Ermächtigungsgesetz«
von allen Bindungen an die Verfassung und von der parlamentarischen Kontrolle *(Kat. Abb. 237)*. Das Zentrum und die bürgerlichen Parteien stimmen dem Gesetz zu. Nachdem die KPD
ausgeschaltet ist, votieren die Sozialdemokraten als einzige
Partei nach einer mutigen Rede ihres Vorsitzenden Otto Wels
mit »nein«. Das Gesetz macht den Reichstag überflüssig.
Legislative und Exekutive sind »gleichgeschaltet« *(Kat. Abb.
238)*. Die Regierung selbst kann nun die Gesetze erlassen.

Am 31. März wird die Selbständigkeit der Länder und die Selbstverwaltung der Gemeinden beseitigt. Die Länderparlamente
werden entsprechend den Reichstagswahlen vom März neu
zusammengesetzt. »Reichsstatthalter« überwachen die Einhal-
tung »der vom Reichskanzler aufgestellten Richtlinien der Politik« *(Kat. Abb. 239)*. Nichtnationalsozialistisch gesinnte Beamte
können nach dem »Gesetz zur Wiederherstellung des Berufs-
beamtentums« vom 7. April, jüdische Beamte aufgrund eines

VI/233   Der Reichstagsbrand vom 27. Februar 1933 (Darstellung in der Presse)

Reichsgesetzblatt

| 1933 | Ausgegeben zu Berlin, den 28. Februar 1933 | Nr. 17 |

Inhalt: Verordnung des Reichspräsidenten zum Schutz von Volk und Staat. Vom 28. Februar 1933...... S. 83

Verordnung des Reichspräsidenten zum Schutz von Volk und Staat. Vom 28. Februar 1933.

Auf Grund des Artikels 48 Abs. 2 der Reichsverfassung wird zur Abwehr kommunistischer staatsgefährdender Gewaltakte folgendes verordnet:

§ 1

Die Artikel 114, 115, 117, 118, 123, 124 und 153 der Verfassung des Deutschen Reichs werden bis auf weiteres außer Kraft gesetzt. Es sind daher Beschränkungen der persönlichen Freiheit, des Rechts der freien Meinungsäußerung, einschließlich der Pressefreiheit, des Vereins- und Versammlungsrechts, Eingriffe in das Brief-, Post-, Telegraphen- und Fernsprechgeheimnis, Anordnungen von Haussuchungen und von Beschlagnahmen sowie Beschränkungen des Eigentums auch außerhalb der sonst hierfür bestimmten gesetzlichen Grenzen zulässig.

§ 2

Werden in einem Lande die zur Wiederherstellung der öffentlichen Sicherheit und Ordnung nötigen Maßnahmen nicht getroffen, so kann die Reichsregierung insoweit die Befugnisse der obersten Landesbehörde vorübergehend wahrnehmen.

§ 3

Die Behörden der Länder und Gemeinden (Gemeindeverbände) haben den auf Grund des § 2 erlassenen Anordnungen der Reichsregierung im Rahmen ihrer Zuständigkeit Folge zu leisten.

. . . .

§ 6

Diese Verordnung tritt mit dem Tage der Verkündung in Kraft.

Berlin, den 28. Februar 1933.

Der Reichspräsident
von Hindenburg

Der Reichskanzler
Adolf Hitler

Der Reichsminister des Innern
Frick

Der Reichsminister der Justiz
Dr. Gürtner

VI/234   Auszug aus der Notverordnung vom 28. Februar 1933

Morgen-Ausgabe
Nr. 59 A 30 50. Jahrg.

Vorwärts

GRATIS!

SONNABEND
4. Februar 1933

Redaktion und Verlag:
Berlin SW 68, Lindenstr. 3

BERLINER VOLKSBLATT

Zentralorgan der Sozialdemokratischen Partei Deutschlands

Der Polizeipräsident
Tgb.-Nr. I⁴ 41⁰¹ Pr. 33

Berlin, den 3. Februar 1933

Verbot

Auf Grund des § 6 der Verordnung des Reichspräsidenten zur Erhaltung des inneren Friedens vom 19. Dezember 1932 (RGB. I 548) in Verbindung mit den §§ 81 bis 86, StGB. verbiete ich die in Berlin erscheinende Tageszeitung

„Vorwärts"

einschließlich der Kopfblätter mit sofortiger Wirkung bis zum 6. Februar 1933 einschließlich.

Das Verbot umfaßt auch jede angeblich neue Druckschrift, die sich sachlich als die alte darstellt oder als ihr Ersatz anzusehen ist.

Gegen das Verbot ist binnen zwei Wochen — vom Tage der Zustellung ab — die Beschwerde zulässig, sie hat keine aufschiebende Wirkung. Die Beschwerde ist bei mir einzureichen.

Sollte von dem Beschwerderecht Gebrauch gemacht werden, so empfiehlt es sich zur Beschleunigung der Angelegenheit, die Beschwerdeschrift in vierfacher Ausfertigung vorzulegen.

Gründe:

In der Morgenausgabe Nr. 57, A. 29, 50. Jahrgang, befinden sich in dem Aufruf auf der Titelseite unter der Ueberschrift: „Deutsches Volk. Frauen und Männer" u. a. folgende Sätze:

„Gegen solche Pläne rufen wir euch zum Kampf! Wehrt euch. Schützt euer Selbstbestimmungsrecht als Staatsbürger. Erhebt euch gegen eure Bedränger, gegen die feinen Leute, die hauchdünne Oberschicht des Großkapitals! Zerbrecht ihre politische und wirtschaftliche Macht!

Kämpft darum mit uns für die Enteignung des Großgrundbesitzes und die Aufteilung des Landes an Bauern und Landarbeiter! Kämpft mit uns für die Enteignung der Schwerindustrie, für den Aufbau einer sozialistischen Plan- und Bedarfswirtschaft!"

Durch diese Ausführungen wird im Zusammenhang mit dem Inhalt der Ausführungen des gesamten Aufrufs der Tatbestand des § 85 R.St.G.B. in Verbindung des § 81 Ziff. 2 R.St.G.B. erfüllt.

gez. Dr. Melcher.
Für die richtige Abschrift:
Böhm
Kanzleiinspektor.

(Stempel)

Verantwortlicher Redakteur Rudolf Breitscheid, Berlin. Verlag Vorwärts Verlag G m b H — Druck Vorwärts-Buchdruckerei und Verlagsanstalt, Berlin SW 68, Lindenstraße 3.

VI/235 Die letzte Ausgabe des »Vorwärts« vom 4. Februar 1933

VI/236   Der Staatsakt von Potsdam

Reichsgesetzblatt

| 1933 | Ausgegeben zu Berlin, den 24. März 1933 | Nr. 25 |

Inhalt: Gesetz zur Behebung der Not von Volk und Reich. Vom 24. März 1933 .... S. 141

**Gesetz zur Behebung der Not von Volk und Reich.
Vom 24. März 1933.**

Der Reichstag hat das folgende Gesetz beschlossen, das mit Zustimmung des Reichsrats hiermit verkündet wird, nachdem festgestellt ist, daß die Erfordernisse verfassungändernder Gesetzgebung erfüllt sind:

Artikel 1

Reichsgesetze können außer in dem in der Reichsverfassung vorgesehenen Verfahren auch durch die Reichsregierung beschlossen werden. Dies gilt auch für die in den Artikeln 85 Abs. 2 und 87 der Reichsverfassung bezeichneten Gesetze.

Artikel 2

Die von der Reichsregierung beschlossenen Reichsgesetze können von der Reichsverfassung abweichen, soweit sie nicht die Einrichtung des Reichstags und des Reichsrats als solche zum Gegenstand haben. Die Rechte des Reichspräsidenten bleiben unberührt.

Artikel 3

Die von der Reichsregierung beschlossenen Reichsgesetze werden vom Reichskanzler ausgefertigt und im Reichsgesetzblatt verkündet. Sie treten, soweit sie nichts anderes bestimmen, mit dem auf die Verkündung folgenden Tage in Kraft. Die Artikel 68 bis 77 der Reichsverfassung finden auf die von der Reichsregierung beschlossenen Gesetze keine Anwendung.

Artikel 4

Verträge des Reichs mit fremden Staaten, die sich auf Gegenstände der Reichsgesetzgebung beziehen, bedürfen nicht der Zustimmung der an der Gesetzgebung beteiligten Körperschaften. Die Reichsregierung erläßt die zur Durchführung dieser Verträge erforderlichen Vorschriften.

Artikel 5

Dieses Gesetz tritt mit dem Tage seiner Verkündung in Kraft. Es tritt mit dem 1. April 1937 außer Kraft; es tritt ferner außer Kraft, wenn die gegenwärtige Reichsregierung durch eine andere abgelöst wird.

VI/237   Das »Ermächtigungsgesetz« vom 24. März 1933

VI/238 Der gleichgeschaltete Reichstag

VI/239 Die Einsetzung der Reichsstatthalter

VI/240 Besetzung des Gewerkschaftshauses in Berlin am 2. Mai 1933

VI/241 Vereidigung der Reichswehr auf Hitler am 2. August 1934

VI/242 Gleichgeschaltete Justiz

VI/243 Nach der Verhaftung politischer Gegner, 1933

besonderen »Arierparagraphen« entlassen werden. Auch Länder
und Beamtenschaft sind damit »gleichgeschaltet«.
Der 1. Mai, der traditionelle Kampftag der Arbeiterbewegung, wird
von der Reichsregierung zum »Tag der nationalen Arbeit« erklärt.
Hunderttausende folgen dem Aufruf des Regimes. Die Gewerk-
schaftsführung schließt sich an, um wenigstens die Organisation
zu retten. Ungeachtet dessen werden schon am darauffolgenden
Tag, dem 2. Mai, die führenden Gewerkschaftsfunktionäre festge-
nommen und in Konzentrationslager eingeliefert *(Kat. Abb. 240)*.
Auch die Einrichtung der Gewerkschaften sind »gleichgeschaltet«. Die »schaffenden Deutschen der Stirn und der Faust« werden in der »Deutschen Arbeitsfront« zusammengeschlossen.
Mit der Zustimmung zum Ermächtigungsgesetz hatten die meisten Parteien schon im März auf ihre entscheidende Rolle im
politischen Leben, die sie 1918 nach vielen vergeblichen Anläufen
endlich errungen hatten, verzichtet. Unter dem verschärften
Druck der NSDAP lösen sie sich im weiteren Verlauf des Jahres
1933 entweder selbst auf oder werden verboten. Ein Gesetz vom
14. Juli »gegen die Neubildung von Parteien« schließt den Prozeß
ab und sichert der NSDAP zugleich die Rolle der Staatspartei im
Einheitsstaat.
Nach dem Tode Hindenburgs ist die innenpolitische Machtkon-
zentration abgeschlossen. Ein Symbol dieser Machtkonzentra-
tion ist die Eidesformel, mit der Hitler am 2. August 1934 die
Reichswehr auf seine Person vereidigen läßt: »Ich schwöre bei
Gott diesen heiligen Eid, daß ich dem Führer des Deutschen
Reiches und Volkes, Adolf Hitler, dem obersten Befehlshaber der
Wehrmacht, unbedingten Gehorsam leisten und als tapferer
Soldat bereit sein will, jederzeit mein Leben einzusetzen« *(Kat. Abb. 241)*.

Die Ausschaltung der politischen Gegner

Parallel zur politischen »Gleichschaltung« erfolgt die Ausschal-
tung der politischen Gegner, der sogenannten Staatsfeinde *(Kat. Abb. 243)*. Nach den Akten der Sicherheitspolizei fallen darunter:
»Kommunismus, Marxismus, Judentum, politisierende Kirchen,
Freimaurerei, politisch Unzufriedene (Meckerer), Nationale Opposition, Reaktion, Schwarze Front, Wirtschaftssaboteure, Ge-
wohnheitsverbrecher, auch Abtreiber und Homosexuelle, Hoch-
und Landesverräter«.

Den Juni-Morden von 1934 fallen sowohl Männer der innerparteilichen Opposition als auch konservative und kirchliche Regi-
me-Gegner zum Opfer *(Kat. Abb. 244)*. Als »Ruhe-und-Ord-
nung«-Aktion gegen angeblich aufrührerische Kräfte in der SA
getarnt, findet das Vorgehen von Parteiführung und SS die
Zustimmung des Reichspräsidenten und der Reichswehr. Mit
der »Röhm-Affäre« sind zugleich die sozial-revolutionären Vertreter in der nationalsozialistischen Führung ausgeschaltet, die
bisher einem Arrangement Hitlers mit der Reichswehr und der
Industrie im Wege gestanden hatten.

Der NS-Staat

Mitte 1934 ist die NS-Herrschaft weitgehend konsolidiert. Die
NSDAP, vor 1933 in erster Linie »Kampf«-Partei gegen die
Weimarer Republik, hat ihre eigentliche Aufgabe mit der Macht-
übernahme erfüllt. Sie ist aber deshalb nicht überflüssig ge-
worden. »Die NSDAP bleibt, damit die Menschen nationalso-
zialistisch bleiben«, verkündet Propagandaminister Dr. Joseph
Goebbels. Die Institutionen des Staates sollen durch Erziehung,
Propaganda, durch Unterstützung von Justiz und Polizei eine
Situation herbeiführen, in der allein der »Nationalsozialismus
die Luft ist, in der wir atmen« (Goebbels). Das wahre Ziel bleibt
freilich geheim: die Vorbereitung von Staat, Wirtschaft und
Gesellschaft auf einen Eroberungskrieg.
Der Nationalsozialismus will die Gegensätze von »national«
und »sozialistisch« in der Volksgemeinschaft« aufheben *(Kat.
Abb. 249)*. Beispielhaft zeigt sich in der Organisierung der Jugend das Prinzip der personellen und ideologischen Erfassung
des ganzen Volkes. Alle bisherigen Jugendverbände werden
aufgelöst und durch den Staatsverband der »Hitlerjugend« (HJ)
ersetzt. Er ist ein Instrument der nationalsozialistischen Erziehung und vormilitärischen Ausbildung, als deren Ergebnis sich
Hitler eine Jugend »zäh wie Leder, hart wie Krupp-Stahl, flink
wie Windhunde« wünscht. Die staatlichen Erziehungsinstanzen
erfassen den Staatsbürger von Kindesbeinen an und lehren ihn
»nichts anderes als deutsch denken, deutsch fühlen, deutsch
handeln«.
Diesem Ziel dient auch die »Öffentlichkeitsarbeit« des Regimes.
Sämtliche Informationen in Presse, Rundfunk und Film gehen
auf dieselbe Quelle zurück und durchlaufen den gleichen Filter:

Einzelnummer 10 Pfg.

Extra-Blatt

Oberbayer. Gebirgsbote, Holzkirchen • Miesbacher Anz., Miesbach • Tegernseer Ztg., Tegernsee,
Aiblinger Ztg., Bad Aibling • Rosenheimer Tagbl., Rosenheim • Kolbermoorer Volksblatt, Kolber-
moor • Chiemgau-Ztg., Prien • Tölzer Ztg., Bad Tölz • Wolfratshauser Tagbl., Wolfratshausen,
Wasserburger Anzeiger, Wasserburg a. J. • Grafinger Zeitung, Grafing.

Samstag, 30. Juni 34

Röhm verhaftet und abgesetzt

Röhm aus Partei und S.A. ausgeschlossen

München, 30. Juni

Die Reichspressestelle der N.S.D.A.P. teilt folgende Verfügung des Führers mit:

Ich habe mit dem heutigen Tage den Stabschef Röhm seiner Stellung enthoben und aus Partei und S.A. ausgestoßen. Ich ernenne zum Chef des Stabes Obergruppenführer Lutze.

S.A.-Führer und S.A.-Männer, die seinen Befehlen nicht nachkommen oder zuwiderhandeln, werden aus S.A. und Partei entfernt bzw. verhaftet und abgeurteilt.

gez. Adolf Hitler
Oberster Partei- und S.A.-Führer

Der Führer an den neuen Stabschef

München, 30. Juni

Der Führer hat folgendes Schreiben an den Obergruppenführer der S.A. Lutze gerichtet:

An Obergruppenführer Lutze.

Mein lieber S.A.-Führer Lutze!

Schwerste Verfehlungen meines bisherigen Stabschefs zwangen mich, ihn seiner Stellung zu entheben. Sie, mein lieber Obergruppenführer Lutze, sind seit vielen Jahren in guten und schlechten Tagen ein immer gleich treuer und vorbildlicher S.A.-Führer gewesen. Wenn ich Sie mit dem heutigen Tage zum Chef des Stabes ernenne dann geschieht dies in der festen Ueberzeugung, daß es Ihrer treuen und gehorsamen Arbeit gelingen wird, aus meiner S.A. das Instrument zu schaffen, das die Nation braucht und ich mir vorstelle.

Es ist mein Wunsch, daß die S.A. zu einem treuen und starken Glied der Nationalsozialistischen Bewegung ausgebildet wird. Erfüllt von Gehorsam und blinder Disziplin, muß sie mithelfen, den neuen deutschen Menschen zu bilden und zu formen.

gez. Adolf Hitler

Aufruf des neuen Stabschefs

Der Führer hat mich an seine Seite als Chef des Stabes berufen. Das mir bekundete Vertrauen muß ich durch rechtfertigen durch unverbrüchliche Treue zum Führer und rücksichtslosen Einsatz für den Nationalsozialismus und dadurch für unser Volk.

Als ich vor etwa 11 Jahren zum erstenmal Führer einer kleinen S.A. war, habe ich drei Tugenden an die Spitze meines Handelns gestellt und sie von der S.A. gefordert. Diese drei Tugenden haben die S.A. groß gemacht und heute, wo ich in schicksalsschwerer Stunde meinem Führer zu hervorragendem Amme berufen wurde, sollen sie erst recht Richtschnur für die ganze S.A. sein:

Unbedingte Treue!
Schärfste Disziplin!
Eingehender Opfermut!

So wollen wir, die wir Nationalsozialisten sind, gemeinsam marschieren.

Ich bin überzeugt, dann kann es nur ein Marsch zur Freiheit werden.
Es lebe der Führer! Es lebe unser Volk!

Der Chef des Stabes
gez. Lutze.

Befehl des Obersten S.A.-Führers Adolf Hitler

Adolf Hitler hat an den Chef des Stabes, Lutze, folgenden Befehl gegeben:

Wenn ich Sie heute zum Chef des Stabes der S.A. ernenne, dann erwarte ich, daß Sie sich hier eine Reihe von Aufgaben angelegen sein lassen, die ich Ihnen hiermit stelle:

1. Ich verlange vom S.A.-Führer genau so wie vom S.A.-Mann blindes Gehorsam und unbedingte Disziplin.

2. Ich verlange, daß jeder S.A.-Führer wie jeder politische Führer sich dessen bewußt ist, daß sein Benehmen und seine Aufführung vorbildlich zu sein haben für seinen Verband, ja für unsere gesamte Gefolgschaft.

3. Ich verlange, daß S.A.-Führer — genau so wie politische Leiter —, die sich in ihrem Benehmen in der Öffentlichkeit etwas zuschulden kommen lassen, unnachsichtlich aus der Partei und der S.A. entfernt werden.

4. Ich verlange von jedem S.A.-Führer, daß er ein Vorbild in der Einfachheit und nicht im Luxus ist. Ich wünsche nicht, daß der S.A.-Führer teuere ...

[...] Diners gibt oder an solchen teilnimmt. Man hat uns früher hierzu nicht eingeladen, wir haben auch jetzt keinen Wert darauf zu legen. Millionen unserer Volksgenossen fehlt und heute noch das Notwendigste zum Leben. Es sind nicht nötig dem, um das Glück mehr gelungen ist, aber es ... einem Nationalsozialisten unmürrig, den Abschaum, der zwischen Not und Glück oberhalb angehoert ... noch besonders zu vergrößern.

Ich verbiete insbesondere, daß Mittel der Partei, der S.A. oder übethaupt der Öffentlichkeit für Zeitungen und dergleichen Verwendung finden. Es ist unverantwortlich, von Geldern, die zum Teil sich aus den Groschen unserer ärmsten Mitbürger zusammen, Luxusverwaltung abzuhalten. Das luxuriöse Stabs-Quartier in Berlin, in das monatlich hineingesteckt wurde, monatlich bis zu 30 000 Mark für Zwecke ein ausgegeben werden, ist sofort aufzulösen.

Ich verlange weiter für alle Parteiinstanzen die Vernachlässigung sogenannter Freifahrten und Diners. Es ist unverantwortlich, von Geldern die zum Teil sich aus den Groschen unserer ärmsten Mitbürger zusammen, für die Teilnahme an solchen Verband, von dem es nur die Erfüllung der ... Dienste ...

Folgende sieben Verräter wurden bereits erschossen:

Im Zusammenhang mit dem aufgedeckten Komplott wurden folgende Meuterer erschossen:

Obergruppenführer A. Schneidhuber;
Obergruppenführer Edmund Heines;
Gruppenführer Ernst, Berlin;
Gruppenführer Schmidt, München;
Gruppenführer Hans Hayn;
Gruppenführer Hendebreck;
Standartenführer Graf Spretti, München.

Druck: Münchner Buchgewerbehaus M. Müller & Sohn, München
Verantwortlich: H. Ketsch.

VI/245 Pressekonferenz mit Propagandaminister Goebbels

VI/246 *»Meine Ehre heißt Treue«:* Vor Heinrich Himmler angetretene SS

VI/247 Der Volksgerichtshof

VI/248 Reichsarbeitsdienst im Einsatz

Berlin ißt heute sein Eintopfgericht

VI/249 Winterhilfswerk: Aufruf zur nationalen Solidarität. Das Geld fließt in die Rüstung

das Reichspropaganda-Ministerium unter Joseph Goebbels. Seine präzisen Anweisungen über die Behandlung politischer, wirtschaftlicher oder auch künstlerischer Themen sichern zusammen mit entsprechendem Druck auf die Journalisten die einheitliche und zugleich perfekte Lenkung der veröffentlichten Meinung *(Kat. Abb. 245).* Das Propaganda-Ministerium unterwirft das gesamte öffentliche Leben der Regie der Partei. Sogar der »spontane« Charakter von Massenaktionen wird auf dem Verordnungsweg geregelt: von »Volksabstimmungen« bis zur »Reichskristallnacht« 1938.

Die Bevölkerung, die zwischen Zustimmung und Angst vor Repressalien schwankt, wird von einem perfekten Überwachungssystem dem Regime unterworfen: Polizei, Spitzel, SA und SS sind die Instrumente, mit denen die Partei das totalitäre System ausbaut und ihre Herrschaft sichert. Erste Konzentrationslager für politische Gefangene entstehen schon im Februar 1933. Aus der »Schutzstaffel«, der Leibwache Hitlers, entwickelt sich die SS unter Heinrich Himmler zum »Staat im Staate« *(Kat. Abb. 246).* Ihre Mitglieder verstehen sich als die neue Führungselite der Nation. Sie schwören Hitler unbedingten Gehorsam und verschreiben sich dem Kampf als Selbstzweck, »auch auf verlorenem Posten für eine verlorene Sache: Das Wort ›unmöglich‹ darf es nicht geben und wird es niemals bei uns geben. Nicht wofür wir kämpfen, ist das Wesentliche, sondern wie wir kämpfen«.

Bis 1939 wird die SS zusammen mit der »Geheimen Staatspolizei« (Gestapo) vornehmlich bei der Überwachung und Verfolgung von Regimegegnern eingesetzt. Während des Krieges, inzwischen um die Waffen-SS erweitert, wird sie vielfach mit »Sonderaufgaben« in den besetzten Gebieten betraut. Die Vernichtung des Warschauer Ghettos 1943 ist einer dieser »Sondereinsätze« *(Kat. Abb. 256).*

Trotz seiner ohnehin unbegrenzten und unkontrollierbaren Machtfülle schafft der totalitäre Staat sich eine Justiz, die Geschehenes sanktioniert und sich durch totale Unterordnung unter den »Willen des Führers« ihrer klassischen Funktion als unabhängige dritte Gewalt im Staate begibt. Jetzt ist die »Grundlage der Auslegung aller Rechtsquellen die nationalsozialistische Weltanschauung, wie sie insbesondere in dem Parteiprogramm und den Äußerungen unseres Führers ihren Ausdruck findet. Gegenüber Führerentscheidungen, die in Form eines Gesetzes oder einer Verordnung gekleidet sind, steht

dem Richter kein Prüfungsrecht zu« (»Reichsrechtsführer«
Hans Frank). Gegen Entscheidungen des »Volksgerichtsho-
fes«, der 1934 »zur Aburteilung von Hochverrats- und Landes-
verratssachen« gebildet wird, ist ebenfalls »kein Rechtsmittel
zulässig« *(Kat. Abb. 247)*. Damit wird der Rechtsstaat endgültig dem »gesunden Volksempfinden« überantwortet.
Die Durchdringung aller Lebensbereiche und die Ausrichtung
von Staat und Gesellschaft nach dem Führer- und Gefolg-
schaftsprinzip machen auch vor der Wirtschaft nicht halt.
Reichsgesetze treten an die Stelle der Tarifautonomie der So-
zialpartner und »ordnen« die Arbeitsverhältnisse im autoritären
Sinne neu. Die freie Wahl des Arbeitsplatzes wird eingeschränkt. Der Abbau von Arbeitnehmerrechten zeigt, wie weit
sich die NSDAP von ihren »sozialistischen« Anfängen entfernt
hat. Die Stellung der Unternehmer wird sogar noch gestärkt.
Das Prinzip der kapitalistischen Privatwirtschaft wird von der
Partei nicht angetastet. Arbeitsbeschaffungsprogramme der
Nationalsozialisten bringen vielen wieder Arbeit *(Kat. Abb. 248)*.
Auf der anderen Seite verliert der Arbeiter das Recht auf die
organisierte Durchsetzung seiner Interessen, das sogenannte
Koalitionsrecht. Statt dessen wird in der Arbeitswelt eine
Scheinharmonie geschaffen. Es gelingt, einen erheblichen Teil
der Arbeiterschaft für das Dritte Reich zu gewinnen, die soziale
Basis der nationalsozialistischen Herrschaft zu verbreitern und
somit die Voraussetzungen für die Umstellung der Wirtschaft
auf die Rüstungsproduktion zu schaffen.
Das Arbeitsbeschaffungsprogramm und die Aufrüstung werden
durch Wechsel, Reichsanleihen und schließlich durch die Notenpresse finanziert. Das Reich verschuldet sich in einem bisher
unbekannten Ausmaß. Durch intensive landwirtschaftliche Nutzung und die Gewinnung von industriellen Rohstoffen soll die
Abhängigkeit des Reiches vom Weltmarkt vermindert werden.
Die nationalsozialistische Wirtschaftspolitik dient seit 1933 vor
allem Hitlers vor der Öffentlichkeit geheimgehaltenem Plan: der
Vorbereitung für die »Eroberung neuen Lebensraums im Osten
und dessen rücksichtslose Germanisierung« *(Kat. Abb. 251)*.
Der Wehrmacht und der Wirtschaft stellt Hitler 1936 im soge-
nannten Vierjahresplan folgende Aufgabe:
»I. Die deutsche Armee muß in 4 Jahren einsatzfähig sein; II.
Die deutsche Wirtschaft muß in 4 Jahren kriegsfähig sein« *(Kat.
Abb. 250)*.
Göring verspricht im Dezember 1936: »Sieg oder Untergang.

H. am 3.2.33 (bei Hammerstein)

Ziel der Gesamtpolitik allein: Wiedergewinnung der pol. Macht. Hierauf muß gesamte Staatsführung eingestellt werden (alle Ressorts!).

1. Im Innern. Völlige Umkehrung der gegenwärt. innenpol. Zustände in D. Keine Duldung der Betätigung irgendeiner Gesinnung, die dem Ziel entgegen steht (Pazifismus!). Wer sich nicht bekehren läßt, muß gebeugt werden. Ausrottung des Marxismus mit Stumpf und Stiel. Einstellung der Jugend u. des ganzen Volkes auf den Gedanken, daß nur d. Kampf uns retten kann u. diesem Gedanken gegenüber alles zurückzutreten hat. (Verwirklicht in d. Millionen d. Nazi-Beweg. Sie wird wachsen.) Ertüchtigung der Jugend u. Stärkung des Wehrwillens mit allen Mitteln. Todesstrafe für Landes- u. Volksverrat. Straffste autoritäre Staatsführung. Beseitigung des Krebsschadens der Demokratie!

2. Nach außen. Kampf gegen Versailles. Gleichberechtigung in Genf; aber zwecklos, wenn Volk nicht auf Wehrwillen eingestellt. Sorge für Bundesgenossen.

3. Wirtschaft! Der Bauer muß gerettet werden! Siedlungspolitik! Künft. Steigerung d. Ausfuhr zwecklos. Aufnahmefähigkeit d. Welt ist begrenzt u. Produktion ist überall übersteigert. Im Siedeln liegt einzige Mögl. Arbeitslosenheer z. T. wieder einzuspannen. Aber braucht Zeit u. radikale Änderung nicht zu erwarten, da Lebensraum für d[eutsches] Volk zu klein.

4. Aufbau der Wehrmacht wichtigste Voraussetzung für Erreichung des Ziels: Wiedererringung der pol. Macht. Allg. Wehrpflicht muß wieder kommen. Zuvor aber muß Staatsführung dafür sorgen, daß die Wehrpflichtigen vor Eintritt nicht schon durch Pazif., Marxismus, Bolschewismus vergiftet werden oder nach Dienstzeit diesem Gifte verfallen.

Wie soll pol. Macht, wenn sie gewonnen ist, gebraucht werden? Jetzt noch nicht zu sagen. Vielleicht Erkämpfung neuer Exportmögl., vielleicht – und wohl besser – Eroberung neuen Lebensraums im Osten u. dessen rücksichtslose Germanisierung. Sicher, daß erst mit pol. Macht u. Kampf jetzige wirtsch. Zustände geändert werden können. Alles, was jetzt geschehen kann – Siedlung – Aushilfsmittel.

Wehrmacht wichtigste u. sozialistischste Einrichtung d. Staates. Sie soll unpol. u. überparteilich bleiben. Der Kampf im Innern nicht ihre Sache, sondern der Nazi-Organisationen. Anders wie in Italien keine Verquickung v. Heer u. SA beabsichtigt. – Gefährlichste Zeit ist die des Aufbaus der Wehrmacht. Da wird sich zeigen, ob Fr[ankreich] Staatsmänner hat; wenn ja, wird es uns Zeit nicht lassen, sondern über uns herfallen (vermutlich mit Ost-Tra-
banten).

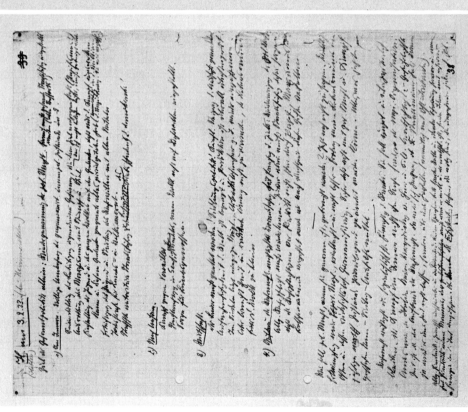

Wenn wir siegen, wird die Wirtschaft genug entschädigt werden. Es darf nicht kalkuliert werden, was kostet es. Wir spielen jetzt um den höchsten Einsatz. Was würde sich wohl mehr lohnen als Aufträge für die Aufrüstung?« Industriekreise warnen lediglich vor dem Tempo der Aufrüstung, nicht vor dem Programm. »Wir Kruppianer wollten nur ein System, das gut funktionierte. Politik ist nicht unsere Sache«, sagt Alfried Krupp von Bohlen und Halbach 1945.

Judenverfolgung und Judenvernichtung

Der Antisemitismus, dessen geistige Wegbereiter schon im 19. Jahrhundert zu finden sind, ist auch in der Weimarer Republik weit verbreitet. Für Hitler ist die Rassenideologie die zentrale Idee seiner Weltanschauung. Sie findet bereits Eingang in das Parteiprogramm von 1920, das die aggressive Politik der NSDAP gegenüber den Juden programmatisch festlegt: »Staatsbürger kann nur sein, wer Volksgenosse ist. Volksgenosse kann nur sein, wer deutschen Blutes ist, ohne Rücksichtnahme auf Konfession. Kein Jude kann daher Volksgenosse sein«. Der NSDAP gelingt es, das Gefühl des Ausgeliefertseins an anonyme gesellschaftliche Kräfte – von den Massen in der Existenzunsicherheit der Weltwirtschaftskrise erfahren – in Aggression gegen die »Weltverschwörung der Juden und Bolschewisten« umzusetzen. Seit der nationalsozialistischen Machtübernahme werden Hitlers Ideen konsequent gegenüber den »Volksfeinden« verwirklicht. Gewalttaten gegen jüdische Bürger und ihr Eigentum am 1. April 1933 leiten die Beschränkungen der Lebensmöglichkeiten der deutschen Juden ein *(Kat. Abb. 252)*. Mit der Entlassung jüdischer Richter und Beamten beginnt die systematische administrative Ausschaltung aus allen Lebensbereichen. Die Rechtsgrundlage hierfür, der sogenannte »Arierparagraph«, wird auf immer weitere Berufe ausgedehnt: auf Ärzte, Zahnärzte, Apotheker, Anwälte, Notare, Künstler und Journalisten. Juden dürfen Universitäten und öffentliche Schulen nur noch in immer kleineren Kontingenten besuchen. Sie werden von Ehrenämtern, Steuerermäßigungen, vielen Sozialleistungen, vom Wehrdienst und aus Vereinen aller Art ausgeschlossen. Jüdische Werke werden aus Galerien, Bibliotheken, Konzerten, Theatern und Kinos entfernt, nach Juden benannte Straßen umgetauft und Namen jüdischer Gefallener von Ehrenmalen getilgt, Juden kann der Zutritt zu Wirtshäusern und die Benutzung von Bädern und Parkbänken untersagt werden *(Kat. Abb. 254).* Höhepunkt dieser Kampagne ist das sogenannte »Gesetz zum Schutze des deutschen Blutes und der deutschen Ehre« vom September 1935: »Durchdrungen von der Erkenntnis, daß die Reinheit des deutschen Blutes die Voraussetzung für den Fortbestand des deutschen Volkes ist . . ., hat der Reichstag einstimmig das folgende Gesetz beschlossen, das hiermit verkündet wird:

§ 1.1. Eheschließungen zwischen Juden und Staatsangehörigen deutschen oder artverwandten Blutes sind verboten. Trotzdem geschlossene Ehen sind nichtig, auch wenn sie zur Umgehung dieses Gesetzes im Ausland geschlossen sind.

§ 5.1. Wer dem Verbot des § 1 zuwiderhandelt, wird mit Zuchthaus bestraft«.

Im November 1938 nimmt das Regime das Attentat eines 17jährigen Juden auf einen deutschen Diplomaten in Paris zum Anlaß für massive Verfolgungsaktionen im ganzen Reich. In der sogenannten »Reichskristallnacht« werden jüdische Geschäfte durch Polizei- und SA-Trupps verwüstet, fast alle Synagogen niedergebrannt, Plünderungen vorgenommen, insbesondere wohlhabende Juden werden in Konzentrationslager gebracht. Drei Monate später verkündet Hitler vor dem Reichstag und über Funk und Presse vor dem Volk: »Wenn es dem internationalen Finanzjudentum innerhalb und außerhalb Europas gelingen sollte, die Völker noch einmal in einen Weltkrieg zu stürzen, dann wird das Ergebnis nicht die Bolschewisierung der Erde und damit der Sieg des Judentums sein, sondern die Vernichtung der jüdischen Rasse in Europa!« Die totale gesellschaftliche Ächtung der Juden als Vorstufe zu dem von Hitler gesteckten Ziel wird 1941 mit der »Polizeiverordnung über die Kennzeichnung der Juden« überdeutlich *(Kat. Abb. 265).*

»§ 1.1. Juden, die das sechste Lebensjahr vollendet haben, ist es verboten, sich in der Öffentlichkeit ohne einen Judenstern zu zeigen.

2. Der Judenstern besteht aus einem handtellergroßen, schwarz ausgezogenen Sechsstern aus gelbem Stoff mit der schwarzen Aufschrift ›Jude‹. Er ist sichtbar auf der linken Brustseite des Kleidungsstückes fest aufgenäht zu tragen«.

Die Ausrottung der »jüdisch-bolschewistischen Führungsschicht im Reich« und der Juden in Osteuropa wird schließlich,

VI/252   1. April 1933: Boykott jüdischer Geschäfte

VI/253   Bücherverbrennung am 10. Mai 1933

VI/254/255 Diskriminierung der Juden in der Öffentlichkeit

VI/256 Judenverfolgung in Polen: Razzia in einem Ghetto

wie die Gewinnung von »Lebensraum« für die »germanische
Herrenrasse«, erklärtes Ziel des Krieges. Der Entschluß hierzu
fällt auf der sogenannten »Wannsee-Konferenz« über die »Endlösung der europäischen Judenfrage« im Januar 1942. Das
Konferenzprotokoll läßt keinen Zweifel an der Art des Vorge-
hens: »Unter entsprechender Leitung sollen im Zuge der Endlösung die Juden in geeigneter Weise im Osten zum Arbeitsein-
satz kommen. In großen Arbeitskolonnen, unter Trennung der
Geschlechter, werden die arbeitsfähigen Juden straßenbauend
in diese Gebiete geführt, wobei zweifellos ein Großteil durch
natürliche Verminderung ausfallen wird. Der allfällig endlich
verbleibende Restbestand wird, da es sich bei diesen zweifellos
um den widerstandsfähigsten Teil handelt, entsprechend behandelt werden müssen, da dieser, eine natürliche Auslese
darstellend, bei Freilassung als Keimzelle eines neuen jüdischen Aufbaues anzusprechen ist (siehe die Erfahrung der
Geschichte). Im Zuge der praktischen Durchführung der Endlösung wird Europa von Westen nach Osten durchgekämmt«.
Damit war das Stichwort – »Endlösung« – für die systematische
Vernichtung der jüdischen Bevölkerung Europas gegeben. Die
in Polen errichteten Konzentrationslager wie Auschwitz, Belzek,
Chelmno, Majdanek, Sobibor und Treblinka werden zu Vernich-
tungslagern ausgebaut, in denen die Juden häufig bereits unmittelbar nach Ankunft der Transporte aus dem Reich und den
besetzten Gebieten umgebracht werden. Dies geschieht zum
Teil durch den Einsatz von Giftgas in speziellen Gaskammern.
Rechnet man zu diesen Ermordeten noch die Zahl derer hinzu,
die in deutschen und außerdeutschen Konzentrationslagern infolge von Zwangsarbeit und Unterernährung starben oder bei
den Massenerschießungen durch sogenannte »Einsatzgrup-
pen« in den besetzten Gebieten umkamen, kommt man auf eine
Gesamtzahl von fünf bis sechs Millionen umgebrachter Juden.

Weltmachtpolitik und Widerstand im Reich

Die nationalsozialistische Außenpolitik

Ziel der NS-Außenpolitik ist über die von allen Parteien der Weimarer Republik geforderte Revision des Versailler Vertrages hinaus von Anfang an die Eroberung neuen »Lebensraumes« sowie die Errichtung eines »Großgermanischen Reiches deutscher Nation«. In den ersten Jahren bewegt sich diese Politik jedoch noch ganz in den Bahnen der auch zuvor betriebenen Revisionspolitik. Ihre Anfangserfolge verführen Hitler zu einem immer rascheren Tempo *(Kat. Abb. 257)*. Mit der »Erledigung der Rest-Tschechei« im Frühjahr 1939 begibt sich Hitler endgültig auf den Weg imperialistischer Eroberungspolitik.

Der unverändert übernommene Apparat des Auswärtigen Amtes setzt die Revisionspolitik der Weimarer Zeit scheinbar bruchlos fort. Das »Reichskonkordat«, im Juli 1933 mit dem Vatikan abgeschlossen, soll frühere Auseinandersetzungen zwischen der Katholischen Kirche und dem Nationalsozialismus beenden. Der Nichtangriffspakt mit Polen vom Januar 1934 entspannt vorübergehend die deutsch-polnischen Beziehungen. Die internationale Aufwertung Hitlers weckt Hoffnungen und lähmt zugleich den inneren Widerstand in Deutschland. Die Rückgliederung der Saar im Januar 1935 erscheint als ein weiterer Erfolg der NS-Außenpolitik. Diese Politik befindet sich noch in Übereinstimmung mit dem Versailler Vertrag. Dagegen sind die Wiedereinführung der Wehrpflicht im März 1935 sowie der Neuaufbau der Luftwaffe, der jetzt nicht länger verheimlicht wird, offene Vertragsbrüche. Doch der mit der Überwachung internationaler Verträge betraute Völkerbund, den Deutschland schon 1933 verlassen hat, vermag sich nur zu einer »Verurteilung« aufzuraffen. Es gelingt nicht, eine Einheitsfront der europäischen Mächte gegen diese Politik zusammenzubringen. Statt fälliger Sanktionen entschließt sich das Ausland schließlich zur Sanktionierung derartiger Vertragsbrüche. Das deutsch-englische Flottenabkommen vom Juni 1935 wendet die drohende Isolierung Deutschlands ab und ermuntert Hitler zu einem neuen Vertragsbruch: dem Einmarsch in das entmilitarisierte Rheinland im März 1936 *(Kat. Abb. 258)*. Wenige Monate später präsentiert das Regime der Welt während der Olympischen Spiele in Berlin das Bild eines nach außen und innen friedliebenden Deutschland. Doch der Schein trügt: im Spanischen Bürger-

Zug um Zug zerriß
Adolf Hitler
das Diktat v. Versailles!

1933 Deutschland verläßt
den Völkerbund von Versailles!

1934 Der Wiederaufbau der Wehrmacht, der Kriegsmarine und der Luftwaffe wird eingeleitet!

1935 Saargebiet heimgeholt!
Wehrhoheit des Reiches wiedergewonnen!

1936 Rheinland vollständig befreit!

1937 Kriegsschuldlüge feierlich ausgelöscht!

1938 Deutsch-Oesterreich dem Reiche angeschlossen!
Großdeutschland verwirklicht!

Darum bekennt sich ganz Deutschland am 10. April zu seinem Befreier
Adolf Hitler Ja!
Alle sagen:

München
Kunstanstalt Marie & Schmidt
Franz-Platz 3 am Dom

Herausgeber: Traditionsgau München-Oberbayern

VI/257   Plakat April 1938: Volksabstimmung über den Anschluß Österreichs und Wahlen zum
Großdeutschen Reichstag

VI/258 Wiederbesetzung des entmilitarisierten Rheinlands, März 1936

VI/259 Staatsbesuch Mussolinis in Deutschland, September 1937

VI/260   Spruchband in Wien zur Volksabstimmung über den »Anschluß« Österreichs

VI/261   Vor dem Abschluß des Münchener Abkommens, September 1938

VI/262   Hitlers Einzug in Karlsbad, Oktober 1938

VI/263   Ohnmächtiger Protest der Prager Bevölkerung beim Einmarsch deutscher Truppen, März 193

VI/264 Nach der Unterzeichnung des deutsch-russischen Nichtangriffspaktes, Moskau, 23. August 1939

VI/265 Kriegsausbruch 1. September 1939: Münchner während der Übertragung der Hitler-Rede

VI/266   Hitler mit dem Chef des Oberkommandos der Wehrmacht, Generaloberst Keitel

VI/267   Front vor Moskau, Januar 1942

krieg, der im Juli 1936 ausbricht, unterstützt die deutsche »Legion Condor« die antirepublikanische Falange des Generals Franco. Die im Zuge der deutschen Aufrüstungspolitik entwickelten Waffen bestehen in Spanien ihre erste Bewährungsprobe. Einen Bundesgenossen für seine eigenen militärischen Pläne sucht Hitler aber nicht so sehr in Franco, sondern in Mussolini, mit dem er sich im Oktober 1936 über die Abgrenzung der beiderseitigen Expansionsrichtungen verständigt *(Kat. Abb. 259)*. Mit dieser »Achse Berlin–Rom« ist die Allianz im späteren Krieg vorgezeichnet..

Die deutsch-italienische Verständigung ebnet auch den Weg zur Verwirklichung eines Plans, der 1934 nicht zuletzt an Mussolinis Widerstand gescheitert war: der Versuch österreichischer Nationalsozialisten, ihr Land dem Deutschen Reich anzugliedern. Im März 1938 marschieren deutsche Truppen, von einer jubelnden Bevölkerung begrüßt, in Österreich ein, das als »Ostmark« dem Reich angegliedert wird *(Kat. Abb. 260)*. So entsteht durch eine Politik der Überraschungen und Erpressungen das »Großdeutsche Reich«. Zusammen mit den deutschen Truppen kommt auch die Gestapo ins Land, die bis Dezember 1938 über 20 000 Personen in »Schutzhaft« nimmt. Nach dem »Anschluß« Österreichs, der wie die Besetzung des entmilitarisierten Rheinlands gegen die Bestimmungen des Versailler Vertrages verstößt, schürt Hitler die »Heim ins Reich«-Bewegung weiter. England und Frankreich folgen jedoch weiterhin ihrem Konzept der Beschwichtigungspolitik (»appeasement«): Im September 1938 stimmen sie der Abtretung der sudetendeutschen Gebiete der Tschechoslowakei zu, da sie sich einem militärischen Konflikt mit dem Reich zu diesem Zeitpunkt noch nicht gewachsen fühlen *(Kat. Abb. 261, 262)*. Hitler gibt sich jedoch damit nicht zufrieden: Sein nächstes Ziel ist die »Zerschlagung der Rest-Tschechei«. Als Vorwand dient die angebliche Unterdrückung der deutschen Minderheit durch die Tschechen. Die Presse erhält den Auftrag, Berichte über »Greuel, Mordtaten und Mißhandlungen dramatisch herauszubringen, um zu zeigen, was für eine barbarische Nation die Tschechen sind«. Hitler benutzt schließlich den Nationalitätenkonflikt zwischen Tschechen und Slowaken, um im März 1939 deutsche Truppen in Prag einmarschieren zu lassen *(Kat. Abb. 263)*. Der tschechische Landesteil wird zum »Protektorat Böhmen und Mähren«, die Slowakei wird autonomer Staat unter dem »Schutz des Deutschen Reiches«. Auf diese offene Aggression

hin entschließen sich Großbritannien und Frankreich zu einer
gemeinsamen Garantieerklärung für Polen.

Das deutsch-englische Flottenabkommen wird von Hitler im
April 1939 gekündigt. Der »Stahlpakt« vom Mai legt Italien auf
die aggressive Linie Deutschlands fest. Der deutsch-sowjeti-
sche Nichtangriffspakt vom August 1939 *(Kat. Abb. 264)* stellt
endgültig die Weichen für den Krieg; ein geheimes Zusatzproto-
koll regelt die Beuteverteilung nach dem bevorstehenden deutschen Angriff auf Polen.

Der Widerstand

Der Widerstand gegen den Nationalsozialismus setzt bereits
unmittelbar nach der Machtergreifung Hitlers 1933 ein. Neben
vielen Tausenden, die in der Emigration den einzigen Ausweg
sehen, entziehen sich jedoch auch im Innern manche der völligen Gleichschaltung und organisieren sich in geheimen Gruppen. In den ersten Jahren des Regimes sind es vor allem
sozialdemokratische und kommunistische Zellen sowie Männer
der Kirche, die sich gegen das totalitäre System und gegen die
erkennbaren Kriegsabsichten Hitlers auflehnen. Schon in der
Zeit der außenpolitischen Erfolge und vor Kriegsausbruch beginnt sich dann auch in bürgerlich-konservativen Kreisen, bei
einzelnen Männern und Gruppen im Staatsapparat und im Offizierskorps der Widerstand zu regen. Sie gewinnen die Überzeugung, daß ein Handeln gegen Hitlers verbrecherische Politik
keinen Verrat an Deutschland darstelle. Während des Krieges
suchen diese Kreise Verbindung mit Kräften der Arbeiterbewegung. Hitler und die NSDAP sollen durch einen Staatsstreich
beseitigt werden, auch wenn die deutsche Niederlage dadurch
nicht abgewendet werden kann. Unterschiedliche Motive und
divergierende politische Zielsetzungen sowie unkoordiniertes
Vorgehen verhindern jedoch die Bildung einer effektiven Front
gegen Hitler. Außerdem gelingt es dem Regime immer wieder
mit Hilfe eines durchgegliederten, gut funktionierenden Spitzel-
systems, die oppositionellen Kräfte zu zerschlagen. So veren-
gen sich die Ansätze des Widerstandes, der vom Ausland eher
mißtrauisch beobachtet wird, zu einem »Aufstand des Gewis-
sens«. Das Attentat vom 20. Juli 1944 ist zwar der Versuch,
durch die Beseitigung Hitlers günstigere Bedingungen für die
Beendigung des Krieges zu schaffen und eine weitere Zerstö-

VI/268 Nach dem Attentat vom 20. Juli 1944: Führerhauptquartier

VI/269 Prozeß vor dem Volksgerichtshof

rung Deutschlands zu verhindern *(Kat. Abb. 268)*. Aber auch
für den Fall des Scheiterns versprachen sich die Verschwö-
rer eine Wirkung auf das Ausland: »Das Attentat muß
erfolgen, . . . Sollte es nicht gelingen, so muß trotzdem in Berlin
gehandelt werden. Denn es kommt nicht mehr auf den praktischen Zweck an, sondern darauf, daß die deutsche Wider-
standsbewegung vor der Welt und vor der Geschichte den
entscheidenden Wurf gewagt hat. Alles andere ist daneben
gleichgültig« (General v. Tresckow).

Der Zweite Weltkrieg

Die Absicht, den deutschen »Lebensraum« unter allen Umständen zu erweitern, hatte Hitler schon in seinem Buch »Mein
Kampf« formuliert und in Propagandareden ständig wiederholt.
Schon vier Tage nach der Machtergreifung entwickelt er vor der
Reichswehrführung in einer Geheimbesprechung seine politischen und militärischen Vorstellungen *(Kat. Abb. 251)*. Im November 1937 sieht er für die »Lösung der deutschen Frage« nur
den »Weg der Gewalt«, der »niemals risikolos« sein könne, und
trägt den militärischen Spitzen seine Überlegungen über den
günstigsten Zeitpunkt eines Angriffs vor. Am 1. September 1939
verkündet er vor dem Reichstag und vor der Öffentlichkeit den
Beginn des Krieges *(Kat. Abb. 265)*. Die Überfälle auf Polen,
Dänemark, Norwegen, Frankreich und Jugoslawien entsprechen dem Blitzkrieg-Konzept Hitlers *(Kat. Abb. 266)*. Sie führen
1939/40 zunächst auch zu schnell errungenen Siegen. Mit dem
Angriff auf die Sowjetunion sowie dem Kriegseintritt der USA
nach dem Überfall Japans auf Pearl Harbour 1941 erhält der
Krieg eine ganz neue Dimension: er wird endgültig zum Weltkrieg. Die nationalsozialistische Propaganda versucht, den zunehmenden Schwierigkeiten, die sich für Deutschland aus den
Belastungen eines Mehrfrontenkrieges ergeben, mit Durchhal-
teparolen und Versprechungen für die »Zeit nach dem Sieg« zu
begegnen. Mit dem »Ostfeldzug« beginnt nicht nur der Versuch,
die Rote Armee militärisch auszuschalten, sondern auch eine
systematische Vernichtung der osteuropäischen Juden.
Bereits im Januar 1943 fordern die Alliierten die bedingungslose
Kapitulation Deutschlands. Wenig später markiert die deutsche
Niederlage bei Stalingrad die Kriegswende *(Kat. Abb. 267)*. Auf
die Ausrufung des »Totalen Krieges« 1943 durch Propaganda-

minister Goebbels antworten die Westmächte mit der Verschär-
fung des Luftkrieges, auch gegen die Zivilbevölkerung. Die
Invasion der Westalliierten im Juni 1944 leitet die letzte Phase
des Kampfes ein *(Kat. Abb. 270 + 271)*. Zur gleichen Zeit
werfen die Sowjets die deutschen Truppen im Osten bis hart an
die deutsche Grenze zurück. Am Ende steht im Mai 1945 der
totale Zusammenbruch und die bedingungslose Kapitulation
Deutschlands *(Kat. Abb. 272 + 273)*.

VI/270 »Der Tag des deutschen Volkssturms«, 12. November 1944

VI/271 Das letzte Aufgebot: Bau von Panzersperren in Berlin 1945

VI/272   Kapitulation der Deutschen Wehrmacht in Berlin-Karlshorst am 8. Mai 1945

VI/273   Deutsche Stadt 1945

Deutschland 1945

Flensburg

Bremer-
haven   Lübeck   Rostock   unter
                                          polnischer
                                          Verwaltung
     Hamburg   • Stettin

Bremen

                          Berlin

Hannover   Magdeburg

Britische   **Sowjetische**
Besatzungszone   **Besatzungszone**   **gemäß**
                                                     Potsdamer
                              Leipzig   **Abkommen**
Köln   Kassel
                                  Dresden
                 Erfurt   Breslau

Französische

     Frankfurt

Saargebiet
Saarbrücken   Nürnberg

     Stuttgart   **Amerikanische**
                      Besatzungszone
Besatzungszone

Freiburg   München

Königsberg

u. sowj.
Verwaltung
gem.
Potsdamer Abk.

Danzig

VII Entstehung und
Entwicklung der
Bundesrepublik
Deutschland

Die bedingungslose Kapitulation der deutschen Wehrmacht, mit der am 8. Mai 1945 in Europa der Zweite Weltkrieg endet, besiegelt für das deutsche Volk einen ungleich tieferen politischen Sturz, als es ihn je zuvor in seiner Geschichte erlebt hat. Anders auch als nach dem Ersten Weltkrieg ist Deutschland nun vollständig von den Truppen der vier Siegermächte besetzt und jeder eigenen staatlichen Gewalt beraubt. Vor allem aber führt diese zweite Niederlage das Ende des deutschen Nationalstaates in seiner 1871 von Bismarck begründeten Form herauf. Preußen, das Kernland dieses Reiches, wird aufgelöst, die Ostprovinzen werden abgetrennt, die nationale Einheit geht verloren.

Unter der Herrschaft der Besatzungsmächte fallen dann jene Entscheidungen, die die Entwicklung der Bundesrepublik in vielfacher Hinsicht bis heute bestimmen. Sie gehen vor allem darauf zurück, daß sich die politischen und sozialen Ordnungsvorstellungen der Siegermächte schon bald nach der Besetzung als unvereinbar erweisen. Deutschland wird seit der Jahreswende 1946/47 im Zeichen des Kalten Krieges zum Kampffeld des ideologischen und machtpolitischen Konflikts zwischen Ost und West, zwischen den Hauptkontrahenten Sowjetunion und USA. Dieser Gegensatz führt über eine Vielzahl von Stationen nicht nur zur Spaltung Deutschlands in zwei Staaten, die in sich gegenüberstehende militärisch-politische Blöcke eingebunden werden. Er bestimmt letztlich auch darüber, welche politischen Kräfte und welches politisch-soziale System diesseits und jenseits der innerdeutschen Grenze zum Zuge kommen.

Im sowjetischen Einflußbereich wird nach der Anfangsphase einer antifaschistisch-demokratischen Zusammenarbeit aller Parteien eine zunehmend allein von den Kommunisten beherrschte politische Ordnung aufgebaut und das Wirtschaftssystem durch Kollektivierung von Grund und Boden und durch Vergesellschaftung von Banken und Schlüsselindustrien im Sinne einer sozialistischen Planwirtschaft umgestaltet. Dagegen fördern die Westmächte in ihren Zonen die Begründung einer am liberalen Rechtsstaatsideal orientierten und bundesstaatlich organisierten parlamentarischen Demokratie. Dieser Prozeß findet seinen Abschluß am 23. Mai 1949 mit der Verkündung des Grundgesetzes für die Bundesrepublik Deutschland. Parallel hierzu setzen sich nach heftigen Auseinandersetzungen zwischen den deutschen Parteien, in die auch die Besatzungsmächte mehrfach eingreifen, die Befürworter einer zwar weitgehend von staatlichen Eingriffen freien und auf dem Privateigentum beruhenden, aber sozial verpflichteten Marktwirtschaft gegen die nach 1945 zunächst dominierenden Sozialisierungspläne durch.

Diese ordnungspolitische Entscheidung unterstützt ebenso wie das wirtschaftliche Hilfsprogramm der USA für Europa, der Marshall-Plan, und die Währungsreform im Juni 1948 nachhaltig die Ankurbelung der westdeutschen Wirtschaft. Getragen von dem enormen Wiederaufbaubedarf eines schwer zerstörten Landes und begünstigt durch eine langanhaltende weltweite Hochkonjunktur setzt sich dieser wirtschaftliche Aufschwung ungebrochen bis in die sechziger Jahre hinein fort. Seine Früchte kommen nicht nur bald allen Bevölkerungsschichten in Form eines ständig steigenden materiellen Wohlstandes zugute. Das „Wirtschaftswunder" ermöglicht auch die rasche Lösung der ungeheuren sozialen Probleme, die Nationalsozialismus und Krieg der jungen Bundesrepublik als Erbe hinterlassen haben: Kriegsopferversorgung und Wiedergutmachung, Integration der Vertriebenen und Beseitigung der Wohnungsnot. Und es schafft die finanziellen Voraussetzungen, ein immer dichter geknüpftes Netz der sozialen Sicherung aufzubauen. Nicht zuletzt aber beschert die anhaltende wirtschaftliche Prosperität und das Fehlen scharfer sozialer Spannungen der Nachkriegsdemokratie jene innenpolitische Stabilität, an der es der Weimarer Republik so sehr gemangelt hat.

Die breite Zustimmung der Bevölkerung zum politischen und gesellschaftlichen System der Bundesrepublik zeigt sich – nach vorübergehenden Zersplitterungserscheinungen in den Anfangsjahren – in der zunehmenden Konzentration der Wählerstimmen auf wenige diese Ordnung tragende Parteien. Die größte Anziehungskraft geht dabei von der seit 1949 zunächst zusammen mit der FDP regierenden CDU/CSU mit Bundeskanzler Konrad Adenauer an der Spitze aus. Dessen herausragende, die ganze Ära prägende Stellung beruht vor allem auf seiner erfolgreichen Außenpolitik. Gegen den erbitterten Widerstand der stärker an der Zielsetzung der nationalen Einheit orientierten sozialdemokratischen Opposition gelingt es Adenauer mit seinem Konzept einer entschiedenen Westorientierung und dem Angebot einer Wiederbewaffnung, den deutschen Handlungsspielraum schrittweise bis zur vollen Souveränität zu erweitern und die Bundesrepublik schließlich als gleichberechtigtes Mitglied in die westliche Staatengemeinschaft einzufügen. Die enge Anlehnung an die Vereinigten Staaten, die Aussöhnung mit Frankreich und die unbedingte Mitwirkung bei der beginnenden europäischen Integration markieren die Grundlinien der Adenauerschen Politik. Allerdings vertieft sie im Ergebnis zugleich die Spaltung Deutschlands; das Ziel der Wiedervereinigung rückt in immer weitere Ferne.

Schon in den letzten Jahren der Regierungszeit Adenauers kündigt sich ein allmählicher Wandel jener besonderen Nachkriegskonstellation an, der die Bundesrepublik ihre Entstehung verdankte und die ihre Entwicklung bis dahin so sehr geprägt hatte. In der internationalen Politik wird der Kalte Krieg durch wachsende Bemühungen der USA und der Sowjetunion um eine Entspannung ihres Verhältnisses abgelöst. Durch sie gerät die Bundesrepublik außenpolitisch zunehmend in die Defensive. Im wirtschaftlichen Bereich geht Mitte der sechziger Jahre der außergewöhnliche Wiederaufbauboom seinem Ende entgegen. Der erste scharfe konjunkturelle Einbruch und die durch ihn verursachte Krise der CDU/CSU/FDP-Regierung unter Bundeskanzler Erhard im Herbst 1966 werden als so schwerwiegend empfunden, daß sich Unionsparteien und Sozialdemokraten zu ihrer Überwindung auf eine zeitlich begrenzte gemeinsame Regierungsarbeit verständigen. Vor allem aber zeigt sich eine steigende Bereitschaft, die im Zuge des Wiederaufbaus errichtete politische und soziale Ordnung zu reformieren und so den vielfach gewandelten Bedingungen anzupassen. Dieser Wunsch nach einem neuen Aufbruch äußert sich zum einen in zum Teil radikaler Form in der vor allem von Studenten getragenen Protestbewegung der ausgehenden sechziger Jahre. Zum anderen führt der Wille einer Mehrheit der Wählerschaft, außen- wie innenpolitisch neue Wege zu beschreiten, zum Machtwechsel von 1969, mit dem erstmals nach zwanzig Jahren unionsgeführter Bundesregierungen ein Sozialdemokrat das Amt des Bundeskanzlers übernimmt.

Die neue sozialliberale Bundesregierung konzentriert ihre außenpolitischen Bemühungen auf den Versuch, auch mit den osteuropäischen Staaten zu einem Ausgleich zu gelangen und die Voraussetzungen für ein gutnachbarliches Verhältnis zu schaffen. In Verträgen mit der Sowjetunion, Polen, der CSSR und der DDR werden Gewaltverzichtsvereinbarungen getroffen und die aus dem Zweiten Weltkrieg resultierenden Realitäten von der Bundesrepublik anerkannt. Zugleich gelingt es mit dem Vier-Mächte-Abkommen über Berlin und weiteren Vereinbarungen

mit der DDR konkrete Verbesserungen für die Menschen in
beiden Teilen Deutschlands zu erzielen. Der einschneidende
Wandel gegenüber den bisher vertretenen Grundpositionen, der
mit der neuen Ostpolitik vollzogen wird, löst allerdings heftige
Kritik der CDU/CSU-Opposition und scharfe innenpolitische
Kontroversen aus. Sie gipfeln in dem gescheiterten Versuch,
Bundeskanzler Brandt durch ein konstruktives Mißtrauensvotum
zu stürzen, und klingen erst nach dem deutlichen Sieg der sozialliberalen Koalition in der Bundestagswahl 1972 ab.
Über einen sehr viel längeren Zeitraum zieht sich dagegen die
Umsetzung des umfassenden innenpolitischen Reformpro-
gramms hin, mit dem die SPD/FDP-Regierung 1969 antritt. Trotz
erheblicher Erfolge in der Rechts-, Bildungs-, Mitbestimmungs-
und Sozialpolitik erweisen sich die ursprünglichen Erwartungen
vielfach als zu hoch gespannt. Neben innenpolitischen Wider-
ständen, die vor allem von den Unionsparteien ausgehen, zieht
hier nicht zuletzt der wirtschaftliche Umschwung im Gefolge der
Ölkrise vom Herbst 1973 die entscheidenden Grenzen. Der
Führungswechsel in der sozialliberalen Koalition von Brandt
und Scheel zu Schmidt und Genscher im Mai 1974 markiert
auch jene grundlegende Veränderung der wirtschaftlichen und
politischen Rahmenbedingungen, von der alle hochentwickelten
Industriestaaten in dieser Zeit betroffen werden.
Die zeitweilige Bedrohung durch den Terrorismus, die Gefahren
einer sich verstärkenden Umweltzerstörung und der sich wieder
verschärfende Ost-West-Konflikt, vor allem aber die weltweite
Wirtschaftskrise lösen eine allgemeine politische Umorientierung aus: An die Stelle des Reformelans der frühen siebziger
Jahre tritt eine zunehmend pessimistischere Zukunftsbeurtei-
lung. In den Mittelpunkt der politischen Bemühungen rückt nun
mehr und mehr die Aufgabe der Krisenbewältigung. Die Wege,
die hierzu beschritten werden sollen, und die Frage, wie und in
welchen gewandelten Formen die politische und gesellschaftliche Ordnung der Bundesrepublik in ihrer Substanz über die
schwierige politische und ökonomische Situation hinweg erhalten werden kann, sind Gegenstand der aktuellen politischen
Auseinandersetzung.

I. 1945–1949: Die Jahre der Grundentscheidungen

1. Das Deutschland der Sieger

Seit September 1944 wird das Gebiet des Deutschen Reiches Schritt um Schritt durch alliierte Truppen besetzt. Am 8. Mai 1945 muß die militärische Führung Hitler-Deutschlands die bedingungslose Kapitulation unterzeichnen. Am 5. Juni 1945 schließlich proklamieren die USA, Großbritannien, Frankreich und die UdSSR die Übernahme der uneingeschränkten Regierungsgewalt im besiegten Deutschland. Hitlers Versuch, mit brutalster Gewalt eine Hegemonialherrschaft auf dem europäischen Kontinent zu errichten, hat mit der totalen Niederlage geendet; Deutschland ist zum bloßen Objekt der Politik der Siegermächte geworden.

Schon auf mehreren Konferenzen während des Krieges, zuletzt in Jalta auf der Krim, hatte sich die Anti-Hitler-Koalition auf Grundzüge einer europäischen Nachkriegsordnung und eine Reihe von Regelungen für die Behandlung Deutschlands verständigt. Große Teile des Reiches östlich von Oder und Neiße sollen abgetrennt werden und in polnische bzw. sowjetische Verwaltung übergehen, das Restgebiet in vier Besatzungszonen aufgeteilt werden und die alte Reichshauptstadt Berlin ein eigenes, von den vier Mächten gemeinsam regiertes Territorium bilden. Die Regierungsgewalt für ganz Deutschland soll in den Händen eines aus den vier Oberbefehlshabern zusammengesetzten Alliierten Kontrollrates liegen.

Im übrigen aber erschöpft sich die Einigkeit der Siegermächte in dem bloßen Willen, für die Zukunft jede Gefahr eines erneut von Deutschland ausgehenden Krieges auszuschließen und das nationalsozialistische Regime restlos zu beseitigen. Auch die auf der Potsdamer Konferenz vom 17. Juli bis 2. August 1945 erzielten Vereinbarungen, darunter die Bekenntnisse zur wirtschaftlichen Einheit Deutschlands und zum Neuaufbau einer demokratischen Ordnung, sind vielfach lediglich vage Umschreibungen der differierenden Zielvorstellungen. Sie können die fortbestehenden massiven Interessengegensätze kaum überdecken.

Der Alliierte Kontrollrat erweist sich deshalb bald in den meisten Fragen als entscheidungsunfähig; seine Kompetenzen gehen zunehmend auf die Oberbefehlshaber und Militärregierungen in den einzelnen Zonen über. Die geplanten deutschen Zentralver-

VII/274   Einmarsch amerikanischer Truppen im hessischen Bensheim am 27. März 1945

VII/275   Befreiung von KZ-Häftlingen in Dachau am 29. April 1945

VII/276   Flüchtlingstreck in Ostdeutschland 1945

VII/277   Plenarsitzung der Potsdamer Konferenz Juli/August 1945

waltungen scheitern am Veto Frankreichs, dessen Regierung entschlossen ist, jede Wiederbelebung der deutschen Einheit zu blockieren. Die Wirtschaftseinheit fällt den Auseinandersetzungen über die vor allem von der Sowjetunion geforderten Reparationen zum Opfer. In der Frage der Demokratisierung orientiert sich jede Besatzungsmacht, je weniger sich gemeinsame Lösungen abzuzeichnen scheinen, desto mehr an ihrem eigenen politischen System. Damit ist eine Auseinanderentwicklung der vier Zonen eingeleitet, die die später vollzogene Teilung Deutschlands erheblich begünstigt.

Zwischen Befreiung und Besatzung

Der Einmarsch der alliierten Truppen wird von der deutschen Bevölkerung je nach Siegermacht und eigener politischer Grundhaltung sehr verschieden erlebt und empfunden. Die Stunde der Niederlage, der größten Demütigung Deutschlands in seiner Geschichte ist zugleich die Stunde der Befreiung, der Beseitigung einer in ihrer Unmenschlichkeit singulären Gewaltherrschaft. Das Wortpaar Befreiung und Besatzung umschreibt aber auch das Dilemma, vor das sich die alliierte und die deutsche Politik in den folgenden Jahren gestellt sehen: dort den Willen der Sieger durchzusetzen und doch auf diesem Wege eine demokratische Ordnung zu begründen, hier deutsche Interessen zu vertreten und doch mit den Besatzungsmächten loyal zusammenzuarbeiten.

Die Politik der Besatzungsmächte

In der Deutschlandpolitik der Siegermächte überlagern sich in jeweils unterschiedlicher Mischung und Gewichtung Interessen und Ziele unterschiedlicher Art: das Sicherheitsbedürfnis wie die Forderung nach Reparationen; das Bestreben, Deutschland ganz oder in Teilen dem eigenen Einflußbereich einzuverleiben, wie die sehr verschieden verstandene Bereitschaft zur demokratischen Neuordnung Deutschlands. Zusammen mit den weltpolitischen Gegensätzen ergeben sich daraus Spannungen, die nur in einer kurzen Übergangsphase etwa bis zur Jahreswende 1946/47 Kompromisse zulassen.

Auch das im Krieg vereinbarte Besatzungssystem, die Aufteilung in vier Zonen, der Zwang zur Einstimmigkeit bei Kontrollratsentscheidungen und das ungeklärte Verhältnis zwischen der Vier-Mächte-Verwaltung und den Zonenbefehlshabern, ist nicht in der Lage, eine einheitliche Besatzungspolitik zu gewährleisten.

Die Entnazifizierung

Die Ahndung der unter der nationalsozialistischen Herrschaft begangenen Verbrechen und die Entfernung aller aktiven Nationalsozialisten aus ihren Stellungen gehören zu den wichtigsten Zielen der Siegermächte. Doch nur bei der Behandlung der Hauptkriegsverbrecher, über die das Internationale Militärtribunal in Nürnberg am 1. Oktober 1946 zwölf Todesurteile, sieben Haftstrafen und drei Freisprüche fällt, können sich die Alliierten noch auf ein gemeinsames Vorgehen einigen. In der eigentlichen Entnazifizierung werden in allen Zonen verschiedene Wege beschritten: Die Sowjetunion betrachtet sie primär als einen Teilaspekt der gesellschaftlichen Umwälzung im kommunistischen Sinne. Dagegen wird die Entnazifizierung im Westen, besonders in der amerikanischen Zone, als eine Frage der individuellen Schuld und der »Erziehung zur Demokratie« (Reeducation) gesehen. Im Zuge des Wiederaufbaus und im Zeichen des Kalten Krieges wird das anfangs rigorose Vorgehen allerdings zunehmend abgemildert und auf deutschen Druck hin schließlich 1948 de facto eingestellt. Den hohen in sie gesetzten Erwartungen ist die Entnazifizierung deshalb nicht gerecht geworden.

2. Die Demokratiegründung

Eine Stunde Null, einen völligen Neuanfang hat es 1945 nicht gegeben. Auch der Aufbau einer demokratischen Ordnung, zentrale Aufgabe nach den Jahren der Hitler-Diktatur, knüpft personell und in den politischen Konzeptionen vielfach an Weimarer oder gar ältere Tradition an. Zugleich wird er entscheidend durch die Vorstellungen der Besatzungsmächte geprägt.
Das stark föderalistische Konzept der Amerikaner sieht einen stufenweisen Aufbau von unten nach oben vor; zudem sollen sich alle Institutionen alsbald in Wahlen demokratisch legitimieren. Dagegen folgt die britische Politik, so sehr sie in vielem mit der der

VII/278 Die Anklagebank im Nürnberger Hauptkriegsverbrecherprozeß 1945/46

VII/279 Entnazifizierungsausschuß in Berlin 1946

VII/280 Arbeitssitzung im Büro Schumacher in Hannover 1946

VII/281 Sitzung der CDU/CSU-Arbeitsgemeinschaft im April 1948 in Frankfurt am Main

USA übereinstimmt, stärker dem Leitbild des dezentralisierten Einheitsstaates und ist nur zögernd bereit, deutschen Stellen eigene Befugnisse zu übertragen. Am restriktivsten verhalten sich die Franzosen; insbesondere unterbinden sie nahezu jeden Kontakt deutscher Politiker über Landes- und Zonengrenzen hinweg.

Wie in den Westzonen entsteht auch im sowjetischen Einflußbereich zunächst eine nicht nur rein formale demokratische Ordnung. Allerdings werden in dieser Zeit mit der sofortigen Einbindung der Parteien in den »antifaschistisch-demokratischen Block«, mit der Zwangsvereinigung von SPD und KPD zur Sozialistischen Einheitspartei Deutschlands (SED) im April 1946 und mit dem Aufbau von durch die SED beherrschten Massenorganisationen (FDGB, FDJ) zugleich die Grundlagen für die spätere Machtübernahme der Kommunisten geschaffen.

Auf deutscher Seite nehmen die neugegründeten politischen Parteien schon bald eine Schlüsselstellung ein. Neben der KPD gelingt es als ersten den Sozialdemokraten, sich wieder zu organisieren und einen geschlossenen Parteiwillen zu entwickeln. Unter Führung von Kurt Schumacher kämpfen sie für eine parlamentarische Demokratie auf der Grundlage einer sozialistischen Wirtschaftsordnung – d. h. vor allem der Vergesellschaftung der Grundstoffindustrien und der betrieblichen Mitbestimmung –, betonen den Vorgang der nationalen Einheit und verfolgen eine entschieden antikommunistische Linie. Dagegen gelangen CDU und CSU als völlig neue Parteien, in denen sich Kräfte aus dem katholischen, liberalen und konservativen Lager zusammengefunden haben, erst später zu einer einheitlichen Programmatik und Politik. Mit Konrad Adenauer setzen sich 1948/49 die Anhänger der Westorientierung und der Sozialen Marktwirtschaft durch. In der FDP schließen sich die beiden seit 1866/67 in verschiedenen Parteien organisierten Flügel des Liberalismus zusammen. Zwischen ihnen wird jedoch noch lange um die Frage gerungen, was in der Partei den Vorrang haben müsse: das Prinzip bürgerlicher Interessenvertretung auf der Basis des Wirtschaftsliberalismus oder allgemein die Verteidigung und Ausweitung individueller Bürgerrechte.

Den Höhepunkt des Prozesses der Demokratiegründung bildet in den Westzonen schließlich die Ausarbeitung des Grundgesetzes durch den Parlamentarischen Rat. Ausgehend von den Erfahrungen mit der Weimarer Verfassung, in deutlicher Abwendung von jeder Art von Diktatur und in Anknüpfung an liberaldemokratische Traditionen des 19. Jahrhunderts bekennt sich mit dem Grundgesetz eine breite Mehrheit zur rechtsstaatlichen Ordnung, zur parlamentarischen Demokratie, zum Sozialstaat und zum föderalistischen Prinzip.

Der Neuanfang

Vielerorts finden sich schon während des alliierten Einmarschs – aufbauend auf dem Widerstand gegen das NS-Regime – antifaschistische Gruppen zusammen. Sie versuchen die Bewältigung akuter Versorgungsprobleme ebenso in die Hand zu nehmen wie die Entnazifizierung und den demokratischen Neubeginn. Doch die Besatzungsmächte unterbinden jede politische Betätigung. Sie leiten mit der Einsetzung von Bürgermeistern und Landräten zunächst den Wiederaufbau der Verwaltung ein. Erst allmählich und unter strenger alliierter Aufsicht werden mit der Zulassung deutscher Zeitungen und neuen Rundfunkanstalten Voraussetzungen für ein demokratisches Leben geschaffen.

Die Gründung der Parteien und Gewerkschaften

Als erste Besatzungsmacht gibt die UdSSR – auch mit dem Ziel, die politische Entwicklung in ganz Deutschland zu prägen – bereits am 10. Juni 1945 den Weg für die Gründung von Parteien und Gewerkschaften frei. Eher zögernd folgen im Spätsommer die Amerikaner und Briten und gegen Jahresende die Franzosen. Nach dem Scheitern zeitweiliger Sammlungsbestrebungen auf der Linken und Rechten werden in allen Zonen mit nur wenigen regionalen Ausnahmen vier Parteien lizenziert: SPD und KPD werden wiedergegründet, die Liberalen schließen sich unter verschiedenen Namen (FDP, LDP, DVP) zusammen, und als neue Volksparteien katholischer wie evangelischer Christdemokraten bilden sich die CDU und in Bayern die CSU. Parallel hierzu organisieren sich die Arbeitnehmer in weltanschaulich neutralen, nicht an eine einzelne Parteirichtung gebundenen Industriegewerkschaften.

Die Neubildung der Länder

In allen Zonen werden 1945/46 – nicht zuletzt als Folge der Zerschlagung Preußens – neue Länder gebildet. Die Besatzungs-

VII/282   Sitzung des liberalen Parteivorstandes am 3. November 1947 in Frankfurt am Main

VII/283   Die Vertreter der Gewerkschaften der Bizone im Januar 1948 in Frankfurt am Main

VII/284   Eröffnung der Verfassunggebenden Landesversammlung in Württemberg-Baden, Juli 1946

VII/285   Schlußabstimmung des Parlamentarischen Rates über das Grundgesetz am 8. Mai 1949

mächte ziehen jene Grenzen, die in der Bundesrepublik mit
Ausnahme des Südwestens noch heute Bestand haben. Eine
herausgehobene Stellung nehmen die Länder in der amerikanischen Politik ein: Die Militärregierung überträgt den im Sommer
1945 eingesetzten Ministerpräsidenten und dem aus ihnen gebildeten Länderrat nicht nur fast alle früher dem Reich vorbehal-
tenen Befugnisse. Sie besteht auch auf dem raschen Ausbau
der Länder zu parlamentarisch-demokratisch verfaßten Gemeinwesen: Noch vor dem Jahresende 1946 treten in Bayern,
Hessen und Württemberg-Baden die von den Verfassunggebenden Landesversammlungen entworfenen und in Volksabstimmungen gebilligten Verfassungen in Kraft. Dieser mehrjäh-
rige Vorsprung vor den Bundesorganen trägt mit zu der heraus-
gehobenen Stellung bei, die die Länder und ihre Repräsentan-
ten in der politischen Ordnung der Bundesrepublik einnehmen.

Der Parlamentarische Rat und das Grundgesetz

Am 1. Juli 1948 übergeben die drei westlichen Militärgouverneure den Ministerpräsidenten der deutschen Länder in Frankfurt
drei Dokumente; diese empfehlen unter anderem, bis zum
1. September einen »Parlamentarischen Rat« aus Mitgliedern
der verschiedenen Landtage einzuberufen mit dem Ziel, für das
Gebiet der drei Westzonen eine Verfassung auszuarbeiten, die
dann nach Zustimmung durch die Besatzungsmächte in einer
Volksabstimmung gebilligt werden soll. Die Militärgouverneure
behalten sich gleichzeitig die »Ausübung ihrer vollen Machtbe-
fugnisse« vor, »falls ein Notstand die Sicherheit bedroht und um
nötigenfalls die Beachtung der Verfassungen und des Besat-
zungsstatuts zu sichern«.
In ihren auf dem »Rittersturz« bei Koblenz gefaßten Beschlüssen nehmen die Ministerpräsidenten eine Woche später zu den
»Frankfurter Dokumenten« Stellung. Sie wollen die »Einberufung einer deutschen Nationalversammlung und die Ausarbeitung einer deutschen Verfassung« zurückstellen, »bis die Voraussetzungen für eine gesamtdeutsche Regelung gegeben sind
und die deutsche Souveränität in ausreichendem Maße wiederhergestellt ist«. Die Militärgouverneure gehen darauf nicht ein.
Nach erneuten Verhandlungen im Jagdschloß Niederwald bei
Rüdesheim erklären sich die Ministerpräsidenten schließlich
bereit, den geforderten Preis für eine eigenständige parlamen-

tarisch-demokratische Entwicklung zu zahlen. Allerdings soll
sich der westdeutsche Teilstaat nur auf ein »Grundgesetz«
gründen, das »dem staatlichen Leben für eine Übergangszeit
eine neue Ordnung« geben soll, wie es in der Präambel heißt;
erst eine vom ganzen deutschen Volk in freier Entscheidung
beschlossene Verfassung soll dieses Provisorium ablösen.
Im August 1948 erarbeitet ein von den Ministerpräsidenten der
Länder einberufener Sachverständigen-Ausschuß in Herren-
chiemsee einen Entwurf mit teilweise alternierenden Vorschlä-
gen, der dem Parlamentarischen Rat als Orientierung für die zu
leistende Arbeit dienen soll. Dieser Entwurf ruft in der Öffentlichkeit kritische Diskussionen hervor und führt auch zu einem
heftigen Meinungsstreit zwischen den Parteien über die Frage der Finanzverwaltung und der Länderrepräsentation. Am
1. September konstituiert sich der Parlamentarische Rat in
Bonn. Von den 65 Mitgliedern gehören je 27 der CDU/CSU und
der SPD an, fünf der FDP und je zwei der Deutschen Partei, der
Kommunistischen Partei Deutschlands und dem Zentrum. Fünf
Abgeordnete vertreten, allerdings nur mit beratender Stimme,
Berlin. Eine schwere Krise, die aus den Differenzen mit den
Militärgouverneuren über die Kompetenzverteilung zwischen
der Zentralgewalt und den Ländern erwächst und den Erfolg der
Arbeit im Parlamentarischen Rat gefährdet, wird schließlich
durch einen Kompromiß mit den Westmächten Ende April 1949
überwunden.
Am 8. Mai 1949 verabschiedet der Parlamentarische Rat mit 53
gegen zwölf Stimmen, die aus der CSU, der DP, der KPD und
dem Zentrum kommen, das »Grundgesetz für die Bundesrepublik Deutschland«. Nach der Billigung durch die Militärgouverneure am 12. Mai und der Ratifizierung durch die Länderparlamente – nur der bayerische Landtag lehnt ab, weil seine CSU-
Mehrheit die neue Verfassung für zu zentralistisch hält – versammeln sich am 23. Mai 1949 die Mitglieder des Parlamentarischen Rates, die Ministerpräsidenten der Länder, die Landtags-
präsidenten, die Vertreter der Militärregierungen und des Frankfurter Wirtschaftsrates in Bonn, um das Grundgesetz in einem
feierlichen Staatsakt zu verkünden.
Obwohl das Grundgesetz im Auftrag der Besatzungsmächte
erarbeitet worden ist, ist es eine eigenständige deutsche Ver-
fassungsleistung geworden, die in Rückbesinnung auf liberaldemokratische Traditionen und unter Auseinandersetzung mit den
Erfahrungen der Weimarer Verfassung und dem Nationalsozia-

lismus entstanden ist. Das Grundgesetz hat sich in den mehr als drei Jahrzehnten seiner Geltung als eine solide Basis für die Entwicklung einer stabilen Demokratie in der Bundesrepublik erwiesen. Seine entscheidenden Grundprinzipien sind in Art. 20 zusammengefaßt: das rechtsstaatliche Prinzip, also die Bindung allen staatlichen Handelns an Recht und Gesetz; das demokratische Prinzip, also die Forderung nach durchgängiger Legitimation aller staatlichen Gewalt durch das Volk; das sozialstaatliche Prinzip, d. h. die Verpflichtung des Staates auf den Gedanken der Chancengleichheit und der sozialen Gerechtigkeit, und das föderalistische Prinzip, d. h. die Verteilung der staatlichen Macht auf Bund und Länder. Diese vier zentralen und richtungweisenden Grundsätze werden in Art. 79 ausdrücklich für unabänderlich erklärt. Dasselbe gilt auch für den ersten Artikel des Grundrechtskatalogs, der alle staatliche Gewalt auf den Schutz der Menschenwürde und damit zugleich der Menschenrechte insgesamt verpflichtet. Diese Menschenrechte sind im Grundrechtskatalog ausführlich niedergelegt. Er knüpft an die liberalen Traditionen der Paulskirchenverfassung an und ist inhaltlich weitgehend identisch mit dem entsprechenden Teil der Reichsverfassung von 1849.

Zur Sicherung der in Art. 1–17 garantierten Freiheits- und Unverletzlichkeitsrechte ist bestimmt, daß sie als unmittelbar geltendes Recht die Gesetzgebung, die vollziehende Gewalt und die Rechtsprechung binden; Einschränkungen von Grundrechten sind zwar möglich, können aber gemäß dem Rechtsstaatsprinzip nur aufgrund eines Gesetzes erfolgen, das »den Wortlaut des Grundgesetzes ausdrücklich ändert oder ergänzt«. Die Gewaltenteilung, d. h. die Trennung von Legislative, Exekutive und Judikative, stärkt das Prinzip der Rechtsstaatlichkeit, erschwert den Mißbrauch der Staatsgewalt und verhindert Staatswillkür. Eine das Verfassungsrecht sichernde Verfassungsgerichtsbarkeit überwacht zudem die Verfassungsmäßigkeit der Gesetzgebung. So kann bei »Meinungsverschiedenheiten oder Zweifeln über die förmliche und sachliche Vereinbarkeit von Bundesrecht oder Landesrecht mit diesem Grundgesetze . . . auf Antrag der Bundesregierung, einer Landesregierung oder eines Drittels der Mitglieder des Bundestages« das Bundesverfassungsgericht angerufen werden.

Durch ein System komplizierter, sich aufeinander beziehender Regelungen und Vorschriften versucht das Grundgesetz, die Elemente des Rechtsstaats gegen Eingriffe von einzelnen oder

Gruppen abzusichern. Zur Wahrung dieses höheren Rechtsgutes beschneidet es andere Rechte, die – für sich selbst genommen – durchaus zu den Grundrechten gehören können. Die Wahrnehmung eines Grundrechts kann verwehrt werden, wenn es zur Beseitigung oder Infragestellung eines anderen Grundrechts eingesetzt werden soll oder wird. Beispielsweise kann eine Partei, deren Ziele den im Grundgesetz formulierten Staatszielbestimmungen widersprechen, verboten werden.

Die unbedingte Bindung an das Gesetz rückt die Institution in den Mittelpunkt, die allein zur Gesetzgebung befugt ist: die Legislative, das von der Bevölkerung in allgemeinen, unmittelbaren, freien, gleichen und geheimen Wahlen gewählte Parlament. In ihm drückt sich das Prinzip der Volkssouveränität aus. Die Volksvertretung, der Bundestag, ist damit das wichtigste Organ der politischen Willensbildung. Zwar kann das Volk seinen politischen Willen auch unmittelbar artikulieren; in der Regel aber findet er seinen Ausdruck durch die vom Grundgesetz ausdrücklich zur Mitwirkung bei der politischen Willensbildung des Volkes aufgerufenen demokratischen Parteien und gelangt über ihre Mandatsträger in das Parlament. Plebiszitäre Elemente sieht das Grundgesetz als Verfassung einer repräsentativen Demokratie nur im Zusammenhang mit einer eventuellen Neugliederung des Bundesgebietes vor.

Mit dem Bekenntnis zum Sozialstaat gibt das Grundgesetz dem demokratischen Rechtsstaat einen materiellen Inhalt. Das sozialstaatliche Verfassungsprinzip setzt dem Staat die Aufgabe und das Ziel, das gesellschaftliche Leben im Sinne sozialer Gerechtigkeit zu ordnen. Auch zur Verwirklichung dieses Prinzips sind Eingriffe und Relativierungen von Grundrechten möglich. Insbesondere wird das Recht auf Eigentum insofern begrenzt, als sein Gebrauch ausdrücklich an den Gedanken des Gemeinwohls gebunden wird. Das Grundgesetz schließt in diesem Zusammenhang nicht aus, daß »Grund und Boden, Naturschätze und Produktionsmittel . . . in Gemeineigentum oder andere Formen der Gemeinwirtschaft überführt werden« können (Art. 15).

Eine wesentliche Säule der Verfassungsordnung der Bundesrepublik ist schließlich das föderalistische Prinzip, die Gliederung des Bundesgebietes in selbständige Bundesländer. Diese haben ihre eigenen Verfassungsordnungen, für die allerdings entsprechend dem Prinzip der Verfassungshomogenität gleichfalls die im Grundgesetz formulierten Normen bestimmend sein müssen. Die Verteilung der Kompetenzen zwischen dem Bund und den einzelnen Gliedstaaten ist dabei das entscheidende verfassungspolitische Problem. Die Erkenntnis, daß die wachsenden gesellschaftspolitischen und infrastrukturellen Aufgaben nur durch Kooperation zwischen Bund, Ländern und Gemeinden zu leisten sind, hat zu Kompromissen geführt, die zwar nicht in die autonomen Rechte der Bundesländer eingreifen, aber die Rahmenkompetenz des Bundes in den verschiedenen Bereichen betonen. Einer Entwicklung dieses »kooperativen Föderalismus« zum Bundeszentralismus setzt jedoch das bundesstaatliche Prinzip und die Garantie der kommunalen Selbstverwaltung Grenzen.

Bei der Verwirklichung des Ziels, die Rechtsstaatlichkeit der Bundesrepublik durch ein System des Kompetenzausgleichs und des Machtgleichgewichts zu sichern und dabei gleichzeitig die Stabilität der politischen Ordnung zu garantieren, haben sich die Väter der Verfassung nicht zuletzt von den Einsichten leiten lassen, die ihnen die Geschichte und das Ende der Weimarer Verfassung und die Erfahrungen mit dem Nationalsozialismus aufgedrängt haben. So sind sehr bewußt die in der Weimarer Verfassung noch stärker vorhandenen plebiszitären Elemente zugunsten des repräsentativen Gedankens zurückgedrängt. An die Stelle der direkten Wahl des Staatsoberhauptes durch das Volk, die in der Weimarer Republik zur Bildung zweier konkurrierender Machtzentren geführt hat, ist in diesem Sinne die Wahl durch eine Bundesversammlung getreten. Gleichzeitig sind die Rechte des Bundespräsidenten gegenüber denen des Reichspräsidenten der Weimarer Zeit erheblich eingeschränkt worden: er ist nur einmal wiederwählbar, besitzt nicht den militärischen Oberbefehl, kann nicht von sich aus den Ausnahmezustand verhängen, kann den Kanzler nicht selbständig ernennen oder entlassen, sondern ihn nur vorschlagen, und kann auch das Parlament nicht jederzeit auflösen. Die Richtlinien der Politik bestimmt der Bundeskanzler, dessen Stellung wesentlich stärker ist als die des Reichskanzlers der Weimarer Zeit: vom Vertrauen des Bundestages abhängig, kann er nicht durch ein einfaches Mißtrauensvotum vom Parlament gestürzt, sondern nur von einem gleichzeitig von der Mehrheit des Parlaments neugewählten Nachfolger abgelöst werden (konstruktives Mißtrauensvotum). Sperrmajoritäten, also negative Mehrheiten, die sich lediglich in der Ablehnung der Regierung einig sind, haben damit die politische Funktion, die in der Weimarer Republik den

Übergang von der parlamentarischen zur autoritären Regierungsform mit dem Reichspräsidenten an der Spitze mit ermöglicht hat, verloren. Während das parlamentarische System der Weimarer Republik durch eine Fülle auseinanderstrebender, oft antiparlamentarischer Parteien paralysiert worden ist, hat die Verpflichtung der im Bundestag vertretenen Parteien auf demokratische Grundsätze im Zusammenhang mit der stabilisierenden Wirkung der Fünfprozentklausel günstige Voraussetzungen für die Weiterentwicklung der Bundesrepublik im Sinne des demokratischen und sozialen Rechtsstaates geschaffen.

3. Die Neuordnung der Wirtschaft

Angesichts der Trümmerlandschaft, als die sich Deutschland 1945 dem Auge des Betrachters darbietet, scheint eine optimistische Einschätzung der künftigen Entwicklung der Wirtschaft und damit auch der Lebensverhältnisse der Bevölkerung wenig berechtigt zu sein. Die Industrieproduktion ist auf nicht einmal ein Drittel des Vorkriegsstandes gesunken. Gleichzeitig hat sich aber die Bevölkerungsdichte durch die fast zehn Millionen Vertriebenen und Flüchtlinge vor allem in der amerikanischen und britischen Zone deutlich erhöht. Die Situation auf dem Wohnungsmarkt ist auf das Äußerste angespannt. Schwerer noch wiegen die Ernährungsprobleme: Trotz alliierter Lebensmittellieferungen müssen die Tagesrationen mehrfach gekürzt werden – im Hungerwinter 1946/47 teilweise auf fast 1000 Kalorien. Die Wirtschaftspolitik der Siegermächte ist anfangs vor allem durch das Ziel beherrscht, das deutsche Kriegspotential zu vernichten und Entschädigungen für die eigenen Kriegsverluste zu erhalten. Über der Wirtschaft schwebt das Gespenst des Morgenthau-Plans, Deutschland in ein Agrarland zu verwandeln. Der im März 1946 vom Kontrollrat verabschiedete Industrieplan sieht neben dem Verbot ganzer Industriezweige vor, die deutsche Industrieproduktion auf 70–75 % des Standes von 1936 zu begrenzen. Zu seiner Realisierung kommt es jedoch nicht, da in den Auseinandersetzungen um die Reparationsfrage schon im Mai 1946 die deutsche Wirtschaftseinheit endgültig zerbricht.
Die USA und Großbritannien entschließen sich unter dem Eindruck der schlechten Versorgungslage und der zunehmenden Spannungen mit der UdSSR, der wirtschaftlichen Gesundung

VII/286   Zerstörte Bahnanlagen in Karlsruhe 1945

VII/287   Demontagen in der Oberhausener Ruhrchemie 1949

VII/288   Hungerdemonstration Münchener Studenten im Sommer 1947

ihrer Zonen den Vorrang einzuräumen. Beide Gebiete werden am 1. Januar 1947 wirtschaftlich zur sogenannten Bi-Zone zusammengelegt. In deren in mehreren Schritten ausgebauten Organen, insbesondere in dem von den Landtagen gewählten Wirtschaftsrat, können die Deutschen die Wirtschaftspolitik mehr und mehr in eigene Hände nehmen.
Die endgültige Weichenstellung folgt im Juni 1947 mit der Verkündung eines wirtschaftlichen Hilfsprogramms für ganz Europa durch den amerikanischen Außenminister Marshall: Die Unterstützung der USA – die Westzonen erhalten neben anderer Hilfe seit Herbst 1948 Lieferungen im Wert von 1,56 Milliarden Dollar – trägt nicht nur zur Ankurbelung der Wirtschaft bei. Der Marshall-Plan beschleunigt auch, weil der Osten erwartungsgemäß ablehnt, die Teilung Europas und Deutschlands. Und er führt zu einer Vorentscheidung im Ringen der deutschen Parteien um die Wirtschaftsordnung, da – wie die amerikanische Militärregierung auch deutlich werden läßt – sich Sozialisierungspläne mit der Integration der Westzonen in das westliche Wirtschaftssystem kaum vereinbaren lassen. Die Leitlinien für die Entwicklung der Bundesrepublik sind damit auch im wirtschaftlichen Bereich vorgezeichnet.

Wiederaufbau zwischen Mangelverwaltung und Demontagen

Dem allgemeinen Willen zum Wiederaufbau stehen im Nachkriegsdeutschland vielfältige Hindernisse entgegen: Zu den Kriegsschäden, die freilich für den industriellen Bereich in ihrem Ausmaß zunächst überschätzt worden sind, kommen die alliierten Demontagen. Rohstoffknappheit und Transportprobleme erweisen sich bald als ebenso hemmend wie die schlechte Ernährungslage. Nicht zuletzt ist der Wirtschaftskreislauf durch die Zerrüttung der Reichsmark-Währung und den Mangel an Waren jeder Art nachhaltig gestört; Zwangsbewirtschaftung und Schwarzer Markt bestimmen das Bild. Dennoch sind die Jahre vor der Währungsreform keine Zeit bloßer wirtschaftlicher Stagnation. Schon 1946 löst der Wiederaufbaubedarf einen Aufschwung aus, der allerdings im harten Winter 1946/47 abbricht und erst im Spätsommer 1947 erneut und dauerhafter in Gang kommt.

Von der Sozialisierungsdiskussion zur Sozialen Marktwirtschaft

Nicht nur Kommunisten und Sozialdemokraten können sich 1945 einen Wiederaufbau allein unter sozialistischem Vorzeichen vorstellen. Bis weit in die Reihen der CDU reichen die Befürworter einer Sozialisierung des Bergbaus und der Schlüsselindustrien, einer Umverteilung des landwirtschaftlichen Besitzes, eines umfassenden Ausbaus der Mitbestimmungsrechte und lenkender Eingriffe des Staates in die Wirtschaft (Ahlener Programm vom Februar 1947). Breite Mehrheiten stimmen in Hessen für den Sozialisierungsartikel der Landesverfassung und im nordrhein-westfälischen Landtag für die Verstaatlichung des Kohlebergbaus. Erst im Zeichen von Marshall-Plan und Währungsreform vollzieht sich ein Umschwung. Eine Koalition aus CDU/CSU, FDP und Deutscher Partei unterstützt im Frankfurter Wirtschaftsrat die von Ludwig Erhard initiierte Politik der Sozialen Marktwirtschaft.

Die Anfänge des »Wirtschaftswunders«

Schon mit der Gründung der Bizone und der Verkündung des Marshall-Planes haben sich die Bedingungen für einen wirtschaftlichen Wiederaufstieg Westdeutschlands erheblich verbessert. Doch erst nach der Entscheidung für einen westdeutschen Staat vollziehen die Westmächte die schon lange geplante Währungsreform. Am 20. Juni 1948 wird die nahezu wertlos gewordene Reichsmark im Verhältnis 1:10 abgewertet; jeder Westdeutsche erhält ein »Kopfgeld« von zunächst 40, später noch einmal 20 Deutsche Mark. Zugleich setzt Erhard im Wirtschaftsrat die Aufhebung einer Reihe von Bewirtschaftungsmaßnahmen durch. Diese Entscheidungen unterstützen nachhaltig den bereits in Gang gekommenen industriellen Aufschwung. Bereits Ende 1949 wird fast wieder der Vorkriegsstand erreicht. Weite Kreise der Bevölkerung profitieren jedoch erst später von dieser Entwicklung: Zwar füllen sich »über Nacht« die Schaufenster, doch steigen in den ersten Monaten die Preise – bei fortdauerndem Lohnstopp – kräftig an, die Arbeitslosenzahlen schnellen empor.

Auf den Schildern:

NHEIT
CHLANDS
eitigt
NGER!

Wir fordern
Sozialisierung der Betriebe
und Kontrollausschüße.

Wir wollen es
damit
wir arbeiten kö

VII/289   Demonstration von Ruhrbergarbeitern für die Sozialisierung 1947

HIER HILFT
DER MARSHALLPLAN

VII/290   Wiederaufbau mit den Mitteln des Marshall-Plans in den Westzonen

VII/291   Ausgabe der neuen DM-Banknoten am 20. Juni 1948

VII/292   Gefüllte Schaufenster nach der Währungsreform

4. Vom Reich zur Bundesrepublik

Bereits 1945 hört das Deutsche Reich de facto auf zu bestehen. Denn von Anfang an gelingt es den Siegermächten nicht, sich über eine einheitliche Besatzungspolitik zu verständigen und so die wirtschaftliche und politische Einheit Deutschlands zu erhalten. Mit dem Kalten Krieg, dessen Ursachen weit über Deutschland und dessen spezifische Probleme hinausreichen, wird die deutsche Teilung zunächst besiegelt.

Die Sowjetunion sieht in den westlichen Protesten gegen ihr Vorgehen in Osteuropa und in der Weigerung der USA, ihr die geforderten 10 Milliarden Dollar Reparationen zuzugestehen, eine Einkreisungspolitik der kapitalistischen Länder und geht offen zur Sicherung ihres Einflußbereichs über. Unter dem Eindruck dieser als expansiv empfundenen sowjetischen Politik verlassen die USA die bisherige Linie der Abgrenzung von Interessensphären und der partiellen Kooperation. Am 12. März 1947 verkündet der amerikanische Präsident die Truman-Doktrin, die den Übergang zu einer Politik der Eindämmung des Kommunismus markiert. Der neue Kurs findet seinen sichtbarsten Ausdruck im Marshall-Plan für den wirtschaftlichen Wiederaufbau (West-)Europas, der zugleich das Ziel verfolgt, die Sonderrolle Frankreichs in der Deutschlandpolitik zu beenden.

Nach dem Scheitern der Londoner Außenministerkonferenz der vier Mächte im Dezember 1947, das die Unüberbrückbarkeit der Gegensätze definitiv bestätigt, werden in rascher Folge die zur Gründung eines westdeutschen Staates notwendigen Schritte vollzogen. Auf sie antwortet die Sowjetunion mit Gegenzügen in ihrer Zone und Pressionsversuchen. Von einer Konferenz der sechs Mächte (USA, Großbritannien, Frankreich und die Benelux-Länder) in London, die Anfang Juni 1948 Grundzüge des künftigen Weststaates festlegt, führt der Weg über die Währungsreform und die Verfassungsberatungen des Parlamentarischen Rates zur Konstituierung der Bundesrepublik Deutschland am 23. Mai 1949.

Die westdeutschen Politiker und Parteien billigen, so schwer es ihnen auch zumeist fällt, die vorläufige Teilung Deutschlands zu akzeptieren, in ihrer überwiegenden Mehrheit das Vorgehen der Westmächte. Sie sehen darin die einzige Möglichkeit, die wirtschaftliche Notsituation in den Westzonen zu überwinden und wenigstens in einem Teil Deutschlands wieder eine eigenver-

antwortliche Politik verfolgen zu können. Sie gehen zudem noch
von der Hoffnung aus, auf diesem Umweg in absehbarer Zeit
auch die deutsche Einheit wiederherstellen zu können.

Der Kalte Krieg

Die weltweite Konfrontation zweier ideologisch konträrer Macht-
blöcke, die sich schon bei Kriegsende andeutet, greift 1946
immer stärker auf Europa über; ein »Eiserner Vorhang« (Chur-
chill) senkt sich vor dem sowjetisch beherrschten Teil des Konti-
nents nieder. Deutschland gerät nun zunehmend in den Brenn-
punkt des Kalten Krieges. Im Zeichen des weltpolitischen Ge-
gensatzes zwischen Ost und West werden die ohnehin zwischen den Siegermächten in der Deutschlandpolitik bestehenden Differenzen unüberbrückbar. Nach dem Scheitern der Moskauer Außenministerkonferenz im April 1947 ergreifen die USA
die Initiative: Mit Unterstützung Großbritanniens und später
auch Frankreichs werden die Westzonen schrittweise in das
westliche Staatensystem einbezogen. Alle Bemühungen von
deutscher Seite – wie die Münchener Ministerpräsidentenkonfe-
renz, das einzige gesamtdeutsche Treffen der Länderchefs –,
die sich abzeichnende Spaltung Deutschlands aufzuhalten,
scheitern an dem engen von den Besatzungsmächten gesetzten
Rahmen und den auch auf deutscher Seite schon unüberbrückbar gewordenen politischen Gegensätzen zwischen den Vertretern des sowjetischen Besatzungsgebiets auf der einen Seite
und denen der drei westlichen Zonen auf der anderen.

Die Spaltung Berlins

Ihren Höhepunkt erreicht die Ost-West-Konfrontation in den
Auseinandersetzungen um die Vier-Sektoren-Stadt Berlin. Die
Sowjets nehmen die Währungsreform in den Westzonen am 24.
Juni 1948 zum Anlaß einer Blockade aller Land- und Wasserver-
bindungen nach West-Berlin. Die Westmächte antworten – nicht
zuletzt auf Betreiben von General Clay – mit der Luftbrücke: Elf
Monate – bis zur Aufhebung der Blockade am 12. Mai 1949 –
wird die Zwei-Millionen-Stadt vollständig aus der Luft versorgt.
Während dieser Zeit vollzieht sich auch die Spaltung des politi-
schen Lebens. Die Alliierte Kommandantur hatten die sowjeti-

VII/293   Die »Luftbrücke« während der Berliner Blockade 1948/49

VII/294   Erstürmung des Neuen Stadthauses in Berlin durch Demonstranten am 6. September 1948

VII/295   Die Militärgouverneure nach der Übergabe der Frankfurter Dokumente am 1. Juli 1948

VII/296   Unterzeichnung des Grundgesetzes im Parlamentarischen Rat am 23. Mai 1949

schen Vertreter bereits am 16. Juni 1948 verlassen. Im September verlegt die Mehrheit des Magistrats und der Stadtverordnetenversammlung nach Störungen durch kommunistische Demonstranten ihre Sitzungen in die Westsektoren. Zum Jahresende nehmen im West- und Ostteil der Stadt getrennte Verwaltungen ihre Arbeit auf. Die Machtbereiche sind damit abgesteckt. Der Versuch aber, West-Berlin in die sowjetische Zone einzubeziehen, ist gescheitert.

Die Entstehung von zwei deutschen Staaten

Unter der Führung der USA ziehen die Westmächte als erste die Konsequenz aus der Nachkriegsentwicklung. Mit der Übergabe der Frankfurter Dokumente am 1. Juli 1948 fordern sie die Ministerpräsidenten ihrer Zonen auf, eine Verfassung für einen westdeutschen Staat ausarbeiten zu lassen. Nur zögernd und unter dem Eindruck der Berliner Blockade und der Argumente des Berliner Oberbürgermeisters Ernst Reuter stimmen die Ministerpräsidenten zu – mit dem Vorbehalt, nur ein »Provisorium« zu schaffen. Am 23. Mai 1949 wird mit der Verkündung des Grundgesetzes die Bundesrepublik Deutschland offiziell gegründet. Die Sowjetunion zieht am 7. Oktober 1949 mit der Konstituierung der Deutschen Demokratischen Republik nach. Die Teilung Deutschlands ist zunächst besiegelt.

II. 1949−1963: Die Ära Adenauer

Die Konstituierung der parlamentarischen Demokratie

Die Wahl zum ersten Deutschen Bundestag

Nach einem harten Wahlkampf, in dessen Mittelpunkt das Ringen um den künftigen wirtschaftspolitischen Kurs der Bundesrepublik gestanden hat, sind die Stimmberechtigten am 14. August 1949 zur ersten Bundestagswahl aufgerufen. Aus ihr gehen CDU und CSU mit einem Stimmenanteil von 31,0 % als stärkste Fraktion hervor, dicht gefolgt von den Sozialdemokraten mit 29,2 %. Als dritte Kraft vermag sich die FDP (11,9 %) zu etablieren, daneben können acht weitere Parteien Parlamentssitze erringen. Damit hat eine deutliche Mehrheit der Wähler für die Parteien gestimmt, die Erhards Politik der Sozialen Marktwirtschaft unterstützen. Noch ist allerdings nicht entschieden, ob diese sich auch auf die Bildung einer gemeinsamen Regierung verständigen können.

Die Bildung der Regierung Adenauer

Vor allem in der CDU/CSU ist zunächst umstritten, ob das Gewicht der jetzt zu treffenden Entscheidungen nicht eine breite Regierungsmehrheit und damit eine Große Koalition aus Union und SPD erfordere oder ob, insbesondere aus wirtschaftspolitischen Überlegungen, eine »bürgerliche« Koalition zusammen mit FDP und DP gebildet werden solle. Konrad Adenauer gelingt es mit großem taktischen Geschick, die zweite Lösung in seiner eigenen Partei durchzusetzen und die Unterstützung der Koalitionspartner zu sichern. Am 12. September 1949 wird der FDP-Vorsitzende Theodor Heuss zum Bundespräsidenten, drei Tage später Adenauer selbst − mit nur einer Stimme Mehrheit − zum Bundeskanzler gewählt. In seinem Kabinett übernehmen neben der CDU, die mit fünf Ministern vertreten ist, die CSU und die FDP je drei sowie die DP zwei Ressorts.

VII/297   Die erste Bundesregierung nach ihrer Vereidigung am 20. September 1949

VII/298   Antrittsbesuch von Bundeskanzler Adenauer bei den Hohen Kommissaren am
           21. September 1949

VII/299   Unterzeichnung des EVG-Vertrages am 27. Mai 1952 in Paris

VII/300   Unterzeichnung des Deutschland-Vertrages am 26. Mai 1952 in Bonn

1. Wiederbewaffnung und Westintegration

Die neugegründete Bundesrepublik ist zunächst kein souveräner Staat. Auf dem Petersberg bei Bonn residieren als Vertreter der Besatzungsmächte die drei Hohen Kommissare. Die Bemühungen von Bundeskanzler Adenauer, der die Leitung der Außenpolitik von Anfang an ganz in seine Hände nimmt, sind deshalb nicht zuletzt darauf gerichtet, den deutschen Handlungsspielraum schrittweise zu erweitern.

Der von ihm eingeschlagene Weg ist bestimmt durch das Ziel der Westintegration. Eine enge Anlehnung an die Weltmacht USA, die Aussöhnung mit Frankreich und eine zunehmende politische und wirtschaftliche Verflechtung mit den westeuropäischen Nachbarländern sind die entscheidenden Elemente. Den Schlüssel zur Erreichung dieses Ziels sieht Adenauer in dem Angebot einer westdeutschen Wiederbewaffnung, an der die Westmächte angesichts der Zuspitzung des Ost-West-Konflikts überaus interessiert sind. Gegen diesen Kurs opponieren vor allem die Sozialdemokraten unter der Führung Kurt Schumachers und später Erich Ollenhauers. Sie lehnen mehrheitlich zwar weder die Zusammenarbeit mit den Westmächten noch die Wiederbewaffnung prinzipiell ab, kritisieren aber das oft eigenmächtige Vorgehen Adenauers und sind insbesondere stärker an der Zielsetzung eines wiedervereinigten Deutschland orientiert.

Doch setzt sich die Politik der von Adenauer geführten Bundesregierung durch, die sich seit den Wahlen zum zweiten Deutschen Bundestag im Herbst 1953 auf eine breite Zustimmung der Wählerschaft stützen kann. Über das gescheiterte Projekt einer Europäischen Verteidigungsgemeinschaft führt sie 1955 zur Aufnahme der Bundesrepublik in die NATO, zur Beendigung des Besatzungsregimes und zum Aufbau der Bundeswehr. 1957 folgen die Rückgliederung des Saargebietes und die Gründung der Europäischen Wirtschaftsgemeinschaft. 1963 besiegeln dann Adenauer und de Gaulle den Prozeß der deutsch-französischen Aussöhnung mit der Unterzeichnung eines Freundschaftsvertrages. Seit 1960 wird diese Einbindung der Bundesrepublik in die westliche Staatengemeinschaft von der SPD in allen Teilen, also auch in den bisher umstrittenen militärischen, akzeptiert.

Adenauers Erwartungen, gestützt auf die Stärke des westlichen Bündnisses der Sowjetunion auch die Wiedervereinigung abringen zu können, erfüllen sich allerdings nicht. Als Folge des Kalten Krieges und der Politik der Westintegration vertieft sich im Gegenteil die Spaltung Deutschlands. Sie wird vollendet und findet ihren sichtbarsten Ausdruck am 13. August 1961 im Bau der Berliner Mauer.

Die Ausgangssituation

Adenauers Bemühungen, durch deutsche Vorleistungen das Besatzungsregime Stück für Stück abzutragen, bringen bereits am 22. November 1949 im Petersberger Abkommen einen ersten Erfolg: Gegen die Bereitschaft, in der Internationalen Ruhrkontrollbehörde mitzuarbeiten, erreicht Adenauer die Zusage einer baldigen Beendigung der Demontagen. Die volle Gleichberechtigung will der Bundeskanzler auf dem Wege der westeuropäischen Integration gewinnen, die sich in den meisten Ländern auf eine breite Zustimmung, ja auf eine regelrechte Europabegeisterung stützen kann. Beschleunigt wird diese Entwicklung durch die Bestrebungen, die sich mit dem Ausbruch des Korea-Krieges im Juni 1950 verstärken, die Bundesrepublik zu einem Beitrag zur westlichen Verteidigung zu veranlassen.

Die Europäische Verteidigungsgemeinschaft

Der erste Schritt zu einer europäischen Zusammenarbeit erfolgt mit der Gründung der Montan-Union durch Frankreich, Italien, die Benelux-Länder und die Bundesrepublik im April 1951 auf wirtschaftlichem Gebiet. Auch die deutsche Wiederbewaffnung soll im europäischen Rahmen, in Form einer integrierten Armee dieser sechs Staaten, durchgeführt werden. Als Gegenleistung gewähren die drei Westmächte der Bundesrepublik im Deutschland-Vertrag, der am 26. Mai 1952 – einen Tag vor dem EVG-Vertrag – in Bonn unterzeichnet wird, die Souveränität und verpflichten sich, mit ihrer Politik weiterhin für die Wiedervereinigung Deutschlands einzutreten. Die Sowjetunion hat noch kurz zuvor versucht, die Vertragsunterzeichnungen durch das Angebot zu verhindern, sie werde gegen die Zusage der Neutralität und die Abtretung der Ostgebiete die Wiederherstellung der deutschen Einheit zulassen.

VII/301 Der 17. Juni 1953 in Ost-Berlin

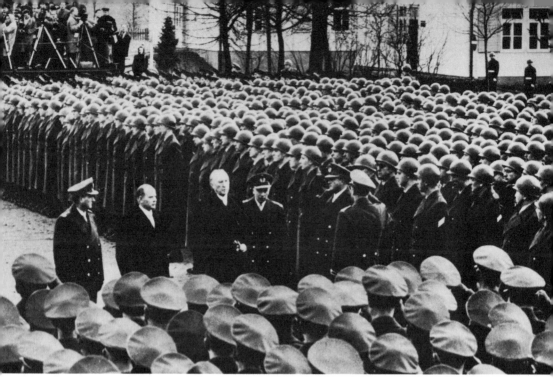

VII/302   Bundeskanzler Adenauers erster Besuch bei der Bundeswehr am 20. Januar 1956 in Andernach

VII/303   Herbert Wehner bei seiner Bundestagsrede am 30. Juni 1960

Die innerdeutsche Diskussion

Mit großer Leidenschaft wird seit 1949 um die außenpolitische Orientierung der Bundesrepublik gerungen. Besonders heftige Proteste löst angesichts des erst wenige Jahre zurückliegenden Krieges das Angebot einer westdeutschen Wiederbewaffnung aus. Im Kern aber kreisen die Auseinandersetzungen um die Frage, ob nur durch die Bindung an den Westen die Sicherheit der Bundesrepublik garantiert und langfristig auch die Wiedervereinigung erreicht werden könne oder ob diesem Ziel der absolute Vorrang eingeräumt werden und jeder Schritt, der die Spaltung vertiefe, unterbleiben müsse. Einen Höhepunkt erreichen diese Debatten in der Auseinandersetzung um die Ernsthaftigkeit der Stalinschen Vorschläge, wie sie in den sowjetischen Noten vom März/April 1952 an die drei Westmächte enthalten sind.

Der Beitritt zur NATO und die Erlangung der Souveränität

Nach dem Tod Stalins im März 1953 entspannt sich die internationale Lage. Alle Hoffnungen auf eine Kurskorrektur auch in der sowjetischen Deutschlandpolitik erweisen sich aber nach dem 17. Juni 1953, nach dem Volksaufstand in Ost-Berlin und der DDR, der mit Hilfe sowjetischer Panzer niedergeschlagen wird, als verfehlt. Der EVG-Vertrag findet am 30. August 1954 in der französischen Nationalversammlung keine Mehrheit. Binnen weniger Wochen werden nun neue Verträge ausgehandelt und am 23. Oktober 1954 in Paris unterzeichnet: Die Bundesrepublik wird in die NATO, das westliche Verteidigungsbündnis, aufgenommen. Nun kann auch der Deutschland-Vertrag von 1952 in einer revidierten Fassung in Kraft treten. Am 5. Mai 1955 wird die Bundesrepublik Deutschland ein souveräner Staat. Nur noch für Deutschland als Ganzes und für Berlin behalten sich die Alliierten besondere Rechte vor.

Die innenpolitischen Folgen

Nach dem NATO-Beitritt werden in kürzester Zeit westdeutsche Streitkräfte aufgebaut; bereits im November 1955 rücken die ersten Freiwilligen in die Kasernen ein. Die Wehrgesetzgebung,

mit der 1956 die allgemeine Wehrpflicht eingeführt wird, findet in
Teilen auch die Zustimmung der sozialdemokratischen Opposition, nachdem insbesondere auf ihr Drängen Elemente stärke-
rer politischer Kontrolle und Veränderungen der Führungsstruk-
tur in die Wehrverfassung eingefügt worden sind. Die Auseinandersetzungen flammen jedoch 1957 noch einmal auf, als Pläne
für eine atomare Bewaffnung der Bundeswehr bekannt werden.
Besonders schwer fällt den einflußreichen Vertriebenenverbän-
den die Einsicht, daß die Rückgewinnung der Gebiete östlich
von Oder und Neiße unter den gegebenen Umständen nicht
erreichbar ist. Bis in die sechziger Jahre wagt jedoch keine der
großen Parteien, hieran zu rühren.

Der Ausbau der Westintegration

Mit der Eingliederung des Saargebietes in die Bundesrepublik
am 1. Januar 1957 wird auch dieses die deutsch-französischen
Beziehungen belastende Problem gelöst, nachdem die Saarbe-
völkerung die zunächst vereinbarte Europäisierung in einer
Volksabstimmung abgelehnt hat. Die Bemühungen um die europäische Integration verlagern sich im März 1957 mit der Gründung der Europäischen Wirtschaftsgemeinschaft von den hoch-
fliegenden, aber nicht realisierbaren Plänen einer politischen
Union auf konkrete Fortschritte vor allem in den Handelsbezie-
hungen. Die tragende Säule der deutschen Westpolitik bildet –
neben der engen Anlehnung an die USA – gerade auch nach der
Amtsübernahme General de Gaulles im Jahre 1958 die intensive
Zusammenarbeit zwischen Frankreich und der Bundesrepublik.

Das Verhältnis zum Ostblock

Die Sowjetunion beantwortet das Inkrafttreten der Pariser Verträge im Mai 1955 mit der Gründung des Warschauer Paktes, in
den auch die DDR aufgenommen wird. Die sowjetische Politik
geht nun von der Existenz zweier deutscher Staaten aus. Dies
kommt auch in der Einladung an Bundeskanzler Adenauer zu
einem Moskau-Besuch zum Ausdruck. Gegen die Zusage der
Freilassung der restlichen deutschen Kriegsgefangenen erklärt
sich Adenauer zur Aufnahme diplomatischer Beziehungen bereit. Damit sind erstmals in einer Hauptstadt zwei deutsche

VII/304   Rückgliederung des Saargebietes am 1. Januar 1957

VII/305   Adenauer und de Gaulle am 22. Januar 1963 nach Unterzeichnung des deutsch-französischen
Freundschaftsvertrags

VII/306 Empfang von Bundeskanzler Adenauer auf dem Moskauer Flughafen am 8. September 1955

VII/307 Bau der Berliner Mauer am 13. August 1961

Botschafter vertreten. Um eine weltweite Anerkennung der DDR zu verhindern, verkündet die Bundesrepublik die sogenannte Hallstein-Doktrin: Nach ihr wird die Bundesrepublik zu keinem Staat, der seinerseits die DDR anerkennt, diplomatische Beziehungen unterhalten. Nur die Sowjetunion soll wegen ihrer Verantwortung für ganz Deutschland als Ausnahme gelten. In den folgenden Jahren rückt allerdings nicht nur das Ziel der Wiedervereinigung in immer weitere Ferne, sondern die deutsche Ostpolitik gerät auch zunehmend in die Defensive gegenüber dem allmählich auch im Westen steigenden Interesse an einer Entschärfung des Ost-West-Konflikts.

2. Das »Wirtschaftswunder«

Grundlage aller politischen und sozialen Stabilität in der Ära Adenauer ist der außerordentliche und über anderthalb Jahrzehnte ungebrochene wirtschaftliche Aufschwung. Mit jährlichen realen Zuwachsraten um 10 % steigt die Bundesrepublik binnen kürzester Zeit von einem eben noch schwer zerstörten und auch ökonomisch daniederliegenden Land zum drittgrößten Industriestaat der Erde auf. Schon Anfang der fünfziger Jahre wird vor allem im Ausland von einem deutschen »Wirtschaftswunder« gesprochen.

Der Nachkriegsboom wird – über die allgemeine Leistungsbereitschaft der Bevölkerung hinaus – insbesondere getragen durch den enormen Wiederaufbau- und Nachholbedarf sowie durch das vorhandene Potential qualifizierter Arbeitskräfte, das sich zudem noch die ganzen fünfziger Jahre über durch Vertriebene und Flüchtlinge weiter vermehrt. Günstige Einflüsse gehen auch von dem parallelen Aufschwung der Weltwirtschaft, mit der die Bundesrepublik im Zuge der Westintegration schon bald wieder eng verflochten ist, der Kooperationsbereitschaft von Gewerkschaften und Arbeitgebern und nicht zuletzt der staatlichen Wirtschaftspolitik aus.

Unter der Federführung von Wirtschaftsminister Ludwig Erhard orientiert sie sich an dem Konzept der Sozialen Marktwirtschaft. Ihm liegt das Modell einer auf dem Privateigentum beruhenden Wettbewerbswirtschaft zugrunde, die sich unter bewußter Ablehnung dirigistischer Staatseingriffe nach den Gesetzen des Marktes entfalten soll. Die Rolle des Staates soll sich darauf beschränken, die für das Funktionieren des Marktes notwendi-

gen Rahmenbedingungen zu schaffen, Störungen des Wettbe-
werbs, etwa durch übermäßige Konzentrationsprozesse, zu unterbinden und vor allem auch soziale Fehlentwicklungen auszu-
gleichen.

Die fünfziger Jahre sind allerdings nicht nur eine Periode stürmischen wirtschaftlichen Wachstums und Wiederaufbaus. In ihnen
beginnt auch jener tiefgreifende Strukturwandel, der in seiner
ganzen Schärfe und mit seinen weitreichenden sozialen Folgen
erst im nachfolgenden Jahrzehnt zu Tage tritt. In Industrie und
Handel wird der Klein- und Mittelbetrieb zunehmend durch den
Großbetrieb bedrängt. Neben den traditionellen Industriegebie-
ten entstehen neue Wirtschaftszentren. Der Ausbau der Ver-
kehrswege verändert das Landschaftsbild und nicht zuletzt das
Aussehen der Städte. Alles dies führt zu einer durchgängigen
Modernisierung aller Lebensbereiche, vor deren Hintergrund
die fünfziger Jahre von heute her als eine eher idyllische Zeit
erscheinen.

Die Wirtschaftsentwicklung und ihre Ursachen

Nach schwierigen Anfangsjahren, in denen zwar zeitweise bereits
hohe Wachstumsraten erreicht werden, aber zugleich eine hohe
Arbeitslosigkeit und erhebliche Zahlungsbilanzprobleme verkraf-
tet werden müssen, beginnt Mitte 1951 – auch als Folge des weltweiten Korea-Booms – die kontinuierliche Aufwärtsentwicklung
der westdeutschen Wirtschaft. Das Bruttosozialprodukt verdrei-
facht sich zwischen 1950 und 1960. 1961 wird mit einer Arbeits-
losenquote unter 1 % praktisch die Vollbeschäftigung erreicht.
Der Preisanstieg bleibt während der ganzen Periode unter 3 %.
Abgerundet wird diese Leistungsbilanz durch die Exporterfolge
der deutschen Wirtschaft, die der Bundesbank bald einen wachsenden Gold- und Devisenbestand bescheren und 1958 den
Abbau der letzten Devisenbeschränkungen ermöglichen.

Die Wirtschaftspolitik

Ihre eigentliche Bewährungsprobe hat die Politik der Sozialen
Marktwirtschaft in den ersten Jahren der Bundesrepublik zu
bestehen. Erhards Kurs einer konservativen Finanzpolitik und
der Bevorzugung der Exportwirtschaft will vor allem Investi-

VII/308   Fließbandproduktion von Volkswagen 1949

VII/309   2. Europäische Werkzeugmaschinenausstellung in Hannover im September 1952

VII/310   Flüchtlingslager in Schleswig-Holstein 1945

VII/311   Fertigstellung der einmillionsten öffentlich geförderten Wohnung im Dezember 1955

tionsanreize geben, den Konsum aber zunächst zurückhalten. Er setzt insofern bewußt auf eine vorübergehende soziale Unausgewogenheit. Nur durch die Zurückhaltung der Gewerkschaften wird diese schwierige Phase überstanden. Danach steht die Wirtschaftspolitik eher vor der Aufgabe, der Gefahr einer Konjunkturüberhitzung vorzubeugen. Daneben bleiben starke lenkende Staatseingriffe in einzelnen Wirtschaftsbereichen bestehen: etwa in der Rohstoffversorgung und auf dem Ernährungssektor, im Verkehrswesen und auf dem Wohnungsmarkt.

Die Anfänge der Wohlstandsgesellschaft

Etwa seit 1952/53 kommen die Früchte des wirtschaftlichen Aufschwungs auch breiteren Schichten der Bevölkerung in Form von kräftigen realen Einkommensverbesserungen zugute. Die allmähliche Steigerung des Lebensstandards zeigt sich in regelrechten Konsumwellen, die durch die jeweils vorrangigen Bedürfnisse der Bevölkerung bestimmt sind: einer »Eß-«, »Kleidungs-« und dann »Wohnungswelle« folgt gegen Ende der fünfziger Jahre schließlich der Trend zu Reise und Urlaub. Parallel hierzu übernimmt mehr und mehr das Auto die Rolle des zentralen Statussymbols. Tiefe Spuren hinterläßt der sich ausbreitende Wohlstand nicht zuletzt in der Grundeinstellung einer überwiegenden Mehrheit der Bevölkerung: Die Konzentration auf materielle Verbesserungen, auf Familie und häusliches Leben und der Stolz auf das Erreichte drängen das Interesse an der Politik und an gesellschaftlichen Veränderungen vielfach in den Hintergrund.

3. Der Sozialstaat

Das Grundgesetz erhebt das Sozialstaatsprinzip zu einer zentralen Richtschnur staatlichen Handelns. Der neugegründeten Bundesrepublik stellen sich als Folge des Krieges und der nationalsozialistischen Politik soziale Probleme größten Ausmaßes. Nicht zuletzt der außerordentliche wirtschaftliche Aufschwung der fünfziger Jahre schafft die Voraussetzungen, sie in kürzester Frist und zumeist mit Zustimmung breiter parlamentarischer Mehrheiten zu lösen.
Nach der Überwindung der unmittelbaren materiellen Not, die

1949 schon weitgehend abgeschlossen ist, zählen die Versorgung der Kriegsopfer, die Beseitigung der Wohnungsnot und die Eingliederung der Vertriebenen und Flüchtlinge zu den vordringlichsten Aufgaben. Mit einer kaum überschaubaren Fülle von Gesetzen, die erhebliche Leistungen aus den öffentlichen Haushalten vorsehen und auch die im Arbeitsprozeß Stehenden bis an die Grenze des Möglichen mit Steuern und Sozialabgaben belasten, werden sie in Angriff genommen. Neben dem Sozialen Wohnungsbau nimmt dabei vor allem der Lastenausgleich eine Schlüsselstellung ein – eine teilweise Umverteilung der noch vorhandenen Vermögen vor allem zugunsten der Vertriebenen, aber auch anderer durch Krieg und Währungsreform Geschädigter.

Mit dem fortschreitenden wirtschaftlichen Aufstieg der Bundesrepublik ergibt sich seit Mitte der fünfziger Jahre die Möglichkeit und Notwendigkeit, über die Bewältigung der von der Vergangenheit aufgebürdeten Lasten hinaus soziale Reformen anzugehen. Sie werden zum Teil von den Gewerkschaften in Tarifvereinbarungen durchgesetzt, wie die Einführung der Fünf-Tage-Woche und der allmähliche Übergang zur Vierzig-Stunden-Woche, zum Teil sind sie das Ergebnis gesetzgeberischer Maßnahmen, so nicht zuletzt die große Rentenreform des Jahres 1957.

Die mit den Stimmen von CDU/CSU, SPD und BHE verabschiedete Neuregelung des Rentenrechts paßt das in seinen Grundgedanken seit Bismarck unverändert Versicherungssystem durchgreifend den gewandelten wirtschaftlichen und sozialen Bedingungen an. Im Mittelpunkt steht das neue Prinzip der dynamischen Rente, nach dem die Rentenzahlungen jährlich an die allgemeine Einkommensentwicklung angeglichen werden. Damit wird den Rentenempfängern – bis dahin Stiefkindern des »Wirtschaftswunders« – nicht nur eine erhebliche Aufbesserung ihrer Bezüge gewährt, sondern auch für die Zukunft ihr Anteil an der Steigerung des Lebensstandards gesichert.

Die Bewältigung der Kriegsfolgen

Die größte sozialpolitische Aufgabe besteht in der Eingliederung der etwa 10 Millionen Vertriebenen und Flüchtlinge, die zudem noch durch ihre sehr ungleichmäßige Verteilung auf die Bundesländer erschwert wird. Nach entbehrungsreichen Anfangsjahren

VII/312 Plakat des Deutschen Gewerkschaftsbundes für die Fünf-Tage-Woche, 1958

VII/313 Bundeskanzler Adenauer im Bundestagswahlkampf 1957

VII/314 Godesberger Bundesparteitag der SPD im November 1959

mit oft langem Lageraufenthalt und Arbeitslosigkeit gelingt den meisten Vertriebenen mit Hilfe der staatlichen Unterstützungsmaßnahmen die Integration. Dieser sozialpolitische Erfolg ist auch daran ablesbar, daß die Vertriebenenpartei BHE 1957 nicht wieder in den Bundestag einzuziehen vermag. Ein besonderes Problem bildet schließlich die Wiedergutmachung des von den Nationalsozialisten vor allem an der jüdischen Bevölkerung begangenen Unrechts, für die die Bundesrepublik nicht nur individuelle Entschädigungen, sondern auch Zahlungen an den Staat Israel in Höhe von 3,45 Milliarden DM leistet.

Die sozialen Reformwerke

Neben den Arbeitszeitverkürzungen und dem Ausbau des Systems der sozialen Sicherung steht als dritter Schwerpunkt sozialpolitischer Reformen in den fünfziger Jahren die Einführung von Mitbestimmungsrechten der Arbeitnehmer, für die die Gewerkschaften mit besonderem Engagement kämpfen. Im Montanmitbestimmungsgesetz von 1951, das für die Kohle-, Eisen- und Stahlindustrie u. a. die gleichgewichtige Vertretung von Kapital- und Arbeitnehmerseite in den Aufsichtsräten vorschreibt, können sie sich weitgehend durchsetzen. Ihnen kommt zugute, daß die Montanindustrie mit dem Zugeständnis der Mitbestimmung alliierte Auflagen zur Entflechtung der betreffenden Konzerne abzuwenden vermag. Dagegen bleibt das Betriebsverfassungsgesetz von 1952, das für die übrigen Unternehmen der Arbeitnehmerseite nur ein Drittel der Aufsichtsratssitze zugesteht, hinter den gewerkschaftlichen Forderungen zurück.

4. Die Kanzlerdemokratie

Die innenpolitische Entwicklung der Bundesrepublik in der Ära Adenauer erscheint – gerade vor dem schon von den Zeitgenossen häufig beschworenen Hintergrund der Weimarer Republik – als ein Muster an Stabilität. Entscheidend begünstigt durch den raschen wirtschaftlichen Wiederaufstieg und die anhaltende Hochkonjunktur wandelt sich vor allem das Parteiensystem zu einem stabilisierenden Faktor: Die CDU/CSU und – ihrem erfolgreichen Beispiel folgend – später auch die SPD entwickeln

sich zu modernen Volksparteien, in deren Politik das ideologi-
sche Moment mehr und mehr hinter einem stark pragmatischen
Zug zurücktritt und deren Anhängerschaft die Grenzen der traditionellen politischen Milieus überspannt. Nur die FDP, die ihre
Rolle teils als liberales Korrektiv der Union, teils als unabhängige dritte Kraft versteht, vermag sich auf Dauer der Sogwirkung
dieser beiden großen politischen Lager zu entziehen.
Zu dieser Stabilität trägt aber auch die Persönlichkeit des ersten
Bundeskanzlers maßgeblich bei. Adenauer gelingt es, die im
Grundgesetz angelegte herausgehobene Stellung des Regierungschefs so auszufüllen, daß hierfür das Wort von der Kanz-
lerdemokratie geprägt wird. Ihre Ursprünge liegen sowohl in den
außenpolitischen Aktivitäten Adenauers wie in seiner Fähigkeit,
eine Koalition höchst heterogener Kräfte zusammenzuhalten
und für sich zu nutzen. Darüber hinaus erfüllt Adenauer für
einen großen Teil der mittleren und älteren Generation eine emi-
nent wichtige Brückenfunktion zwischen obrigkeitsstaatlicher
Vergangenheit und pluralistisch-demokratischer Gegenwart.
Nach der Dynamik der Anfangsjahre beginnt das politische
System mit dem so erfolgreichen Kanzler als alles beherrschen-
der Zentralfigur an der Spitze jedoch auch Anzeichen der Erstarrung zu zeigen. Die Bewahrung des Erreichten – »Keine
Experimente« lautet der CDU-Wahlslogan 1957 – tritt jetzt in
den Vordergrund. Die Autorität und Dominanz des über 80
Jahre alten Kanzlers wird von vielen zunehmend als ein lähmen-
des Element empfunden. Auch mancher andere Zug der Innenpolitik dieser Ära – der vehemente Antikommunismus oder die
Neigung, die Vergangenheit möglichst ruhen zu lassen – erscheint vielen Kritikern nun als Hypothek für die weitere Entwicklung.

Die Auseinandersetzung mit dem politischen Extremismus

In den Anfangsjahren der Bundesrepublik sind die vom politischen Extremismus ausgehenden Gefahren noch nicht gebannt. Im Falle der KPD besiegelt das Verbotsurteil des Bun-
desverfassungsgerichts von 1956 zwar nur den schon seit län-
gerem unübersehbaren Abstieg. Aber auf dem rechten Spektrum wird mit der Auflösung der Sozialistischen Reichspartei im
Jahre 1952 eine zuvor vor allem in Norddeutschland gefährlich
aufkommende und das deutsche Ansehen im Ausland schwer

schädigende Bewegung gestoppt. Als schwieriger erweist sich dagegen die Bewältigung des dahinter stehenden Problems der nationalsozialistischen Vergangenheit. Durch die ganze Ära Adenauer ziehen sich Auseinandersetzungen um den Aufstieg von belasteten Personen in politische Führungspositionen der jungen Demokratie.

Stabilität und Wandel des Parteiensystems

Über das Extremistenproblem hinaus geraten mit dem Ende der alliierten Aufsicht die 1945/46 lizenzierten Parteien unter den Druck neugegründeter Flüchtlings- und Regionalbewegungen. Unterstützt durch die 5 %-Sperrklausel wird jedoch in wenigen Jahren die Tendenz zur Parteienzersplitterung aufgefangen und in einen massiven Trend hin zum Dreiparteiensystem umgekehrt. Vor allem die regierende CDU/CSU zeigt sich zur Integration eines breiten politischen Spektrums fähig. Diesem Konzept der Volkspartei öffnet sich 1959 mit dem Godesberger Programm auch die SPD. Der seit 1949 mit der Union koalierenden FDP gelingt es, die Folgen der durch Adenauers Wahlrechtspläne ausgelösten Regierungskrise und Parteispaltung von 1956 – alle vier FDP-Minister und weitere zwölf Bundestagsabgeordnete verlassen die Partei wegen der Bildung einer sozialliberalen Landesregierung in Nordrhein-Westfalen – in der Opposition zu überwinden und sich als selbständige politische Kraft zu behaupten.

Das Ende der Ära Adenauer

Nach der Bundestagswahl 1957, in der die CDU/CSU mit 50,2 % der Stimmen die absolute Mehrheit erringt, tritt im Zuge einer Reihe von außen- und innenpolitischen Krisen – Berlin-Ultimatum Chruschtschows 1958, Adenauers zeitweilige Kandidatur für das Bundespräsidentenamt 1959, Bau der Berliner Mauer – ein allmählicher Prestigeverlust des Bundeskanzlers ein. Vor allem die Spiegel-Affäre im Oktober 1962 – in dem mit dem Vorwurf des Landesverrats begründeten Vorgehen gegen das Hamburger Nachrichtenmagazin und seinen Herausgeber Augstein sehen viele Kritiker eine ernste Bedrohung der Pressefreiheit und der Rechtsstaatlichkeit – und die durch sie ausgelöste

Regierungskrise verstärken das Drängen der FDP, aber auch vieler CDU/CSU-Politiker auf einen Wechsel im Kanzleramt. Am 11. Oktober 1963 erklärt Konrad Adenauer 87jährig nach 14 Jahren Amtszeit seinen Rücktritt.

VII/315   Demonstration aus Anlaß der Spiegel-Affäre im Oktober 1962

VII/316   Verabschiedung Konrad Adenauers als Bundeskanzler im Bundestag am 15. Oktober 1963

VII/317 Kohlehalde im Ruhrgebiet 1965

VII/318 Protestkundgebung gegen die Wirtschaftspolitik von Bundeskanzler Erhard in Moers, Juni 1966

III. 1963–1969: Die Jahre des Übergangs

1. Alte und neue Probleme

Am 16. Oktober 1963 wird der bisherige Wirtschaftsminister und Vizekanzler Ludwig Erhard vom Deutschen Bundestag zum Bundeskanzler gewählt. Seine Regierung wird wie bisher von einer Koalition aus CDU/CSU und FDP getragen. Erhard tritt die Nachfolge Adenauers in einer – wie es zunächst aussieht und wie auch sein deutlicher Wahlsieg vom Herbst 1965 zu bestätigen scheint – unveränderten Umwelt an. Doch erweist sich seine Regierungszeit mehr und mehr als eine schwierige Phase des Übergangs: 1965 spricht Erhard selber in seiner Regierungserklärung vom Ende der Nachkriegszeit. Alte, über Jahre in den Hintergrund geratene oder beiseite geschobene Probleme haben wieder an Brisanz gewonnen, neue grundlegende Probleme sind hinzugetreten.

Im Verhältnis der beiden Supermächte vollzieht sich nach der Kuba-Krise und verstärkt nach der Ablösung Chruschtschows ein deutlicher Wandel: Der Kalte Krieg wird abgelöst durch eine Phase der Entspannung, in der sich die USA und die UdSSR unter Respektierung der jeweiligen Interessensphären und des Status quo um ein Arrangement bemühen. Der Bundesrepublik fällt die Anpassung an diese veränderte Lage besonders schwer, da ein solches Arrangement den Status quo in Mitteleuropa festzuschreiben droht.

Gravierendere unmittelbare Auswirkungen auf die innenpolitische Szene ergeben sich allerdings aus der wirtschaftlichen Entwicklung. Wie sich im allmählichen Sinken der Zuwachsraten schon lange angekündigt hat, geht Mitte der sechziger Jahre der durch den Wiederaufbau getragene außergewöhnliche Nachkriegsboom seinem Ende entgegen. Nachdem auf Grund struktureller Probleme zunächst das Ruhrgebiet betroffen ist, erlebt die Bundesrepublik 1966 einen allgemeinen Konjunktureinbruch.

Erhards eher traditionelles wirtschaftspolitisches Instrumentarium erweist sich als nicht ausreichend zur Bewältigung der Krise, die sich bald zu einer Regierungskrise ausweitet. Nicht zuletzt nähren die überraschenden Wahlerfolge der neonazistischen NPD Zweifel an der Krisenfestigkeit des bisher wegen seiner Stabilität so gerühmten politischen Systems der Bundesrepublik. Die wirtschaftlichen und politischen Probleme werden schließlich im Herbst 1966 als so schwerwiegend empfunden, daß sich die Überzeugung durchsetzt, nur eine Große Koalition aus Unionsparteien und Sozialdemokraten könne die Krise überwinden.

Der Weg in die Wirtschaftskrise

Zu Beginn der sechziger Jahre läuft die Wirtschaft der Bundesrepublik auf Hochtouren. 1964 werden noch einmal hohe Zuwachsraten erreicht, die Zahl der ausländischen Arbeitnehmer überschreitet erstmals die Millionengrenze. Zugleich sind jedoch erste Krisenzeichen nicht zu übersehen. Vor allem der Ruhrbergbau ist gegenüber Erdöl und Importkohle nicht mehr konkurrenzfähig. Ende 1965 schlägt dann allgemein die Konjunktur um. Die Bonner Wirtschaftspolitik beschränkt sich jedoch weitgehend auf Maßhalte-Appelle des Bundeskanzlers; ein rechtzeitiges Gegensteuern wird versäumt. So steigt die Zahl der Arbeitslosen seit Herbst 1966 rasch an und erreicht mit 673 572 im Februar 1967 ihren Höhepunkt. Nach den langen Jahren wirtschaftlicher Prosperität löst diese erste Rezession seit Bestehen der Bundesrepublik Sorgen und Ängste aus, die über das konkret begründete Maß hinausgehen.

Die Schatten der Vergangenheit

Zwei Ereignisse lenken Mitte der sechziger Jahre den Blick auf die in der Ära Adenauer nur zum Teil abgetragene Hypothek der nationalsozialistischen Vergangenheit: der Prozeß gegen SS-Aufseher des Vernichtungslagers Auschwitz und die heftige Debatte, die in Parlament und Öffentlichkeit über die Verlängerung der Verjährungsfrist für NS-Verbrechen – für die sich schließlich eine breite Mehrheit des Bundestages ausspricht – geführt wird. Ihre eigentliche Brisanz erhalten diese Vorgänge jedoch erst, als nicht zuletzt auf Grund der wirtschaftlichen Krisensituation die 1964 gegründete Nationaldemokratische Partei überraschende Wahlerfolge erzielen kann. Vor allem im Ausland ruft der Aufstieg neonazistischer Kräfte Erinnerungen an die Schlußphase der Weimarer Republik wach.

VII/319   NPD-Kundgebung zum 17. Juni 1968

VII/320   Passierscheinbesucher bei der Grenzkontrolle in Ost-Berlin im Oktober 1964

VII/321   Kurt-Georg Kiesinger und Willi Brandt besiegeln die Bildung der Großen Koalition

VII/322   Bundeswirtschaftsminister Schiller und Bundesfinanzminister Strauß im Februar 1967

Die Stagnation in der Deutschland- und Außenpolitik

Den zunehmenden Tendenzen zur Entspannung im Ost-West-Verhältnis versucht die Regierung Erhard durch eine vorsichtige Lockerung ihrer bisherigen Haltung zu entsprechen: In mehreren Ostblockstaaten werden 1963/64 Handelsmissionen eröffnet und im März 1966 bietet die Bundesregierung erstmals den Austausch von Gewaltverzichtserklärungen an. Doch die entscheidenden Grundsätze – Nichtanerkennung der DDR und des Status quo in Europa, Alleinvertretungsanspruch und Hallstein-Doktrin – werden unverändert aufrechterhalten. So bleibt die außenpolitische Handlungsfähigkeit der Bundesrepublik beschränkt. Gleichzeitig gerät auch die Europa-Politik in eine ernste Krise. Erhard und sein Außenminister Schröder, die beide als »Atlantiker« gelten, lehnen im Gegensatz zu den »Gaullisten« Adenauer und Strauß jede enge Sonderverbindung mit Frankreich ab.

Erhard in der Krise

Von Beginn seiner Kanzlerschaft an sieht sich Erhard gerade auch aus den Reihen seiner eigenen Partei massiver Kritik vor allem an seiner Frankreichpolitik und seinen Führungsqualitäten ausgesetzt. Ein schrittweiser Machtverfall der Position des Kanzlers tritt ein. Er beschleunigt sich nach der nordrhein-westfälischen Landtagswahl im Juli 1966, in der die SPD nur knapp die absolute Mehrheit verfehlt. Als sich CDU/CSU und FDP bei den Haushaltsberatungen für 1967 nicht über die Deckung des durch die Wirtschaftskrise verursachten Defizits verständigen können, treten die vier FDP-Minister am 27. Oktober 1966 zurück. Erhard bleibt zwar noch mehr als einen Monat im Amt, doch die Lösung der Regierungskrise, die schließlich zur Bildung der Großen Koalition führt, vollzieht sich an ihm vorbei.

2. Die Große Koalition

Das Regierungsbündnis, das Unionsparteien und Sozialdemokraten am 1. Dezember 1966 schließen, verstehen beide Partner von vornherein als eine Koalition auf Zeit, gebildet zur Lösung ganz bestimmter Aufgaben. Neben der Bewältigung der wirtschaftlichen Krisensituation sind dies insbesondere Probleme, für deren gesetzgeberische Lösung bisher ausreichende Mehrheiten gefehlt haben wie z. B. die Notstandsgesetzgebung. Schließlich soll die Einführung des relativen Mehrheitswahlrechts nach englischem Vorbild nicht nur zur Beendigung der Großen Koalition zwingen, sondern überhaupt in Zukunft Regierungsbündnisse verschiedener Parteien überflüssig machen.

In den Jahren der Großen Koalition wird das Grundgesetz häufiger geändert als während jeder anderen Regierungsperiode. Schon die schnelle Überwindung der Rezession gelingt nicht zuletzt mit Hilfe einer durchgreifenden Reform des wirtschaftspolitischen Instrumentariums. Ebenso wird die Finanzverfassung so umgeformt, daß sie den Erfordernissen moderner Konjunktursteuerung gerecht werden kann. Auch das Verhältnis zwischen Bund und Ländern wird auf vielen, für die Zukunft bedeutsamen Gebieten, vor allem für den gesamten Bildungsbereich, daneben Krankenhausfinanzierung und Wirtschaftsstrukturpolitik, neu geordnet. Diese durchgängige Anpassung des Regierungsapparates und der staatlichen Kompetenzverteilung an die Bedürfnisse einer hochindustrialisierten Gesellschaft muß als die eigentliche Leistung der Großen Koalition angesehen werden.

Weniger erfolgreich agieren CDU/CSU und SPD trotz mancher neuer Ansätze in der Außenpolitik, gehen doch hier die Ansichten der Koalitionspartner über Tempo und Grenzen einer Umorientierung in der Deutschland- und Ostpolitik stark auseinander. 1969 mehren sich dann angesichts des näherrückenden Wahltermins auch die Differenzen in anderen Fragen. Sie lähmen zunehmend die Regierungsarbeit. Die Hauptkritik an der Großen Koalition aber entzündet sich bereits unmittelbar nach ihrem Amtsantritt an dem erdrückenden parlamentarischen Übergewicht der Regierung über die FDP-Opposition. Weite Teile der Öffentlichkeit bis in die Reihen der SPD hinein sehen in dem Fehlen einer echten politischen Konkurrenzsituation eine Gefährdung der parlamentarischen Demokratie. Vor allem in der jüngeren Generation breitet sich das Bild eines geschlossenen politischen und wirtschaftlichen Establishments aus, das die Demokratie nur noch als Mittel zur Befestigung seiner Herrschaft benutze und sich gegen jede Veränderung sperre – ein Eindruck, der mit zu den Protestaktionen jener Jahre beiträgt.

Ein Bündnis auf Zeit

Nach dem Scheitern der Regierung Erhard nominiert die CDU/
CSU-Fraktion am 10. November 1966 den baden-württembergi-
schen Ministerpräsidenten Kurt-Georg Kiesinger für das Amt
des Bundeskanzlers. Die Union nimmt sowohl mit der FDP wie
mit der SPD Koalitionsverhandlungen auf. Zeitweilige Überlegungen, eine sozialliberale Koalition zu bilden, werden wegen
der knappen Mehrheitsverhältnisse wieder aufgegeben. Die
NPD-Erfolge in der hessischen und bayerischen Landtagswahl
verstärken den Trend zur Großen Koalition. Nicht zuletzt mit der
Erwägung, in ihr nach siebzehn Jahren der Opposition die
Regierungsfähigkeit der Sozialdemokratie unter Beweis stellen
zu können, setzen sich deren Befürworter auch in den Füh-
rungsgremien der SPD durch.

Die Wirtschafts- und Finanzreform

Im Mittelpunkt der Bemühungen der neuen Regierung steht die
Wirtschafts- und Finanzpolitik. Wirtschaftsminister Schiller
(SPD) und Finanzminister Strauß (CSU) gehen bei ihren Refor-
men davon aus, daß die komplizierter gewordenen Wirtschafts-
abläufe eine sorgfältige Planung der Wirtschafts- und Haus-
haltsentwicklung und eine Kooperation aller wichtigen sozialen
Gruppen erfordern. Mit den neuen Instrumenten und gezielten
Maßnahmen zur Konjunkturankurbelung gelingt es, schon für
1968 wieder ein deutliches Wachstum zu sichern, den Preisauf-
trieb zu bremsen und die Vollbeschäftigung wiederherzustellen.
Über die 1969 heftig diskutierte Frage einer Aufwertung der
Deutschen Mark können sich die Koalitionspartner allerdings
nicht mehr verständigen.

Die Deutschland- und Außenpolitik zwischen Beharren
und Neuansatz

Auch in die Deutschland- und Außenpolitik bringt die Große
Koalition neue Elemente ein: Mit Rumänien und Jugoslawien
werden 1967 diplomatische Beziehungen aufgenommen, die
Hallstein-Doktrin damit aufgegeben. Im Mai/Juni 1967 kommt es
erstmals zu einem Briefwechsel zwischen dem DDR-Minister-

ratsvorsitzenden Stoph und Bundeskanzler Kiesinger. Mit der
Sowjetunion werden Sondierungsgespräche über die schon von
Erhard angeregte Politik des Gewaltverzichts geführt, an die
später die Sozialliberale Koalition anknüpfen kann. Doch über
erste Ansätze gelangt man in der Zeit bis 1969 nicht hinaus.
Neben den Differenzen zwischen CDU/CSU und SPD verhindern dies auch die internationalen Spannungen, die durch den
sowjetischen Einmarsch in die Tschechoslowakei ausgelöst
werden.

Die Innenpolitik der Großen Koalition

Das zentrale Thema der innenpolitischen Auseinandersetzung
in der Zeit der Großen Koalition sind die Notstandsgesetze, die
im Mai 1968 von einer Zweidrittel-Mehrheit des Bundestages
gegen starke öffentliche Proteste angenommen werden. Mit
diesen Grundgesetzänderungen werden die bisher gültigen
Vorbehaltsrechte der Alliierten abgelöst und genaue gesetzliche
Regelungen für den Verteidigungsfall und andere Krisensitua-
tionen geschaffen. Dagegen scheitert die ursprünglich vorgese-
hene Einführung des relativen Mehrheitswahlrechts, die wahr-
scheinlich die politische Existenz der FDP vernichtet und zu
einem Zweiparteiensystem geführt hätte, nach heftigen Protesten der Öffentlichkeit schließlich am Widerstand der SPD.

3. Der Protest der Jugend

In die Regierungszeit der Großen Koalition fällt auch jene vor
allem von Studenten getragene Protestbewegung, die ihren
Ausgang von hochschul- und bildungspolitischen Reformforderungen nimmt und sich schnell bis zu dem Verlangen nach
Veränderung und Demokratisierung aller Lebensbereiche stei-
gert. Unverkennbar wird sie durch das Bündnis der beiden
großen Parteien, durch das Fehlen einer tatkräftigen parlamentarischen Opposition gefördert, ja, sie versteht sich teilweise als
deren außerparlamentarischer Ersatz. Doch die eigentlichen
Ursachen liegen tiefer – wie allein schon die parallelen Entwicklungen in vielen modernen Industriestaaten deutlich machen.
In den Protesten kommt eine lange angestaute weltweite Identi-
tätskrise der parlamentarischen Demokratien zum Ausbruch. Er

VII/323 Demonstration gegen die Notstandsgesetze im Mai 1968

VII/324 Verabschiedung der Notstandsgesetze durch den Bundestag im Mai 1968

VII/325 Studentischer Protest in Hamburg 1967

VII/326 Vietnam-Demonstration auf dem Berliner Kurfürstendamm am 18. Februar 1968

fällt nicht zufällig mit einer Krise der westlichen Führungsmacht USA auf Grund des militärischen Engagements in Vietnam zusammen. Der zunehmenden Formalisierung und Bürokratisierung demokratischer Strukturen und der Saturiertheit einer primär auf das Materielle ausgerichteten »Konsum«-Gesellschaft – so diese Kritik – setzt ein erheblicher Teil der jungen Generation eine radikale Wendung gegen jede überkommene Form von Autorität und den Wunsch nach einem neuen Aufbruch entgegen. Als Bewegung scheitert dieser Protest an der Uneinheitlichkeit und Verschwommenheit seiner Ziele sowie der letztlich auf Minderheiten beschränkten Anziehungskraft. Doch gehen von ihm unübersehbar weitreichende Nachwirkungen aus.

Sie liegen weniger in der offenkundigen Beschleunigung von Bildungsreformen oder in dem Auseinanderrücken der beiden großen Parteien, das durch die unterschiedliche Beurteilung des Jugendprotests verstärkt wird. Die entscheidende Wirkung muß vielmehr in einem fundamentalen Wandel der Werte und Verhaltensweisen einer gerade in dieser Hinsicht überaus stabilen – oder, wie die Kritiker sagen, fast schon erstarrten – Gesellschaft gesehen werden. Dieser Prozeß geht dem Aufkommen der Protestbewegung zu einem kleinen Teil bereits voran und verursacht sie mit. Doch erfährt er durch sie eine entscheidende Verstärkung und Beschleunigung.

Ursachen und Anlässe

Die zunächst sich an verkrusteten Universitätsstrukturen und schlechten Studienbedingungen entzündende studentische Kritik mündet bald in eine fundamentale Auseinandersetzung mit der gesamten Gesellschaft der Bundesrepublik und ihren Erscheinungsformen. Seine besondere Dynamik erhält der Protest in den Demonstrationen gegen die amerikanische Kriegführung in Vietnam und gegen diktatorische Regime insbesondere in der Dritten Welt. Als am 2. Juni 1967 bei einer Demonstration gegen den Besuch von Schah Reza Pahlevi ein Student durch die Kugel eines Polizisten getötet wird, springt der Funke von West-Berlin auf das Bundesgebiet über.

Höhepunkte und Manifestationen

Ihren Höhepunkt erlebt die Protestbewegung an den Ostertagen 1968 nach einem Mordversuch an dem Berliner Studentenführer Rudi Dutschke. Die in Straßenschlachten ausartenden und von Gewaltakten begleiteten Demonstrationen richten sich vor allem gegen die Verlagshäuser des Springer-Konzerns, dessen Zeitungen als mitverantwortlich für den Anschlag angesehen werden. Im Mai kommt es anläßlich der Verabschiedung der Notstandsgesetze noch einmal zu großen Kundgebungen in zahlreichen Städten der Bundesrepublik. Doch danach ebbt die Bewegung – wie auch ähnliche Aktivitäten insbesondere in Frankreich und den USA – allmählich ab. Zugleich verlagern sich die Auseinandersetzungen stärker in die gesellschaftlichen Institutionen hinein.

Probleme und Folgen

Der Jugendprotest, der anfangs in besonderer Weise gewaltfreie Aktionsformen entwickelt und propagiert, radikalisiert sich in der Konfrontation mit der staatlichen Macht (»Gewalt gegen Sachen«). In einem in der Nachkriegszeit unbekanntem Ausmaß wird die Gewalt zu einem Mittel der politischen Auseinandersetzung. Allerdings gehen nur wenige Einzelgänger so weit, ihre Ziele mit Hilfe terroristischer Anschläge erreichen zu wollen. Die überwiegende Mehrheit setzt – soweit sie überhaupt ihr politisches Engagement fortführt – auf den »Marsch durch die Institutionen«. In der vehementen Infragestellung fast aller überkommenen Lebensformen und Verhaltensmuster liegt denn auch die weiterwirkende Bedeutung des Jugendprotests.

VII/327   Tatort des Attentats auf Rudi Dutschke am 11. April 1968 in Berlin

VII/328   Bundespräsident Heinemann überreicht Bundeskanzler Brandt am 21. Oktober 1969
die Ernennungsurkunde

IV. 1969–1982: Die Zeit der sozialliberalen Koalition

Von der Großen zur sozialliberalen Koalition

Die Bundespräsidentenwahl – ein Stück Machtwechsel

Aufgrund der zunehmenden Spannungen in der Großen Koalition gelingt es den Regierungsparteien nicht, sich auf einen gemeinsamen Kandidaten für die Wahl des Bundespräsidenten im März 1969 zu verständigen. Die CDU/CSU nominiert Verteidigungsminister Gerhard Schröder, die SPD Justizminister Gustav Heinemann – beide nicht zuletzt mit Blick auf die ausschlaggebenden Stimmen der FDP-Abgeordneten. Die Liberalen, deren Partei in der Oppositionszeit eine linksliberal geprägte Erneuerung erfahren hat, entscheiden sich nach hartem Ringen für den sozialdemokratischen Kandidaten. Die Wahl Heinemanns mit knapper Mehrheit im dritten Wahlgang wird in der Öffentlichkeit als Signal gegen den Fortbestand der Großen Koalition und für ein sozialliberales Regierungsbündnis nach der Bundestagswahl verstanden.

Die Bildung der sozialliberalen Koalition

Obwohl definitive öffentliche Festlegungen unterbleiben, wird allgemein von der Möglichkeit einer SPD/FDP-Bundesregierung ausgegangen. Doch für eine solche Zusammenarbeit ergibt die Bundestagswahl am 28. September 1969 nur eine schmale Basis – schmaler als die von 1966. Zwar hat die CDU/CSU Stimmen verloren und die NPD knapp den Einzug in das Parlament verfehlt, aber die deutlichen sozialdemokratischen Stimmengewinne werden von den Verlusten der Liberalen übertroffen. Dennoch verständigen sich die Vorsitzenden von SPD und FDP, Brandt und Scheel, noch in der Wahlnacht im Grundsatz auf die Bildung einer gemeinsamen Regierung. Am 21. Oktober 1969 wird Willy Brandt mit der knappen Mehrheit von 251 Stimmen zum Bundeskanzler gewählt. Erstmals seit Bestehen der Bundesrepublik übernimmt ein Sozialdemokrat das Amt des Regierungschefs. Die zweite Republik hat ihre Fähigkeit zum demokratischen Wechsel bewiesen.

1. Die neue Ostpolitik

Der Wille, die Politik der Westintegration durch einen Ausgleich auch mit den östlichen Nachbarn zu ergänzen, bildet von Anfang an eine – wenn nicht die – zentrale Grundlage des sozialliberalen Regierungsbündnisses. Die neue Ostpolitik wird von zwei Hauptmotiven und -zielen getragen: Zum einen gehen ihre Befürworter – mit Blick auf die internationale Position der Bundesrepublik – von der Notwendigkeit aus, sich den zunehmenden Entspannungstendenzen im Ost-West-Verhältnis anzupassen; sie suchen auf diese Weise zugleich größere außenpolitische Handlungsfähigkeit als bisher zu erlangen. Zum anderen richten sie ihr Augenmerk auf die Einheit der Nation; konkrete Verbesserungen in den Beziehungen zur DDR und vor allem intensivere Kontakte zwischen den Menschen sollen dem zunehmenden Auseinanderleben der beiden deutschen Staaten entgegenwirken und langfristig die deutsche Frage offenhalten.
Beiden Aspekten liegt die Annahme zugrunde, daß die Anerkennung der im Gefolge des Zweiten Weltkriegs geschaffenen Realitäten die Voraussetzung für jeden Fortschritt in den Beziehungen zu den osteuropäischen Staaten ist. Vor allem hiergegen – sowie gegen das Verhandlungstempo – richtet sich die scharfe Kritik der Opposition, die die Vertragsverhandlungen von Anfang an begleitet. Die meisten CDU/CSU-Politiker sehen, soweit sie überhaupt zur Aufgabe bisheriger Rechtspositionen bereit sind, in dieser Bereitschaft ein Verhandlungsobjekt. Sie bemängeln deshalb besonders das ihrer Ansicht nach unausgewogene Verhältnis von Leistung und Gegenleistung in den 1970 abgeschlossenen Verträgen mit der Sowjetunion und Polen, dem 1972 unterzeichneten Berlin-Abkommen und den im gleichen Jahr mit der DDR getroffenen Vereinbarungen.
Das innenpolitische Ringen, das die neue Ostpolitik auslöst, ist an Schärfe nur mit den außenpolitischen Debatten der frühen fünfziger Jahre zu vergleichen. Es gipfelt in dem gescheiterten Versuch, Bundeskanzler Brandt durch ein konstruktives Mißtrauensvotum zu stürzen. Erst die eindrucksvolle Bestätigung der sozialliberalen Koalition in der vorgezogenen Bundestagswahl vom 19. November 1972 läßt die Auseinandersetzungen abklingen.
Mit den Ostverträgen gelingt eine weitgehende Normalisierung des Verhältnisses zu den Staaten des Ostblocks. Sie tragen zugleich erheblich zum allgemeinen Entspannungsprozeß bei, der

VII/329   Unterzeichnung des Moskauer Vertrages am 12. August 1970

VII/330   Unterzeichnung des Warschauer Vertrages am 7. Dezember 1970

VII/331   Verleihung des Friedensnobelpreises an Bundeskanzler Brandt am 10. Dezember 1971

VII/332   Unterzeichnung des Vier-Mächte-Abkommens über Berlin am 3. Juni 1972

VII/333   Bundesaußenminister Walter Scheel vor der UNO-Vollversammlung am 19. September 1973

VII/334   Schlußsitzung der Europäischen Sicherheitskonferenz in Helsinki am 1. August 1975

VII/335   Demonstration gegen die Ostverträge in Bonn 1972

VII/336   Bundeskanzler Brandt und Vizekanzler Scheel am Abend der Bundestagswahl
vom 19. November 1972

1975 mit der Konferenz für Sicherheit und Zusammenarbeit in Europa (KSZE) in Helsinki in eine neue Phase tritt. Auch in den innerdeutschen Beziehungen können trotz mancher Rückschläge und Ernüchterungen entscheidende Verbesserungen durchgesetzt werden, die den Menschen unmittelbar zugute kommen. Nicht zuletzt aber erweitert die Ostpolitik den außenpolitischen Handlungsspielraum der Bundesrepublik und ermöglicht ihr unter dem neuen Bundeskanzler Helmut Schmidt eine einflußreichere Rolle in der internationalen Politik, die in der zweiten Hälfte der siebziger Jahre in ganz neuer Weise durch die weltwirtschaftlichen Probleme geprägt wird.

Die Öffnung nach Osten

Schon in seiner Regierungserklärung am 28. Oktober 1969 unterstreicht Bundeskanzler Brandt die Bereitschaft der neuen Bundesregierung, über die bisherigen Gewaltverzichtsangebote hinaus den Status quo in Europa zu akzeptieren, die staatliche Existenz der DDR anzuerkennen und damit auch den Alleinvertretungsanspruch der Bundesrepublik aufzugeben. Der Besuch des Bundeskanzlers am 19. März 1970 in Erfurt weckt vor allem in der DDR Hoffnungen, die sich jedoch bereits zwei Monate später beim Gegenbesuch des DDR-Ministerratsvorsitzenden Stoph in Kassel als voreilig erweisen. Der Schlüssel zur Lösung aller weiteren Fragen liegt in einer Verständigung mit der Sowjetunion, die Brandts engster außenpolitischer Berater, Staatssekretär Egon Bahr, seit Januar 1970 in Gesprächen in Moskau vorbereitet.

Die Politik der Verträge

Im Mittelpunkt des von der SPD/FDP-Regierung ausgehandelten Systems der Ostverträge steht der Moskauer Vertrag vom 12. August 1970. Die in ihm enthaltene Vereinbarung über den Gewaltverzicht und die Achtung der bestehenden Grenzen nimmt auch schon die Kernpunkte der späteren Verträge mit Polen, der CSSR und der DDR vorweg. Mit ihm verbunden ist ferner das Vier-Mächte-Abkommen über Berlin, das – unter Ausklammerung von Statusfragen – Erleichterungen für den Transitverkehr nach West-Berlin bringt, Besuche von West-Ber-

linern im Ostteil der Stadt und in der DDR ermöglicht und die
Bindungen West-Berlins an den Bund bestätigt. Im Grundlagen-
vertrag nehmen schließlich die beiden deutschen Staaten
gleichberechtigte Beziehungen zueinander auf. Der damit möglich gewordene Beitritt der Bundesrepublik und der DDR zur
UNO, der im September 1973 erfolgt, markiert den Abschluß
der ersten Phase der neuen Ostpolitik.

Die innenpolitische Auseinandersetzung um die Ostverträge

Ende 1971, mit dem Beginn des parlamentarischen Ratifizie-
rungsverfahrens, treten die leidenschaftlichen Debatten um die
Ostpolitik in ihre entscheidende Phase. Sie werden noch dadurch verschärft, daß einige Abgeordnete der Regierungsparteien ins Lager der Opposition überwechseln und die SPD/FDP-
Koalition ihre Mehrheit zu verlieren droht. Doch der Versuch der
CDU/CSU, ihren Fraktionsvorsitzenden Rainer Barzel durch ein
konstruktives Mißtrauensvotum zum Bundeskanzler wählen zu
lassen, scheitert knapp. Schließlich findet sich die Unionsmehr-
heit bereit, sich bei der Abstimmung über die Ostverträge der
Stimme zu enthalten und ihnen damit am 17. Mai 1972 zur Annahme im Bundestag zu verhelfen. Aus der vorgezogenen Bundestagswahl vom 19. November 1972 geht die sozialliberale
Koalition nach einem erbittert geführten Wahlkampf gestärkt
hervor.

2. Die inneren Reformen

Vielleicht mehr noch als in der Außenpolitik wird der Regierungswechsel des Jahres 1969 im innenpolitischen Bereich von
hohen Erwartungen begleitet. Das Leitmotiv der innenpolitischen Neuorientierung faßt Bundeskanzler Brandt in seiner Regierungserklärung in die Formel »Mehr Demokratie wagen«.
Sie geht von einem erheblichen Reformdefizit nach zwanzig
Jahren unionsgeführter Bundesregierungen aus und zielt vor
allem darauf, demokratische Strukturen über die staatlichen Institutionen hinaus in alle Bereiche der Gesellschaft zu tragen.
Das konkrete Reformprogramm reicht von der Liberalisierung
und Modernisierung des Rechtssystems über den Ausbau des
Netzes der sozialen Sicherung bis zur Verstärkung der Rechte

und Mitwirkungsmöglichkeiten der Arbeitnehmer im Betrieb. An der Spitze aller Reformvorhaben aber steht die qualitative und quantitative Verbesserung des Bildungswesens.

Doch erweisen sich viele der teilweise euphorisch übersteigerten Reformerwartungen als zu hoch gespannt. In der Regierungszeit des ersten Kabinetts Brandt/Scheel kann – auch wegen der zugespitzten innenpolitischen Auseinandersetzung um die Ostverträge – nur ein kleiner Teil der geplanten Gesetze verabschiedet werden. Erst in den beiden darauffolgenden Legislaturperioden wird das 1969 formulierte Programm schrittweise durchgesetzt – allerdings mit vielfachen Einschränkungen gegenüber den ursprünglichen Zielsetzungen.

Neben Differenzen zwischen den beiden Koalitionspartnern, die in einzelnen Fragen wie etwa bei der Mitbestimmung eine Regelung erschweren, setzt dabei auch die Haltung der unionsregierten Länder und der von ihnen gestellten Bundesratsmehrheit den Reformplänen deutliche Grenzen. Zudem werden einige wichtige Reformgesetze vom Bundesverfassungsgericht ganz oder in Teilen aufgehoben. Nicht zuletzt aber ist es der wirtschaftliche Umschwung im Gefolge der Ölkrise vom Herbst 1973, der nach den ersten, günstigen Jahren der Reformtätigkeit entscheidende finanzielle Grenzen zieht, ja sogar zur Einschränkung einer Reihe von neuen Leistungsgesetzen zwingt.

Dennoch hat sich das Gesicht der Bundesrepublik in den Jahren der sozialliberalen Koalition gerade auch im innenpolitischen Bereich erheblich gewandelt. Als erfolgreiche Reforminitiativen sind neben den vielfach tief in die Lebensverhältnisse eingreifenden rechtspolitischen Maßnahmen insbesondere die erheblichen Leistungsverbesserungen in der Renten- und Krankenversicherung, die Verbreiterung der Bildungschancen und partiell auch die Ausweitung der Mitbestimmung zu nennen.

Die Rechtsreformen

Mit einer Fülle von Änderungen gerade auch im Bereich des politischen und des Sexualstrafrechts setzt die SPD/FDP-Regierung die in der Zeit der Großen Koalition begonnenen Reformen fort. Besonders umstritten ist die Neuformulierung des Abtreibungsparagraphen: Die mit den Stimmen von SPD und FDP zunächst verabschiedete Fristenlösung wird auf Antrag der CDU/CSU-Opposition vom Bundesverfassungsgericht für unvereinbar mit dem Grundgesetz erklärt. Statt dessen tritt im Juni 1976 eine Indikationsregelung in Kraft. Von ähnlich großer Tragweite ist das ebenfalls 1976 verabschiedete neue Ehe- und Familienrecht, zu dessen bedeutendsten Neuerungen die Abschaffung des Schuldprinzips bei der Ehescheidung zählt.

Die Bildungsreformen

Die Bildungspolitik der sozialliberalen Koalition gehört – auch wegen der Probleme, die sich hier aus der Kompetenzverteilung zwischen Bund und Ländern ergeben – zu den Reformbereichen, die die heftigsten Auseinandersetzungen auslösen und bei denen zugleich eine erhebliche Diskrepanz zwischen den ursprünglichen Absichten und dem schließlich erzielten Ergebnis besteht. Umstritten sind vor allem die Veränderung der Bildungsinhalte und die Umgestaltung der Bildungsinstitutionen (Gesamtschulen, Hochschulreform), die beide auch nur teilweise verwirklicht werden. Dagegen gelingt der quantitative Ausbau des Bildungswesens und damit einhergehend die Verbreiterung der Bildungschancen – ein Erfolg, hinter den allerdings die Arbeitsmarktlage dann mehr und mehr ein Fragezeichen setzt.

Die Erweiterung der Mitbestimmung

Die Gewerkschaften erwarten von der sozialdemokratisch geführten Bundesregierung eine Stärkung der Betriebsratsrechte und eine Ausweitung der paritätischen Mitbestimmung über den Montanbereich hinaus. Doch während bereits 1971 ein novelliertes Betriebsverfassungsgesetz verabschiedet werden kann, zieht sich die Mitbestimmungsdiskussion – vor allem wegen der unterschiedlichen Auffassungen von SPD und FDP – über Jahre hin. Erst im März 1976 wird vom Bundestag, auch mit den Stimmen der Opposition, ein neues Mitbestimmungsgesetz angenommen. Es sieht für alle Großunternehmen eine paritätische Besetzung der Aufsichtsräte vor, beläßt jedoch den Aktionärsvertretern im Konfliktfall ein Übergewicht.

XXV Konrad Adenauer, Gemälde von Oskar Kokoschka, 1966

XXVI   Bonn, Am neuen Stadthaus – Architektur der Gegenwart im Spannungsfeld von
Modernität und Historismus

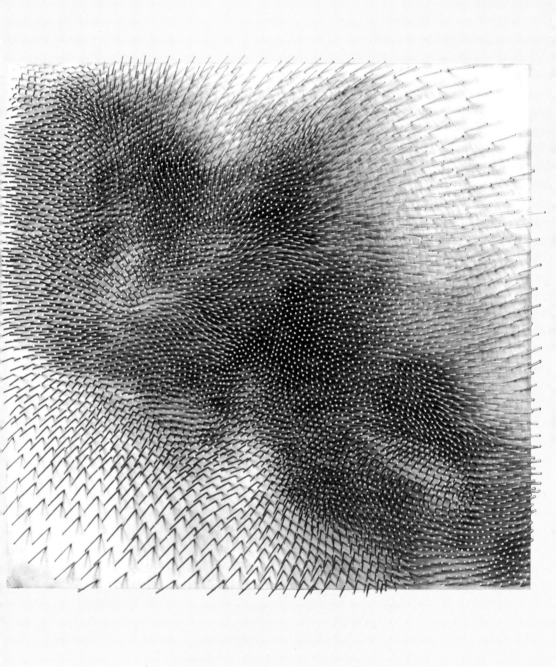

XXVII   Günther Uecker, Nagelrelief 1969

VII/337   Demonstration gegen die Strafbarkeit der Abtreibung 1975

VII/338   Hochschulneubauten in Konstanz, Februar 1982

Mitbestimmung eine Forderung unserer Zeit

VII/339   Rede des IG-Metall-Vorsitzenden Brenner zur Mitbestimmung im Oktober 1968

VII/340   Sonntagsfahrverbot im Ölkrisenwinter 1973

Der Ausbau des Sozialstaates

Die günstige wirtschaftliche Situation Anfang der siebziger Jahre ermöglicht es der sozialliberalen Koalition, das sozialstaatliche System in nahezu allen Bereichen auszubauen und zu ergänzen. Die Einführung der flexiblen Altersgrenze und der Ausbildungsförderung für Schüler und Studenten, Leistungsverbesserungen in der Krankenversicherung sowie die Reform des Kindergeldes und des Mietrechts zählen zu den wichtigsten Maßnahmen. Doch die Einschätzungen der wirtschaftlichen Entwicklung, die dem Ganzen zugrunde liegen, erweisen sich seit der Krise von 1974/75 zunehmend als zu optimistisch. Defizite in den Kassen der Rentenversicherung und in den öffentlichen Haushalten zeigen an, daß die Finanzierung des Netzes der sozialen Sicherung an ihre Grenzen stößt.

Das Ende der Ära Brandt/Scheel

Trotz der in der Wahl vom November 1972 gewonnenen sicheren Mehrheit häufen sich 1973/74 die innenpolitischen Schwierigkeiten der sozialliberalen Regierung. Innerparteiliche Spannungen vor allem in der SPD tragen zu ihnen ebenso bei wie Konflikte mit den Gewerkschaften und wie die sich verschlechternde wirtschaftliche Lage. Als der Kanzleramtsreferent Günter Guilleaume wegen Spionage für die DDR verhaftet wird, tritt Bundeskanzler Brandt am 6. Mai 1974 zurück. Schon zuvor hat Außenminister Scheel seine Kandidatur für das Amt des Bundespräsidenten angekündigt, in das er am 15. Mai 1974 gewählt wird. Die sozialliberale Koalition regiert unter neuer Führung weiter: Das Amt des Bundeskanzlers übernimmt der bisherige Finanzminister Helmut Schmidt und die Nachfolge Scheels in Regierung und Partei tritt Hans-Dietrich Genscher an.

XXVIII (Abb. gegenüber Seite 409) Theaterstadt Berlin, Szenenbild aus Peter Steins Inszenierung von Kleists »Prinz von Homburg« in der Schaubühne am Halleschen Ufer, 1972/73

3. Grenzen und Belastungen

Seit Mitte der siebziger Jahre ergeben sich in allen hochentwickkelten Industriestaaten grundlegende Veränderungen der wirtschaftlichen und politischen Rahmenbedingungen. Schon die leeren Autobahnen – als Folge der Ölkrise im Herbst 1973 – werden allgemein als ein Signal für eine schwierigere ökonomische Entwicklung aufgefaßt. Doch werden deren negative Konsequenzen für Wirtschaftswachstum und Arbeitsplätze erst Jahre später in vollem Umfang deutlich. Die »Tendenzwende« – so das bereits 1973/74 geprägte Wort – löst eine allgemeine politische Umorientierung aus: An die Stelle des Reformelans und der Erwartung, die Zukunft gezielt und planmäßig bewältigen zu können, treten mehr und mehr Klagen über die Unregierbarkeit und die Sachzwänge, die jeden politischen Gestaltungswillen aufs stärkste einschränken.

An der Spitze der konkreten Probleme steht zunächst das Phänomen des Terrorismus, das zeitweilig die westlichen Demokratien bis in ihre Grundlagen bedroht. Als besonders gravierend werden daneben die Gefahren einer zunehmenden Umweltzerstörung und die Risiken einer verstärkten Nutzung der Kernenergie empfunden. Dies wie auch der sich wieder verschärfende Ost-West-Konflikt und die damit verbundene Bedrohung durch die atomare Rüstung der Supermächte lösen Ängste aus, die teilweise bis hin zu Weltuntergangsvisionen reichen. Im Mittelpunkt aller Überlegungen aber steht die weltweite Wirtschaftskrise. Verursacht nicht zuletzt durch die Energiekostenexplosion, einschneidende technologische Veränderungen und Störungen des weltwirtschaftlichen Gleichgewichts bleibt das wirtschaftliche Wachstum aus, steigt die Arbeitslosigkeit auf ein in der Nachkriegszeit nicht erreichtes Niveau und bewegt sich die Staatsverschuldung in außergewöhnliche Höhen.

Im Kern kreist die politische Diskussion um die Frage, ob es sich hierbei um eine Krise von eher traditionellem Zuschnitt handle, die mit entsprechenden Mitteln zu bewältigen sei, oder ob man von einer tiefergehenden Anpassungskrise der entwickelten Volkswirtschaften ausgehen müsse, die das Beschreiten neuer Lösungswege erfordere, oder ob gar die industrielle Zivilisation an ihre Grenzen stoße und daher ein prinzipielles Umdenken geboten sei. Die unterschiedlichen Antworten, die die Politiker und Parteien auf diese grundsätzlichen Fragen geben, verändern seit Ende der siebziger Jahre mehr und mehr auch die parteipolitische Szene. Neue politische Kräfte treten auf, und in der sozialliberalen Koalition verstärken sich zunehmend die Auffassungsunterschiede. An diesen Spannungen zerbricht schließlich die Zusammenarbeit zwischen SPD und FDP nach dreizehn Jahren gemeinsamer Regierungsverantwortung am 17. September 1982.

VII/341   Bundeskanzler Brandt und DDR-Spion Guilleaume, April 1974

VII/342   Das erste Kabinett Schmidt-Genscher bei Bundespräsident Heinemann am 16. Mai 1974

VII/343　Tatort der Entführung des Arbeitgeberpräsidenten Schleyer am 5. September 1977

VII/344　Atomkraftwerk Biblis

Der Terrorismus und die Bewahrung des Rechtsstaates

Die ganzen siebziger Jahre hindurch sieht sich die Bundesrepublik mit dem internationalen Problem des Terrorismus konfrontiert. Ihren Höhepunkt erreichen die terroristischen Anschläge 1977 mit den Morden an Generalbundesanwalt Buback, dem Bankier Ponto und Arbeitgeberpräsident Schleyer sowie der Entführung einer Lufthansa-Maschine. Regierung und Opposition arbeiten in dieser kritischen Situation eng zusammen, ringen jedoch zugleich heftig um die angemessenen Methoden der Terroristenbekämpfung. In den Gesetzesverschärfungen und manchen polizeilichen Maßnahmen sehen einige Kritiker eine Aushöhlung rechtsstaatlicher Prinzipien, doch bleibt die rechtsstaatliche Ordnung trotz der Schwere der Bedrohung in ihrem Kern unangetastet. Mit der strikten Ablehnung eines Eingehens auf die erpresserischen Forderungen der Terroristen im Herbst 1977 wird die Gefahr neuer terroristischer Anschläge zwar nicht gebannt, aber doch, wie die nächsten Jahre zeigen, deutlich begrenzt.

Die Umweltschutz- und Kernkraftdiskussion

In der Regierungszeit der sozialliberalen Koalition entwickelt sich der Umweltschutz zu einem beherrschenden Thema der innenpolitischen Diskussion. Luft- und Wasserverschmutzung, Verkehrslärm oder der Bau von Großprojekten werden von immer mehr Menschen als eine elementare Bedrohung ihrer Lebenswelt empfunden. Die staatliche Umweltpolitik kann zwar erhebliche Erfolge vorweisen, vermag jedoch in vielen Bereichen nicht mit den steigenden Belastungen Schritt zu halten. Besondere Sorgen und Proteste löst der aus energiepolitischen Gründen verstärkt betriebene Bau von Kernkraftwerken und deren Entsorgungseinrichtungen aus. Vor allem auf der Basis radikaler umweltpolitischer Forderungen formiert sich allmählich in den »Grünen« eine neue parteipolitische Kraft, die seit 1979 zunächst in eine Reihe von Landesparlamenten vorzudringen vermag und die damit das eingespielte Dreiparteiensystem der Bundesrepublik in Frage stellt.

Das Ende der Entspannung

Die außenpolitischen Bemühungen der Regierung Schmidt/ Genscher gelten vor allem Fortschritten in der europäischen Einigungspolitik, einer abgestimmten Wirtschaftspolitik der wichtigsten Industrienationen, einem verstärkten Dialog mit den Entwicklungsländern und nicht zuletzt der Fortführung der Entspannungspolitik. Sie werden jedoch von einer zunehmenden Verhärtung des Ost-West-Verhältnisses überschattet, die besonders auf den sowjetischen Einmarsch in Afghanistan, die Vorgänge in Polen und die verstärkte Rüstung der UdSSR zurückgeht. Die Bundesrepublik sieht sich vor die schwierige Frage gestellt, ob und in welchem Maße sie dem Kurswechsel, den die USA in Reaktion auf die sowjetische Politik vollziehen, folgen soll und wie unter den neuen Bedingungen die positiven Ergebnisse der Entspannungspolitik bewahrt und der Friede gesichert werden kann. Im Mittelpunkt der dadurch ausgelösten heftigen Diskussionen steht der NATO-Nachrüstungsbeschluß vom Dezember 1979, der die Stationierung amerikanischer Mittelstreckenwaffen in Europa für den Fall vorsieht, daß sich die UdSSR nicht zum Abbau ihrer neuen SS 20-Raketen bereit findet.

Die Wirtschaftskrise und die Grenzen des Sozialstaates

1974/75 kommt es nicht zuletzt wegen des stürmischen Anstiegs der Energiekosten zu einem weltweiten wirtschaftlichen Einbruch. Obwohl in den folgenden Jahren die Wachstumsraten wieder steigen, stabilisiert sich die Arbeitslosigkeit auf hohem Niveau und erreicht seit 1981 neue Rekordmarken. Die sich verschärfende internationale Konkurrenz und tiefgreifende strukturelle Verschiebungen zwischen den verschiedenen Industriezweigen führen zu massiven Arbeitsplatzverlusten. Die Bemühungen der Bundesregierung, durch eine international abgestimmte Krisenbekämpfung und durch kreditfinanzierte Konjunkturprogramme die Wirtschaft wieder anzukurbeln, haben zwar vorübergehend Erfolg, aber nur um den Preis einer steigenden Staatsverschuldung. Die durch die wachsenden Defizite notwendige Kürzung staatlicher Leistungen besonders im Sozialbereich löst scharfe innenpolitische Auseinandersetzungen aus und belastet auch zunehmend die Zusammenarbeit in der SPD/FDP-Regierung.

VII/345 Begrüßung von Bundeskanzler Schmidt in Peking durch Mao Tse-tung im Oktober 1975

VII/346 Friedensdemonstration in Bonn am 10. Oktober 1981

VII/347 Seit 1973 zwingen steigende Ölpreise zur Energieeinsparung

VII/348 Erster Weltwirtschaftsgipfel im Rambouillet bei Paris 1975

Der Weg zum Bruch der sozialliberalen Koalition

Der CDU/CSU-Opposition gelingt es zwar, in Kommunal- und Landtagswahlen Erfolge zu erzielen und am 23. Mai 1979 mit ihrer Mehrheit in der Bundesversammlung Karl Carstens zum Bundespräsidenten zu wählen, aber in der Bundestagswahl am 5. Oktober 1980 kann sich die Regierung Schmidt/Genscher – vor allem durch Stimmengewinne der Liberalen – erneut eine deutliche Mehrheit sichern. Die sich rapide verschärfende Wirtschaftskrise führt allerdings zu zunehmenden Spannungen zwischen den Koalitionspartnern. Wie schon im Jahr zuvor können sich SPD und FDP bei den Haushaltsberatungen 1982 nur unter großen Schwierigkeiten über einen Etatentwurf für 1983 verständigen. Unter wechselseitigen Vorwürfen bricht die sozialliberale Koalition am 17. September 1982 auseinander. Bundeskanzler Schmidt amtiert mit einer sozialdemokratischen Minderheitsregierung noch bis zu seiner Abwahl durch ein konstruktives Mißtrauensvotum am 1. Oktober 1982 weiter.

V. Der Weg in die Gegenwart

Die neue Koalition aus Unionsparteien und Freien Demokraten, die unter Bundeskanzler Helmut Kohl am 1. Oktober 1982 die Regierungsverantwortung übernimmt, gründet sich vor allem auf gemeinsame Zielsetzungen in der Wirtschafts- und Finanzpolitik. Hier soll unter dem Eindruck der vergeblichen Bemühungen, mit staatlichen Konjunkturprogrammen das Wirtschaftswachstum zu erhalten und eine Massenarbeitslosigkeit zu verhindern, eine deutliche Umkehr vollzogen werden: Durch eine Konsolidierung der öffentlichen Haushalte, durch partielle Kürzungen bei den Sozialausgaben und eine Sanierung der Rentenfinanzen sowie durch steuerliche Erleichterungen sollen die Rahmenbedingungen für die wirtschaftliche Entwicklung verbessert werden. Unterstützt durch außerordentliche Exporterfolge, gelingt es tatsächlich, zu einem realen wirtschaftlichen Wachstum von 2 bis 3% zurückzukehren und zugleich die Preissteigerungsrate auf unter 2% zu senken. Ungelöst bleibt jedoch zunächst das Problem der Massenarbeitslosigkeit, deren weiterer Anstieg zwar gestoppt wird, die sich aber mit etwa zwei Millionen Arbeitslosen auf hohem Niveau stabilisiert.

In der Deutschland- und Außenpolitik dominieren dagegen – trotz einzelner Vorbehalte gegenüber der Ostpolitik der sozialliberalen Koalition – die Elemente der Kontinuität. Westintegration und um Ausgleich bemühte Ostpolitik bilden auch nach 1982 gemeinsam das Fundament deutscher Außenpolitik. Allerdings zieht die schwierige internationale Lage, die durch die verstärkten Rüstungsanstrengungen der Supermächte und die sich verschärfenden Spannungen zwischen ihnen bestimmt ist, allen Bemühungen um eine Fortentwicklung insbesondere der innerdeutschen Beziehungen enge Grenzen. Erst seit 1985, vor allem nach dem Wechsel in der sowjetischen Führungsspitze, kommt ein neuer Ost-West-Dialog über Fragen der Abrüstung in Gang, der auch den außenpolitischen Handlungsspielraum der Bundesrepublik wieder erweitert.

Eine völlig neue Lage entsteht dann allerdings durch den sich immer mehr beschleunigenden politischen Umbruch in Osteuropa. Von ihm wird nach Ungarn und Polen im Herbst 1989 auch die DDR erfaßt. Binnen weniger Wochen bricht das SED-Regime zusammen, und es eröffnet sich überraschend nach 40 Jahren der Teilung die Möglichkeit, die deutsche Einheit auf friedlichem Wege mit Zustimmung der europäischen Nachbarn

VII/349   Helmut Kohl nach seiner Wahl zum Bundeskanzler am 1. Oktober 1982 mit seinem Amtsvorgänger Helmut Schmidt

VII/350   Rede von Staatspräsident Mitterrand am 20. Januar 1983 vor dem Deutschen Bundestag zum 20jährigen Bestehen des deutsch-französischen Vertrages

VII/351   Das zweite Kabinett Kohl/Genscher bei Bundespräsident Carstens am 30. März 1983

VII/352   Debatte im Deutschen Bundestag über die NATO-Nachrüstung und die Stationierung von
Mittelstreckenraketen am 21. November 1983

VII/353   IG Metall-Kundgebung für die Durchsetzung der 35-Stunden-Woche am 28. Mai 1984 in Bonn

VII/354   Einsatz von Robotern beim Schweißen von Autokarosserien

wiederherzustellen. Das Ende der bipolaren Weltordnung mit dem bestimmenden Gegensatz der beiden Supermächte bringt damit auch das Ende der deutschen Zweistaatlichkeit. Die weitergehenden Konsequenzen dieses säkularen Umbruchs sind allerdings heute noch kaum absehbar.

Regierungsbildung und Neuwahlen

Nach dem Zerbrechen des sozialliberalen Bündnisses verständigen sich CDU/CSU und FDP in Koalitionsgesprächen, die bei den Liberalen von heftigen innerparteilichen Auseinandersetzungen begleitet sind, auf die Bildung einer neuen Regierung. Am 1. Oktober 1982 wird der bisherige Oppositionsführer Helmut Kohl zum Bundeskanzler gewählt. Nach ersten Maßnahmen und Entscheidungen vor allem in der Haushaltspolitik stellt sich die neue Koalition am 6. März 1983 in vorgezogenen Bundestagswahlen dem Wählervotum und erreicht eine deutliche Bestätigung des Regierungswechsels. Erstmals seit den fünfziger Jahren zieht mit den Grünen eine vierte Fraktion in den Bundestag ein.

Haushaltssanierung und Konjunkturentwicklung

Ihr Hauptaufgabenfeld sieht die Regierung Kohl/Genscher in der Wirtschafts- und Finanzpolitik. Zur Bekämpfung des wachsenden Haushaltsdefizits werden Kürzungen der Staatsausgaben und Einschränkungen der sozialen Leistungen durchgesetzt. Eine umfassende, in mehreren Etappen vollzogene Steuerreform soll insbesondere die Investitionsbereitschaft der Wirtschaft erhöhen. Der neue wirtschaftliche Aufschwung bringt allerdings keine durchgreifende Lösung für die strukturellen Probleme vor allem auf dem Arbeitsmarkt. Entsprechend umstritten bleibt das wirtschafts- und finanzpolitische Konzept.

Die Nachrüstung und das Ost-West-Verhältnis

Die Bereitschaft der Regierung Kohl/Genscher, im Rahmen des Nachrüstungsbeschlusses der NATO neue Mittelstreckenwaffen auf deutschem Boden stationieren zu lassen, führt zu hefti-

VII/355   Richard von Weizsäcker (CDU) vor seiner Vereidigung als Bundespräsident am 1. Juli 1984

VII/356   Begegnung zwischen Bundeskanzler Kohl und dem neuen sowjetischen Parteichef Michail Gorbatschow am 12. März 1985 in Moskau

VII/357   Gedenkstunde aus Anlaß des 40. Jahrestages des Kriegsendes am 8. Mai 1985

VII/358   Besuch des amerikanischen Präsidenten Reagan in der historischen Ausstellung im
Reichstagsgebäude am 12. Juni 1987

VII/359   Sterbender Fichtenwald im Riesengebirge

VII/360   Der zerstörte sowjetische Kernreaktor in Tschernobyl nach dem Unfall vom 26. April 1986

VII/361   Empfang des DDR-Staatsratsvorsitzenden in Bonn am 7. September 1987

VII/362   Ansprache von Bundestagspräsidentin Rita Süssmuth zum 40. Jahrestag der
konstituierenden Sitzung des Deutschen Bundestages am 7. September 1989

gen Demonstrationen und innenpolitischen Auseinandersetzungen. Die geschlossene Haltung der westlichen Partnerstaaten und die enge Anlehnung der Bundesrepublik in diesen Fragen an die USA stärken das Bündnis, belasten jedoch die Beziehungen zur Sowjetunion und zur DDR. Diese Entwicklung wird von der Opposition mit Sorge verfolgt. Doch gelingt es, die Auswirkungen der internationalen Spannungen auf das innerdeutsche Verhältnis in Grenzen zu halten und weitere schrittweise Verbesserungen etwa in der Verkehrspolitik und bei den Reisemöglichkeiten für DDR-Bürger zu erreichen.

Der wirtschaftliche Strukturwandel und seine Folgen

Trotz des seit 1983 wieder vorhandenen realen Wirtschaftswachstums bleibt ein deutlicher Rückgang der hohen Arbeitslosenzahlen aus. Der Schaffung neuer Arbeitsplätze in der Computerbranche und anderen Bereichen moderner Hochtechnologie steht die sich noch verschärfende Krise in traditionellen Industriesektoren, besonders im Schiffbau, im Bergbau und in der Stahlindustrie, gegenüber. Durch die unterschiedliche Standortverteilung massieren sich die wirtschaftlichen Probleme besonders in einigen Regionen West- und Norddeutschlands – mit nachhaltigen parteipolitischen Folgen. Die Strukturkrise ist nicht zuletzt das Ergebnis weltweiter wirtschaftlicher Verschiebungen, deren Folgen noch weitgehend unbewältigt sind.

Reform und Erweiterung der Europäischen Gemeinschaft

Im Dezember 1985 gelingt es den Staats- und Regierungschefs der Europäischen Gemeinschaft nach mehrfachen vergeblichen Anläufen, sich auf eine Revision der Römischen Verträge zu verständigen – ein Reformpaket, das vor allem die Vollendung des gemeinsamen Marktes, den Ausbau der Wirtschafts- und Währungsunion und eine Erweiterung der Befugnisse der europäischen Institutionen vorsieht. Zugleich wird die EG mit dem Beitritt Spaniens und Portugals am 1. Januar 1986 auf zwölf Mitgliedsländer erweitert. Tiefgreifende soziale Folgen gerade auch für die deutschen Bauern ergeben sich aus den Bemühungen des EG-Ministerrats, die landwirtschaftliche Überproduktion abzubauen und die Kosten für den gemeinsamen Agrarmarkt zu reduzieren.

Die Auseinandersetzungen um Umwelt und Kernkraft

In der Umweltpolitik werden, u. a. durch die Einführung schadstoffarmer Autos und des bleifreien Benzins, vor allem Schritte zu einer verbesserten Reinhaltung der Luft eingeleitet. Doch setzen Fragen der finanziellen und technischen Machbarkeit dabei ebenso Grenzen wie die notwendige Abstimmung der umweltpolitischen Maßnahmen auf europäischer Ebene. Die fortdauernden kontroversen Diskussionen über die Risiken der Kernenergie verschärfen sich noch nach dem schweren Unglück im sowjetischen Atomkraftwerk Tschernobyl im April 1986. Umstritten sind sowohl der Einsatz neuer Technologien im Kernenergiebereich als auch das zukünftige Energieversorgungskonzept überhaupt.

Das Parteiensystem im Wandel

Bei der Neuwahl zum Deutschen Bundestag am 25. Januar 1987 kann sich die bisherige Regierungskoalition trotz Stimmenverlusten der Unionsparteien durch Gewinne der FDP erneut eine Mehrheit sichern. Der Zuwachs der Oppositionsstimmen kommt – bei leichten Verlusten der SPD – alleine den Grünen zugute, die erneut in den Bundestag einziehen. Hier wie auch in einigen Landtagswahlen, bei denen zum Teil neue Parteigruppierungen im rechten Spektrum erste Erfolge verbuchen können, zeigen sich Tendenzen zur Auflösung des Dreiparteiensystems der Bundesrepublik.

Der Wandel in Osteuropa

Mit der Reformpolitik Michail Gorbatschows, die ihrerseits der Versuch einer Antwort auf die zunehmenden Krisenerscheinungen im sowjetischen Einflußbereich ist, beginnt sich ein grundlegender politischer Wandel in Osteuropa abzuzeichnen. Die UdSSR schwenkt mit dem Rückzug ihrer Truppen aus Afghanistan und ihrer Bereitschaft zu umfassenden Abrüstungsvereinbarungen auf einen Kurs der Entspannung und Kooperation mit dem Westen ein. In Osteuropa nutzen zunächst vor allem Polen und Ungarn den erweiterten Handlungsspielraum, den ihnen die neue sowjetische Politik gewährt, zum schrittweisen Aufbau einer demokratischen und

VII/363   DDR-Flüchtlinge beim Überschreiten der ungarisch-österreichischen Grenze am
           19. August 1989

VII/364   »Montagsdemonstration« in Leipzig am 16. Oktober 1989

pluralistischen Ordnung nach westlichem Vorbild. Dagegen versucht sich die SED-Führung in der DDR gegenüber allen Reformforderungen abzuschotten; sie geht mit zunehmender Härte gegen die sich mehr und mehr regenden oppositionellen Tendenzen vor.

Revolution in der DDR

In den Wochen vor dem 40. Jahrestag der DDR wird die politische Situation für die SED-Führung unter Erich Honecker immer prekärer. Während Tausende von DDR-Bürgern das Land über Ungarn und die Tschechoslowakei verlassen, schwillt die Oppositionsbewegung in der DDR von Tag zu Tag an. Nur wenige Tage nach dem feierlich begangenen Staatsjubiläum versammeln sich Hunderttausende von Menschen zu friedlichem Protest gegen das kommunistische Unterdrückungssystem. Am 18. Oktober 1989 wird Erich Honecker als SED-Generalsekretär abgelöst, doch auch die neue Partei- und Staatsführung unter Egon Krenz kann die Lage nicht mehr stabilisieren. Mit der Öffnung der so lange geschlossenen Grenzen am Abend des 9. November 1989 wird zugleich auch die völlige innere Umgestaltung der DDR im demokratischen Sinne freigegeben.

Die Vollendung der deutschen Einheit

Mit dem politischen Umbruch in der DDR steht sogleich auch die Frage der deutschen Einheit auf der Tagesordnung. Schon im November 1989 werden vereinzelt Forderungen nach einer baldigen Wiedervereinigung laut. Die meisten Bürger denken – wie sich mehr und mehr zeigt – weniger an eine Reform ihres Staatswesens als an sein baldiges Aufgehen in einem größeren, demokratischen Deutschland.
Bei den europäischen Nachbarn und auch in der Sowjetunion treffen diese Wünsche trotz mancher Vorbehalte und Bedenken auf ein überraschend hohes Maß an Entgegenkommen. So können für die vielfältigen völkerrechtlichen und militärpolitischen Probleme, darunter die Frage einer gesamtdeutschen NATO-Mitgliedschaft, einvernehmliche Lösungen zwischen den vier Siegermächten und den beiden deutschen Staaten erarbeitet werden.

VII/365   Die Glienicker Brücke nach der Öffnung der Berliner Mauer am 9. November 1989

VII/366   Das Brandenburger Tor am 10. November 1989

VII/367   Konstituierende Sitzung des »Runden Tisches« in Ostberlin am 7. Dezember 1989

VII/368   Ansprache von Bundeskanzler Kohl auf dem Dresdner Altmarkt am 19. Dezember 1989

VII/369   Plakate der Parteien für die erste freie Wahl zur Volkskammer der DDR am 18. März 1990

VII/370   Die Außenminister der vier Siegermächte und der beiden deutschen Staaten am 22. Juni 1990 am Berliner Checkpoint Charlie

VII/371   Anlieferung von Ein-D-Mark-Stücken in der Leipziger Staatsbank-Filiale im Juni 1990

VII/372   Abstimmung in der Volkskammer am 23. August 1990 über den Beitritt zur Bundesrepublik

Parallel hierzu werden nach den ersten wirklich freien Volks-
kammerwahlen in der DDR mit dem Aufbau einer demokratischen und marktwirtschaftlichen Ordnung auch die inneren
Voraussetzungen für eine Vereinigung der beiden deutschen
Staaten geschaffen. In einer Reihe von Verträgen verständigen
sich die Bundesrepublik und die DDR über die konkreten
Schritte zur Erreichung der staatlichen Einheit. Als deren
wichtigste müssen die am 1. Juli vollzogene Währungs-, Wirt-
schafts- und Sozialunion und die Unterzeichnung des Eini-
gungsvertrages am 31. August 1990 gesehen werden. Am
23. August beschließt die Volkskammer mit Zweidrittelmehr-
heit den Beitritt der DDR zur Bundesrepublik Deutschland zum
3. Oktober 1990.

Neue Herausforderungen

Die Vollendung der staatlichen Einheit Deutschlands bedeutet
eine außerordentliche Herausforderung für das politische, wirtschaftliche und soziale System der Bundesrepublik und die
Solidarität ihrer Bürger. Nach dem 3. Oktober 1990 wird allmählich in aller Schärfe deutlich, welche finanziellen Mittel
aufzubringen sind, um die vom SED-Regime hinterlassenen
ökonomischen, gesellschaftlichen und umweltpolitischen Probleme zu bewältigen und zu einheitlichen Lebensverhältnissen
in ganz Deutschland zu gelangen. Ähnliche Anstrengungen
sind bei der rechtspolitischen Aufarbeitung der Jahre der Diktatur in der DDR notwendig.
Aber auch auf der internationalen Ebene sieht sich das wieder-
vereinigte Deutschland vor neue Aufgaben gestellt. Die sich
wandelnden Staaten Osteuropas erwarten eine nicht nur politische, sondern auch materielle Unterstützung ihres Reformpro-
zesses. Im Zuge des sich aus der irakischen Agression gegen
Kuwait entwickelnden Golfkriegs, an dessen Kosten die Bundesrepublik mit erheblichen Beträgen beteiligt ist, wird auch
intensiv über ein künftiges politisches und militärisches Engagement von deutscher Seite diskutiert. Schließlich und nicht
zuletzt ergeben sich gewaltige Herausforderungen aus der
europäischen Neuordnung, deren Ergebnisse in Anbetracht
der weiterhin krisenhaften Entwicklung in Ost- und Südost-
europa und der angestrebten Ausweitung und Umformung der
Europäischen Gemeinschaft noch kaum abzusehen sind.

VII/373 Feier anläßlich des Beitritts der DDR zur Bundesrepublik am 2./3. Oktober 1990 auf dem Platz der Republik

VII/374 Erste Sitzung des gesamtdeutschen Bundestages am 4. Oktober 1990 im Berliner Reichstagsgebäude

VII/375 Demonstration für eine Wiederherstellung der Länder in der DDR am 5. Februar 1990 in Leipzig

VII/376 Das neue Bundeskabinett nach der ersten gesamtdeutschen Wahl am 18. Januar 1991 bei Bundespräsident von Weizsäcker

VII/377   Verrottete Industrieanlagen im Fotochemischen Kombinat Wolfen im Dezember 1989

VII/378   Luftverschmutzung in der Umgebung des VEB Braunkohlekombinats Espenhain im Dezember 1989

VII/379   Produktion des letzten Trabant am 30. April 1991 in Zwickau

VII/380   Demonstration gegen die drohende Massenarbeitslosigkeit in den neuen Bundesländern
am 6. April 1991 in Leipzig

VII/381   Der sowjetische Präsident Gorbatschow mit den Teilnehmern des Weltwirtschaftsgipfels in London am 17. Juli 1991

VII/382   Abstimmung im Deutschen Bundestag über die Hauptstadtfrage am 20. Juni 1990

Ständige
Sonderausstellung

Das parlamentarische Berlin

Die Parlamente und das parlamentarische System haben sich
ihren Platz im politischen und gesellschaftlichen Leben Berlins
neben der Hohenzollernmonarchie und den sie tragenden Kräften, vor allem der Bürokratie und dem Militär, erst allmählich
erobert. Der Vereinigte Landtag, eine Versammlung von Dele-
gierten der Provinziallandtage, mit dem im Frühjahr 1847 die
parlamentarische Geschichte Berlins beginnt, wird wegen seiner oppositionellen Haltung bereits nach zwei Monaten wieder
aufgelöst. Und auch die im Anschluß an die Märzrevolution
1848 gewählte preußische Nationalversammlung scheitert bei
ihren Bemühungen, Preußen eine liberal geprägte konstitutionelle Ordnung zu geben. Die Verfassung wird von König Friedrich Wilhelm IV. nach dem Sieg der Gegenrevolution aus eigener Machtvollkommenheit erlassen. Entsprechend eng sind in
ihr die Grenzen für das Abgeordnetenhaus, die nach dem Dreiklassenwahlrecht gewählte Volksvertretung; als Gegengewicht
steht ihm zudem noch das vom König berufene Herrenhaus gegenüber. Erst im Zuge der Reichsgründung klingen die Auseinandersetzungen zwischen Parlamentsmehrheit und monarchischer Exekutive, die ihren Höhepunkt zwischen 1862 und 1866
im preußischen Verfassungskonflikt gefunden haben, ab. Der
neue, nach dem allgemeinen, gleichen Wahlrecht gewählte
Reichstag wird zwar weiterhin von der eigentlichen Regierungsmacht ferngehalten. Doch die zunehmende Ausweitung der
staatlichen Aufgabenfelder und damit auch der Reichsgesetzgebung stärkt langsam, aber stetig den Einfluß des Parlaments. Auf den Reichstag konzentriert sich mehr und mehr das
politische Interesse der Öffentlichkeit und breiter Volksschichten.
Diese politische Entwicklung läßt sich sehr deutlich an der Par-
lamentsarchitektur, an den parlamentarischen Tagungsstätten
in Berlin ablesen. Während die ersten Parlamente in für andere
Zwecke gebauten Sälen im Schloß, in der Singakademie, im
Schauspielhaus am Gendarmenmarkt unterkommen, erhalten
die beiden preußischen Kammern um 1850 eigene Baulichkeiten. Beide Häuser sind jedoch, ebenso wie das erste Domizil
des Reichstags in der Leipziger Straße, nur notdürftig für die
parlamentarische Nutzung hergerichtet worden und bleiben
mehr oder minder unzureichende Provisorien. Erst 1894 kann
der Reichstag das von Paul Wallot entworfene Gebäude am Königsplatz beziehen; das Herrenhaus und das Abgeordnetenhaus folgen wenige Jahre später mit neuen Tagungsstätten in

der Leipziger Straße und in der Prinz-Albrecht-Straße. Mit diesen monumentalen und repräsentativen Baulichkeiten hat sich
der Parlamentarismus in Berlin unübersehbar etabliert.
Die volle politische Verantwortung fällt den Parlamenten allerdings erst in der Stunde der militärischen Niederlage, mit der
Revolution von 1918/19 zu. Die Weimarer Verfassung rückt den
Reichstag ganz ins Zentrum der demokratischen Ordnung, an
sein Vertrauen ist jetzt auch die Reichsregierung uneingeschränkt gebunden. Und aus dem Preußen der Junker ist nun
das »rote« Preußen geworden, die republikanische Bastion mit
einer sozialdemokratisch geführten Koalitionsregierung an der
Spitze. Die politischen Erwartungen und Forderungen fast aller
gesellschaftlichen Gruppen konzentrieren sich auf die Parlamente und die Parteien. Doch die Bereitschaft, Konflikte wirklich auf parlamentarischem Wege auszutragen und so zu einem
Ausgleich der verschiedensten widerstreitenden Interessen zu
gelangen, ist nur wenig ausgeprägt und geht gerade in den kri-
sengeschüttelten letzten Jahren der Weimarer Republik noch
weiter zurück. Die Machtstellung des Parlaments wird seit 1930
durch die Berufung von Präsidialkabinetten und durch die häufige Auflösung des Reichstags mehr und mehr ausgehöhlt. Am
Ende der parlamentarisch-demokratischen Republik von Weimar steht symbolhaft der Reichstagsbrand. Der Reichstag der
nationalsozialistischen Diktatur hat mit einem demokratischen
Parlament nur mehr den Namen gemein.
1945, bei Kriegsende, liegen die Parlamentsgebäude Berlins
ebenso wie weite Teile der Reichshauptstadt und des Deutschen Reiches in Schutt und Asche. Auf der Kuppel des
Reichstags weht als Zeichen des Siegers die Sowjetflagge.
Die parlamentarisch-demokratische Ordnung muß in Deutschland von Grund auf neu aufgebaut werden. In diesen Prozeß
der Demokratiegründung in den drei westlichen Besatzungszonen sind die Westsektoren Berlins von Anfang an einbezogen. Nach dem Grundgesetz ist Berlin durch eigene Abgeordnete im Deutschen Bundestag vertreten – wenngleich nur mit
eingeschränktem Stimmrecht. Seine Stellung als Hauptstadt
und parlamentarisches Zentrum Deutschlands hat Berlin mit
der Teilung jedoch verloren. Den Anspruch auf nationale Einheit und eine Fortsetzung der parlamentarisch-demokratischen Traditionen der Stadt verkörpert noch heute das wie-
derhergestellte Reichstagsgebäude, der Sitz des Deutschen
Bundestages in Berlin.

I. 1847–1870: Die Parlamente in Opposition

A. Die ersten Parlamente

Der Vereinigte Landtag von 1847

Die parlamentarische Geschichte Preußens und damit auch Berlins beginnt am 11. April 1847 mit der feierlichen Eröffnung des Vereinigten Landtags im Berliner Schloß. Mit dessen Einberufung ist König Friedrich Wilhelm IV. den zunehmenden Forderungen nach einer gesamtpreußischen Vertretungskörperschaft entgegengekommen, doch sollen ihre Befugnisse nicht über das Recht zur Steuerbewilligung hinausreichen. Als die Mehrheit der Versammlung auf einer Ausweitung der Kompetenzen im vollen parlamentarischen Sinne besteht, wird der Vereinigte Landtag nach nur zwei Monaten wieder aufgelöst.

Die preußische Nationalversammlung 1848

Mit dem vorläufigen Sieg der Revolution im März 1848 wird auch die Wahl einer preußischen verfassunggebenden Nationalversammlung nach dem allgemeinen Wahlrecht durchgesetzt, die zugleich mit den Wahlen für die Frankfurter Nationalversammlung am 1. Mai 1848 durchgeführt wird. Die Verfassungsberatungen führen jedoch zu keiner Einigung zwischen dem Monarchen und der Volksvertretung. Als im Herbst 1848 die gegenrevolutionären Kräfte die Oberhand gewinnen, wird die preußische Nationalversammlung gewaltsam aufgelöst. Friedrich Wilhem IV. gibt dem Land aus eigener Machtvollkommenheit, per königlichem Erlaß eine Verfassung.

Das preußische Abgeordnetenhaus

Als gewählte Volksvertretung, als »Zweite Kammer«, sieht die vom König noch mehrfach einseitig revidierte Verfassung ein Abgeordnetenhaus mit nur begrenzten Rechten bei der Steuerbewilligung und in der Gesetzgebung vor. Für rechtsgültige Beschlüsse ist die Übereinstimmung von Krone und beiden Kammern erforderlich. Der geringe Stellenwert, der aus der Sicht

1   Im Berliner Schloß finden bis 1918 die feierlichen Parlamentseröffnungen statt

2   Sitzung des Vereinigten Landtags im Weißen Saal des Königlichen Schlosses im Frühjahr 1847

3　Die 1825—1827 nach einem Entwurf Schinkels erbaute Singakademie

4　Im Frühjahr und Sommer 1848 tritt in der Singakademie die preußische Nationalversammlung
zusammen

5 Ab September 1848 tagt die Nationalversammlung im Schauspielhaus am Gendarmenmarkt

6 Im Zuge der Gegenrevolution wird die Nationalversammlung am 11. November 1848 aus dem
Schauspielhaus vertrieben und am 5. Dezember endgültig aufgelöst

7   Das Tagungsgebäude des Abgeordnetenhauses in der Leipziger Straße 75 am Dönhoffplatz

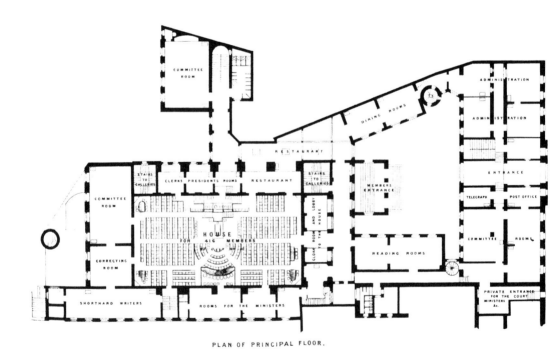

PLAN OF PRINCIPAL FLOOR.

8   Grundriß des Abgeordnetenhauses, ursprünglich 1775 als Adelspalais erbaut,
    aus einem englischen Werk über Parlamentsarchitektur

der Regierung dem Parlament zukommt, zeigt sich auch an dem engen und unwirtlichen Gebäude, in dem das Abgeordnetenhaus bis fast zur Jahrhundertwende seinen Sitz hat.

Das preußische Herrenhaus

Die »Erste Kammer«, das Herrenhaus, ist nach der preußischen Verfassung vor allem als Gegengewicht gegen das Abgeordnetenhaus konzipiert. Deshalb werden die Mitglieder des Herrenhauses zunächst zur Hälfte, dann vollständig vom König berufen. Die konservative Junkermehrheit erweist sich als zuverlässige Stütze der monarchischen Exekutive und verteidigt vor allem die Interessen des Adels.

B. Parlamentarismus in der preußischen Monarchie

Das Dreiklassen-Wahlrecht

Das Abgeordnetenhaus wird nach einem zwar allgemeinen, aber ungleichen, indirekten und nicht geheimen Wahlrecht gewählt. Die Wähler sind nach ihrer Steuerleistung in drei Klassen eingeteilt. Die kleine Zahl der Großverdiener (4% der Bevölkerung) kann danach ebenso viele Wahlmänner und Abgeordnete stellen wie die große Mehrheit der kleinen Steuerzahler (80% der Bevölkerung). Über Jahrzehnte hinweg trägt dieses Wahlrecht bei wachsendem Wohlstand vor allem der Mittelschicht allerdings entscheidend zu den liberalen Mehrheiten im Abgeordnetenhaus bei.

Das Volk und seine Vertreter

Die Abgeordneten können sich auf einen zunehmenden Rückhalt in der Bevölkerung stützen, die Wahlbeteiligung steigt bis 1862 auf – angesichts des Dreiklassen-Wahlrechts – beachtliche 34%. Die Parlamentarier rekrutieren sich in hohem Maße aus dem Bildungsbürgertum, wobei vor allem Beamte und ins-

9　Das Herrenhaus bezieht ein früheres Adelspalais in der Leipziger Straße 3

10　Zwischen 1867 und 1870 tagt der Reichstag des Norddeutschen Bundes im Sitzungssaal des Herrenhauses

besondere Justizbeamte in den Reihen der liberalen Opposition
stehen, die sich zu Beginn des Heeres- und Verfassungskon-
flikts in der Deutschen Fortschrittspartei fester organisiert. Die
Berliner Wahlkreise zählen stets zu ihren sicheren Bastionen.

Opposition und Konflikt

Die Spannungen zwischen Krone und Parlament klingen nach
der gescheiterten Revolution von 1848/49 nur vorübergehend
ab. Gegen Ende der 1850er Jahre beginnt sich die liberale Opposition neu zu formieren; sie ist verstärkt darum bemüht, die
parlamentarischen Rechte zu behaupten und auszubauen.
Über die Frage der Heeresreform kommt es zu einem schwerwiegenden Verfassungskonflikt mit der monarchischen Exekutive, der erst 1866/67 im Zeichen der nationalen Einigung durch
einen Kompromiß zwischen den nationalliberalen Kräften und
Bismarck beigelegt wird.

II. 1871–1918: Die Konsolidierung des Parlamentarismus

A. Parlamentarismus im Kaiserreich

Der Reichstag und seine Vorläufer

Neben dem preußischen König als erblichem Bundesoberhaupt
sieht die Verfassung des Norddeutschen Bundes von 1867, die
vier Jahre später weitgehend unverändert für das Deutsche
Reich übernommen wird, als zentrales Verfassungsorgan den
Reichstag vor. Sein politischer Einfluß beschränkt sich jedoch
überwiegend auf die Gesetzgebung einschließlich der Haus-
haltsbewilligung, während die Regierung fast ausschließlich
vom Willen des Monarchen abhängig ist. Dies sichert vor allem
einem starken Reichskanzler wie Bismarck einen überragenden
Einfluß auf die Politik des Deutschen Reiches.

11 Die Parlamentsgebäude in Berlin (Karte von 1896)

❶ Das Stadtschloß
❷ Die Singakademie
❸ Das Schauspielhaus am Gendarmenmarkt
❹ Das preußische Abgeordnetenhaus in der Leipziger Straße 75
❺ Das preußische Herrenhaus in der Leipziger Straße 3
❻ Das provisorische Reichstagsgebäude in der Leipziger Straße 4
❼ Das Reichstagsgebäude am Königsplatz

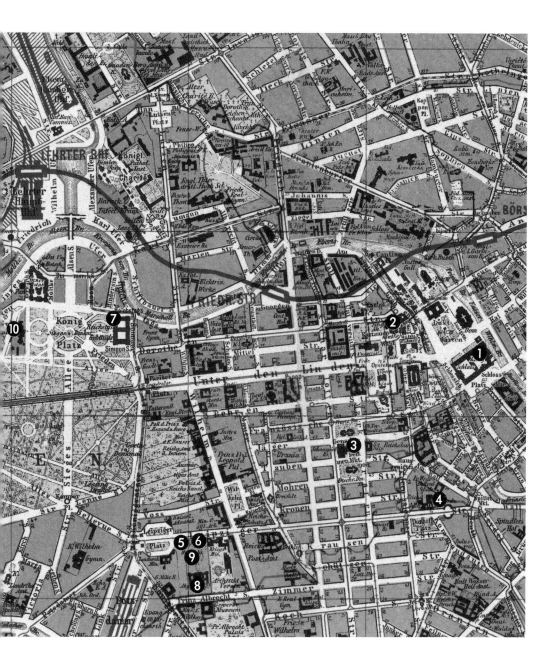

- **8** Das neue preußische Abgeordnetenhaus in der Prinz-Albrecht-Straße 5
- **9** Das neue preußische Herrenhaus in der Leipziger Straße 3–4
- **10** Die Kroll-Oper am Königsplatz
- **11** Das Hauptgebäude der Technischen Universität
- **12** Die Kongreßhalle
- **13** Die Ostpreußenhalle unter dem Funkturm

12   Der Reichstag bezieht im Sommer 1871 ein Provisorium in der Leipziger Straße 4

13   Sitzung des Reichstags im provisorischen Reichstagsgebäude, der ehemaligen
Königlich-Preußischen Porzellanmanufaktur, um 1872

Das Reichstagswahlrecht

Der Reichstag wird nach dem allgemeinen, gleichen, direkten und geheimen Wahlrecht gewählt, für das sich Bismarck vor allem als Kampfmittel gegen die Liberalen entschieden hat. Gewählt ist der Kandidat, der – eventuell in einer Stichwahl – die absolute Mehrheit der Stimmen auf sich vereinigt. Das begünstigt Parteien mit festen regionalen Hochburgen und behindert besonders die Sozialdemokratie, zumal die Wahlkreiseinteilung nicht dem Verstädterungsprozeß und der Bildung von industriellen Ballungsgebieten angepaßt wird.

Die parlamentarische Arbeit

Der Reichstag tagt nicht permanent, sondern wird nur ein- bis zweimal im Jahr vom Kaiser zu jeweils mehrwöchigen Sitzungsperioden einberufen. Der Reichstag ist formal in ausgeloste Abteilungen gegliedert, doch wird der parlamentarische Alltag von Anfang an weitgehend durch die Fraktionen geprägt: Sie benennen meist die Redner für die Plenardebatten und besetzen de facto die für die Gesetzesberatungen so wichtigen Ausschüsse und Kommissionen. Der Reichstag ist damit in der Praxis ein Instrument der modernen Parteiendemokratie; auf ihn konzentriert sich mehr und mehr das politische Interesse der Öffentlichkeit und breiter Volksschichten.

Die Parlamentarisierung des Kaiserreichs

In den Jahren des Kaiserreichs nimmt die Abhängigkeit der Reichsexekutive vom Reichstag und seiner Mehrheit langsam, aber stetig zu. Vor allem die zunehmende Ausweitung der staatlichen Aufgabenfelder und damit auch der Reichsgesetzgebung stärkt den Einfluß des Parlaments. Von der eigentlichen Regierungsmacht jedoch werden die Parlamentarier bis in die Stunde der militärischen Niederlage im Ersten Weltkrieg hinein ferngehalten. Der fortbestehende Dualismus zwischen Parlament und Regierung gehört zu den schweren Belastungen einer parlamentarisch-demokratischen Entwicklung in Deutschland.

14 1894 wird das Reichstagsgebäude am Königsplatz fertiggestellt

15 Reichskanzler Michaelis hält am 19. Juli 1917 vor dem Reichstag seine Antrittsrede

B. Bauten für den Parlamentarismus

Provisorien

Nach ersten Sitzungen im Gebäude des preußischen Abgeordnetenhauses tritt der Reichstag mehr als zwanzig Jahre lang in einer provisorischen Tagungsstätte zusammen: in der im Sommer 1871 in großer Eile für diese Zwecke umgebauten ehemaligen Königlich-Preußischen Porzellanmanufaktur. Alle Überlegungen und Planungen für ein neues endgültiges Domizil scheitern lange Zeit u. a. an den Spannungen zwischen der monarchischen Exekutive und dem Parlament und daran, daß der bereits 1871 ins Auge gefaßte Bauplatz an der Ostseite des Königsplatzes zunächst nicht zur Verfügung steht.

Das Reichstagsgebäude

Erst 1884 beginnen nach langen Verhandlungen um das Grundstück und zwei großen Architektenwettbewerben die Arbeiten am neuen Reichstagsgebäude. Gebaut wird nach einem Entwurf des Frankfurter Architekten Paul Wallot, der um einen im Sinne der Zeit modernen, gegen den überkommenen Historismus gerichteten Stil, eine Art synthetischen Reichsstil, bemüht ist. Nach zehnjähriger Bauzeit kann am 5. Dezember 1894 der Schlußstein gelegt werden. Der Reichstag erhält ein monumentales und repräsentatives Gebäude, das allerdings für den Alltag der künftigen Parlamentsarbeit in Fraktionen und Ausschüssen nur bedingt geeignet ist.

Die neuen preußischen Parlamentsgebäude

Auch die beiden preußischen Kammern können in den 1890er Jahren in neue Tagungsstätten umziehen. Auf einem Doppelgrundstück zwischen der Leipziger Straße und der Prinz-Albrecht-Straße – Teile des Areals hatten bisher das Herrenhaus und das provisorische Reichstagsgebäude belegt – entstehen neue Parlamentsgebäude, die die ganz unzureichenden Provisorien aus der Jahrhundertmitte ablösen.

16 Das neue Sitzungsgebäude des Abgeordnetenhauses an der Prinz-Albrecht-Straße

17 Nach dem Umzug des Reichstags an den Königsplatz wird auf dem Grundstück Leipziger Straße 3 und 4 das neue preußische Herrenhaus errichtet

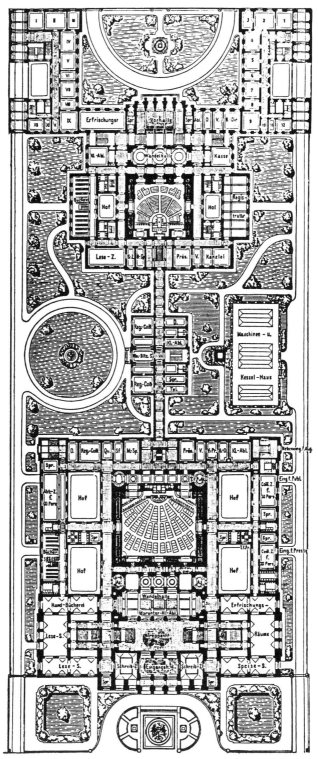

18 Das Doppelgrundstück zwischen Leipziger Straße und Prinz-Albrecht-Straße mit den Gebäuden des Herrenhauses (oben) und des Abgeordnetenhauses (unten)

C. Parlament und Parlamentarier in Berlin

Hohenzollernmonarchie und Parlamentarismus

Das politische und gesellschaftliche Leben Berlins wird im Kaiserreich in hohem Maße durch die Monarchie und die sie tragenden Schichten, vor allem auch durch das Militär, geprägt. Die Gewichtsverteilung zwischen Monarch und Parlament findet ihren sichtbarsten Ausdruck in der alljährlichen feierlichen Reichstagseröffnung: Sie findet nicht – wie etwa in England – im Parlament, sondern im Weißen Saal des Schlosses statt. Im Rahmen des höfischen Zeremoniells und angesichts der Dominanz von Uniformen erscheinen die Abgeordneten fast als bloße Statisten.

Gesellschaftliches Leben von Parlamentariern in Berlin

Die überwiegende Mehrzahl der Abgeordneten kommt nur zu den Sitzungsperioden des Reichstags nach Berlin. Die Fraktionen haben meist feste Treffpunkte in Lokalen der näheren Umgebung des Reichstages. Gelegentlich werden Empfänge für die Abgeordneten gegeben – berühmt sind vor allem Bismarcks parlamentarische Soireen. So selbstverständlich die führenden Köpfe des Reichstags zur Berliner Oberschicht zählen, so wenig wird doch das gesellschaftliche Leben der Reichshauptstadt durch das Parlament und die Parlamentarier geprägt.

Die Berliner und die Parlamente im Kaiserreich

Auch nach der Reichsgründung bleiben die Berliner Wahlkreise noch lange Jahre fest in der Hand des Linksliberalismus. Große Teile des Berliner Bürgertums bekunden mit dieser Wahlentscheidung ihre politischen Vorbehalte gegenüber der Hohenzollernmonarchie. Mit der fortschreitenden Entwicklung Berlins zur Industriemetropole, mit dem weiteren Anwachsen der Arbeiterschaft und aufgrund der scharfen sozialen Gegensätze verändert sich jedoch das politische Bild: Zunächst gehen der Norden und Nordosten, dann seit Mitte der 1890er Jahre alle Wahlkreise der Reichshauptstadt an die Sozialdemokratie über.

III. 1919–1945: Blüte und Untergang des Parlamentarismus

A. Das Parlament als Zentrum der Demokratie

Revolution und Parlamentarismus

Mit dem Zusammenbruch des monarchischen Obrigkeitsstaates in der Revolution von 1918 stehen sich als Alternativen für die Neugestaltung der politischen Ordnung das Rätesystem und die parlamentarische Demokratie gegenüber. Im preußischen Abgeordnetenhaus tagt im Dezember 1918 zeitweise der Reichskongreß der Arbeiter- und Soldatenräte. Die Führung der Mehrheitssozialdemokraten unter Friedrich Ebert setzt jedoch gegenüber den radikaleren Kräften Wahlen zu einer verfassunggebenden Nationalversammlung und damit ein parlamentarisches Regierungssystem durch.

Der preußische Landtag

Aus dem Preußen der Junker, der Hauptstütze der Hohenzollernmonarchie, wird in den Jahren der Weimarer Republik das »rote« Preußen, die republikanische Bastion mit einer sozialdemokratisch geführten Koalitionsregierung aus SPD, Zentrum und Liberalen an der Spitze. Die politisch konstanteren Verhältnisse im preußischen Landtag ohne vorzeitige Parlamentsauflösungen und häufige Regierungswechsel leisten einen wesentlichen Beitrag zur vorübergehenden Stabilisierung der Republik.

Der Reichstag

Die Weimarer Verfassung rückt den Reichstag ganz in das Zentrum der demokratischen Ordnung. Seine Position im Gesetzgebungsverfahren wird durch den Reichsrat, die Vertretung der Länder, kaum mehr begrenzt. Vor allem aber wird die Reichsregierung uneingeschränkt an das Vertrauen der Parlamentsmehrheit gebunden. Allerdings leben in der starken Stellung des Reichspräsidenten und in seinen Machtreserven deutlich

19   Die an der Westseite des Königsplatzes gelegene sogenannte Kroll-Oper

20   Sitzung des gleichgeschalteten Reichstags der NS-Zeit in der Kroll-Oper

obrigkeitsstaatliche Vorbehalte gegenüber der parlamentarischen Demokratie fort, die in der Endphase der Weimarer Republik verhängnisvolle Wirkungen haben.

Das Reichstagswahlrecht

Die Weimarer Verfassung beseitigt mit der Einführung des
Frauenstimmrechts und des Verhältniswahlrechts auch alle Ungerechtigkeiten des bisherigen Wahlsystems: Jede Stimme soll
fortan das gleiche Gewicht haben und sich in der Zusammensetzung des Parlaments in gleicher Weise spiegeln – eine Form
von Wahlgerechtigkeit, die jedoch zugleich die fortdauernde
Zersplitterung des Parteiensystems begünstigt und die Schaffung regierungsfähiger Mehrheiten erschwert.

B. Die Berliner Gesellschaft in der Demokratie

Berlin als Reichshauptstadt

Berlin hat sich zu einer Metropole von europäischem Rang entwickelt. Wirtschaftliche Dynamik, die hektische Turbulenz des
Verkehrs, reklamebunte Fassaden, die großen Kaufhäuser prägen das Gesicht der Viermillionenstadt. In den Cafes und im
Nachtleben, in der Theater-, Literatur- und Kunstszene ebenso
wie in vielen Beispielen moderner Architektur manifestiert sich
die besondere urbane Kultur Berlins in den zwanziger Jahren.
Weit mehr als vor dem Weltkrieg bestimmen aber auch politische Konflikte und Auseinandersetzungen das öffentliche Leben in der Reichshauptstadt.

Parlament, Gesellschaft und Massendemokratie

Die politischen Erwartungen und Forderungen fast aller gesellschaftlichen Gruppen konzentrieren sich in der Weimarer Republik auf das Parlament und die Parteien. In Berlin selbst dominieren bei den Reichstags- und Landtagswahlen nach wie vor
die Arbeiterparteien, wobei die Sozialdemokratie seit 1930 so-

gar von der KPD übertroffen wird. Die Bereitschaft jedoch, Konflikte wirklich auf parlamentarischem Wege auszutragen und so zu einem Ausgleich der verschiedensten widerstreitenden Interessen zu gelangen, ist nur wenig ausgeprägt und geht gerade in Krisenzeiten noch mehr zurück.

Die offene Gesellschaft und ihre Feinde

Die junge Republik wird von den Parteien der äußersten Linken und Rechten erbittert bekämpft. Sie nutzen dabei konsequent alle Freiheiten und Möglichkeiten, die die pluralistisch-demokratische Ordnung bietet. Vor allem rechtsextremistische Kreise schrecken auch vor Mordanschlägen auf prominente demokratische Politiker nicht zurück. Vielfältige innere Reserven und politische Vorbehalte gegenüber der Republik von Weimar schwächen die Reihen ihrer Verteidiger.

C. Krise und Untergang des Parlamentarismus

Parlamentarische Konflikte und Konfrontationen

Die schweren politischen und sozialen Konflikte, die auf der Weimarer Republik lasten, brechen nach 1929 im Zeichen der Weltwirtschaftskrise in verschärftem Maße auf. Ihre Austragung verlagert sich zunehmend aus dem Parlament hinaus auf die Straße. Zugleich gelingt es den antidemokratischen Kräften von links und besonders von rechts in den Wahlen von 1930 und 1932, die republiktragenden Parteien in die Minderheit zu drängen. Konservative Kreise um den Reichspräsidenten von Hindenburg versuchen die Krise zu einer Umgestaltung des politischen Systems im antiparlamentarischen und autoritären Sinne zu nutzen.

Die Ausschaltung der Parlamente

Mit der Berufung von Präsidialkabinetten werden seit 1930 die Einwirkungsmöglichkeiten des Reichstags auf Zusammensetzung und Politik der Reichsregierung mehr und mehr einge-

schränkt. An die Stelle ordentlicher Gesetzgebung tritt vielfach
das Notverordnungsrecht des Reichspräsidenten; oppositionellen Regungen des Reichstags wird mit dem Instrument der Par-
lamentsauflösung begegnet. Am 20. Juli 1932 wird mit der Ab-
setzung der preußischen Landesregierung durch Reichskanzler
von Papen eine der letzten republikanischen Bastionen beseitigt und damit auch der preußische Landtag de facto seiner politischen Rechte beraubt.

Der Reichstagsbrand

In der Nacht vom 27. zum 28. Februar 1933 brennt der Reichstag. Vor allem der Plenarsaal und Teile der darüberliegenden
Kuppel werden ein Raub der Flammen. Die Frage, ob die Nationalsozialisten für die Brandstiftung verantwortlich waren, ist bis
heute nicht endgültig geklärt. Der Reichstagsbrand steht symbolhaft am Ende der parlamentarisch-demokratischen Republik
von Weimar. Mit der am 28. Februar erlassenen Notverordnung
»zum Schutz von Volk und Staat«, die die wichtigsten Grundrechte außer Kraft setzt, beginnen die Jahre des nationalsozialistischen Terrors und der Diktatur.

Diktatur mit Scheinparlament

Der Reichstag, der zu seinen wenigen Sitzungen nach dem
Reichstagsbrand in der dem Reichstagsgebäude gegenüberlie-
genden Kroll-Oper zusammentritt, besiegelt am 23. März 1933
mit seiner Zustimmung zum Ermächtigungsgesetz selbst seine
völlige Ausschaltung aus dem Gesetzgebungsprozeß. Auch im
nationalsozialistischen Einparteienstaat finden zwar noch sogenannte Wahlen zum Reichstag statt, doch dessen uniformierte
Abgeordnete sind nur mehr eine Staffage und Statisterie für
den Diktator Hitler.

21   Das Hauptgebäude der Technischen Universität während des Wiederaufbaus

22   Plenarsitzung des Deutschen Bundestages am 19. Oktober 1955 im Großen Hörsaal
des Physikalischen Instituts der Technischen Universität

23 1957 und 1965 tritt der Deutsche Bundestag in der neu errichteten Kongreßhalle zusammen

24 Die Ostpreußenhalle unter dem Funkturm, zwischen 1954 und 1969 Tagungsort der Bundesversammlung bei der Wahl des Bundespräsidenten

IV. Seit 1945: Die zweite Demokratie

A. Hauptstadt ohne Reich

Ruinen des Parlamentarismus

Bei Kriegsende liegen die Parlamentsgebäude Berlins ebenso wie weite Teile der Reichshauptstadt und des Deutschen Reiches in Schutt und Asche. Vor allem der Reichstag ist in den letzten Kriegsjahren durch Bomben und Artillerietreffer schwer beschädigt worden, auf seiner Kuppel weht zunächst als Zeichen des Siegers die Sowjetflagge. Die parlamentarisch-demokratische Ordnung muß in Deutschland nach den Jahren der nationalsozialistischen Diktatur von Grund auf neu begründet werden.

Geteilte Stadt und geteilte Nation

Die Sektorengrenze, die im Zuge der Spaltung Deutschlands in zwei Staaten mit unterschiedlicher Gesellschafts- und Verfassungsordnung auch Berlin teilt, durchschneidet zugleich das alte Regierungsviertel, das allerdings schon im Zuge der nationalsozialistischen Baupolitik einschneidende Veränderungen erfahren hatte. Sein größter Teil, darunter auch die preußischen Parlamentsgebäude, liegt unmittelbar jenseits der Grenze in Ost-Berlin. Diesseits der Mauer befindet sich – abgesehen vom früheren Diplomatenviertel – allein das Reichstagsgebäude.

B. Wiederaufbau und Erneuerung

Der Deutsche Bundestag und Berlin

In den Prozeß der Demokratiegründung nach 1945 sind die Westsektoren Berlins von Anfang an einbezogen. Nach dem Grundgesetz ist Berlin durch eigene Abgeordnete im Deutschen Bundestag vertreten – wenngleich aufgrund alliierter Vorbehalte nur mit eingeschränktem Stimmrecht. Zwischen 1955 und 1965 tritt der Bundestag auch noch mehrfach zu Plenarsitzungen in Berlin zusammen. Diese Sitzungen können bis

25 Das zwischen 1961 und 1971 wiederaufgebaute Reichstagsgebäude

26 Der neugestaltete Plenarsaal im Reichstagsgebäude

zur Berlin-Krise von 1958 ohne Proteste der DDR und der Sowjetunion abgehalten werden. Seit dem Vier-Mächte-Abkommen von 1971 ist die Präsenz des Deutschen Bundestages in
Berlin jedoch auf Sitzungen von Ausschüssen und einzelnen
Fraktionen begrenzt.

Der Wiederaufbau des Reichstagsgebäudes

Nach langen Diskussionen und Überlegungen beginnt 1961 der
Wiederaufbau des Reichstages. Er soll nach dem Willen des
Deutschen Bundestages wieder als Parlamentsgebäude genutzt werden und deshalb auch einen neuen Plenarsaal erhalten. Auf eine Wiederherstellung der Kuppel wird jedoch ebenso
verzichtet wie auf eine vollständige Restaurierung des Gebäudes. Vielmehr wird – nach Plänen des Berliner Architekten Paul
Baumgarten – eine moderne Neugestaltung des Reichstags angestrebt. 1971 können die Bauarbeiten abgeschlossen werden.

Das parlamentarische Berlin und die deutsche Einheit

Die Revolution in der DDR im Herbst 1989 und die Wiederherstellung der nationalen Einheit im Oktober 1990 eröffnen auch
für das parlamentarische Leben in Berlin neue Perspektiven.
Das Reichstagsgebäude, das in besonderer Weise die parlamentarisch-demokratischen Traditionen in Deutschland und
die nationale Einheit symbolisiert, steht im Mittelpunkt der
Feiern zum Tag der deutschen Einheit. Der neue, gesamtdeutsche Bundestag tritt wieder zu Plenarsitzungen im Reichstagsgebäude zusammen. Mit der Entscheidung des Deutschen
Bundestages, seinen Sitz künftig in die Hauptstadt Berlin zu
verlegen, könnte das Reichstagsgebäude nach den Jahrzehnten der nationalsozialistischen Diktatur und der deutschen
Teilung wieder seine alte Aufgabe als Haus des deutschen
Nationalparlaments zurückgewinnen.

Paula Abraham, Berlin
ABZ/Haeckel, Berlin
Konrad-Adenauer-Stiftung, Bonn
AEG-Telefunken, Berlin
Agentur für Bilder zur Zeitgeschichte
Wolfgang Albrecht, Berlin
Jörg P. Anders, Berlin
Amerika-Gedenkbibliothek, Berlin
Archiv der Deutschen Burschenschaft,
Frankfurt/Main
Archiv Gerstenberg, Wietze
Archiv der sozialen Demokratie (AdsD),
Bonn-Bad Godesberg
Archiv für Kunst und Geschichte, Berlin
argus/Hamburg
Associated Press GmbH,
Frankfurt/Main
Augustinermuseum der Stadt Freiburg
i. Breisgau
Auswärtiges Amt, Bonn

Badisches Generallandesarchiv,
Karlsruhe
Heinrich Bauer-Verlag
Bauhaus-Archiv, Berlin
Fred Bayer, Berlin
Bayer AG, Leverkusen
Bayerisches Hauptstaatsarchiv,
München
Berliner Kraft- und Licht (BEWAG) AG,
Berlin
Berliner Morgenpost, Berlin
Berliner Post- und Fernmeldemuseum
Berliner Verkehrs-Betriebe (BVG)
Berlinsche Galerie
Bezirksamt Tiergarten, Abt. Bauwesen,
Berlin
Manfred Bleif, Berlin
Herbert Bode, Bonn
Robert-Bosch-Hausgeräte GmbH,
Berlin
Bayerisches Hauptstaatsarchiv,
München
Karl-Heinz Buller, Berlin
Bundesarchiv, Außenstelle
Frankfurt/Main
Bundesarchiv Koblenz
Bundeskriminalamt Wiesbaden
Bundesministerium für Verteidigung,
Bonn
Bundesministerium für Wirtschaft, Bonn

Bundespostmuseum, Frankfurt/Main
Bundespräsidialamt, Bonn
Burda-Verlag
Burschenschaft Teutonia zu Jena in
Berlin

CDU, Bonn
Collection, The Museum of Modern Art,
New York
M. S. Cullen, Berlin

Der Polizeipräsident in Berlin
Kurt Desch Verlag, München
Gerd Deutsch, Berlin
Deutsche Bank AG, Frankfurt/Main
Deutsche Bundesbank, Frankfurt/Main
Deutsche Presse-Agentur, Bildarchiv
Berlin
Deutscher Bundestag
Deutsches Bergbau-Museum, Bochum
Deutsches Museum, München
Deutsches Rundfunkmuseum a. V.,
Berlin

EUROPA GmbH.

FDP, Bonn
Margarete Feist, Berlin
Frankfurter Allgemeine, Frankfurt/Main
Friedrich-Ebert-Stiftung, Bonn

Prof. Dr. Lothar Gall, Frankfurt
Geheimes Staatsarchiv Preußischer
Kulturbesitz, Berlin
Generallandesarchiv Karlsruhe
v. Gerlach-Parsow, Hohenstein
Germanisches Nationalmuseum,
Nürnberg
Karl Greiser
Prof. Claus-Peter Groß, Rottach-Egern
Großherzogliche Privatsammlungen,
Darmstadt
Gruner und Jahr AG + Co, Hamburg

Horst Haitzinger
Hamburger Kunsthalle
Irmin Hammelbacher, München
Wilma Hauck, Berlin
Wolfgang Haut, Nidderau
Hauptstaatsarchiv Stuttgart
Heimatmuseum Ludwigsburg

Heimatmuseum Weißhorn
Hilde Havel, Berlin
Historisches Museum Pfalz
Gisela Hegenwald-Goetze
Brigitte Heligoth
Herzog-August-Bibliothek Wolfenbüttel
Dr. Hans-Jürgen Heß, Berlin
Hessische Landes-Hochschulbibliothek,
Darmstadt
Hessische Landesbibliothek,
Wiesbaden
Hessisches Landesmuseum, Darmstadt
Ursula Heuss-Wolff
Colorfoto Hans Hinz, Basel
Historisches Museum der Stadt
Frankfurt/Main
Hoesch Werke AG, Dortmund
Hanns Hubmann, Kröning
Burghard Hüdig

Imperial War Museum London
Industriegewerkschaft Metall,
Frankfurt/Main
Institut für Zeitgeschichte, München
Institut für Zeitungsforschung,
Dortmund
Interfoto Friedrich Rauch, München
International Instituut voor Siciale
Geschiedenis, Amsterdam
Internationales Zeitungsmuseum der
Stadt Aachen

Elfriede Kante, Berlin
Hilde Kaspar, Berlin
Keystone-Pressedienst
Barbara Klemm
Helga Kneidl, Hamburg
Kladderadatsch
Stefan Kresin, Heidelberg
Fritz Krüger, Berlin
Friedrich Krupp GmbH, Essen
Kunstbibliothek der Staatlichen Museen
Preußischer Kulturbesitz, Berlin
Kunstgewerbemuseum, Staatliche
Museen Preußischer Kulturbesitz, Berlin
Kunsthistorisches Museum, Wien
Kunstmuseum Basel
Martin Kupke, Berlin

Landesarchiv Berlin
Landesbildstelle Baden

Landesbildstelle Berlin
Landesbildstelle Karlsruhe
Landeshauptstadt München
Landesmuseum Mainz
Leipziger Illustrierte

Märkisches Museum
Marineschule Mürwik, Historische
Sammlung Flensburg-Mürwik
Maschinenfabrik Augsburg-Nürnberg
(MAN), Augsburg
Wilfried Matthias, Bronzekunstwerk-
statt, Berlin
Klaus Mehner
Museen der Stadt Wien
Museum für Hamburgische Geschichte,
Hamburg
Museum der Stadt Regensburg
Preußischer Kulturbesitz, Berlin
Museum Wiesbaden

Neue Theaterkunst, Berlin
Detlev Niemann, Hamburg
Herbert Nitert, Berlin

Ilsemarie Ollk, Berlin
Olympia Werke AG, Wilhelmshaven

Parlamentsarchiv Bundeshaus, Bonn
Willi Peiter, Diez
Pix-Features
Poddig Automobilmuseum, Berlin
Politisches Archiv des Auswärtigen
Amtes, Bonn
Pressedienst Glaser, Berlin
Pressofoto Lehnartz
Presse- und Informationsamt der
Bundesregierung, Bundesbildstelle,
Bonn
Preußischer Kulturbesitz, Berlin
Propyläen Verlag, Berlin
Prof. Hubertus Protz, Berlin

Tamara Raaman, Jerusalem
Dr. Christoph Rabenstein, Bayreuth
Sophie Reimann, Berlin
Réunion des Musées Nationaux, Paris
Ringier Dokumentationszentrum, Zürich
Klaus Rose, Iserlohn
Ruhrland- und Heimatmuseum der
Stadt Essen

Elisabeth Saier, Berlin
Alfred Schaefer, Berlin
Schiller-Nationalmuseum, Marbach
Elisabeth von Schlegell, Berlin
Margret Schmitt, Berlin
Andreas Schoelzel, Berlin
Wolf Schöne
Harald H. Schröder FFM
Margarete Schuppmann, Berlin
Dr. Erich Schwan, Darmstadt
Senatsbibliothek Berlin
Sven Simon, Hamburg
Spiegel-Verlag, Hamburg
Axel-Springer-Verlag
Staatliche Graphische Sammlungen,
München
Staatliche Schlösser und Gärten
Staatliche und Städtische Kunst-
sammlung Kassel
Staatsbibliothek Bamberg
Staatsbibliothek Preußischer Kultur-
besitz, Berlin
Staatsbibliothek Preußischer Kultur-
besitz, Bildarchiv, Berlin
Staats- und Universitätsbibliothek
Hamburg
Stadtbibliothek Mainz
Stadtarchiv Augsburg
Stadtarchiv Frankfurt/Main
Stadtarchiv Hamburg
Stadtarchiv Heidelberg
Stadtarchiv Konstanz
Stadtarchiv Mannheim

Stadtarchiv München
Stadtmuseum München
Städtisches Museum Wetzlar
Städtisches Reiss-Museum
Stiftung Bundeskanzler-Adenauer-
Haus, Rhöndorf
Stiftung Deutsche Kinemathek, Berlin
Stuttgarter Nachrichten
Süddeutscher Verlag, Bilderdienst,
München

Ullstein Bilderdienst, Berlin
Universitätsbibliothek der Freien
Universität Berlin
Universitätsbibliothek der Technischen
Universität Berlin

Verkehrsmuseum Nürnberg
Verwaltung der Staatlichen Schlösser
und Gärten, Berlin
Volkswagenwerk AG, Wolfsburg

Wehrgeschichtliches Museum Rastatt
Gertrud Weinhold, Berlin
Detlef Weiß, Berlin
Werner-von-Siemens-Institut,
München
Westfälisches Landesmuseum für
Kunst und Kulturgeschichte, Münster

Wolfgang Zierau, Berlin
Günter Zint
ZENIT, Berlin

I Bildnachweis zum Katalog 476

AEG-Telefunken, Zentralbibliothek
Berlin
XX (farbig)

Jörg P. Anders, Berlin
XXVII (farbig)

Archiv für Kunst u. Geschichte Berlin
68, 184, 185, 200

Archiv Gerstenberg, Wietze
XIII (farbig)
13, 17, 23, 33, 34, 40, 46, 66, 73, 77,
86, 96, 98, 104, 113, 114, 115, 116,
124, 125, 126, 127, 133, 145, 147,
148, 150, 151, 155, 157, 163, 165,
179, 290, Anh. 17

Archiv der sozialen Demokratie
(AdsD), Bonn-Bad Godesberg
149, 166, 193, 235, 280, 287, 314

Associated Press, Frankfurt/Main
291

Bayerisches Hauptstaatsarchiv,
München
94

Berlin und seine Bauten
Anh. 18

Herbert Bode, Bonn
XXVI (farbig)

Bundesarchiv, Außenstelle
Frankfurt/Main
XIV (farbig)
18, 79

Bundesarchiv, Koblenz
80, 82, 171, 175, 180, 182, 229, 241,
243, 257, 270, 312

Collection, The Museum of Modern
Art, New York
XXI (farbig)

Michael S. Cullen
Anh. 8

Kurt Desch Verlag, München
159, 228

Deutsche Presse-Agentur, Bildarchiv
173, 275, 278, 282, 283, 284, 285,
295, 300, 304, 310, 311, 315, 316,
318, 319, 327, 330, 334, 335, 336,
339, 340, 341, 343, 353, 354, 355,
357, 367, 370, 372, 375, 380

Deutscher Bundestag
XVIII, XIX, XXIII, XXIV, XXV (farbig)
5, 189, 212, Anh. 1, 2, 3, 4, 6, 7, 9, 10,
13, 14, 15, 16, 20

Deutsches Museum, München
37, 154

EUROPA GmbH
371

Geheimes Staatsarchiv Preußischer
Kutlurbesitz, Berlin
102, 131

v. Gerlach-Parsow, Hohenstein
119

Germanisches Nationalmuseum,
Nürnberg
X (farbig)
30, 52, 74, 92

Claus-Peter Groß, Tegernsee
158, Anh. 11

Wolfgang Haut
373

Heimatmuseum Ludwigsburg
28

Heimatmuseum Weißenhorn
XII (farbig)

Historisches Museum der Stadt
Frankfurt/Main
XV (farbig)
54, 122

Historisches Museum, Pfalz
XI (farbig)

Hanns Hubmann
306

Colorfoto Hans Hinz, Basel
XXII (farbig)

Imperial War Museum London
277

Institut für Zeitgeschichte, München
251

Interfoto Friedrich Rauch, München
230

Internationaal Institut voor Siciale
Geschiedenis, Amsterdam
117

Jürgens, Köln
356

Helga Kneidl, Hamburg
XXVIII (farbig)

Keystone-Pressedienst
289, 323, 325, 346, 358, 359, 360,
363, 379

Kladderadatsch
123

Barbara Klemm
366, 374

Stefan Kresin
344

Kunsthistorisches Museum, Wien
I (farbig)

Kunstmuseum Basel
VIII (farbig)

Landesarchiv Berlin
90, 170

Landesbildstelle Baden
286

Landesbildstelle Berlin
110, 153, 164, 167, 168, 169, 172,
174, 176, 177, 186, 188, 196, 211,
232, 236, 271, 272, 276, 292, 293,
294, 307, 320, 326, 332, Anh. 5, 12,
19, 21, 22, 23, 24, 25, 26

Landesmuseum Mainz
10

Leipziger Illustrierte
32, 39, 56, 62, 63, 64, 65, 67, 69, 71,
75, 76, 78, 83, 84, 85, 87, 88, 91, 93,
95, 97, 100, 101, 111, 112

Märkisches Museum
20, 38

Maschinenfabrik Augsburg-Nürnberg
AG (MAN), Augsburg
108

Klaus Mehner
364

Museum der Stadt Regensburg
1, 2

Politisches Archiv des Auswärtigen
Amtes, Bonn
132, 156

Presse- und Informationsamt der
Bundesregierung, Bundesbildstelle,
Bonn
215, 231, 296, 297, 305, 321, 322,
324, 328, 329, 331, 338, 342, 345,
350, 351, 352, 362, 381, 382

Propyläen Verlag, Berlin
16

Réunion des Musées Nationaux, Paris
11

Klaus Rose
337

Andreas Schoelzel, Berlin
365

Dr. Erich Schwan, Darmstadt
135

Senatsbibliothek Berlin
234, 237

Staatliche Graphische Sammlungen,
München
15

Staatsbibliothek Preußischer Kulturbesitz, Berlin
146

Staatsbibliothek Preußischer Kulturbesitz, Bildarchiv, Berlin
IV, V, XVII (farbig)
4, 8, 36, 47, 81, 89, 99, 105, 106, 107,
118, 120, 121, 128, 129, 130, 134,
136, 137, 138, 139, 140, 141, 142,
143, 144, 152, 160, 161, 162, 178,
202, 208, 219, 222, 223, 224, 225,
226, 233, 246, 247, 252, 253, 259,
260, 261, 262, 263, 264, 265, 269,
Anh. 14

Staatliche Schlösser und Gärten
29

Staatliche und Städtische Kunst-
sammlung Kassel
41, 53

Stadtarchiv Augsburg
7

Stadtarchiv Frankfurt/Main
70

Stadtarchiv Hamburg
14, 42, 44

Stadtarchiv Heidelberg
58

Stadtarchiv Konstanz
57

Stadtarchiv München
III (farbig)

Stadtmuseum München
6, 24

Städtisches Museum Wetzlar
3

Städtisches Reiss-Museum
27

Stiftung Bundeskanzler-Adenauer
281, 313

Stiftung Deutsche Kinemathek
204

Süddeutscher Verlag, Bilderdienst,
München
183, 197, 198, 203, 221, 244, 274, 288,
298, 299

Ullstein Bilderdienst, Berlin
181, 187, 190, 191, 192, 194, 195, 199,
201, 205, 206, 207, 209, 210, 213, 214,
216, 217, 218, 227, 238, 239, 240, 241,
242, 245, 248, 249, 250, 254, 255, 256,
258, 266, 267, 268, 273, 279, 301, 302,
309, 317, 333, 347, 348, 349, 361, 368,
369, 376

Universitätsbibliothek der Freien
Universität Berlin
26

Universitätsbibliothek der Technischen
Universität Berlin
103, 109

Volkswagenwerk AG, Wolfsburg
308

Wehrgeschichtliches Museum Rastatt
XVI (farbig)

ZENIT, Berlin
377, 378

Wissenschaftliche Planung
und Katalog:
Prof. Dr. Lothar Gall

Mitarbeiter:
Jochen Bußmann
(Verfassungstafeln)
Prof. Dr. Elisabeth Fehrenbach
Dr. Dieter Hein
Ulrike Helbich
Dr. Rainer Koch
Jörg Riegel
Peter Scholz
Wolfgang Zierau

Unter Mitwirkung eines
Arbeitsstabes der Verwaltung
des Deutschen Bundestages
und des Bundesarchivs
Koblenz

Veranstalter:
Deutscher Bundestag
Historische Ausstellung
im Reichstagsgebäude
Berlin

Gestaltung und visuelle
Konzeption:
Prof. Claus-Peter Groß

Mitarbeiter Grafik-Design:
Bernd Hildebrandt
Margret Schmitt
Wieland Schütz
Detlef Weiß

Produktion:
fairform Messebau GmbH, Berlin
August Gärtner, Berlin
Heimann + Co., Berlin
Museumstechnik GmbH, Berlin
Wilhelm Noack, Berlin
Jürgen Sucksdorff, Berlin

Rauminszenierungen:
Karl-Heinz Buller, Berlin
Waltraut Mau, Berlin

Film und Dia-Schau:
R. C. F. Film GmbH, Berlin
CHRONOS-Film, Berlin
Joachim Baumann, Berlin

Fotoreproduktion:
Wolfgang Schackla, Berlin

Druck des Kataloges:
Wenschow-Franzis-Druck GmbH,
München

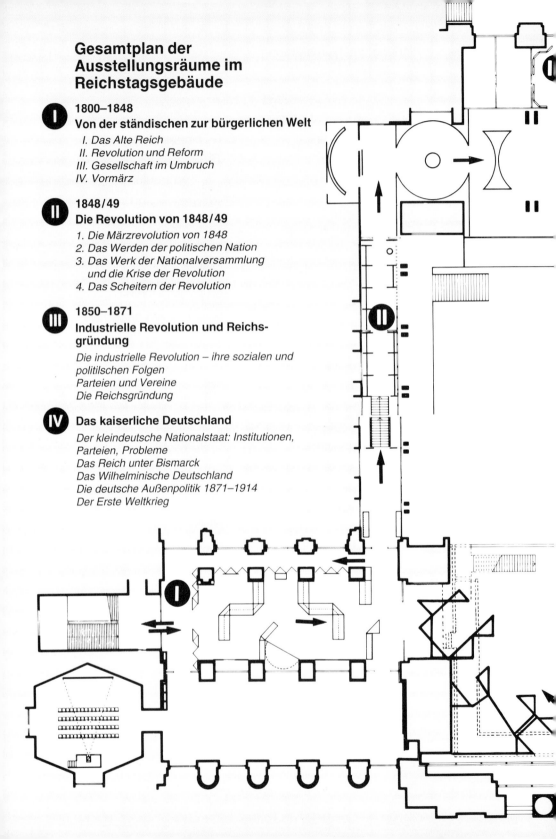

Gesamtplan der Ausstellungsräume im Reichstagsgebäude

I 1800–1848
Von der ständischen zur bürgerlichen Welt

   I. Das Alte Reich
   II. Revolution und Reform
   III. Gesellschaft im Umbruch
   IV. Vormärz

II 1848/49
Die Revolution von 1848/49

   1. Die Märzrevolution von 1848
   2. Das Werden der politischen Nation
   3. Das Werk der Nationalversammlung
     und die Krise der Revolution
   4. Das Scheitern der Revolution

III 1850–1871
Industrielle Revolution und Reichs-gründung

   Die industrielle Revolution – ihre sozialen und
   politilschen Folgen
   Parteien und Vereine
   Die Reichsgründung

IV **Das kaiserliche Deutschland**

   Der kleindeutsche Nationalstaat: Institutionen,
   Parteien, Probleme
   Das Reich unter Bismarck
   Das Wilhelminische Deutschland
   Die deutsche Außenpolitik 1871–1914
   Der Erste Weltkrieg

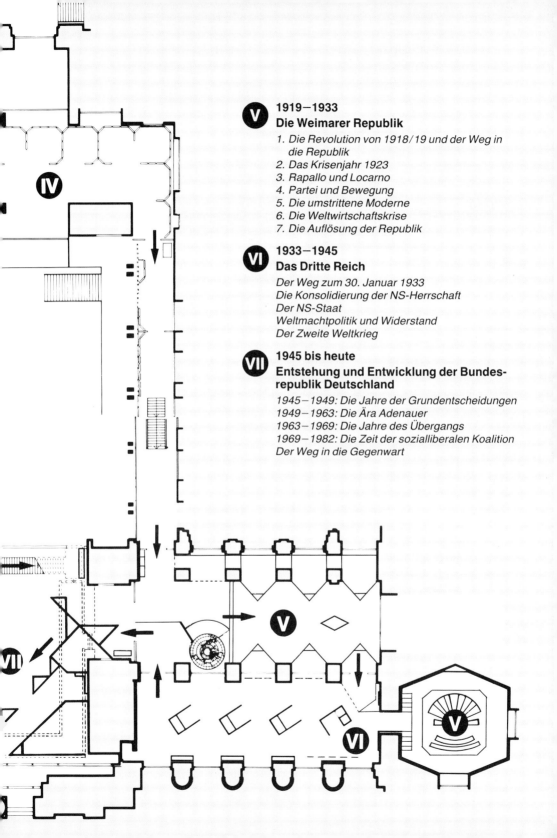

V 1919—1933
Die Weimarer Republik

1. *Die Revolution von 1918/19 und der Weg in die Republik*
2. *Das Krisenjahr 1923*
3. *Rapallo und Locarno*
4. *Partei und Bewegung*
5. *Die umstrittene Moderne*
6. *Die Weltwirtschaftskrise*
7. *Die Auflösung der Republik*

VI 1933—1945
Das Dritte Reich

Der Weg zum 30. Januar 1933
Die Konsolidierung der NS-Herrschaft
Der NS-Staat
Weltmachtpolitik und Widerstand
Der Zweite Weltkrieg

VII 1945 bis heute
Entstehung und Entwicklung der Bundes-republik Deutschland

1945—1949: Die Jahre der Grundentscheidungen
1949—1963: Die Ära Adenauer
1963—1969: Die Jahre des Übergangs
1969—1982: Die Zeit der sozialliberalen Koalition
Der Weg in die Gegenwart

Zeittafel zum Katalog

Um 1800		Grundlegende Herausforderung der alten politischen und gesellschaftlichen Ordnung Mitteleuropas durch die Französische Revolution.
1803	25. 2.	Reichsdeputationshauptschluß, Säkularisation aller geistlichen Fürstentümer.
1806	11. 7.	Gründung des Rheinbundes.
	6. 8.	Niederlegung der deutschen Kaiserkrone durch Franz II.
	14. 10.	Doppelschlacht bei Jena und Auerstedt.
1807	7. 7.	Friede von Tilsit zwischen Frankreich und Preußen.
	30. 9.	Freiherr vom Stein leitender Minister in Preußen, Beginn der Reformzeit.
1809	12. 10.	Metternich leitender Minister in Österreich.
1813	28. 2.	Preußisch-russisches Militärbündnis von Kalisch.
	16.–19. 10.	Völkerschlacht bei Leipzig.
1814	30. 3.	Einzug der verbündeten Truppen in Paris, Verbannung Napoleons nach Elba.
	18. 9.	Eröffnung des Wiener Kongresses.
1815	1. 3.	Landung Napoleons in Frankreich.
	8. 6.	Verabschiedung der Bundesakte, Gründung des Deutschen Bundes.
	18. 6.	Niederlage Napoleons bei Waterloo, Verbannung nach St. Helena.
	26. 9.	Stiftung der Heiligen Allianz zwischen Rußland, Preußen und Österreich.
1816	6. 11.	Eröffnung der Bundesversammlung in Frankfurt am Main.
1817	18. 10.	Wartburgfest der Deutschen Burschenschaften.

1818/1820		Moderne Verfassungen in Bayern, Baden, Württemberg und Hessen-Darmstadt.
1819	23. 3.	Ermordung des konservativen Schriftstellers von Kotzebue durch den Studenten Sand.
	6.−31. 8.	Karlsbader Konferenz, Unterdrückung der liberalen und nationalen Bewegung.
1820	24. 5.	Verabschiedung der Wiener Schlußakte, Ergänzung der Bundesakte von 1815.
1830	27.−29.7.	Julirevolution in Frankreich, Übergreifen der Unruhen auf Braunschweig, Hannover, Kurhessen und Sachsen.
1832	27.−30. 5.	Hambacher Fest.
1833	4. 4.	Erstürmung der Frankfurter Hauptwache durch Studenten und Bürger.
1834	1. 1.	Inkrafttreten des Vertrages über den Deutschen Zollverein.
1835	7.12.	Inbetriebnahme der ersten deutschen Eisenbahn zwischen Nürnberg und Fürth.
1837	1.11.	Aufhebung des Staatsgrundgesetzes in Hannover, Protest und Amtsenthebung von sieben Göttinger Professoren.
1844	Juni	Aufstand der schlesischen Weber.
1847	3. 2.	Einberufung des Vereinigten Landtages in Preußen.
	Juni	Gründung des Bundes der Kommunisten in London unter Führung von Karl Marx und Friedrich Engels.
	12. 9.	Versammlung süddeutscher Demokraten in Offenburg.
	10.10.	Treffen gemäßigter west- und süddeutscher Liberaler in Heppenheim.
1848	22.−24. 2.	Revolutionäre Unruhen in Paris, Abdankung von König Louis Philippe.
	27. 2.	Eine Mannheimer Volksversammlung formuliert die sog. Märzforderungen.

1848	7. 3.	Erste revolutionäre Versammlungen in Berlin.
	13.–15. 3.	Aufstand in Wien, Rücktritt Metternichs.
	18. 3.	Unruhen und Straßenkämpfe in Berlin.
	21. 3.	Proklamation König Friedrich Wilhelms IV. von Preußen: »An mein Volk und an die deutsche Nation«.
	29. 3.	Berufung des liberalen Ministeriums Camphausen-Hansemann in Preußen.
	31. 3.–3. 4.	Tagung des Vorparlaments in der Frankfurter Paulskirche, Beschluß über die Einberufung einer deutschen Nationalversammlung.
	12. 4.	Beginn der republikanischen Erhebung in Baden unter Führung von Hecker und Struve.
	15. 5.	Ein zweiter Aufstand in Wien erzwingt die Einberufung eines Reichstages.
	18. 5.	Zusammentritt der deutschen Nationalversammlung in der Frankfurter Paulskirche.
	29. 6.	Schaffung einer provisorischen Zentralgewalt, Wahl von Erzherzog Johann von Österreich zum Reichsverweser.
	26. 8.–16. 9.	Auf Druck der Großmächte schließt Preußen im Konflikt mit Dänemark um Schleswig-Holstein den Waffenstillstand von Malmö, der von der Frankfurter Nationalversammlung zunächst abgelehnt wird, schließlich jedoch angenommen werden muß.
	6./7. 10.	Dritter Aufstand in Wien.
	31. 10.	Rückeroberung Wiens durch kaiserliche Truppen.
	2. 11.	Berufung des konservativen Ministeriums Brandenburg in Preußen.
	21. 11.	Fürst zu Schwarzenberg tritt an die Spitze des kaiserlichen Ministeriums in der Habsburger-Monarchie.
	2. 12.	Abdankung des österreichischen Kaisers Ferdinand I., Thronbesteigung seines Neffen Franz Joseph I.
	5. 12.	Auflösung der preußischen Nationalversammlung, Oktroyierung einer Verfassung.

1848	21.12.	Verabschiedung des Gesetzes über die Grundrechte des deutschen Volkes durch die Frankfurter Nationalversammlung.
1849	4.3.	Auflösung des österreichischen Reichstages, Oktroyierung einer Verfassung.
	27./28.3.	Annahme der deutschen Reichsverfassung in der Frankfurter Paulskirche, Wahl von Friedrich Wilhelm IV. von Preußen zum deutschen Kaiser.
	28.4.	Ablehnung der deutschen Kaiserkrone durch den preußischen König.
	Mai–Juli	Reichsverfassungskampagne, Aufstände in Sachsen, Breslau und Baden werden blutig niedergeschlagen.
	26.5.	Dreikönigsbündnis zwischen Preußen, Sachsen und Hannover, Verabschiedung der sog. Erfurter Reichsverfassung auf der Basis der preußischen Unionspolitik.
	6.–18.6.	Tagung des Rumpfparlaments in Stuttgart.
	20.12.	Rücktritt des Reichsverwesers Erzherzog Johann.
1850	31.1.	Inkrafttreten der oktroyierten preußischen Verfassung.
	1.9.	Wiedereröffnung des Frankfurter Bundestages.
	29.11.	Vertrag von Olmütz: Ende der preußischen Unionspolitik.
1854/1856		Krimkrieg zwischen England, Frankreich und Rußland, Neutralität Österreichs und Preußens.
1858	7.10.	Wilhelm (I.) von Preußen übernimmt die Regentschaft für seinen geisteskranken Bruder Friedrich Wilhelm IV., Beginn der »Neuen Ära«.
1859	3.5.–11.7.	Krieg Piemonts und Frankreichs gegen Österreich.
	16.9.	Gründung des Deutschen Nationalvereins als Organisation der Anhänger eines kleindeutschen Nationalstaats unter preußischer Führung.
1861	2.1.	Tod Friedrich Wilhelms IV. von Preußen, Thronbesteigung Wilhelms I.
	26.2.	Patent über die Verfassung der österreichischen Monarchie.

1861	6. 6.	Gründung der Deutschen Fortschrittspartei.
1862	29. 3.	Abschluß des preußisch-französischen Handelsvertrages.
	24. 9.	Berufung Bismarcks zum preußischen Ministerpräsidenten, Verschärfung des Verfassungskonflikts um die Heeresreform.
	28. 10.	Gründung des deutschen Reformvereins als Organisation der Befürworter einer großdeutschen Nationalstaatslösung.
1863	23. 5.	Gründung des Allgemeinen Deutschen Arbeitervereins in Leipzig unter Führung Ferdinand Lassalles.
	16. 8.–1. 9.	Frankfurter Fürstentag.
1864		Preußisch-österreichischer Krieg gegen Dänemark um Schleswig-Holstein.
1865	14. 8.	Vertrag von Gastein zwischen Preußen und Österreich über die Verwaltung Schleswig-Holsteins.
1866	21. 6.–26. 7.	Deutscher Krieg.
	3. 7.	Schlacht von Königgrätz/Sadowa.
	23. 8.	Friede von Prag: Auflösung des Deutschen Bundes, Anerkennung der Führungsstellung Preußens in Deutschland.
	3. 9.	Annahme der Indemnitätsvorlage durch das preußische Abgeordnetenhaus, Beilegung des Verfassungskonflikts.
	17. 11.	Gründung der Nationalliberalen Partei.
1867	12. 2.	Wahlen zum Konstituierenden Reichstag des Norddeutschen Bundes.
	12. 6.	Österreichisch-ungarischer Ausgleich.
	21. 12.	»Dezembergesetze« in Österreich, Beginn einer liberalen Ära.
1869	7.–9. 8.	Gründung der Sozialdemokratischen Arbeiterpartei in Eisenach unter Führung von August Bebel und Wilhelm Liebknecht.

1870	13.7.	Emser Depesche.
	18.7.	Verkündung des Dogmas von der päpstlichen Unfehlbarkeit durch das I. Vatikanische Konzil.
	19.7.	Kriegserklärung Frankreichs an Preußen.
	2.9.	Kapitulation einer französischen Armee bei Sedan und Gefangennahme Kaiser Napoleons III.
	19.9.	Beginn der Belagerung von Paris.
1871	18.1.	Proklamation des Deutschen Kaiserreiches in Versailles.
	10.5.	Friede von Frankfurt am Main: Abtretung Elsaß-Lothringens an Deutschland und Zahlung einer Kriegsentschädigung von 5 Mrd. Francs. Beginn des Kulturkampfes in Preußen und im Deutschen Reich.
1873	9.5.	Börsenkrach in Wien, Beginn der Phase der »Großen Depression«.
	22.10.	Dreikaiserabkommen zwischen Österreich-Ungarn, Rußland und dem Deutschen Reich.
1875	April/Mai	»Krieg-in-Sicht«-Krise.
	22.–27.5.	Lassalleaner und Marxisten vereinigen sich in Gotha zur »Sozialistischen Arbeiterpartei«.
1876	15.2.	Gründung des Centralverbandes deutscher Industrieller.
1878		Kaiser Wilhelm I. wird bei einem Attentat schwer verwundet.
	13.6.–13.7.	Berliner Kongreß.
	18.10.	Verabschiedung des Sozialistengesetzes durch den Reichstag.
1879	12.7.	Verabschiedung der Schutzzollgesetze durch den Reichstag.
	7.10.	Zweibund zwischen dem Deutschen Reich und Österreich-Ungarn.
1880	14.7.	Mit einem ersten Milderungsgesetz beginnt in Deutschland der Abbau des Kulturkampfes.

1883	15. 6.	Annahme des Krankenversicherungsgesetzes im Deutschen Reichstag.
1884	27. 6.	Einführung der Unfallpflichtversicherung in Deutschland.
		Erwerbung deutscher Kolonien in Südwestafrika, Togo und Kamerun.
1885		Erwerb Deutsch-Ostafrikas.
1887	18. 6.	Abschluß des sog. Rückversicherungsvertrages zwischen Rußland und dem Deutschen Reich.
1888	9. 3.	Tod Kaiser Wilhelms I., Thronbesteigung seines todkranken Sohnes Friedrich III.
	15. 6.	Tod Friedrichs III., Thronbesteigung seines ältesten Sohnes Wilhelm II.
1890	25. 1.	Der Reichstag lehnt eine Verlängerung des Sozialistengesetzes ab; es läuft am 30. 9. 1890 aus.
	20. 3.	Entlassung Bismarcks als Reichskanzler und preußischer Ministerpräsident; unter seinem Nachfolger General Leo von Caprivi »Neuer Kurs« in der Sozial- und Zollpolitik.
	27. 3.	Nichtverlängerung des deutsch-russischen Rückversicherungsvertrages.
	1. 7.	Helgoland-Sansibar-Vertrag, Ausgleich der deutsch-britischen Kolonialinteressen.
1891	1. 7.	Gründung des Alldeutschen Verbandes in Berlin.
1893	18. 2.	Gründung des Bundes der Landwirte als Organisation des ostelbischen Großgrundbesitzes.
1894	26. 10.	Im Zusammenhang mit der »Umsturzvorlage« gegen die SPD Entlassung von Reichskanzler Caprivi, Nachfolger Chlodwig Fürst zu Hohenlohe-Schillingsfürst.
1895	21. 6.	Eröffnung des Kaiser-Wilhelm-Kanals (Nord-Ostsee-Kanal).
1896	1. 7.	Billigung des Bürgerlichen Gesetzbuches (BGB) durch den Reichstag, es tritt am 1. 1. 1900 in Kraft.

1900	17.10.	Als Nachfolger des zurückgetretenen Fürst Hohenlohe wird der Staatssekretär des Äußeren, Bülow, neuer Reichskanzler.
1905/1906		Erste Marokkokrise zwischen Frankreich und dem Deutschen Reich.
1908	Okt./November	Daily-Telegraph-Affäre, Stärkung der Stellung des Reichstags.
1909	14.7.	Als Nachfolger des zurückgetretenen Reichskanzlers Bülow wird Theobald von Bethmann Hollweg neuer Regierungschef.
1911		Zweite Marokkokrise.
1912	12.1.	Bei den Reichstagswahlen werden die Sozialdemokraten erstmals auch nach Sitzen zur stärksten Partei.
1914	28.6.	Ermordung des österreichischen Thronfolgers Erzherzog Franz Ferdinand durch serbische Nationalisten in Sarajewo.
	28.7.	Kriegserklärung Österreich-Ungarns an Serbien.
	30.7.	Russische Generalmobilmachung.
	1.8.	Deutsche Mobilmachung und Kriegserklärung an Rußland.
	3.8.	Deutsche Kriegserklärung an Frankreich.
	4.8.	Großbritannien beantwortet die Verletzung der belgischen Neutralität durch deutsche Truppen mit der Kriegserklärung an das Deutsche Reich.
	4.8.	Bewilligung der Kriegskredite im Reichstag durch alle Parteien einschließlich der SPD.
	26.–31.8.	Schlacht bei Tannenberg, Vernichtung der 2. russischen Armee.
1916	21.2.–Juli	Schlacht um Verdun.
	29.8.	Übernahme der Obersten Heeresleitung durch von Hindenburg und Ludendorff.
1917	9.1.	Beschluß über den uneingeschränkten U-Boot-Krieg im deutschen Hauptquartier.

1917	8.3.	Ausbruch der Revolution in Rußland, Abdankung von Zar Nikolaus II.
	6.4.	Kriegserklärung der USA an das Deutsche Reich.
	6.–8.4.	Gründungsparteitag der Unabhängigen Sozialdemokratischen Partei in Gotha.
	14.7.	Entlassung von Reichskanzler Bethmann Hollweg auf Drängen der Obersten Heeresleitung.
	19.7.	Verabschiedung der sog. Friedensresolution im Reichstag mit der Forderung nach einem Verständigungsfrieden, Bildung des Interfraktionellen Ausschusses aus Zentrum, SPD und Linksliberalen.
	6./7.11.	Oktoberrevolution in Rußland, Putsch der Bolschewisten
	15.12.	Waffenstillstand zwischen Rußland und dem Deutschen Reich.
1918	28.1.	Massenstreiks in Berlin und anderen deutschen Großstädten.
	3.3.	Frieden von Brest-Litowsk.
	29.9.	Ultimative Forderung der Obersten Heeresleitung nach einem Waffenstillstandsangebot.
	3.10.	Bildung einer neuen Reichsregierung unter Prinz Max von Baden, in die auch Vertreter der Mehrheitsparteien eintreten.
	24.–28.10.	Verfassungsreform, Parlamentarisierung der Reichsexekutive.
	28.10.	Beginn der Meuterei der deutschen Hochseeflotte.
	3.–4.11.	Matrosenaufstand in Kiel.
	6.–8.11.	Übergreifen der revolutionären Bewegung auf das übrige Reich.
	9.11.	Ausrufung der Republik durch den Sozialdemokraten Scheidemann.
	10.11.	Bildung des Rats der Volksbeauftragten aus SPD und USPD.
	15.11.	Stinnes-Legien-Abkommen zwischen Arbeitnehmern und Arbeitgebern.
	16.–20.12.	Reichskongreß der Arbeiter- und Soldatenräte in Berlin.

1918	23.12.	Meuterei der Volksmarinedivision in Berlin.
	29.12.	Austritt der USPD-Vertreter aus dem Rat der Volksbeauftragten.
	31.12.	Gründung der KPD.
1919	5.–12.1.	Spartakus-Aufstand in Berlin.
	15.1.	Ermordung von Rosa Luxemburg und Karl Liebknecht.
	19.1.	Wahl zur Nationalversammlung.
	11.2.	Der Sozialdemokrat Friedrich Ebert wird von der Nationalversammlung in Weimar zum Reichspräsidenten gewählt.
	13.2.	Bildung der Regierung Scheidemann, Weimarer Koalition aus SPD, Zentrum und DDP.
	1.–3.5.	Niederwerfung der Münchener Räterepublik.
	16.6.	Ultimatum an die deutsche Regierung zur Annahme des Friedensvertrages.
	28.6.	Unterzeichnung des Versailler Vertrages.
	11.8.	Verkündung der Weimarer Reichsverfassung.
1920	13.–17.3.	Kapp-Lüttwitz-Putsch in Berlin.
	März/April	Kommunistische Aufstände im Ruhrgebiet und in Mitteldeutschland.
	6.6.	Reichstagswahl; die Parteien der Weimarer Koalition verlieren die Mehrheit.
1921	20.3.	Volksabstimmung in Oberschlesien.
	26.8.	Ermordung des Zentrumspolitikers Erzberger durch Rechtsradikale.
1922	16.4.	Vertrag von Rapallo zwischen der UdSSR und dem Deutschen Reich.
	24.6.	Ermordung von Reichsaußenminister Rathenau durch rechtsradikale Attentäter.
1923	11.1.	Besetzung des Ruhrgebiets durch französische und belgische Truppen.
	13.1.	Verkündung des passiven Widerstands gegen die Ruhrbesetzung.

1923	26.9.	Abbruch des Ruhrkampfes durch die Regierung Stresemann, Verhängung des Ausnahmezustandes in Bayern, die von der Reichsregierung mit dem Ausnahmezustand für das Reich beantwortet wird.
	19.10.–18.2.24	Konflikt zwischen Bayern und dem Reich.
	22./23.10.	Kommunistischer Aufstandsversuch in Hamburg.
	29.10.	Reichsexekution gegen die sächsische SPD/KPD-Landesregierung.
	8./9.11.	Hitler-Putsch in München.
	15.11.	Neue Währung, Ende der Inflation.
	23.11.	Sturz der Regierung Stresemann.
1924	Juli/August	Annahme des Dawes-Plans durch die Londoner Reparationskonferenz und durch den Reichstag.
	7.12.	Reichstagswahl: Gewinne der SPD und der bürgerlichen Mitte, Beginn einer relativen Stabilisierung der Weimarer Republik.
1925	28.2.	Tod von Reichspräsident Ebert, Wahl Generalfeldmarschall von Hindenburgs zu seinem Nachfolger.
	1.12.	Unterzeichnung der Locarno-Verträge.
1926	24.4.	Unterzeichnung des Freundschafts- und Neutralitätsvertrages mit der Sowjetunion in Berlin.
	10.9.	Eintritt Deutschlands in den Völkerbund.
1928	28.6.	Bildung einer Großen Koalition aus SPD, Zentrum, DDP und DVP unter dem sozialdemokratischen Kanzler Müller.
1929	7.6.	Youngplan zur endgültigen Regelung des Reparationsproblems.
	3.10.	Tod von Reichsaußenminister Stresemann.
	25.10.	»Schwarzer Freitag« in New York, Beginn der Weltwirtschaftskrise.
1930	27.3.	Sturz der Regierung Müller über die Finanzierung der Arbeitslosenversicherung.
	30.3.	Ernennung des Zentrumspolitikers Brüning zum Kanzler einer Minderheitsregierung.

1930	30. 6.	Vorzeitige Räumung des Rheinlands durch die französischen Truppen.
	16. 7.	Erste Notverordnung des Reichspräsidenten zur »Sicherung von Wirtschaft und Finanzen«.
	14. 9.	Reichstagswahl: Erdrutsch zugunsten der NSDAP.
1931	11. 10.	Bildung der Harzburger Front aus NSDAP, DNVP und Stahlhelm.
1932	10. 4.	Wiederwahl von Reichspräsident von Hindenburg.
	30. 5.	Rücktritt der Regierung Brüning.
	1. 6.	Bildung eines Rechtskabinetts unter Franz von Papen.
	20. 7.	Reichsexekution gegen Preußen, Absetzung der sozialdemokratisch geführten Landesregierung.
	31. 7.	Reichstagswahl: Aufstieg der NSDAP zur stärksten Fraktion.
	6. 11.	Erneute Reichstagswahl: Rückgang der Nationalsozialisten.
	17. 11.	Rücktritt des Kabinetts von Papen.
	3. 12.	Ernennung General von Schleichers zum Reichskanzler.
1933	28. 1.	Rücktritt von Reichskanzler von Schleicher.
	30. 1.	Ernennung Hitlers zum Reichskanzler.
	27. 2.	Reichstagsbrand.
	28. 2.	»Verordnung des Reichspräsidenten zum Schutz von Volk und Staat«.
	5. 3.	Reichstagswahl, Mehrheit für die NSDAP und die mit ihr koalierende DNVP.
	23. 3.	Annahme des Ermächtigungsgesetzes durch den Reichstag gegen die Stimmen der SPD.
	31. 3.	Erstes Gesetz zur Gleichschaltung der Länder.
	1. 4.	Organisierter Boykott jüdischer Geschäfte.
	7. 4.	Zweites Gesetz zur Gleichschaltung der Länder.
	2. 5.	Auflösung der Gewerkschaften.
	Juni/Juli	Auflösung aller Parteien mit Ausnahme der NSDAP.

1933	20.7.	Konkordat zwischen dem Deutschen Reich und dem Vatikan.
	14.10.	Austritt Deutschlands aus dem Völkerbund.
1934	30.6.	»Röhm-Putsch«, Ausschaltung der SA-Führung, Ermordung General von Schleichers.
	2.8.	Tod von Hindenburgs, Vereidigung der Wehrmacht auf den »Führer und Reichskanzler« Hitler.
1935	13.1.	Volksabstimmung im Saargebiet über die Rückführung ins Reich.
	16.3.	Wiedereinführung der allgemeinen Wehrpflicht.
	15.9.	»Nürnberger Gesetze«, Entrechtung der jüdischen Bevölkerung.
1936	7.3.	Einmarsch deutscher Truppen in das entmilitarisierte Rheinland.
	1.8.	Eröffnung der Olympischen Spiele in Berlin.
	25.10.	Deutsch-italienischer Vertrag, »Achse Berlin–Rom«.
	25.11.	Antikominternpakt zwischen Deutschland und Japan.
1938	12.3.	Einmarsch deutscher Truppen in Österreich.
	29.9.	Münchener Abkommen über die Abtretung der sudetendeutschen Gebiete an das Deutsche Reich.
	9.11.	»Reichskristallnacht«, organisierte Ausschreitungen gegen die deutschen Juden.
1939	15.3.	Einmarsch deutscher Truppen in die Tschechoslowakei, Bildung des Reichsprotektorats Böhmen und Mähren.
	23.3.	Rückgabe des Memelgebietes an das Deutsche Reich.
	23.8.	Abschluß des deutsch-sowjetischen Nichtangriffspaktes.
	1.9.	Beginn des deutschen Angriffs auf Polen.
	3.9.	Kriegserklärung Großbritanniens und Frankreichs an das Deutsche Reich.
1940	9.4.	Besetzung Dänemarks, Invasion in Norwegen.
	10.5.	Deutscher Angriff auf Belgien, die Niederlande, Luxemburg und Frankreich.

1940	22. 6.	Unterzeichnung des deutsch-französischen Waffenstillstands in Compiègne.
1941	22. 6.	Angriff gegen die Sowjetunion.
	11.12.	Kriegserklärung Deutschlands an die USA.
1942	20. 1.	»Wannsee-Konferenz«, Ankündigung der »Endlösung der Judenfrage«.
1943	14.−25.1.	Konferenz von Casablanca zwischen Roosevelt und Churchill, Forderung nach »bedingungsloser Kapitulation«.
	31.1.−2.2.	Kapitulation der 6. deutschen Armee in Stalingrad.
1944	6. 6.	Alliierte Landung in Nordwestfrankreich.
	20. 7.	Attentat von Stauffenbergs auf Hitler, Staatsstreichversuch in Berlin und Paris.
1945	4.−11.2.	Konferenz von Jalta.
	12. 4.	Tod des amerikanischen Präsidenten Roosevelt.
	25. 4.	Zusammentreffen amerikanischer und sowjetischer Truppen bei Torgau an der Elbe.
	30. 4.	Selbstmord Hitlers.
	7.−9.5.	Unterzeichnung der deutschen Kapitulation in Reims und Berlin-Karlshorst.
	10. 6.	Befehl Nr. 2 der SMAD, Zulassung von Parteien und Gewerkschaften.
	11.6.−5.7.	Gründung von KPD, SPD, CDU und LDP in Berlin.
	1.−4.7.	Rückzug der britischen und amerikanischen Truppen aus Sachsen, Thüringen und Mecklenburg, Einmarsch westlicher Truppen in Berlin.
	17.7.−2.8.	Potsdamer Konferenz.
	August/ September	Beginn der Parteizulassung in den westlichen Besatzungszonen.
1946	20./27.1.	Erste Gemeindewahlen in der amerikanischen Zone.
	21./22. 4.	Vereinigung von KPD und SPD zur SED in der SBZ und Ost-Berlin.

1946	6.9.	Rede von US-Außenminister Byrnes in Stuttgart.
	1.10.	Verkündung der Urteile im Nürnberger Hauptkriegsverbrecherprozeß.
	2.12.	Washingtoner Abkommen über die wirtschaftliche Zusammenlegung der britischen und amerikanischen Zone.
1947	25.2.	Formelle Auflösung des Landes Preußen durch den Kontrollrat.
	10.3.−24.4.	Moskauer Außenministerkonferenz der vier Siegermächte.
	5.6.	Ankündigung eines wirtschaftlichen Wiederaufbauprogramms für Europa durch US-Außenminister Marshall.
	6./7.6.	Münchener Ministerpräsidentenkonferenz.
	10.6.	Konstituierung des Wirtschaftsrates der Bizone in Frankfurt am Main.
	25.11.−5.12.	Londoner Außenministerkonferenz der vier Siegermächte.
1948	23.2.−6.3. und 20.4.−2.6.	Sechsmächtekonferenz in London, Verabschiedung der Londoner Empfehlungen über die Gründung eines westdeutschen Staates.
	20.3.	Letzte Sitzung des Alliierten Kontrollrats.
	20./21.6.	Währungsreform in den Westzonen.
	24.6.	Beginn der Berliner Blockade.
	1.7.	Übergabe der »Frankfurter Dokumente« an die westdeutschen Ministerpräsidenten.
	10.−23.8.	Verfassungskonvent auf Herrenchiemsee.
	1.9.	Konstituierung des Parlamentarischen Rates in Bonn.
1949	4.5.	Jessup-Malik-Abkommen über die Aufhebung der Berliner Blockade am 12.5.
	23.5.	Verkündung des Grundgesetzes für die Bundesrepublik Deutschland.
	14.8.	Wahl zum ersten Deutschen Bundestag.

1949	7. 9.	Konstituierende Sitzung des Deutschen Bundestages.
	12. 9.	Wahl von Theodor Heuss (FDP) zum Bundespräsidenten.
	15. 9.	Wahl von Konrad Adenauer (CDU) zum Bundeskanzler.
	21. 9.	Inkrafttreten des Besatzungsstatuts.
	7. 10.	Konstituierung der Deutschen Demokratischen Republik.
	22. 11.	Petersberger Abkommen über die Beendigung der Demontagen.
1950	16. 1.	Aufhebung der Lebensmittelrationierung in der Bundesrepublik.
	15. 6.	Bundestagsbeschluß über den Beitritt der Bundesrepublik zum Europarat.
	25. 6.	Beginn des Korea-Krieges.
1951	10. 4.	Verabschiedung des Gesetzes über die paritätische Mitbestimmung in der Montanindustrie durch den Bundestag.
	18. 4.	Unterzeichnung des Montanunion-Vertrages in Paris.
1952	26. 5.	Unterzeichnung des Deutschland-Vertrages in Bonn.
	27. 5.	Unterzeichnung des Vertrages über die Europäische Verteidigungsgemeinschaft (EVG) in Paris.
	10. 9.	Unterzeichnung des Wiedergutmachungsabkommens zwischen Israel und der Bundesrepublik.
1953	5. 3.	Tod Stalins.
	17. 6.	Aufstand in Ost-Berlin und der DDR.
	27. 7.	Waffenstillstand in Korea.
1954	23. 10.	Unterzeichnung der Pariser Verträge über den NATO-Beitritt der Bundesrepublik und die deutsche Wiederbewaffnung nach der Ablehnung des EVG-Vertrages in der französischen Nationalversammlung.
1955	5. 5.	Inkrafttreten der Pariser Verträge, Souveränität der Bundesrepublik.
	14. 5.	Gründung des Warschauer Paktes unter Einschluß der DDR.

1955	9.–13.9.	Besuch von Bundeskanzler Adenauer in Moskau.
	23.10.	Volksabstimmung im Saargebiet, Ablehnung einer Europäisierung.
1956	20.2./23.2.	Sturz der Regierung Arnold in Nordrhein-Westfalen durch die FDP, Spaltung der FDP-Bundestags-fraktion, Austritt der FDP aus der Bundesregierung.
1957	1.1.	Eingliederung des Saarlandes in die Bundesrepublik.
	22.1.	Verabschiedung des Rentenreformgesetzes durch den Bundestag.
	25.3.	Unterzeichnung der Verträge über die Europäische Wirtschaftsgemeinschaft in Rom
	15.9.	Bundestagswahl, absolute Mehrheit für die CDU/CSU.
1958	27.11.	»Berlin-Ultimatum« der Sowjetunion.
1959	1.7.	Wahl von Heinrich Lübke zum Bundespräsidenten.
	13.–15.11.	Godesberger Bundesparteitag der SPD, Verabschiedung eines neuen Grundsatzprogramms.
1960	30.6.	Bundestagsrede von Herbert Wehner, Bekenntnis der SPD zu Wiederbewaffnung und Westintegration.
1961	13.8.	Bau der Berliner Mauer.
1962	14.–28.10.	Kuba-Krise.
	Oktober/ November	Spiegel-Affäre, Rücktritt von Bundesverteidigungsminister Strauß.
1963	22.1.	Unterzeichnung des deutsch-französischen Freundschaftsvertrages in Paris.
	15./16.10.	Rücktritt von Bundeskanzler Adenauer, Wahl von Wirtschaftsminister Erhard zu seinem Nachfolger.
	17.12.	1. Passagierscheinabkommen zwischen der DDR und dem West-Berliner Senat.
1966	27.10.	Rücktritt der FDP-Minister aus dem Kabinett Erhard.
	1.12.	Bildung einer Großen Koalition aus CDU/CSU und SPD unter Bundeskanzler Kiesinger.

1967	31.1.	Aufnahme diplomatischer Beziehungen zwischen der Bundesrepublik und Rumänien, Lockerung der Hallstein-Doktrin.
	14.2.	Konstituierung der »Konzertierten Aktion« unter Vorsitz von Wirtschaftsminister Schiller.
	8.6.	Verabschiedung des Stabilitätsgesetzes durch den Bundestag.
1968	11.4.–17.4.	Attentat auf den Studentenführer Dutschke, »Osterunruhen« in Berlin und anderen Städten der Bundesrepublik.
	30.5.	Verabschiedung der Notstandsgesetze durch den Bundestag.
	21.8.	Einmarsch von Truppen des Warschauer Pakts in die Tschechoslowakei.
1969	5.3.	Wahl von Gustav Heinemann (SPD) zum Bundespräsidenten.
	28.9.	Bundestagswahl, erhebliche Stimmengewinne der SPD.
	21./22.10.	Wahl des SPD-Vorsitzenden Brandt zum Bundeskanzler, Bildung einer SPD/FDP-Bundesregierung.
	28.11.	Unterzeichnung des Atomwaffensperrvertrages durch die Bundesrepublik.
1970	19.3.	Treffen zwischen dem DDR-Ministerratsvorsitzenden Stoph und Bundeskanzler Brandt in Erfurt.
	21.5.	Gegenbesuch von Stoph in Kassel.
	12.8.	Unterzeichnung des deutsch-sowjetischen Gewaltverzichts-Vertrages in Moskau.
	7.12.	Unterzeichnung des deutsch-polnischen Vertrages in Warschau.
1971	3.9.	Unterzeichnung des Vier-Mächte-Abkommens über Berlin.
	10.12.	Verleihung des Friedensnobelpreises an Bundeskanzler Brandt.
1972	27.4.	Scheitern des konstruktiven Mißtrauensvotums der CDU/CSU-Fraktion gegen Bundeskanzler Brandt.

1972	17. 5.	Ratifizierung des Moskauer und des Warschauer Vertrages durch den Bundestag.
	19. 11.	Bundestagswahl: SPD und FDP gewinnen eine deutliche Mehrheit.
	21. 12.	Unterzeichnung des Grundvertrages zwischen der DDR und der Bundesrepublik in Ost-Berlin.
1973	18. 9.	Aufnahme der Bundesrepublik und der DDR in die Vereinten Nationen.
	Oktober	Beginn einer weltweiten Ölkrise, Lieferbeschränkungen und Preiserhöhungen der arabischen Ölländer.
1974	6. 5.	Rücktritt von Bundeskanzler Brandt.
	15. 5.	Wahl von Außenminister Scheel (FDP) zum Bundespräsidenten.
	16./17. 5.	Wahl von Finanzminister Schmidt (SPD) zum Bundeskanzler, Erneuerung der SPD/FDP-Koalition.
1975	1. 8.	Unterzeichnung der KSZE-Schlußakte in Helsinki.
1976	3. 10.	Bundestagswahl: Die sozialliberale Koalition kann sich knapp behaupten.
1977	7. 4.	Ermordung von Generalbundesanwalt Buback.
	30. 7.	Ermordung des Bankiers Ponto.
	5. 9.–19. 10.	Entführung und Ermordung von Arbeitgeberpräsident Schleyer, Entführung einer Lufthansa-Maschine, Befreiung der Geiseln in Mogadischu, Selbstmord der Terroristen Baader, Ensslin und Raspe.
1978	16./17. 7.	Weltwirtschaftsgipfel der sieben wichtigsten westlichen Industriestaaten in Bonn.
1979	23. 5.	Wahl von Bundestagspräsident Carstens (CDU) zum Bundespräsidenten.
	7.–10. 6.	Erste Direktwahl zum Europäischen Parlament.
	12. 12.	Nachrüstungsbeschluß des NATO-Ministerrates.
1980	30. 6./1. 7.	Moskau-Besuch von Bundeskanzler Schmidt.

1980	5. 10.	Bundestagswahl: SPD und FDP können ihre Mehrheit verstärken.
1981	10. 10.	Friedensdemonstration in Bonn.
	11.−13. 12.	Besuch von Bundeskanzler Schmidt in der DDR.
1982	17. 9.	Bruch der Sozialliberalen Koalition, Rücktritt der FDP-Minister.
	1. 10.	Ablösung von Bundeskanzler Schmidt und der SPD-Minderheitsregierung durch eine CDU/CSU/FDP-Koalition unter Bundeskanzler Kohl.
1983	7. 1.	Bundespräsident Karl Carstens löst gemäß Artikel 68 des Grundgesetzes den Deutschen Bundestag auf und setzt Neuwahlen für den 6. März fest.
	6. 3.	Bundestagswahl: CDU/CSU und FDP erhalten mit zusammen 55% der Zweitstimmen die absolute Mehrheit der Mandate und können ihre Koalition fortsetzen. Mit den GRÜNEN, die 28 Mandate erhalten, zieht eine neue Fraktion in den Bundestag ein.
	29. 3.	Der Deutsche Bundestag wählt Helmut Kohl erneut zum Bundeskanzler.
	21./22. 11.	Bundestagsdebatte über den NATO-Doppelbeschluß und die Nachrüstung.
1984	Mai−Juli	Arbeitskampf in der Metall- und Druckindustrie um die 35-Stunden-Woche.
	23. 5.	Wahl des Berliner Regierenden Bürgermeisters Richard von Weizsäcker zum Bundespräsidenten.
1985	2.−5. 5.	Weltwirtschaftsgipfel in Bonn.
	5. 5.	Besuch von US-Präsident Reagan in Bergen-Belsen und Bitburg.
	2./3. 12.	EG-Gipfel über die Reform der Europäischen Gemeinschaft und den Beitritt Spaniens und Portugals.
1986	Januar	Höhepunkt der Neue-Heimat-Affäre.
	26. 4.	Unglück im sowjetischen Reaktor Tschernobyl.

1987	25. 1.	Bundestagswahl: CDU/CSU und FDP behaupten ihre Mehrheit und bilden erneut die Bundesregierung.
	7.–11. 9.	Besuch des DDR-Staatsratsvorsitzenden Honecker in der Bundesrepublik Deutschland.
1988	27.–28. 6.	Die Staats- und Regierungschefs der Europäischen Gemeinschaft beschließen auf einem Gipfeltreffen in Hannover die Gründung des Binnenmarktes der EG für den 1. Januar 1993.
	27.–29. 9.	Jahrestagung des Internationalen Währungsfonds (IWF) und der Weltbank in Berlin.
1989	23. 5.	Die Bundesversammlung wählt Richard von Weizsäcker erneut zum Bundespräsidenten.
	24. 5.	40 Jahre Bundesrepublik Deutschland: 40. Jahrestag des Inkrafttretens des Grundgesetzes.
	7. 10.	40. Jahrestag der Gründung der Deutschen Demokratischen Republik.
	9. 10.	Massendemonstration in Leipzig für Reformen und Demokratie.
	18. 10.	Ablösung von Erich Honecker als SED-Generalsekretär.
	9. 11.	Öffnung der Berliner Mauer, Reisefreiheit für DDR-Bürger.
	30. 11.	Ermordung des Vorstandssprechers der Deutschen Bank, Alfred Herrhausen.
1990	18. 3.	Erste demokratische Volkskammerwahl in der DDR.
	1. 7.	Inkrafttreten der Währungs-, Wirtschafts- und Sozialunion zwischen der Bundesrepublik und der DDR.
	23. 8.	Die Volkskammer der DDR erklärt den Beitritt der DDR zum Geltungsbereich des Grundgesetzes zum 3. Oktober 1990.
	3. 10.	Beitritt der DDR zur Bundesrepublik Deutschland.
	2. 12.	Erste gesamtdeutsche Bundestagswahl; CDU/CSU und FDP erringen erneut die Mehrheit und bilden die Bundesregierung.
1991	17. 1.–3. 3.	Krieg der alliierten Streitkräfte gegen die irakische Besetzung Kuwaits.

1991	1. 4.	Ermordung des Präsidenten der Berliner Treuhandanstalt, Detlev Karsten Rohwedder.
	20. 6.	Der Bundestag entscheidet sich mit 337 zu 320 Stimmen für die Verlegung von Parlament und Regierung in die Hauptstadt Berlin.
	20.–28. 6.	Unabhängigkeitserklärung von Slowenien und Kroatien, Beginn des Bürgerkrieges in Jugoslawien.
	19.–22. 8.	In der Sowjetunion scheitert ein Putsch konservativer Kräfte gegen den Reformkurs von Präsident Gorbatschow am Widerstand der Bevölkerung.
	17.–23. 9.	Gewalttaten im sächsischen Hoyerswerda und anderen Städten gegen Asylbewerber.
	8. 12.	Auflösung der Sowjetunion, Gründung der Gemeinschaft unabhängiger Staaten in Minsk.
	9.–10. 12.	EG-Gipfeltreffen in Maastrich, Unterzeichnung der Verträge über die Wirtschafts- und Währungsunion und die politische Union.
1992	27. 4.	Rücktritt von Bundesaußenminister Genscher nach 18jähriger Amtszeit.
	3. 6.	Weltumweltgipfel in Rio de Janeiro.
	29. 7.	Erich Honecker wird von Rußland an Deutschland ausgeliefert; am 12. 11. beginnt vor dem Berliner Landgericht der Prozeß gegen ihn wegen der Todesschüsse an der Mauer.
	22./23. 8.	Ausschreitungen gegen eine Asylbewerber-Unterkunft in Rostock.
	22. 11.	Drei Menschen kommen bei einem Brandanschlag rechtsradikaler Attentäter auf ein Wohnhaus in Mölln ums Leben.
	6. 12.	Die Koalitionspartner CDU/CSU und FDP und die SPD-Opposition verständigen sich auf eine Ergänzung des Grundgesetzartikels zum Asylrecht und eine Neuregelung des Asylverfahrens.
1993	1. 1.	Vollendung des europäischen Binnenmarktes.
	3. 5.	Der SPD-Vorsitzende und Ministerpräsident von Schleswig-Holstein, Björn Engholm, tritt wegen einer falschen Aussage über die Barschel-Pfeiffer-Affäre von 1987 zurück.

1993	27. 6.	Bei der versuchten Festnahme zweier RAF-Terroristen werden im mecklenburgischen Bad Kleinen ein Terrorist und ein GSG-9-Beamter getötet.
	22. 7.	Erster Blauhelm-Einsatz deutscher Soldaten im somalischen Belet-Huen.
	19. 9.	Bei der Hamburger Bürgerschaftswahl erleiden SPD, CDU und FDP schwere Verluste; mit der »Statt Partei« zieht eine neue politische Gruppierung in die Bürgerschaft ein.
	3./4. 10.	In Moskau wird der von Parlamentspräsident Chasbulatow und Vizepräsident Ruzkoj angezettelte Putsch gegen Präsident Jelzin blutig niedergeschlagen.
	28. 10.	Frankfurt am Main wird von den EG-Regierungschefs zum Sitz des Europäischen Währungsinstituts bestimmt.
	1. 11.	Der zwei Jahre zuvor unterzeichnete Vertrag von Maastricht über die »Europäische Union« tritt in Kraft.